Weltbild

Linda Howard

Am wilden Fluss

Roman

Aus dem Amerikanischen von
Elisabeth Hartmann

Weltbild

Titel der nordamerikanischen Originalausgabe:

Angel Creek

erschienen bei Pocket Books, New York

Published by arrangement with
Pocket Books, a division of Simon & Schuster, Inc., New York

Konzeption/Gestaltung: fredebold & partner gmbh, Köln
Umschlaggestaltung: pecher & soiron, Köln
Titelabbildungen: Harlequin Enterprises S.A., Schweiz;
Thinkstock/Getty Images, München
Satz: GGP Media GmbH, Pößneck
Druck und Bindearbeiten: CPI – Ebner & Spiegel, Ulm
Printed in Germany
ISBN 978-3-86278-982-5

Genehmigte Sonderausgabe 2013
für Verlagsgruppe Weltbild GmbH,
Steinerne Furt, 86167 Augsburg

Harlequin Enterprises GmbH,
Valentinskamp 24, 20354 Hamburg

1. KAPITEL

Lucas Cochran war seit fast einem Monat zurück. Noch immer staunte er, wie viel Ehre das Städtchen Prosper seinem Namen inzwischen machte. Mehr als eine Kleinstadt würde es nie sein, aber es war gepflegt und geschäftig. Die Menschen auf der Straße sagten eine Menge über einen Ort aus, und demnach zu urteilen, war Prosper ruhig, beständig und – nun ja – prosperierend. Eine Boomtown war vielleicht aufregender als eine Stadt wie Prosper. Dort ließ sich auch mehr Geld verdienen. Aber Goldgräberstädte gingen gewöhnlich unter, sobald die Erzminen erschöpft waren.

Prosper dagegen war aus einem einzigen Gebäude entstanden, das den wenigen Siedlern der Umgebung als Gemischtwarenladen, Bar und Pferdestation diente. Lucas erinnerte sich noch an die Zeit, als das Gelände, das Prosper inzwischen einnahm, nichts als kahler Boden war und die einzigen weißen Männer im Umkreis von Meilen auf der Double-C-Ranch lebten. Der Goldrausch von 1858 hatte das geändert und Tausende Männer auf der Suche nach schnellem Reichtum in die Berge von Colorado gelockt. In der Umgebung von Prosper gab es kein Gold, doch ein paar Menschen hatten das Land gesehen, waren geblieben und hatten sich kleine Farmen aufgebaut. Mehr Einwohner bedeuteten größeren Bedarf an Waren. Dem einsamen Gemischtwarenladen mit Bar und Pferdestation gesellte sich bald ein weiteres Gebäude an die Seite, und die winzige Siedlung, aus der eines Tages Prosper in Colorado entstehen sollte, war ins Leben gerufen.

Lucas kannte etliche Goldgräberstädte, nicht nur in Colorado, und alle ähnelten einander in ihrer Hektik. Die schlammigen Straßen wimmelten von Goldgräbern und von Gestalten, die Ersteren ihr Gold abnehmen wollten: Spieler, Saloon-Besitzer, Huren und Minenbesetzer. Er war froh, dass Prosper nicht mit Gold oder Silber gesegnet war – oder gestraft, je nach Standpunkt. So würde die Stadt noch existieren, wenn die meisten Goldgräberstädte längst zu verwitterten Skeletten verfallen wären.

Es war ein handfestes kleines Städtchen, ein guter Ort, um Kinder aufzuziehen, was die dreihundertachtundzwanzig Seelen zählende Einwohnerschaft belegte. Sämtliche Unternehmen lagen längs der langen Hauptstraße, um die herum sich neun Wohnstraßen gruppierten. Die meisten Häuser waren klein und schlicht, doch einige Bürger, wie zum Beispiel der Bankier Wilson Millican, waren schon vor ihrer Niederlassung in Prosper vermögend gewesen. Deren Häuser hätten auch in Denver oder den größeren Städten im Osten nicht fehl am Platz gewirkt.

Prosper besaß nur einen Saloon und kein Bordell, wenngleich die Männer in der Stadt – und die Frauen auch, was die Männer allerdings nicht ahnten – wussten, dass die beiden Saloon-Girls für einen gewissen Preis etwaige Sondergelüste stillten. Am nördlichen Stadtrand standen eine Kirche und eine Schule für die Kinder. Prosper verfügte über eine Bank, zwei Hotels, drei Restaurants, einen Gemischtwarenladen, zwei Pferdestationen, einen Friseursalon, einen Schuster, einen Schmied und sogar über ein Hutgeschäft für die Damen. Einmal pro Woche fuhr die Postkutsche durch die Stadt.

Die Stadt als solche existierte einzig und allein, weil die Cochrans aus dem Nichts die große Double-C-Ranch aufgebaut hatten. Sie hatten sich gegen die Komantschen und die Arapaho behauptet und mit ihrem eigenen Blut für das Land bezahlt. Lucas war der erste in Prosper geborene Cochran, und jetzt war von der ganzen Familie nur noch er übrig. Während der Indianerkriege hatte er seine zwei Brüder und seine Mutter begraben müssen, und sein Vater war vor einem Monat gestorben. Andere Rancher waren zugezogen, doch die Cochrans waren die ersten gewesen. Jeder, der lange genug in Prosper lebte, wusste, dass das Fundament der Stadt nicht die lang gezogene Hauptstraße war, sondern die Reihe der Gräber auf der Familiengrabstätte der Double-C-Ranch.

Auf seinem Weg zum Laden knallten Lucas' Stiefelabsätze auf dem Gehsteig. Ein kalter Wind blies und brachte den Geruch von Schnee mit sich. Tief hängende graue Wolken türmten sich über den Bergen und kündeten von einer neuerlichen Verzögerung des Frühlingsanfangs. Eine Frau mit fest um die Schultern gezogenem Schal kam Lucas entgegen, und er tippte an seinen Hut. „Sieht nach noch mehr Schnee aus, Mrs Padgett."

Beatrice Padgett schenkte ihm ein freundliches Lächeln. „Weiß Gott, Mr Cochran."

Er betrat den Gemischtwarenladen und nickte dem Besitzer Mr Winches zu. Winches' Geschäft hatte sich in den zehn Jahren von Lucas' Abwesenheit gemacht. Inzwischen konnte er sich sogar einen Angestellten leisten, der sich um die Lagerhaltung kümmerte.

„Hosea", grüßte Lucas ihn bei seinem Namen.

„Wie geht's, Lucas? Wird ein bisschen kalt da draußen, wie?"

„Morgen früh schneit es. Die Schneegipfel haben es nötig, aber mir persönlich wäre der Frühling lieber."

„So geht's uns allen! Brauchst du etwas Bestimmtes?"

„Nur etwas Waffenöl."

„Da links, ziemlich weit hinten."

„Danke."

Lucas schritt den Gang entlang und wäre fast mit einer Farmersfrau zusammengeprallt, die beim Zaumzeug stand. Geistesabwesend entschuldigte er sich und ging ohne einen zweiten Blick weiter. Die Farmarbeit war schwer für Frauen und ließ sie frühzeitig altern. Außerdem hatte er gerade einen vertrauten blonden Kopf drüben bei den Mehlsäcken erspäht. Etwas wie Zufriedenheit erfüllte ihn. Olivia Millican war genau der Typ Frau, den er sich wünschte, wenn er mal heiraten würde: gut erzogen, von angenehmem Wesen und so hübsch, dass er gern für den Rest seines Lebens mit ihr ins Bett gehen würde. Er hatte Pläne für die Double-C-Ranch und gedachte, sie auch in die Tat umzusetzen.

Zwei Frauen standen neben Olivia. Darum verzichtete er darauf, zu ihr zu gehen, und zog nur knapp seinen Hut zum Gruß, als sie zufällig in seine Richtung blickte. Es sprach für sie, dass sie nicht anfing zu kichern wie die beiden jungen Frauen in ihrer Begleitung. Stattdessen nickte sie ihm nur ernst zu. Dass ihre Wangen dabei leicht erröteten, machte sie nur noch hübscher.

Er bezahlte das Waffenöl und ging. Die Tür war noch nicht hinter ihm ins Schloss gefallen, als ein gedämpftes Quieken und Kichern losbrach, an dem Olivia auch dieses Mal nicht beteiligt war.

„Er hat zwei Mal mit dir getanzt!"

„Was hat er gesagt?"

„Als er *mich* aufgefordert hat, war ich so aufgeregt, dass ich beinahe in Ohnmacht gefallen wäre!"

„Kann er gut tanzen? Bei der Vorstellung, dass er den Arm um meine Taille legt, hatte ich doch wahrhaftig Schmetterlinge im Bauch! Ein Glück, dass er mich nicht aufgefordert hat, sonst hätte ich mich schrecklich blamiert. Aber trotzdem muss ich gestehen, dass ich verflixt eifersüchtig auf dich war, Olivia."

Dee Swann streifte die drei jungen Frauen mit einem Blick. Die zwei Kichererbsen plapperten abwechselnd drauflos, ohne Olivia Gelegenheit zu einer Antwort zu geben. Olivia errötete leicht, verlor aber nicht die Haltung. Schon bei dem kurzen Blick begriff Dee, dass wie üblich über einen Mann geklatscht wurde, in diesem Fall über Lucas Cochran. Während sie neues Zaumzeug aussuchte, spitzte sie die Ohren. Auf der Suche nach einem möglichst geschmeidigen Zügel ließ sie die starren Riemen durch ihre Finger gleiten.

„Er war ganz Kavalier", sagte Olivia mit fester Stimme. Die Bankierstochter ließ sich selten aus der Fassung bringen. Dee hob den Blick. Belustigung über Olivias unerschütterlich gutes Benehmen blitzte in ihren Augen auf, und in stummer Zwiesprache kreuzten sich ihre Blicke über den Gang hinweg.

Olivia erkannte Dees Erheiterung so klar, als hätte sie laut gelacht. Ebenso gut verstand sie, warum Dee sich nicht zu ihnen gesellte, sondern es lieber sah, dass Olivia ihre Anwesenheit lediglich mit einem höflichen Nicken zur Kenntnis nahm. Dee hütete ihre Privatsphäre sorgfältig, und Olivia respektierte ihre alte Freundin genug, um sie nicht in eine Unterhaltung einzubeziehen, die sie nicht interessierte und womöglich sogar ärgerte.

So klein Prosper auch war, die Stadt hatte trotzdem eine klare Gesellschaftsordnung. Normalerweise wäre Dee in den Kreisen, in denen Olivia sich bewegte, nicht willkommen gewesen. Und sie hatte von Anfang an mit ihrer Freundin geklärt, dass sie nicht die Ausnahme von der Regel sein wollte. Außerdem verspürte Dee nicht das geringste Interesse an dieser Art von Umgang. Ihre Vorliebe für ein zurückgezogenes Leben war so ausgeprägt, dass nur sie und Olivia wussten, wie eng ihre Freundschaft eigentlich war. Aber natürlich wussten alle, dass sie sich kannten und zusammen die Schule besucht hatten. Dee besuchte Olivia nie; stets war es Olivia, die allein zu Dees kleinem Häuschen ritt. Doch diese Regelung gefiel beiden. Sie schützte nicht nur Dees Privatsphäre, sondern schenkte Olivia auch eine gewisse Freiheit, ein Gefühl der Erleichterung, wenn auch nur für ein paar Stunden. Nur in Dees Gegenwart konnte sie wahrhaft sie selbst sein. Das hieß nicht etwa, dass sie ihre Damenhaftigkeit abgelegt hätte, sondern nur, dass sie es genoss, sagen zu dürfen, was sie dachte. Olivias Blick enthielt das Versprechen, bald zu Dee hinauszureiten und ihr zu erzählen, was sich seit ihrem letzten Treffen ereignet hatte. Wegen des langen Winters lag Olivias letzter Besuch schon über einen Monat zurück.

Dee hatte ihre Wahl getroffen und ging mit dem Zaumzeug und ihren übrigen Einkäufen zum Tresen, wo Hosea Winches wartete. Gewissenhaft trug er die Waren auf der Seite mit ihrem Namen in das Hauptbuch ein und zog die Summe von dem Restguthaben aus dem letzten Jahr ab. Sie las die Zahlen auf dem Kopf und sah, dass nur noch eine geringe Summe übrig blieb, doch sie würde reichen, bis sie im Sommer ihre Ernte eingebracht hatte.

Mr Winches drehte das Hauptbuch um, damit sie seine Rechnung überprüfen konnte. Während sie mit dem Finger an der Zahlenreihe entlangfuhr, fasste er die Gruppe junger Frauen hinten im Laden ins Auge. Ersticktes Lachen, hell vor Aufregung, ließ ihn durch die Nase schnauben. „Hört sich an, als wäre ein Fuchs im Hühnerstall, dieses Gegacker", knurrte er.

Zufrieden mit der Rechnung nickte Dee, drehte das Buch wieder um und sammelte ihre Einkäufe ein. „Danke, Mr Winches."

Er schüttelte geistesabwesend den Kopf. „Sei dankbar, dass du vernünftiger bist als manche andere", brummte er. „Man könnte meinen, sie hätten noch nie ein Mannsbild gesehen."

Darauf sah Dee sich zuerst nach den anderen um und dann zu Mr Winches. Beide zuckten mit den Schultern. Lucas Cochran war also nach zehn Jahren Abwesenheit wieder in der Stadt. Na und? Ihnen war das völlig gleichgültig.

Natürlich hatte sie Cochran erkannt, als sie im Laden fast mit ihm zusammengestoßen wäre. Doch weil Erkennen schließlich nicht das Gleiche wie Kennen ist, hatte sie ihn nicht angesprochen. Außerdem bezweifelte sie, dass er sie erkannt hatte. Schließlich hatte er Prosper verlassen, kurz nachdem ihre Eltern sich in der Gegend angesiedelt hatten. Damals war sie ein Schulmädchen von vierzehn Jahren gewesen, er war acht Jahre älter, ein erwachsener Mann. Sie kannte zwar sein Gesicht, wusste aber nichts über Lucas.

Dee hatte sich angewöhnt, sich um ihre eigenen Angelegenheiten zu kümmern, und erwartete das Gleiche auch von anderen Menschen. Trotzdem wusste sie, was auf der Double-C-Ranch vor sich ging. Es war die größte Ranch in der Gegend, daher zollten ihr alle eine gewisse Aufmerksamkeit. Lucas' Vater Ellery Cochran war vor wenigen Wochen gestorben. Dee hatte den Mann nicht persönlich gekannt und konnte ihm gerade seinen Namen zuordnen, wenn er ihr in der Stadt über den Weg gelaufen war. Sein Tod bedeutete kein außergewöhnliches Ereignis für sie. Der Tod war normal, und Ellery war friedlich gestorben. Mehr konnte ein Mensch kaum verlangen.

Der Vorfall interessierte sie nur beiläufig, etwa so wie die Geburt eines Kindes bei einem Nachbarn. Da sie mit Ellery nie etwas zu schaffen gehabt hatte, erwartete sie auch keinen näheren Umgang mit seinem Sohn. Als sie hinaus in den eisigen Wind trat, hatte sie die Cochrans bereits wieder vergessen. Sie zog den alten Mantel ihres Vaters fester um den Körper, stülpte sich seinen zu großen Hut über die Ohren, senkte den Kopf, um das Gesicht vor dem Wind zu schützen, lief eilig zu ihrem Wagen und stieg ein.

Spät an diesem Nachmittag fing es an zu schneien. Das stille Wirbeln der weißen Flocken war ein Anblick, den Dee liebte. Er erfüllte sie mit Zufriedenheit und nicht mit Unruhe wegen der weiteren Verzögerung des Frühlings. Dee liebte den Wechsel der Jahreszeiten. Jede hatte ihren eigenen Zauber und ihre eigene Schönheit, und sie lebte so eng verbunden mit dem Land, dass sie fest in den unaufhaltsamen Rhythmus der Natur eingebunden war. Ihre Tiere standen behaglich im Stall. Die Arbeit des Tages war erledigt, und sie saß geborgen in ihrem Häuschen, in dem ein munteres Feuer fröhlich prasselte und sie von außen wärmte. Von innen wärmte sie sich mit einer Tasse Kaffee. Sie hatte nichts Dringenderes mehr zu tun, als die Füße ans Feuer zu strecken und eines der wenigen kostbaren Bücher zu lesen, die sie sich für den Winter zugelegt hatte. Der Winter war die Zeit des Ausruhens für sie. In den übrigen drei Jahreszeiten war sie zu beschäftigt, um Zeit oder Energie aufs Lesen verwenden zu können.

Doch bald schon ließ sie das Buch in den Schoß sinken, lehnte den Kopf zurück an die hohe Lehne des Schaukelstuhls, richtete den Blick nach innen und plante ihren Garten. Der Mais war im vergangenen Jahr so gut gediehen, dass es vielleicht ratsam war, mehr davon anzubauen. Mais war nie verschwendet; was die Stadtbewohner nicht kauften, konnte sie immer noch als Futter für ihr Pferd verwenden. Doch wenn sie mehr Mais anbaute, musste sie Einsparungen bei anderen Gemüsesorten vornehmen, und sie war nicht sicher, ob das klug wäre. Dank sorgfältiger Planung und etlicher Experimente wusste sie auf den Quadratmeter genau, wie viel sie allein bewirtschaften konnte. Sie hatte nicht die Absicht, auf Kosten der Qualität ihres Gemüses zu expandieren. Und sie wollte auch nicht irgendeinen Jungen als Aushilfe einstellen. Vielleicht war es egoistisch von ihr, aber die größte Freude, die sie aus ihrem Garten zog – abgesehen von der urtümlichen Befriedigung über das Wachsen von Pflanzen –, war ihre völlige Unabhängigkeit. Sie war allein und war es mit Wonne.

Anfangs hatte es ihr Angst gemacht, damals mit achtzehn Jahren plötzlich ganz alleine dazustehen. Als Dee sechzehn war, nur ein paar Jahre nachdem die Familie sich in dem schmalen, fruchtbaren Tal knapp außerhalb der Grenzen von Prosper in Colorado niedergelassen hatte, starb ihre Mutter. Sie war Lehrerin und hinterließ ihrer Tochter ihre Bücher, ihre Wertschätzung harter Arbeit und einen gesunden Menschenverstand. Kaum zwei Jahre später handelte sich ihr Vater George Swann einen Tritt an den Kopf von einem Maultier ein. Er starb am nächsten Tag in seinem Bett, ohne noch einmal das Bewusstsein wiedererlangt zu haben.

Stille und Leere hatten sie heimgesucht. Die Einsamkeit und ihre Verletzlichkeit machten ihr Angst. Eine Frau allein war schutzlos. Dee hatte ihrem Vater eigenhändig ein Grab geschaufelt und ihn begraben. Niemand sollte wissen, dass sie völlig allein auf dem Gehöft lebte. Wenn sie zum Proviantkauf nach Prosper kam, ignorierte sie freundliche Erkundigungen nach ihrem Vater und sagte nur, er könnte die Ranch im Moment nicht verlassen. Ihr Gewissen beruhigte sie damit, dass sie ja nicht log, auch wenn sie nicht die ganze Wahrheit preisgab.

George war zu Beginn des Winters verstorben, und während

der langen kalten Monate hatte Dee getrauert und über ihre Lage nachgedacht. Das kleine Tal gehörte jetzt ihr. Es war zu klein für Viehhaltung im großen Stil, aber zu groß, um es allein zu bewirtschaften. Der Boden war fruchtbar, bewässert vom kristallklaren Angel Creek, der sich aus der Prosper-Schlucht ergoss und mitten durch das Tal floss. Sie konnte sich später nie genau an den Tag erinnern, an dem sie entschied, wie sie ihr Leben zukünftig gestalten wollte. Mit jedem Tag, der kam, hatte sie einfach getan, was getan werden musste.

In erster Linie musste sie lernen, sich zu verteidigen. Mit verbissener Entschlossenheit nahm sie sich Tag für Tag die Waffen ihres Vaters vor: einen 36er-Colt, ein altes Sharps-Gewehr und eine glänzende, ein Jahr alte, doppelläufige Schrotflinte. Der Colt war lange nicht benutzt worden und eingerostet. Seit Georges Ankunft am Angel Creek hatte er ihn nicht mehr aus dem Halfter genommen. Er konnte nicht gut mit Handfeuerwaffen umgehen, hatte er oft im Scherz gesagt. Mit einer Schrotflinte dagegen brauchte er nur ungefähr die Richtung seines Ziels ins Visier zu nehmen.

Dee ging es ähnlich. Sie reinigte und ölte alle drei Waffen, wie sie es sich bei ihrem Vater abgeschaut hatte, und übte Stunde um Stunde das Laden und Entladen, bis sie es automatisch und ohne nachzudenken beherrschte. Erst dann begann sie, auf Ziele zu schießen. Als Erstes nahm sie sich den Colt vor, weil sie glaubte, es wäre am einfachsten. Doch sie begriff sofort, warum George diese Waffe nicht sehr gemocht hatte. Auf einige Entfernung war sie einfach nicht zielgenau genug, um sich auf sie verlassen zu können. Dee experimentierte, bis sie wusste, aus welcher Entfernung sie die Zielscheibe traf, die sie an einen dicken Baumstamm gemalt hatte. Mit dem Gewehr fiel es ihr viel leichter, ein Ziel zu treffen, noch dazu aus viel größerer Entfernung. Doch wie ihr Vater hatte auch sie eine Vorliebe für die Schrotflinte. Jemand, der Böses im Sinn hatte, mochte denken, mit einer Pistole oder selbst mit dem Gewehr würde sie nicht treffen. Aber kein

Mann bei klarem Verstand käme je auf die Idee, dass sie ihn mit einer Schrotflinte verfehlen könnte.

Sie verschwendete ihre Zeit nicht mit dem Versuch, möglichst schnell mit der Pistole bei der Hand zu sein. Das war etwas für Revolverhelden auf der Suche nach zweifelhaftem Ruhm, und das brauchte sie nicht. Sie strebte Zielsicherheit an, und daran arbeitete sie Tag für Tag, bis sie sich für geschickt genug hielt, um sich mit der Waffe zu verteidigen, die ihr gerade zur Verfügung stand. Mehr als geschickt würde sie nie sein, aber Geschicklichkeit reichte ihr.

Auch den Garten bewirtschaftete sie pragmatisch. Sie und ihre Mutter hatten ihn stets gepflegt und jeden Sommer stundenlang Gemüsevorräte für den Winter eingekocht. Dee arbeitete gern im Garten, sie mochte den Rhythmus dieser Arbeit und genoss es, die Früchte ihrer Mühen zu ernten. Der Verlust ihrer Eltern hatte sie mit der Erkenntnis konfrontiert, dass das menschliche Leben vergänglich war, und sie hatte etwas Dauerhaftes gebraucht, um die Trauer überwinden zu können. Das Land war ihre Rettung, denn es blieb. Ein Garten war etwas Produktives, er bot Fülle für die grundlegendsten Bedürfnisse. Es milderte ihren Schmerz, wenn sie sah, wie aus dem Boden Leben entstand, und die körperliche Arbeit bescherte ihr die Erfüllung einer anderen Art. Das Land gab ihr einen Lebensinhalt.

Zu Frühlingsbeginn wurde in der Stadt bekannt, dass George Swann im Winter gestorben war. Dee sah sich etlichen Fragen ausgesetzt. Menschen, die sie lediglich vom Sehen kannte, fragten sie unverblümt nach ihren Plänen, ob sie Verwandte hätte, die sie aufnehmen würden, wann sie zurück nach Osten ginge. Sie hatte Cousinen in Virginia, aber selbst wenn sie zurückgewollt hätte, was nicht der Fall war, gab es niemanden, der ihr nahestand. Außerdem war sie der Meinung, dass es außer ihr niemanden etwas anging. Die Neugier der Stadtbewohner empfand sie als nahezu unerträglich. Dee war seit jeher gern allein, und dieser Charakterzug hatte sich in den vergangenen Monaten noch verstärkt. Die Leute waren empört, als sie ihre Absicht erklärte, auf dem Gehöft zu bleiben. Sie war nichts weiter als ein Mädchen, noch nicht einmal neunzehn Jahre alt. Nach der Meinung der Stadtleute hatte sie kein Recht darauf, dort draußen ganz allein zu leben. Eine anständige Frau tat so etwas nicht.

Ein paar junge Viehtreiber von den Ranches der Umgebung und auch einige andere, denen man als Entschuldigung nicht ihre Jugend zugutehalten konnte, glaubten, sie sehnte sich nach dem, was ein Mann ihr geben könnte. In den Sommernächten machten sie sich allein, manchmal auch zu zweit, auf den Weg zu Dees Häuschen. Mit der Flinte in der Hand sorgte Dee dafür, dass sie schneller wieder von ihrem Grundstück verschwanden, als sie gekommen waren. Allmählich sprach sich herum, dass die kleine Swann nicht an Männern interessiert war. Ein paar mussten sich jedoch erst eine Schrotladung in den Allerwertesten einhandeln, bevor sie das begriffen.

In diesem ersten Frühling hatte Dee aus reiner Gewohnheit wie früher im Garten Gemüse angebaut, das gut und gern für zwei gereicht hätte. Die Ernte stand bereits kurz bevor, als sie erkannte, dass sie einen großen Überschuss erwirtschaften würde. Was sie selbst nicht benötigte, brachte sie in die Stadt und verkaufte es dort vom Wagen. Doch das bedeutete, dass sie selbst den ganzen Tag lang in der Stadt bleiben musste. Nach einigen Überlegungen kam sie mit Mr Winches überein, dass er ihr das Gemüse manchmal für Bargeld und manchmal gegen Guthaben in seinem Hauptbuch abkaufte und es in seinem Laden anbot. Diese Regelung bot beiden Vorteile: Dee hatte mehr Zeit für ihren Garten, und Mr Winches konnte das Gemüse mit einem hübschen kleinen Gewinn an die Einwohner verkaufen, die keinen eigenen Garten besaßen.

Im nächsten Jahr pflanzte Dee, dieses Mal vorsätzlich, wieder einen riesigen Gemüsegarten an und stellte bald fest, dass sie ihn nicht angemessen pflegen konnte. Das Unkraut wuchs schneller, als sie jäten konnte, und das Gemüse litt darunter. Trotzdem erzielte sie bei Mr Winches einen hübschen Gewinn und kochte mehr als genug ein, um sich selbst über den Winter zu bringen.

Als Dee im darauffolgenden Jahr zum dritten Mal ihren Garten bewirtschaftete, ließ sich südlich von Prosper ein neuer Rancher nieder. Kyle Bellamy war jung, erst Ende zwanzig, und er sah besser aus, als gut für ihn war. Dee fasste auf den ersten Blick eine Abneigung gegen ihn. Er war übertrieben aggressiv und butterte andere in Gesprächen rücksichtslos unter. Kyle wollte sich eine große Ranch aufbauen und machte kein Geheimnis daraus, als er begann, Land zu kaufen. Allerdings achtete er sorgsam darauf, Ellery Cochran nicht auf die Füße zu treten.

Da Bellamy eine weitere gute Wasserquelle für sein wachsendes Imperium benötigte, bot er Dee an, ihr das Angel-Creek-Tal abzukaufen. Beinahe hätte sie über sein lächerlich niedriges Angebot laut gelacht. Doch sie riss sich zusammen und lehnte höflich ab.

Sein nächstes Angebot fiel schon höher aus. Wieder lehnte sie höflich ab.

Sein drittes Angebot war noch höher und Kyle inzwischen eindeutig wütend. Er warnte sie, dass er nicht mehr bieten würde. Dee sah ein, dass er ihren Standpunkt nicht begriff.

„Mr Bellamy, es geht nicht um Geld. Ich will an niemanden verkaufen, um keinen Preis. Ich will nicht fort von hier. Hier bin ich zu Hause.“

Bisher hatte Bellamy alles kaufen können, was er wollte. Es hing nur davon ab, wie viel er auszugeben bereit war. Darum schockierte ihn Dees Antwort. Denn ganz gleich, wie viel er ihr bot, sie würde nicht verkaufen.

Doch er wollte das Land.

Also bot er ihr an, sie zu heiraten. Das hätte Dee amüsiert, wäre da nicht die erschreckende Erkenntnis gewesen, dass ihre Abneigung gegen eine Ehe mit *wem auch immer* mindestens genauso groß war wie die, das Land zu verkaufen. Wenn sie an ihre Zukunft dachte, war sie immer verschwommen davon ausgegangen, dass sie irgendwann heiraten und Kinder haben würde. Daher verblüffte es sie selbst, zu erkennen, dass sie das im Grunde gar nicht wollte. In den zweieinhalb Jahren ihrer Unabhängigkeit hatte sie festgestellt, wie sehr es ihr gefiel, allein und selbstständig zu sein und niemandem außer sich selbst Rechenschaft zu schulden.

Statt zu lachen, erwiderte sie also: „Danke, Mr Bellamy, aber ich habe nicht die Absicht, jemals zu heiraten."

Nach dieser Abfuhr fanden ein paar Viehtreiber großen Spaß daran, durch ihren Gemüsegarten zu reiten und unter Lachen und Johlen in die Luft zu schießen, um ihr Vieh zu erschrecken. Falls sie erwartet hatten, dass sie sich vor Angst unter ihrem Bett versteckte, erfuhren sie ebenso wie Dees vormalige Verehrer, wie gefährlich es war, sie zu unterschätzen. Der Gemüsegarten war ihre Lebensgrundlage, und sie verteidigte ihn mit der doppelläufigen Flinte. Dabei zweifelte sie keine Sekunde daran, dass der Großteil der Viehtreiber von Bellamys Ranch kam. Aber immer mehr kleine Ranches schossen aus dem Boden und lockten Fremde an, die lernen mussten, dass man die kleine Swann am besten in Ruhe ließ. Während der Saatzeit schlief sie mit griffbereiter Flinte, um die grölenden Cowboys abzuwehren, die sie belästigten. Abgesehen davon kam sie gut zurecht. Falls sich die johlenden Horden zu mehr als nur zu Belästigungen hinreißen lassen sollten, falls sie sich bedroht fühlte, würde sie drastischere Maßnahmen ergreifen und nicht nur mit Schrot schießen.

Seit dem Tod ihres Vaters waren sechs Jahre vergangen. Dee sah sich in ihrem Häuschen um und war zufrieden mit dem, was sie sah. Sie besaß alles, was sie brauchte, und noch ein paar kleine Annehmlichkeiten obendrein. Im Stall standen zwei Milchkühe und ein Bulle, der stets den nötigen Nachwuchs für ihre Rindfleischversorgung produzierte. Irgendwann würden seine Kälber ihn und die Kühe ersetzen, und das Leben ging weiter. Sie hatte ein Pferd, ein stämmiges Tier, das den Pflug und den Wagen zog und auf dem sie gelegentlich auch reiten konnte. Eine kleine Hühnerschar versorgte sie mit Eiern und bot Abwechslung vom Rindfleisch. Das alles gehörte ihr.

Wenn eine Frau heiratete, ging ihr Besitz automatisch an ihren Mann über und unterlag – wie die Frau selbst – seinen statt ihren Wünschen. Dee sah keinen Grund, die Kontrolle über sich und ihr Land jemals abzugeben. Wenn sie deshalb zur alten Jungfer werden sollte, nun ja, es gab Schlimmeres im Leben. Sie war wahrhaft unabhängig, was nur auf wenige Frauen zutraf, bewirtschaftete ihr eigenes Land und konnte sich selbst ernähren. Die Leute in Prosper mochten sie für ein bisschen seltsam halten, doch man respektierte sie als hart arbeitende, ehrliche Geschäftsfrau. Das reichte ihr.

2. KAPITEL

Die Bäume auf Double C bekamen endlich Knospen, ein deutlicher Hinweis auf den Frühling. Wenngleich der Wind von den immer noch schneebedeckten Berggipfeln nach wie vor kalte Luft mitbrachte, spürte Lucas Cochran den undefinierbaren Duft nach neuem Leben, Frische und jungem Grün. Zehn Jahre hatte er fern von dem Land zugebracht, das er liebte. Jetzt, da er zurück war, konnte er nicht genug davon bekommen, als wäre ein verloren gegangener Teil von ihm erneuert worden.

Nur knapp fünf Monate nachdem sein Vater mit der kleinen Familie von Tennessee aus nach Westen gezogen war und sich in dem breiten Tal niedergelassen hatte, war Lucas auf die Welt gekommen. Manchmal staunte er über den Mut seiner Mutter, mit einem gerade erst einjährigen Baby und schwanger mit dem zweiten ihr gemütliches Heim zu verlassen und in einer Höhle zu leben. Noch dazu in einer Zeit, als die Cochrans im Umkreis von Hunderten von Meilen die einzigen Weißen gewesen waren. Diese frühen Tage jedoch waren noch die sichersten gewesen, da die Indianer damals von den sonderbaren Menschen, die in ihr Territorium eindrangen, noch nicht in Angst und Schrecken versetzt worden waren.

Rückblickend sagte er sich, dass wohl der Goldrausch in Kalifornien im Jahr 1849 Auslöser der ernsten Feindseligkeiten zwischen Indianern und Weißen gewesen war. Tausende von Menschen waren Richtung Westen geströmt, und nach dem Ende des Goldrauschs gingen nur wenige wieder zurück. Entsprechend wuchs die Zahl der Weißen westlich des Mississippi, und mit ihr wuchsen naturgemäß auch die Spannungen zwischen den beiden Völkern. Dann erlebte Colorado 1858 seinen eigenen Goldrausch, und die zweite große Zuwanderungswelle von Weißen führte zu offenem Krieg.

Zu dem Zeitpunkt hatte die Double-C-Ranch bereits ihre jetzige Größe erreicht und beschäftigte an die hundert Mann.

Die Erdhöhle war längst einem roh gezimmerten Blockhaus gewichen, und Ellery baute an einem großen, anspruchsvollen Haus für seine Familie. Lucas war damals vierzehn, schon beinahe einen Meter achtzig groß und dank lebenslanger harter Arbeit stark wie ein Mann. Sein älterer Bruder Matthew war fast sechzehn und wild und ungestüm wie alle jungen Männer an der Schwelle zum Erwachsenwerden. Die beiden Jungen waren unzertrennlich. Matts Frohsinn glich Lucas' düstere Art aus, und Lucas' Vernunft gelang es weitgehend, Matts Abenteuerlust zu zügeln.

Der jüngste Cochran, Jonah, war sechs Jahre jünger als Lucas und von Anfang an von der engen Verbundenheit der beiden älteren Jungen ausgeschlossen. Das geschah nicht etwa aus Boshaftigkeit, sondern schlicht und einfach wegen des unüberbrückbaren Altersunterschieds. Matt und Lucas waren als Kleinkinder zusammen aufgewachsen, sie waren Spielkameraden gewesen und hatten unter einer Decke geschlafen. Jonah hingegen blieb weitgehend sich selbst überlassen. Er war ein stiller, zurückgezogener Junge, stand immer abseits und sah seinen beiden älteren Brüdern zu. Nur selten nahm er an ihren ruppigen Spielen teil. Lucas fand es oft merkwürdig, dass Jonahs schmales, ernstes Gesicht ihm trotz seiner Verbundenheit mit Matt bis heute am deutlichsten in Erinnerung geblieben war.

Die Indianer griffen eines Tages die Ranch an, als der Großteil der Männer außerhalb beschäftigt war. Matt und Lucas waren rein zufällig zu Hause. Sie kamen frühzeitig zurück, weil Matts Pferd ein Eisen verloren hatte, und der eine ging niemals ohne den anderen irgendwohin. Ihre Mutter Alice bestand darauf, dass sie zu Mittag aßen, bevor sie zurück in die Berge ritten. Sie saßen mit ihr und Jonah am Tisch, als sie die ersten Schreie hörten.

Die Indianer besaßen nicht viele Feuerwaffen, doch zahlenmäßig waren sie den wenigen Verteidigern der Ranch fünffach überlegen, und die Vorderlader der Cochrans benötigten Zeit zum Laden. Lucas erinnerte sich nur noch verschwommen an Lärm und Hektik, an die Explosionen von Schießpulver an seinem Ohr, an die Panik, wenn er beim Laden gleichzeitig die Indianer im Auge behalten wollte. Er, Matt und Alice bezogen jeweils an einem Fenster Posten. Noch heute erinnerte er sich an Alices plötzlichen Schrei, als sie den achtjährigen Jonah ungeschützt an einem Fenster stehen und mutig mit einer Pistole zielen sah. Die Waffe war so schwer, dass er sie mit beiden Händen halten musste. Lucas, der ihm am nächsten stand, packte seinen kleinen Bruder, brachte ihn hinter einem umgestürzten Tisch in Sicherheit und befahl ihm, dort zu bleiben. Im selben Moment, als er sich umwandte, wurde die Tür eingetreten, und Matt prallte gegen einen Indianer. Der Indianer hielt in einer Hand ein blitzendes Messer. Lucas packte die Pistole, die Jonah fallen gelassen hatte, ließ sich auf ein Knie nieder und zielte. Unter dem Angriff des stärkeren Indianers brach Matt zusammen, und das lange Messer drang tief in seine Brust. Im selben Moment feuerte Lucas zielsicher, doch für Matt war es zu spät.

Der Angriff war so rasch vorüber, wie er begonnen hatte. Vielleicht weil die Indianer wussten, dass die Männer draußen in den Bergen, alarmiert von den Schüssen, wie der Blitz zur Ranch reiten würden. Der Kampf hatte insgesamt keine fünf Minuten gedauert.

Nach Matts Tod fühlte Lucas sich wie ein verwundetes Tier und fand keinen Trost. Seine Eltern halfen sich gegenseitig über den Verlust ihres Ältesten hinweg. Jonah, ans Alleinsein gewöhnt, zog sich noch stärker in sich selbst zurück. Lucas aber war aus der Bahn geworfen, seine Welt war aus den Fugen geraten. In jenem Jahr war er erwachsen geworden, er hatte den Tod gesehen, und er hatte getötet. Ohne Matt als Korrektiv prägten sich die scharfen Kanten seines Wesens noch stärker aus.

Im Jahr 1861 begann der Bürgerkrieg, und die Armee zog von Colorado aus in den Kampf. Damit waren die Einwohner dieses Gebiets den zunehmenden Angriffen der Indianer relativ schutzlos ausgesetzt. Nur die wenigen besiedelten Städte waren sicher. Prosper war inzwischen groß genug, um sich selbst zu schützen. Doch die Güterzüge und die abgelegenen Ranches mussten sich selbst verteidigen, so gut sie konnten. Alice Cochran überlebte nicht, allerdings fiel sie keinem Indianerangriff zum Opfer. Eine Erkältung im Winter 1863 entwickelte sich zu einer Lungenentzündung, und binnen einer Woche nach dem Beginn der Krankheit wurde sie zu Grabe getragen.

Dann, 1864, verschlimmerten sich die Indianerkriege sogar noch. Im November jenes Jahres führte Colonel John Chivington seine Truppen aus Colorado bei Sand Creek gegen eine Gruppe von Indianern und metzelte Hunderte von Frauen und Kindern nieder. Das löste eine Lawine der Gewalt aus, die sich von Kanada bis Mexiko verbreitete und die Prärie-Indianer in ihrem Rachedurst vereinte. Nach dem Ende des Bürgerkriegs im Jahr 1865 kehrten die Truppen zurück, doch zu dem Zeitpunkt steckte Colorado bereits in seinem eigenen Krieg.

Trotz aller Gefahren strömten weiter Siedler nach Westen. Prosper wuchs rasch zu einer umtriebigen kleinen Stadt. Sogar eine Lehrerin wurde angestellt, ein deutliches Zeichen der Zivilisation. Eine Gemeinde brauchte eine Schule, um neue Siedler anzulocken. In Boulder wurde 1860 die erste Schule gebaut, und die Einwohner von Prosper waren sehr stolz, dass sie bereits fünf Jahre später eine eigene Schule besaßen. Lucas und Matt waren zu Hause von ihrer Mutter unterrichtet worden, Jonahs Schulbildung endete mit seinem Tod. Mit fünfzehn ging Jonah zum ersten Mal in die Schule, und von da an ritt er täglich nach Prosper zum Unterricht.

Der jüngste Cochran hatte nie viel geredet, sondern immer nur beobachtet. Als Lucas älter wurde, begann er, die mangelnde Nähe zwischen sich und seinem jüngeren Bruder zu bedauern. Jonah dagegen schien eine solche Beziehung gar nicht zu wünschen. Der Junge lebte in sich zurückgezogen und behielt seine Gedanken und Träume für sich. Manchmal fragte Lucas sich, was wohl im Kopf des Jungen mit den ernsten blauen Augen, die seinen so ähnelten, vor sich ging. Er erfuhr es nie.

Eines Nachmittags brachte Jonahs Pferd den Jungen von der Schule nach Hause. Er klammerte sich an den Sattel, ein Pfeil steckte in seiner Brust. Lucas war als Erster bei ihm. Jonah fiel seinem Bruder aus dem Sattel in die Arme und sah zu Lucas auf. Zum ersten Mal war der Blick seiner blauen Augen nicht ernst, sondern erhellt von inniger Liebe und Freude. „Ich wollte …“, begann er, doch mit dem nächsten Atemzug starb er.

Lucas hatte auf dem Boden gekniet und seinen Bruder in den Armen gewiegt. Was hatte er gewollt, dieser kleine Junge, der kaum Zeit zum Leben gehabt hatte? War es ein schlichter Wunsch gewesen, vielleicht der Wunsch, dass die Schmerzen aufhörten? Oder hatte er sich etwas für die Zukunft gewünscht? Lucas wusste es nicht. Er wusste nur, dass Jonahs Augen unmittelbar vor seinem Tod lebendiger gewesen waren als je zuvor.

Die Double-C-Ranch war mit dem Blut der Cochrans getränkt, genau wie mit dem Blut von Indianern. Und nach Ellerys Tod war Lucas der einzige Cochran, der noch übrig war.

Seine Träume kreisten um die Double-C-Ranch, wie immer schon. Diese Tatsache hatte zum Zerwürfnis mit seinem Vater geführt. Wenn Jonah nicht gestorben wäre, hätte Lucas sich vielleicht nicht so verletzt, so gewaltbereit gefühlt. Doch das war nur eine Hypothese, und er verbot sich alle weiteren Gedanken darüber. Tatsache war schlicht und ergreifend, dass die Ranch nur einen Boss verkraftete, und die zwei verbleibenden Cochrans schlugen sich immer wieder fast die Köpfe ein. Ellery war zufrieden mit dem, was er hatte, doch Lucas wollte expandieren.

Schlussendlich gehörte die Double-C-Ranch Ellery, also war Lucas derjenige, der gehen musste. Vater und Sohn schlossen

Frieden, wussten sie doch beide, dass zwei Hengste nicht auf einer Koppel leben konnten. Sie bedauerten den Bruch, akzeptierten aber, dass es für beide besser war, wenn Lucas fern von Double C sein eigenes Leben führte. Zwar hatten sie einander geschrieben und sich sogar ein paar Mal in Denver getroffen, doch bis zu Ellerys Tod war Lucas nie auf die Ranch zurückgekehrt.

In diesen zehn Jahren hatte er keineswegs in Luxus geschwelgt und sich auf verschiedenste Art und Weise über Wasser gehalten: als Viehtreiber, mit Poker und eine Zeit lang sogar als Sheriff. Lucas Cochran war keiner, mit dem man sich gern anlegte. Wenn er etwas wollte, durfte sich ihm nichts in den Weg stellen. Mochten die Kosten noch so hoch sein, er war bereit, den Preis zu zahlen, wenn er etwas wirklich haben wollte.

Nach Ellerys Tod ging die Double-C-Ranch in seinen Besitz über. Sie war ohnehin schon einträglich, doch er wollte den Profit noch steigern. Colorado stand kurz davor, zum Staat erklärt zu werden. Das eröffnete einem Mann, der klug und hart genug war, die Gelegenheit beim Schopf zu ergreifen, eine Goldgrube an Möglichkeiten. In den letzten zwei Jahren hatte Lucas in Denver mit dem Gouverneur auf die Eigenstaatlichkeit hingearbeitet. Er wusste, wie die Macht funktionierte, und erkannte auf Anhieb ihr enormes Potenzial. Im vorigen Dezember hatte er in Denver an der Versammlung teilgenommen, die die Verfassung formulieren sollte. Im Juli sollte über den Entwurf abgestimmt werden.

Die Eigenstaatlichkeit war von unschätzbarem Wert für die Double-C-Ranch. Mit ihr würden Siedler kommen, und mit den Siedlern kam die Eisenbahn. Die Eisenbahn erleichterte ihm den Transport seines Rindfleischs an den Markt ganz ungemein. Er wollte, dass die Double-C-Ranch die größte und beste Ranch überhaupt wurde. Sie war alles, was ihm geblieben war. Und während die Double-C-Ranch reicher würde, wollte er die Kontakte nutzen, die er in Denver geknüpft hatte. Beide Stränge würden einander befruchten: Die Ranch würde mehr Geld einbringen, und er würde größeren Einfluss in Denver bekommen. Je größer sein Einfluss in Denver war, desto stärker konnte er Entscheidungen beeinflussen, die die Ranch betrafen, und ihr dadurch zu noch größerem Reichtum verhelfen.

Zwar gelüstete es ihn nicht nach politischer Macht, aber er musste dafür sorgen, dass die Ranch weiterhin florierte. Und er war bereit, den Preis zu zahlen. Die zehn Jahre, als er auf sich allein gestellt war, hatten ihn so manche Lektion gelehrt. Und diese Lektionen kamen ihm jetzt beim Aufbau seines Imperiums zugute.

Ein Imperium aber benötigte Erben.

Im Grunde hatte Lucas es nicht eilig, sich zu binden, und doch stach ihm bereits kurz nach seiner Rückkehr Olivia Millican ins Auge, die Tochter des Bankiers Wilson Millican. Sie war hübsch, kühl und kultiviert, gesellschaftlich hoch angesehen und wohlerzogen. Sie wäre die ideale Ehefrau. Einer Frau wie ihr musste man den Hof machen. Dazu war Lucas durchaus bereit. Er mochte Olivia; vermutlich würden sie sich besser verstehen als viele andere Ehepaare. In einem Jahr würde sie ihm eine gute Frau sein.

Doch in diesem Jahr war er damit beschäftigt, seine Pläne in die Tat umzusetzen. Er wollte so vieles schaffen. Zum einen wollte er die Herde verbessern, neue Bullen einführen, Rassen kreuzen, um ein robusteres Rind ohne Einbußen bei der Fleischqualität zu züchten. Außerdem wollte er verschiedene Weidegräser erproben, anstatt die Herde das fressen zu lassen, was zufällig gerade wuchs.

Und er wollte expandieren. Nicht sofort in allzu großem Umfang, schließlich wollte er sich nicht gleich zu Anfang übernehmen. Doch sobald er die Qualität seiner Herde verbessert hatte, wollte er sie auch vergrößern. Das erforderte mehr Weideland und mehr Wasser. Der Wert einer guten Wasserquelle war ihm durchaus bewusst; sie konnte über Leben und Tod der Herde entscheiden. So mancher Rancher war schon untergegangen, weil sein Wasser versiegt war.

Der Ausbau der Ranch bot ihm die solide Grundlage, die er benötigte, um seine übrigen ehrgeizigen Pläne zu verwirklichen. Er war der erste Schritt, der allernotwendigste Schritt.

Zum Land der Cochrans gehörte eine gute Wasserquelle, ein kleiner, träge fließender Fluss, der sich um die Ranch schlängelte. Solange Lucas sich erinnern konnte, war er nie ausgetrocknet, doch in einigen Jahren schrumpfte er im Sommer zu kaum mehr als einem Rinnsal zusammen. Bisher hatte es immer geregnet, bevor die Lage bedrohlich wurde, aber eines Tages kam der Regen vielleicht nicht rechtzeitig. Colorado war ohnehin nicht reich an Niederschlag. Der Großteil des Wassers stammte von den Schneegipfeln. Ein gutes Jahr hing stärker vom winterlichen Schneefall ab als vom Sommerregen, und im vergangenen Winter hatte es nicht viel geschneit. Ein kluger Rancher besaß mehrere Wasserquellen, für alle Fälle. Einige Bäche führten immer Wasser, andere trockneten aus.

Einer der Streitpunkte zwischen Ellery und Lucas war die Notwendigkeit einer weiteren guten Wasserquelle gewesen, genauer gesagt Angel Creek. Angel Creek und der Fluss auf dem Land der Double-C-Ranch entstammten derselben Quelle, einem größeren Bach, der sich aufteilte und auf entgegengesetzten Seiten den Berg herabfloss. Während der Trockenzeit floss das Wasser vom Berg in den Angel Creek ab, und der zweite Fluss blieb trocken.

Lucas hatte das schmale Angel-Creek-Tal allein des Wassers wegen für sich beanspruchen wollen. Doch Ellery hatte abgelehnt und behauptet, die Wasserversorgung der Double-C-Ranch sei ausreichend. Außerdem floss der Angel Creek auf der anderen Seite des Bergs, der keinen geeigneten Zugang für die Herde bot. Sie müsste um den Berg herumgetrieben werden, und das sei viel zu aufwendig. Obendrein war das Tal zu klein, um eine große Herde zu ernähren.

Angel Creek. Lucas kniff die Augen zusammen und stellte

sich vor, wie üppig grün das Tal war. Vielleicht würde es nun doch bald zum Cochran-Land gehören.

Er sprach seinen Vormann darauf an. „Hat sich nicht vor Jahren jemand am Angel Creek niedergelassen?

William Tobias, der als Vormann auf der Ranch arbeitete, seit Lucas denken konnte, brummte eine Bestätigung. „Ja. Ein Siedler, er hieß Swann." Ein leichtes Kräuseln der Oberlippe verriet, wie zuwider es ihm war, das Wort „Siedler" auch nur auszusprechen.

Auch Lucas brummte, und seine Miene verfinsterte sich. Wie alle Rinderzüchter hielt er nichts von Siedlern und den Zäunen, die sie auf vormals freiem Land errichteten. Aber vielleicht zog der Siedler am Angel Creek ja einen Verkauf in Erwägung. Allerdings waren die meisten Siedler starrsinnig wie Maultiere.

Möglicherweise besaß dieser Mann mehr Verstand. Es war immerhin einen Ritt zum Angel Creek wert, denn wenn er nicht fragte, würde er es nie erfahren.

Zu Pferde waren die engen Pässe zu bewältigen, doch eine Herde über sie hinwegzutreiben wäre pure Dummheit gewesen. Lucas fasste die Sonne ins Auge und rechnete sich reichlich Zeit bis zum Einbruch der Nacht aus, um hin- und wieder zurückreiten zu können. Warum sollte er also noch warten?

Dass er nicht recht daran glauben konnte, den Siedler zum Verkauf überreden zu könnte, ärgerte ihn. Wenn Ellery auf ihn gehört hätte, wäre Angel Creek längst in seinem Besitz. Aber solche Gedanken waren nichts weiter als Zeitverschwendung.

Das kleine Gehöft überraschte Lucas, als er den breiten Hang zu den Farmgebäuden hinunterritt. Es gab nur zwei Kühe und einen Bullen, doch alle drei waren dick und gesund. Das einzige Pferd in der Einzäunung sah seidig glänzend und gut gepflegt aus, wenn es auch kein Exemplar der Spitzenklasse war. Hühner pickten zufrieden im Boden und schenkten ihm kaum Beachtung, als er absaß und den Zügel an einen Pfosten band, wobei er sich interessiert umsah. Das Häuschen war zwar grob gemauert, aber adrett und robust, genau wie der Stall und die Zäune. Hinter dem Haus lag ein großer Gemüsegarten, frisch zur Vorbereitung der Frühlingsaussaat umgegraben, auch wenn es dafür noch ein bisschen früh war. Lucas entdeckte nichts, was fehl am Platz oder vernachlässigt war, und seine schwache Hoffnung auf den Verkauf des Grundstücks schwand. Wäre die Farm heruntergekommen gewesen, hätte er sich eine Chance ausgerechnet, doch dieses Gehöft florierte. Der Mann hatte es nicht nötig wegzugehen.

Im nächsten Moment öffnete sich die Haustür, und eine schlanke junge Frau mit einer Flinte in der Hand trat hinaus auf die Veranda. Ihre Miene war ruhig, aber wachsam, und Lucas sah ihren Finger am Abzug.

„Was wollen Sie, Mister?“, erkundigte sie sich.

Eine Schrotflinte ließ ihn immer auf der Hut sein, doch doppelt nervös machte sie ihn in den Händen einer Frau. Wenn sie sich aufregte, könnte sie versehentlich ihn oder sein Pferd erschießen – oder beide. Er kämpfte seine rasch aufsteigende Wut nieder und sagte leise und beschwichtigend: „Ich will Ihnen nichts Böses, Ma'am. Sie können die Waffe herunternehmen.“

Die Flinte blieb, wo sie war. Der Doppellauf wirkte riesig. „Das entscheide ich selbst“, erwiderte sie ruhig. „Zu viele Cowboys finden es witzig, mir meinen Garten zu zertrampeln.“

„Noch haben Sie keinen Garten“, wandte er ein.

„Aber ich besitze Vieh, das gestohlen werden könnte. Darum bleibt die Flinte, wo sie ist, bis Sie mir meine Frage beantwortet haben.“

Selbst im Schatten der Veranda konnte er erkennen, wie grün ihre Augen waren. In ihrem Blick lag keine Angst oder Unsicherheit, im Grunde auch keine Feindseligkeit, nur eine gewisse Entschlossenheit. Leichte Bewunderung mischte sich in seinen Ärger. Der Siedler kann sich glücklich schätzen, eine dermaßen tatkräftige Frau zu haben, sagte er sich. Plötzlich war Lucas überzeugt, dass sie ihr Ziel sicher treffen würde. Sorgsam darauf bedacht, sich nicht zu hastig zu bewegen, hob er die Hand und nahm den Hut ab. „Ich bin Lucas Cochran von der Double-C-Ranch. Ich komme, um Ihren Mann kennenzulernen, Mrs Swann, und etwas Geschäftliches mit ihm zu besprechen."

Die Frau bedachte ihn mit einem kühlen, festen Blick. „George Swann war mein Vater, nicht mein Mann. Er ist vor sechs Jahren gestorben."

Allmählich ärgerte es ihn, so in Schach gehalten zu werden. „Dann könnte ich vielleicht mit Ihrem Mann oder mit Ihrem Bruder sprechen, mit dem Besitzer dieses Hofs."

„Ich habe keinen Mann und keinen Bruder. Ich bin Dee Swann. Das hier ist mein Land."

Sein Interesse war geweckt. Noch einmal ließ er den Blick über das ordentliche Anwesen schweifen und fragte sich, wer ihr bei der Arbeit half. Vielleicht lebten hier noch weitere Frauen, doch selbst das wäre noch nie da gewesen. Frauen bewirtschafteten einen Hof einfach nicht allein. Wenn die Männer starben, zogen sie zu irgendwelchen Verwandten. Er horchte, hörte jedoch keine Stimmen oder andere Geräusche aus dem Haus. „Sind Sie allein hier?"

Sie lächelte, doch ihr Gesichtsausdruck blieb kalt und herausfordernd. „Nein. Ich habe meine Flinte."

„Sie können sie herunternehmen", erwiderte er scharf und mit unverhohlenem Ärger. „Ich bin nur gekommen, um Ihre Bekanntschaft zu machen. Ich will Ihnen nichts Böses."

Daraufhin musterte sie ihn eingehend. Lucas hatte das Gefühl, dass nicht seine Worte sie beruhigten, sondern ihre eigene Einschätzung seiner Person sie veranlasste, den Lauf der Flinte zu Boden zu richten und ihm zuzunicken. „Es ist Abendbrotzeit", sagte sie. „Ich esse früh. Sie dürfen mir gern Gesellschaft leisten, wenn Sie möchten."

Zwar hatte er keinen Hunger, doch er nahm die Gelegenheit wahr und folgte ihr ins Haus. Es bestand lediglich aus zwei Räumen und einem Speicher, war aber innen genauso gepflegt wie außen. Die Küche lag zur Linken, der Raum zur Rechten war vermutlich ihr Schlafzimmer. Am Kamin standen ein bequemer Sessel und ein Tischchen mit einer Öllampe. Auf dem Tischchen lag zu seiner Überraschung ein aufgeschlagenes Buch. Er sah sich um und bemerkte grobe, selbst gebaute Regale voller Bücher. Analphabetin war sie also nicht.

Dee Swann ging geradewegs zu ihrem Herd und schöpfte dampfende Suppe in zwei Schüsseln. Lucas nahm seinen Hut ab, setzte sich an den robusten Tisch, und sie stellte eine Schüssel vor ihm ab. Ein Teller mit Brot und eine Kanne Kaffee standen schon bereit. Die Suppe war sämig von Gemüse und zarten Rindfleischbrocken. Und Lucas ertappte sich dabei, dass er aß, als hätte er den ganzen Tag nichts gegessen.

Seine Gastgeberin setzte sich ihm gegenüber und aß so gelassen, als wäre sie allein. Lucas beobachtete sie, forschte in ihrem Gesicht. Diese Frau gab ihm Rätsel auf. Sie flirtete nicht mit ihm, wie er es von Frauen gewohnt war, schien sich über die reine Kenntnisnahme seiner Anwesenheit hinaus nicht einmal bewusst zu machen, dass er ein Mann war. Sie war geradeheraus in Rede und Handeln, doch er vermutete hinter ihrer Ruhe lediglich eine Tarnung für eine verborgene Heißblütigkeit. Die konnte er in ihren Augen erkennen, die voll verhaltenem Feuer waren.

Auf den ersten Blick war sie unscheinbar, doch bei näherem Hinsehen bemerkte er, dass dieser Eindruck wegen der zweckmäßigen Kleidung und der strengen Frisur entstand. Das schwarze Haar trug sie zurückgekämmt und im Nacken zu einem festen Knoten geschlungen. Sie war auf exotische Weise attraktiv, mit hohen Wangenknochen und einem großen, weichen Mund, besaß aber nicht die Art von Schönheit, die sofort bezauberte. In seinen Lenden und seinem Bauch erwachte hitzige sexuelle Erregung, als er ihr beim Essen zusah. Anmutig tauchte sie den Löffel in die Suppe und aß, als wäre sie sich seiner Anwesenheit überhaupt nicht bewusst.

„Haben Sie keine Verwandten mehr?“, fragte er unvermittelt – entschlossen, ihre Aufmerksamkeit zu erzwingen.

„Ich habe Cousinen, aber niemanden, der mir nahesteht.“

„Wollen die Sie nicht bei sich aufnehmen?“

Die grünen Augen musterten ihn lange, bevor sie sich zu einer Antwort herabließ. „Vermutlich hätten sie mich aufgenommen, wenn ich sie gefragt hätte. Ich lebe aber lieber hier.“

„Warum? Es muss doch einsam sein für Sie – und auch gefährlich.“

„Ich habe die Flinte“, erinnerte sie ihn. „Und nein, ich fühle mich nicht einsam. Mir gefällt es hier.“

„Wahrscheinlich haben Sie viele Männerfreundschaften.“ Wie sollte sie nicht? Eine junge attraktive Frau, noch dazu alleinstehend, musste doch die Aufmerksamkeit auf sich ziehen.

Sie lachte. Es war kein mädchenhaftes Kichern, sondern das kehlige Lachen einer Frau, die gern Spaß hatte. „Nicht seit sie wissen, dass ich mein Ziel zu treffen pflege. Nachdem ein paar von ihnen eine Schrotladung abbekommen haben, lassen die anderen mich in Ruhe.“

„Warum haben Sie das getan? Sie könnten längst verheiratet sein.“ Ihr Lachen verstärkte seine Erregung. Aus welchem Grund auch immer war er jedenfalls froh, dass sie unverheiratet war. Er hatte immer Wert darauf gelegt, um die Frauen anderer Männer einen großen Bogen zu machen, selbst wenn besagte Frauen noch so willig waren.

„Oh, Heiratsanträge habe ich schon bekommen, Mr Cochran. Drei, glaube ich. Ich bin nicht verheiratet, weil ich es nicht will. Ich habe nicht vor, jemals zu heiraten.“

Seiner Erfahrung nach wollten alle Frauen heiraten. Er schlürfte seinen Kaffee und fasste sie über den Becherrand hinweg ins Auge. „Wenn Sie heiraten würden, hätten Sie einen Mann für die Arbeit auf der Farm.“

„Ich schaffe meine Arbeit ganz gut. Und wenn ich heiraten

würde, würde das Land nicht mehr mir gehören, sondern ihm. Ich möchte lieber unabhängig und selbstständig sein."

Wie von selbst war das Gespräch viel persönlicher geworden, als eine erste Begegnung es gerechtfertigt hätte. Eine Aura der Vertrautheit weckte die Lust in Lucas, sie auf seinen Schoß zu ziehen, als wäre sie seine Frau. Das war jedoch nur ein Traum, denn der beherrschte Ausdruck ihrer grünen Augen ließ außer Unterhaltung nichts zu. Das ärgerte ihn maßlos, denn er war es gewohnt, dass Frauen ihm bedeutend mehr Aufmerksamkeit schenkten. Selbst Olivia, perfekt, was Haltung und Manieren betraf, reagierte so auf ihn, wie er es erwartete.

Wahrscheinlich war es das Letzte, was Dee Swann beabsichtigte, aber gerade ihr Desinteresse rief die gegenteilige Reaktion in ihm hervor. Lucas hatte Herausforderungen schon immer genossen, und eine Herausforderung war diese Frau in jedem Fall. Eine Frau, die ihre Verehrer mit einer Flinte abwehrte, reizte ihn. Vielleicht brauchte sie keinen Mann, der ihr Land bewirtschaftete, aber für andere Bedürfnisse brauchte eine Frau doch zweifellos einen Mann. Dass sie nicht heiraten wollte, sollte ihm nur recht sein, denn sie war keinesfalls die Sorte Frau, die er sich zur Gattin wählen würde. Allerdings war Dee bestimmt eine großartige Bettgefährtin.

Lucas war klug genug, um sich nicht anmerken zu lassen, was er dachte. Wenn er jetzt auch nur andeutungsweise auf irgendetwas Erotisches zwischen ihnen anspielte, würde sie im Handumdrehen die Flinte auf ihn richten. Besser, sie gewöhnte sich erst an ihn und akzeptierte ihn, dann könnten sie wirklich *enge* Freunde werden. Also setzte er eine nichtssagende Miene auf und kam auf den eigentlichen Grund seines Besuchs zu sprechen.

„Bisher sind Sie einigermaßen über die Runden gekommen, weil Sie es nur mit ein paar beschwipsten Viehtreibern zu tun hatten, die lediglich auf ein bisschen Krawall aus waren. Wenn aber mal einer kommt und Sie nicht mit Johlen und Schießen vorwarnt, dann hat er Sie am Wickel, bevor Sie zur

Flinte greifen können. Oder wenn ein paar von denen es Ihnen heimzahlen wollen, dann schaffen Sie es nicht, die Tür und die Fenster gleichzeitig zu sichern. Hier draußen ist es gefährlich für Sie", sagte er eindringlich. „Mit dem Geld, das Sie für das Land bekommen würden, könnten Sie sich in der Stadt ganz nach Belieben ein Geschäft einrichten, und Sie wären in Sicherheit. Denken Sie darüber nach. Ich bin bereit, einen mehr als fairen Preis zu zahlen."

„Darüber brauche ich nicht nachzudenken", entgegnete sie. „Ich will nicht verkaufen. Das hier ist mein Zuhause, mir gefällt es hier. Ich bewirtschafte meinen Garten, verkaufe Gemüse in der Stadt und habe mein Auskommen. Wenn ich verkaufen wollte, hätte ich Mr Bellamys Angebot annehmen können."

„Bellamy hat Ihnen ein Angebot gemacht?"

„Mehrmals."

„Sie hätten es annehmen sollen. Sie sind eine alleinstehende Frau." Die Vorstellung, dass Angel Creek Bellamy gehörte, behagte Lucas zwar nicht, doch seine Warnung war vollkommen ernst gemeint. Eine gut aussehende Frau, die allein lebte wie sie, forderte Übergriffe von vorbeikommenden Nichtsnutzen doch geradezu heraus.

Aber Dee schlug seine Warnungen in den Wind. „So? Ich bin allein, egal, wohin ich gehe. Da kann ich auch gleich hierbleiben."

„In der Stadt hätten Sie Menschen in Ihrer Nähe, falls Sie mal Hilfe bräuchten. Sie wären in Sicherheit und müssten sich nicht halb zu Tode schuften wie hier."

„Und was sollte ich in der Stadt wohl tun?", wollte sie wissen. Sie stand auf und stellte ihre leere Schüssel in den großen Waschtrog. „Wie sollte ich meinen Lebensunterhalt verdienen? Die Stadt braucht kein zweites Bekleidungsgeschäft, keinen zweiten Hut- oder Gemischtwarenladen. Und das Geld vom Landverkauf würde nicht ewig reichen. Ich könnte nichts tun, außer vielleicht eines der Zimmer über dem

Saloon mieten. Aber irgendwie glaube ich nicht, dass ich in diesem Metier erfolgreich wäre."

Die Vorstellung, dass sie als Hure arbeiten könnte, erschreckte Lucas. Nein, das konnte er sich auch nicht vorstellen. Sie war zu stolz und unabhängig. Ein Mann wollte keine Herausforderung, wenn er ins Bordell ging; er wollte schlicht und gedankenlos Druck ablassen. Lucas stellte sich vor, wie sie sich auszog, wie ihre grünen Augen in einem dämmrigen Zimmer hitzig blitzten, und das Blut rauschte durch seine Adern. Wer dieses Füllen besteigen wollte, musste ein starker Mann sein. Doch es wäre die Mühe wert, wenn er dann tief in sie eindrang, ihre Glut spürte und sie schnell und heftig ritt. Nur ein starker Mann würde mit ihr fertig werden und sie zufriedenstellen.

Er war ein starker Mann, und er mochte Herausforderungen. Was er eben gedacht hatte, verhärtete sich zu einem Entschluss: Er würde Dee Swann lehren, dass sie zumindest für eine Sache einen Mann benötigte.

Doch da er schlau war, äußerte er nichts zu diesem Thema und drängte sie auch nicht weiter zum Verkauf ihres Lands. Stattdessen bedankte er sich höflich für die Mahlzeit, bot ihr für den Fall der Fälle seine Hilfe an, tippte sich an den Hut und ging wie ein Gentleman. Allerdings fühlte er sich ganz und gar nicht wie ein Gentleman, als er die Abkürzung über den Berg zurückritt. Er fühlte sich gespannt und lebendig, die Sinne wach, erwartungsvolle Vorfreude in den Lenden. Nein, seine Gedanken und Pläne waren nicht die eines Gentlemans, sondern die eines Mannes, der eine Frau witterte und begehrte. Allerdings ahnte die betreffende Frau noch nicht, dass sie verfolgt wurde. Darum lief sie nicht davon.

Dee ging zur Tür und blickte Lucas nach, als er davonritt. Sie fühlte sich merkwürdig verstört, und ihr war zu warm. Also öffnete sie die obersten Knöpfe ihrer Bluse und ließ kühle Luft über ihren Hals streichen. Die kurze Begegnung im Laden hatte sie nicht auf ein persönliches Treffen mit Lucas

Cochran vorbereitet. Ihr war nicht klar gewesen, dass er so groß, so kräftig gebaut war und dass seine blauen Augen so deutlich seinen eisernen Willen verrieten. Lucas Cochran war es gewohnt, das zu bekommen, was er wollte. Dass sie sein Angebot für den Kauf ihres Lands abgelehnt hatte, gefiel ihm ganz und gar nicht.

Sie würde alles, was sie besaß, darauf verwetten, dass er zurückkam.

3. KAPITEL

Olivia Millican war ihr Leben lang die perfekte Tochter und eine perfekte junge Dame gewesen. Das fiel ihr nicht schwer, sie war von Natur aus freundlich und beherrscht. Manchmal hatte sie ein schlechtes Gewissen, weil sie ein so leichtes, privilegiertes Leben führte, während sie sah, wie andere Menschen um einen Bruchteil des Luxus' kämpften, den sie gewohnt war. Doch sie war auch klug genug zu erkennen, dass dies nicht ihre Schuld war. Ihr Vater hatte hart gearbeitet, um seine Bank zum Erfolg zu führen. Jedes andere Kind von ihm hätte das gleiche angenehme Leben gehabt. Und Olivia tat, was sie konnte, um ihren Beitrag zu den wenigen kleinen Wohlfahrtseinrichtungen der Stadt zu leisten.

Ihr größter Wunsch war es, sich in einen guten Mann zu verlieben, von ihm geliebt und geheiratet zu werden und Kinder mit ihm zu haben. Früher hätte sie nie gedacht, dass dies ein so schwieriger Wunsch sein könnte – zumal er für die meisten ihrer Freundinnen anscheinend recht einfach in Erfüllung ging. Und nach wie vor hielt sie ihren Wunsch nicht für ungewöhnlich. Trotzdem blieb er ihr verwehrt.

Jetzt war sie fünfundzwanzig, quasi eine alte Jungfer, wenngleich auch in dieser Hinsicht das Geld ihres Vaters sie schützte. Eine arme Frau von fünfundzwanzig Jahren wäre eine alte Jungfer gewesen, eine reiche Fünfundzwanzigjährige war immer noch „eine gute Partie“. Trotzdem hatte sie, obwohl es in der Stadt durchaus gute Männer gab, nie jemanden geliebt, und offenbar hatte sich auch keiner von ihnen je wild in sie verliebt. Und inzwischen waren so ziemlich alle im passenden Alter verheiratet.

Alle außer Lucas Cochran.

Sein Name ging ihr durch den Kopf, während sie mit ihrer Mutter an der feinen Stickerei eines Leinentischtuchs arbeitete, und sie fröstelte leicht. Es war nicht so, dass sie ihn nicht mochte. Er sah auf eine harte Art gut aus, war wohlhabend, intelligent, wohlerzogen und auf jeden Fall passend. Und sie bildete es sich nicht nur ein, dass er sie seit seiner Rückkehr in die Stadt jedes Mal, wenn sie sich trafen, bevorzugt behandelte. Er war ein guter Tänzer und begegnete ihr respektvoll. Ihr weiblicher Instinkt sagte ihr auch, dass er sie nach einer angemessenen Zeit der Bekanntschaft um ihre Hand bitten würde. Insgeheim hatte sie große Angst, dass sie Ja sagen würde, weil sie fünfundzwanzig und dies wahrscheinlich ihre letzte Chance auf eine Heirat war. Aber Lucas Cochran liebte sie nicht. Trotz all seiner kleinen Aufmerksamkeiten, trotz des leicht besitzergreifenden Ausdrucks in seinen blauen Augen, wenn er sie ansah, als würde sie ihm bereits gehören, war ihr bewusst, dass sie nicht die leidenschaftlichen Gefühle in ihm weckte, die sie sich von ihrem zukünftigen Ehemann ersehnte.

Vor allem aber war er ein harter Mann, hart auf eine Art, an die ihr Vater, selbst eine starke Persönlichkeit, nicht heranreichte. Lucas Cochran würde nie zulassen, dass jemand sich ihm in den Weg stellte, wenn er etwas wollte. Olivia war klar, dass sie ihm genauso wenig gewachsen war wie ihr Vater, nein, bei Weitem nicht. Natürlich, er würde sie als seine Frau beschützen, ihr Kinder schenken, und doch würde sie ihm nie mehr bedeuten als jede beliebige andere, die er hätte wählen können. Rücksicht könnte sie erwarten, aber keine Geborgenheit; körperliche Aufmerksamkeit, aber niemals Liebe; Schutz, aber keine Zuwendung.

Doch wenn sie ihn ablehnte, würde sie vermutlich sterben, ohne je geheiratet und eine eigene Familie gegründet zu haben. Dabei sehnte sie sich so nach Kindern!

„Ich habe mich gegen den Besuch bei Patience entschieden“, sagte Honora Millican mit ihrer sanften Stimme.

Erschrocken hob Olivia den Blick. Ihre Mutter hatte sich darauf gefreut, im Sommer ihre Schwester in San Francisco zu besuchen. Ehrlich gesagt hatte Olivia sich genauso auf die Reise gefreut wie ihre Mutter. Tante Patience sah sie nur selten. Seit dem letzten Besuch waren fast fünf Jahre vergangen, und abgesehen von dem Wiedersehen mit ihrer Lieblingstante brannte Olivia auch darauf, die herrlichen Geschäfte in San Francisco zu besuchen. „Aber der Plan steht doch schon seit über einem Jahr!“, warf sie ein.

„Ich weiß, Liebes, aber ich meine, wir sollten die Stadt gerade jetzt nicht für mehrere Monate verlassen.“ Honora schenkte ihrer Tochter ein einnehmendes Lächeln, das Olivia von ihr geerbt hatte.

„Warum denn nicht?“

„Gerade jetzt, wo Mr Cochran dir so viel Aufmerksamkeit schenkt? Da ist es nicht gut, so lange wegzugehen und zu riskieren, dass irgendeine andere junge Frau seine Gunst gewinnt.“

Olivia neigte sich tief über die Stickerei, um ihr Gesicht zu verbergen. Sicher spiegelte es ihre Panik. Hatte sie nicht unsinnigerweise gehofft, dieses Mal in San Francisco jemand Besonderen kennenzulernen? „Das klingt, als wäre es eine ausgemachte Sache, dass er um meine Hand anhält“, erwiderte sie, obwohl sie selbst überzeugt davon war.

„Natürlich tut er das. So, wie er dich anschaut, denkt das doch jeder.“

„Er ist nicht verliebt in mich“, sagte Olivia und sah ihre Mutter traurig an.

Doch Honora wirkte keineswegs beunruhigt. „Zugegeben, Mr Cochran trägt sein Herz nicht auf der Zunge. Aber warum sollte er dir sonst so viel Aufmerksamkeit schenken?“

„Weil ich die Tochter des Bankiers bin“, antwortete Olivia leise. „Ich bin salonfähig und habe eine Ausbildung im Osten genossen.“

Da ließ Honora die Nadel sinken und sah ihre Tochter stirnrunzelnd an. Ihr Interesse war geweckt. „Das ist eine bemerkenswert zynische Perspektive, meine Liebe. Wie kommst du darauf, dass Mr Cochran nicht um deiner selbst willen Interesse an dir zeigt? Du bist eine schöne junge Frau, wenn ich als deine Mutter das sagen darf.“

Olivia konnte keine stichhaltigen Gründe für ihre Behauptung anführen, nur ihre Intuition. Und sie wollte Honora nicht beunruhigen. Ihre Mutter neigte zu übertriebener Ängstlichkeit, wenn Gesundheit oder Wohlbefinden ihrer zwei liebsten Menschen auf der Welt gefährdet waren. Es gab Olivia ein Gefühl der Sicherheit, so geliebt zu werden, gleichzeitig aber fühlte sie sich verpflichtet, alles tun zu müssen, um Honora Sorgen zu ersparen.

Also lächelte sie ihre Mutter an und sagte: „Wie auch immer, wer weiß, ob es Mr Cochran nicht guttäte zu wissen, dass ich in San Francisco vielen gut aussehenden Männern begegne."

Augenblicklich hellte sich Honoras Miene auf, und sie lachte leise. „Ich verstehe. Er soll sich deiner nicht zu sicher fühlen. Eine herrliche Idee! Trotzdem sollten wir zu einem so frühen Zeitpunkt eurer Beziehung nicht den ganzen Sommer über verreisen."

Olivia unterdrückte einen Seufzer. Sie hatte gehofft, Honora würde so begeistert sein, dass sie den Besuch in San Francisco doch nicht rückgängig machte. Jetzt wusste sie, dass sie ihrer Mutter all ihre Ängste und Nöte anvertrauen müsste, um sie umzustimmen, und das wollte Olivia nicht. Zunächst einmal war sie nicht sicher, ob ihre Sorge um die „Liebe" nicht einfach nur albern war. Keine andere junge Frau in der Stadt würde auch nur eine Sekunde zögern, wenn sie die Chance hätte, Lucas Cochran zu heiraten – abgesehen von Dee. Aber Dee war nun einmal anders. Außerdem war Olivia von Natur aus reserviert und achtete die Privatsphäre anderer sehr, weil sie selbst so großen Wert auf ihre legte. Darum mochte sie nicht einmal ihrer Mutter ihre inneren Ängste offenbaren. Honora würde darüber mit Olivias Vater und vielleicht auch mit gewissen Freundinnen in der Stadt sprechen, und dann wäre es bald allgemein bekannt.

Außerdem würden ihre Eltern so bekümmert sein und sich so aufregen, dass sie es nicht ertragen könnte. Sie war ihr einziges Kind. Honora hatte sie nach zwei Fehlgeburten geboren.

Die Liebe, mit der Olivia überschüttet wurde, hätte für ein ganzes Haus voller Kinder gereicht. Sie wollten nur das Beste für sie; in ihren Augen war nichts anderes gut genug. Und Olivia würde alles tun, damit sie nicht erfuhren, wie unglücklich sie war.

Also neigte sie den Kopf über die Stickarbeit und äußerte sich nicht mehr zu dem Thema. Sie verdrängte ihren Kummer und lauschte Honoras heiterem Plaudern über das bevorstehende Fest. Gemessen an seiner Größe herrschte in Prosper ein ziemlich reges gesellschaftliches Leben. Das ganze Jahr über fanden kleine Partys und Veranstaltungen statt. Im Spätfrühling organisierten die Frauen der Stadt ein großes Picknick mit Tanzvergnügen, wozu die gesamte Umgebung eingeladen war. Die Frauen übernahmen reihum die Organisation des Fests, und in diesem Frühling war Honora an der Reihe. Die ältere Frau war in ihrem Element, plante und arrangierte, delegierte und kontrollierte jede Einzelheit zwei-, dreimal. Seit Wochen sprach sie nur noch darüber, wie gut oder schlecht die Dinge liefen. Heute war keine Ausnahme. Olivia hörte geduldig zu und gab auf Anfrage Ratschläge. In erster Linie jedoch bot sie ihrer Mutter ein offenes Ohr. Mehr wollte Honora im Grunde nicht.

Wenn Honora von dem Fest sprach, erinnerte sie sich oft an Kleinigkeiten, die unverzüglich geregelt werden mussten. So auch heute. Völlig unvermittelt ließ sie den Stickrahmen in den Schoß sinken und rief: „Ach, du liebe Zeit."

Der Augenblick der Krise war so vorhersehbar, dass Olivia leicht belustigt lächelte und fragte: „Stimmt etwas nicht?"

„Ich habe völlig vergessen, Beatrice Padgett zu fragen, ob wir ihr Bowle-Service benutzen dürfen! Nicht zu fassen, dass mir das entfallen ist."

„Bestimmt rechnet sie fest damit, dass ihr Bowle-Service gebraucht wird", tröstete Olivia sie. „Schließlich ist sie die Einzige in der Stadt, die mehr als dreihundert Punschgläser besitzt."

„Trotzdem, es wäre schrecklich unhöflich, sie nicht zu *bitten,* sondern einfach *vorauszusetzen,* dass ihr Geschirr uns zur Verfügung steht. Ich schreibe ihr gleich eine Nachricht“, sagte Honora, legte den Stickrahmen beiseite und ging zum Schreibtisch. „Hast du Zeit, um sie ihr zu überbringen, Liebes? Ich habe heute Nachmittag einfach zu viel zu tun. Zwar würde ich Beatrice liebend gern besuchen, aber du weißt ja, wie viel sie redet. Wenn sie erst einmal angefangen hat, gibt es praktisch kein Entkommen.“

„Natürlich“, antwortete Olivia und war froh, ihren Stickrahmen ebenfalls weglegen zu können. Sie war zwar sehr gut in Handarbeiten, was aber nicht hieß, dass sie Freude daran hatte. „Ich könnte es mit einem Ausritt verbinden.“ Vielleicht konnte ein flotter Ritt ihren Trübsinn vertreiben. Oder sie besuchte Dee. Kaum hatte sie das gedacht, wusste sie, dass sie genau das brauchte. Dees unerbittliche Logik traf immer den Kern des Problems, und sie sagte stets ehrlich, was sie dachte. Dieses klare Denken benötigte Olivia jetzt.

Während Honora die Nachricht schrieb, ging sie nach oben, um ihre Reitkleidung anzulegen. Als Olivia die Treppe herunterkam, faltete ihre Mutter den Brief gerade zusammen.

„Lass dir Zeit, Liebes, und sprich Beatrice mein Bedauern aus, weil ich nicht selbst kommen konnte. Sie hat mein Versprechen, dass ich sie bald besuche und die Pläne für das Fest mit ihr durchsehe.“

Die Millicans hatten ihre zwei Pferde in der Station untergestellt. Olivia suchte also zuerst die Padgetts auf. Für den Weg benötigte sie nur fünf Minuten. Doch Beatrice Padgetts Geschnatter erlaubte es Olivia erst nach einer Stunde, wieder zu gehen. Beatrice hatte sie so sehr bedrängt, zum Tee zu bleiben, dass es peinlich gewesen wäre abzulehnen. Also saß Olivia da, hörte zu und brauchte nichts zu tun, als gelegentlich zu nicken oder eine Bemerkung einzuwerfen.

Trotzdem war es ein angenehmes Plauderstündchen, denn Beatrice war wirklich liebenswert, freundlich und frei von

Boshaftigkeit. Olivia hatte schon oft gedacht, dass Beatrice und Ezekiel Padgett gar nicht richtig zueinanderpassten. Beatrice war in den späten Vierzigern und hatte sich so viel von ihrer Schönheit bewahrt, dass man noch immer auf ihr früheres hinreißendes Aussehen schließen konnte. Sie war warmherzig, von offener Herzlichkeit, umarmte und tätschelte gern und strahlte eine weiche, ziemlich erotische Sinnlichkeit aus. Ezekiel dagegen war groß und verdrießlich, er lächelte selten, und sein Gesicht war zu grobknochig, um schön zu sein. Olivia hatte sich oft gefragt, wie die zwei harmonisch zusammenleben konnten. Doch sie hatte auch gesehen, wie Ezekiel seine Frau anblickte, wenn er sich unbeobachtet glaubte. Dann erhellte ein weicher, beinahe zärtlicher Ausdruck seine Züge.

Demnach wuchs die Liebe auch zwischen unpassenden Paaren und war vielleicht von Anfang an da gewesen, zumindest auf Beatrices Seite. Warum sonst hätte eine so liebevolle Frau einen so mürrischen Mann geheiratet? Warum Ezekiel Beatrice zur Frau genommen hatte, lag hingegen auf der Hand. Darum stellte Olivia sich diese Frage gar nicht.

Vielleicht war es dumm von ihr, sich Sorgen über eine Ehe mit Lucas zu machen. Vielleicht lernten auch sie, einander zu lieben wie Beatrice und Ezekiel, so wie ihre eigenen Eltern.

Doch sosehr sie sich auch bemühte, sie konnte sich einen Ausdruck, wie sie ihn auf Ezekiels Gesicht gesehen hatte, bei Lucas nicht vorstellen.

Dee blickte aus dem Fenster und lächelte, als sie in dem näher kommenden Reiter Olivia erkannte. Sie hatten viel zu lange keine Gelegenheit zum Plaudern gehabt. Doch jetzt, da das Wetter besser wurde, konnte Olivia wieder häufiger zu Besuch kommen. Dee schenkte zwei Becher Kaffee ein und ging hinaus auf die Veranda, um ihre Freundin zu begrüßen.

Kurz darauf saß Olivia ab und nahm dankbar lächelnd den Kaffee entgegen. Die beiden Frauen machten es sich auf der Veranda gemütlich. „Ich dachte, der Winter würde nie zu Ende gehen", seufzte Olivia. „Ich wollte schon ein paar Mal zu dir kommen, aber das Wetter hat nie mitgespielt."

„Ich habe in Winches' Laden gehört, dass Lucas Cochran dir den Hof macht."

Das war typisch Dee, sie kam gleich zum Kern der Sache. Olivias Anspannung löste sich ein wenig. Es tat gut, mit Dee zu reden. In ihrer Gegenwart musste sie sich nicht mit gesellschaftlichen Nichtigkeiten abgeben, brauchte keine höfliche Fassade aufzubauen und keine Angst zu haben, dass sie die Freundin mit ihren Worten schockierte. Nicht, dass sie je etwas Schockierendes geäußert hätte. Aber es war einfach schön zu wissen, dass sie es *gekonnt* hätte.

„Scheint so", erwiderte sie.

„Scheint so? Entweder er tut es, oder er tut es nicht."

„Nun ja, gesagt hat er im Grunde nichts. Allerdings schenkt er mir wohl Beachtung."

„So viel Beachtung, dass die Leute schon von Hochzeit reden?", hakte Dee nach.

„Ja", gestand Olivia und konnte ihren Kummer nicht verbergen.

„Liebst du ihn?"

„Nein."

„Dann heirate ihn nicht", forderte Dee mit einer Endgültigkeit, als wäre das Thema damit abgeschlossen.

„Aber wenn er meine letzte Chance ist?", fragte Olivia leise.

„Worauf?"

„Auf eine Ehe."

Dee trank einen Schluck Kaffee. „Glaubst du wirklich, du lernst keinen anderen mehr kennen?"

„Darum geht es nicht. Aber bisher hat sich niemand je in mich verliebt, und vielleicht wird das auch nie geschehen. Wenn ich schon keine Liebe finde, möchte ich doch wenigstens eine Familie haben. Er könnte wirklich meine letzte Chance sein."

„Tja, ich bin wahrscheinlich denkbar ungeeignet, dir Ratschläge zu geben", erwiderte Dee und lachte leise. „Immerhin habe ich schon drei Männer abgewiesen. Übrigens war er neulich hier draußen. Lucas Cochran, meine ich. Er wollte Angel Creek kaufen."

Wie interessant! Lucas war es gewohnt, seinen Willen zu bekommen. Olivia ahnte, wie er sich gefühlt haben musste, als er auf Dee traf, die störrisch wie ein Maultier sein konnte, wenn sie wollte.

„Was hältst du von ihm?"

„Es wäre gefährlich, ihn zum Feind zu haben. Und er erlebt es nicht oft, dass ihm jemand etwas abschlägt. Das verträgt er nicht gut."

„Und dir hat es Spaß gemacht."

„Aber natürlich." Der Schelm blitzte in Dees grünen Augen, als sie Olivia ansah. „Er sollte mal von seinem hohen Ross herabsteigen."

„Ich glaube nicht, dass er so schnell aufgibt", warnte Olivia.

„Nein, ich auch nicht."

Dee sah aus, als wäre es ihr tatsächlich ein Vergnügen, Lucas' Pläne zu durchkreuzen. Nicht zum ersten Mal wünschte Olivia sich, ein bisschen mehr so zu sein wie ihre Freundin. Dee ließ sich weder von Lucas noch von sonst jemandem einschüchtern. Sie besaß eine Art innere Kraft, eine Sicherheit, die den meisten Menschen fehlte. Olivia war sich keiner Sache sicher. Ihre Sehnsucht nach einer Familie stand im Widerspruch zu ihrer Angst, jemanden zu heiraten, den sie nicht liebte. Sie konnte sich nicht vorstellen, dass Dee jemals derartige Unsicherheiten erlebte. Dee würde sich einfach entscheiden, so oder so, und damit basta.

„Ich fürchte, wenn ich Lucas heirate, würde er mich schlicht unterbuttern", gestand Olivia und biss sich auf die Unterlippe.

Darüber dachte Dee einen Moment nach und nickte dann. „Vermutlich."

Diese unverblümte Einschätzung ließ Olivia hell auflachen. „Du musstest nicht unbedingt zustimmen!"

„Ach, du bist nicht schwach", erklärte Dee leicht lächelnd. „Du bist einfach zu sanftmütig, um dich zu wehren, wenn es nötig wäre. Aber Kopf hoch. Vielleicht lernst du in San Francisco jemanden kennen, den du wirklich heiraten möchtest."

„Mutter hat die Reise abgesagt. Sie hält es für unklug, Lucas so lange allein zu lassen, da er doch so großes Interesse zeigt. Es kann natürlich sein, dass Lucas überhaupt nicht vorhat zu heiraten und ich mir Sorgen wegen nichts mache." Ihr schoss der Gedanke durch den Kopf, dass Dee eine viel bessere Frau für Lucas wäre als sie selbst. Beinahe wäre sie damit herausgeplatzt. Im letzten Moment konnte sie sich bremsen. Dee würde sie für verrückt erklären, wenn sie so etwas sagte.

Aber es entsprach der Wahrheit. Dee war Lucas im Hinblick auf Temperament und Charakter durchaus gewachsen. Beide waren so stark, dass sie jeden Schwächeren völlig in den Schatten stellten. Das Problem war nur, dass Dee überhaupt nicht daran dachte zu heiraten.

Trotzdem setzte sich der Gedanke in Olivia fest.

Auf dem Weg nach Hause ritt Olivia zur Bank, um ihren Vater zu begrüßen. Als sie gerade auf den Gehsteig trat, öffnete sich die Eingangstür, und Kyle Bellamy, flankiert von zweien seiner Männer, kam heraus. Kaum sah er sie, zog er seinen Hut.

„Miss Millican, wie geht es Ihnen heute?"

„Gut, danke, Mr Bellamy. Und Ihnen?"

„Könnte nicht besser sein." Er blickte auf sie herab und schenkte ihr sein selbstzufriedenes Lächeln. Kyle Bellamy war zweifellos ein gut aussehender Mann und wusste das auch. Sein dunkles Haar war dicht und lockig, seine Augen waren hellbraun, sein Lächeln war offen und strahlend. Dazu war er groß und muskulös. Seine Ranch war zwar nicht annähernd so groß wie die Double-C-Ranch, doch sie wuchs und florierte. Trotz alledem vermittelte der Mann ihr ein Gefühl des Unbehagens.

Da er keinerlei Anstalten machte weiterzugehen, gewannen

Olivias angeborene gute Manieren die Oberhand. „Ich hoffe, Sie kommen zu unserem Frühlingsfest“, sagte sie.

„Ich möchte es auf keinen Fall versäumen.“ Er bedachte sie mit seinem weißzahnigen Wolfslächeln. „Schon gar nicht, wenn Sie auch dort sind.“

„So ziemlich die ganze Stadt wird da sein“, erwiderte Olivia und wich seiner Bemerkung geschickt aus.

„Ich freue mich darauf, mit Ihnen zu tanzen.“ Damit setzte er sich den Hut wieder auf den Kopf und ging weiter. Seine Männer folgten ihm.

Als der zweite von ihnen an ihr vorbeiging, hob auch er seinen Hut, und vor Überraschung sah Olivia ihm rasch ins Gesicht. Sie gewann nur einen flüchtigen Eindruck von schwarzem Haar, tief gebräunter Haut und schwarzen Augen voll heißer Bewunderung, bevor er fort war. Doch die Wirkung war so stark, dass sie vor Verblüffung wie angewurzelt stehen blieb.

Sicher hatte sie seinen Blick missverstanden. Schließlich hatte sie ihn nur ganz flüchtig angesehen. Nein, der Mann hatte sie bestimmt nicht voller *Zärtlichkeit* angesehen, nicht so, wie Ezekiel Beatrice anschaute. Wie sollte er, zumal er sie nicht einmal kannte? Tatsache aber war, dass sein Blick, ganz gleich, ob eingebildet oder nicht, ihr Herz ein bisschen schneller schlagen und ihr Gesicht leicht erglühen ließ.

Sie betrat die Bank, lächelte höflich und erwiderte die Grüße derer, die sie auf dem Weg zum Büro ihres Vaters ansprachen. Wilson Millican erhob sich bei ihrem Eintreten und strahlte sie zur Begrüßung an. „Deine Mutter hat dich vermutlich wieder auf einen Botengang geschickt“, sagte er und lachte, als ihre Blicke sich voller Verständnis trafen. „Es macht ihr so viel Freude, als wäre sie sechzehn und dies ihre erste Party.“

„Sie wird Stein und Bein schwören, dass sie sich nie wieder auf die Organisation einlässt, doch spätestens im nächsten Februar kann sie es wieder kaum erwarten, dass es losgeht“, stimmte Olivia ihm zu.

Sie plauderten ein paar Minuten, und Olivia erzählte von ihrem Besuch bei Beatrice. Weil sie ihren Vater nicht aufhalten wollte, blieb sie nicht lange. Doch als sie aufstand, um sich zu verabschieden, gewann ihre Neugier die Oberhand, und sie fragte: „Ich habe draußen kurz mit Mr Bellamy gesprochen. Wer sind die beiden Männer, die bei ihm waren?"

„Zwei von seinen Viehtreibern, Pierce und Fronteras. So, wie sie aussehen, glaube ich allerdings, dass sie mit der Waffe geschickter sind als mit dem Lasso."

„Banditen?", fragte sie erschrocken. „Wozu braucht er die?"

„Ich habe nicht gesagt, dass sie Banditen sind. Ich sagte nur, sie sehen so aus, als wären sie geschickt mit der Waffe, und vielleicht sind sie das auch. Aber hier sind viele gute Männer auch gute Schützen. Meines Wissens sind Bellamys Viehtreiber wirklich nichts anderes als Viehtreiber." Er tätschelte beruhigend Olivias Arm, wenngleich er sich keineswegs so sicher war, schon gar nicht, was die beiden Männer in Bellamys Begleitung anging. Doch eines war sicher: Er wollte keinen dieser beiden Männer in Olivias Nähe wissen. Sie war ein zu feiner Mensch für diese Art von Männern. Keiner der Rancharbeiter machte Ärger in der Stadt, abgesehen von den gelegentlichen Sauftouren und Prügeleien, doch als Vater konnte er gar nicht sorgsam genug auf das Wohlergehen seiner Tochter achten.

„Wer ist wer?", erkundigte sich Olivia.

„Wie bitte?"

„Welcher ist Pierce und welcher Fronteras?"

„Pierce ist jetzt schon ein paar Jahre bei Bellamy. Er ist ein ruhiger Mann und redet nicht viel. Der dunkle, mexikanisch aussehende ist Fronteras. Ich glaube, er ist tatsächlich Mexikaner, obwohl er ziemlich groß ist. Wahrscheinlich hat er viel von einem Spanier."

Ein Mexikaner. Olivia wunderte sich ein bisschen über sich selbst, weil ihr das nicht gleich aufgefallen war, auch wenn er wirklich groß war. Vor allem aber wunderte sie sich über ihre eigene Neugier einen Mann betreffend, den sie gar nicht kannte.

Eine Begegnung auf dem Bürgersteig bedeutete schließlich noch lange keine Bekanntschaft. Das entsprach nicht ihrem üblichen Verhalten, aber sie war schließlich auch verstört wegen des quälenden Gefühls, in der Falle zu sitzen. Sie wusste nicht, wie sie daraus entkommen konnte oder ob sie überhaupt entkommen wollte. Sie wusste nur, dass sie der Panik nahe war.

„Eine Bankierstochter zu heiraten wäre nicht das Schlimmste, was einen Mann treffen kann", überlegte Kyle Bellamy. „Noch dazu eine, die aussieht wie Olivia Millican."

Pierce knurrte etwas zur Antwort. Fronteras sagte nichts.

„Sie ist sein einziges Kind. Wenn er stirbt, bekommt sie alles. Oder vielmehr ihr Mann bekommt alles", fuhr Bellamy fort.

„Wie ich gehört habe, macht Cochran ihr den Hof", sagte Fronteras leise.

Kyle zuckte lässig mit den Schultern. „Das heißt doch nicht, dass ich der Lady keine Aufmerksamkeit schenken darf." Er schlürfte seinen Whiskey und dachte an Olivia Millican. Warum nicht? Seine Chancen bei ihr waren nicht geringer als die jedes anderen, vielleicht sogar größer. Bei Frauen hatte er seit jeher einen Stein im Brett. Er mochte sie etwas temperamentvoller, als Olivia offenbar war, aber sie war schön und reich, und nach Kyles Erfahrung machte Geld so manche Unzulänglichkeit wett. Über Geldmangel konnte er sich im Moment zwar nicht beklagen, doch er hatte gelernt, sich nicht auf sein Glück zu verlassen. Wilson Millicans Geld würde ihm ein angenehmes Leben sichern. Er würde anfangen, um Olivia zu werben, und Cochran einen Denkzettel verpassen.

Während er seinen zweiten Whiskey trank, genoss er sowohl den scharfen, rauchigen Geschmack des Alkohols als auch die Vorstellung von der Hochzeit mit Olivia Millican. Als Tillie jedoch auf ihn zutänzelte, lehnte er sich rücklings an die Bar und genoss den Anblick. Tillies Gang erregte die Männer, auch wenn sie bedeutend mehr als zwei Whiskeys intus hatten.

Kyle war Tillie vor etwa zehn Jahren in New Orleans zum

ersten Mal begegnet. Damals war sie fünfzehn gewesen. Er erinnerte sich daran, wie kess und wild sie ausgesehen hatte. Bei dem Gedanken, dass er vermutlich der einzige Mensch in der Stadt war, der wusste, dass sie Mathilde hieß, grinste er. So nannte er sie manchmal, wenn sie zusammen im Bett waren, und es trug ihm jedes Mal einen warnenden Blick von ihr ein. Ihn störte es nicht, wenn sie Tillie, das Saloon-Girl, sein wollte. Sie sollte nur nicht vergessen, dass er wusste, woher sie kam.

Natürlich wusste auch sie bedeutend mehr über ihn als jeder andere. Doch darüber machte er sich keine Sorgen. Tillie hatte nie versucht, ihr Wissen einzusetzen, um Geld von ihm zu erpressen. Sie war seltsam zufrieden mit ihrem Leben in einem billigen Kleinstadtsaloon. Kein Mann fühlte sich je von Tillie beurteilt. Sie nahm jeden, wie er war, und erwartete nichts.

Viele Männer in Prosper, die verheirateten eingeschlossen, hatten den Weg in Tillies Arme gefunden. Sie war großzügig, auch wenn Zeit Geld für sie war, und gab sich zumindest den Anschein von Zuneigung und manchmal sogar Leidenschaft.

Kyle verlangte nie weniger als ihre volle Beteiligung und ließ nicht zu, dass sie sie ihm nicht schenkte. Manchmal wollte sie sich vor ihm zurückhalten, doch er kannte sie lange und wusste genau, was er tun musste, damit sie sich unter ihm wand und aufbäumte. Am Ende gab sie ihm stets, was er verlangte.

Sie sieht eher wie zwanzig aus und nicht wie fünfundzwanzig, dachte er und bewunderte ihre seidige Haut und ihr mahagonidunkles Haar. Sie war immer noch schlank und biegsam, ihre Brüste waren straff und voll.

Ihr Mund war wie eine sinnliche Aufforderung. „Kyle", begrüßte sie ihn leise und lehnte sich an die Bar.

Mehr Ermutigung brauchte er nicht. Sein Name in diesem weichen Tonfall reichte. Er stellte sein Glas ab und ergriff ihren Arm. „Nach oben."

In gespielter Überraschung blinzelte sie ihn an. „Ja, gleichfalls hallo. Ein schöner Tag, nicht wahr?"

Er ignorierte ihren leichten Spott und zog sie mit sich zur

Treppe. Pierce und Fronteras bedeutete er mit einer knappen Handbewegung, dass er eine Weile bleiben würde und sie tun und lassen konnten, was sie wollten.

Luis Fronteras blickte Bellamy nach, wie er, den Arm um Tillies Taille gelegt, die Treppe hinaufstieg. Dann wandte er sich wieder seinem Bier zu. Schweigend, ein Bierglas in der Hand, setzte Pierce sich zu ihm an den Tisch. Das war normal für Pierce, der selten mehr als drei Worte hintereinander sprach.

Der leichte Anflug von Eifersucht beim Anblick von Bellamy und Tillie ärgerte Luis. Nicht wegen Tillie, obwohl sie Gott weiß eine betörende Frau war, sondern einfach wegen der engen Verbundenheit der beiden, auch wenn sie in erster Linie aus purem Sex bestand. Es war lange her, dass er sich irgendjemandem verbunden gefühlt hatte – genauer gesagt, zehn Jahre. Zehn Jahre des Vagabundierens, in denen er seine sexuellen Bedürfnisse gelegentlich mit einer bereitwilligen Frau stillte. Nie gab er mehr von sich her als den Genuss seines Körpers. Anfangs hatte er die geistige und emotionale Einsamkeit gebraucht, dann war sie zur Gewohnheit geworden. Inzwischen war sie nicht mehr zu ändern, obwohl er manchmal mehr wollte. Mehr … wovon?

Mehr Frauen? Eine Frau bekam er jederzeit. Luis besaß die Gabe, Frauen zu beglücken, und er wusste es. Es lag hauptsächlich daran, dass ihm alles an den Frauen gefiel, sogar ihre Launen und Eifersüchteleien und ihre Widersprüchlichkeit. Und welche Frau konnte widerstehen, wenn man sie so offen wertschätzte? Für Luis war es eine einfache Rechnung: Er war ein Mann, darum liebte er die Frauen. Sie waren die köstlichsten Wesen, die er sich vorstellen konnte. Seit er in den Stimmbruch gekommen war, zog er die Frauen wie magisch an.

Doch er war nicht an Frauen in Massen interessiert. Im Augenblick interessierte ihn nur eine Frau: die Blonde, die Bellamy vor der Bank angesprochen hatte. Miss Millican, die Tochter des Bankiers. Olivia. Ihre ruhige Gelassenheit und ihr hübsches Gesicht hatten ihm genauso gefallen wie die Form ihres Busens unter der sittsam geschnittenen Reitkleidung.

Dass Bellamy ihr den Hof machen und sie nur benutzen wollte, um an das Geld ihres Vaters zu kommen, passte ihm nicht. Eine Frau verdiente mehr als das, insbesondere eine, die so anständig aussah wie Olivia. Bellamy hätte nicht die geringsten Skrupel, sie zu benutzen. Doch Luis besaß einen unfehlbaren Instinkt in Bezug auf Frauen, und irgendetwas sagte ihm, dass eine derartige Skrupellosigkeit sie vernichten würde.

Die hübschen blauen Augen blickten ohnehin schon traurig. Er hatte sie nur flüchtig gesehen, doch die Traurigkeit war unverkennbar. Irgendetwas betrübte sie. Bellamy würde sie nur noch unglücklicher machen.

Gerne hätte er den traurigen Ausdruck aus ihren Augen weggeküsst, sie im Arm gehalten und gestreichelt und ihr gesagt, sie wunderschön sie war. Eine Frau musste wissen, dass sie geschätzt wurde.

Was für ein Unsinn! Luis lächelte zynisch. Er war ein Vagabund und Mexikaner, geschickter mit der Waffe, als gut für ihn war. Und sie war die Tochter des Bankiers, und so wie es aussah, hatte sie die Wahl zwischen den beiden reichsten Ranchern der Gegend. Die Chance, dass Olivia Millican sich seinen Namen merkte oder sich gar von ihm in den Arm nehmen ließ, war verschwindend gering.

4. KAPITEL

Es überraschte Dee nicht, als sie Lucas Cochran drei Tage später auf sich zureiten sah. Es war noch früh am Morgen. Sie stand mit einem Topf Hühnerfutter draußen und fütterte das gackernde Geflügel, das sich um ihren Rock scharte. „Mr Cochran“, begrüßte sie ihn, als er in Hörweite kam.

Er saß nicht ab, sondern beugte sich vor, stützte den Unterarm auf den Sattelknauf und sah zu, wie sie das Futter verstreute. „Guten Morgen“, begrüßte er sie. „Ich bin auf dem Weg in die Stadt und dachte mir, ich reite mal her und schaue nach Ihnen.“

Ihre Augen leuchteten in der hellen Morgensonne, sie waren grüner als alle, die er je gesehen hatte. „Ich kann mich nicht entsinnen, bei Ihnen den Eindruck erweckt zu haben, dass man nach mir schauen muss, Mr Cochran“, erwiderte sie ziemlich scharf. Sie hatte sich gewissenhaft zur Unabhängigkeit erzogen und verübelte ihm die Andeutung, sie könne nicht für sich selbst einstehen.

„Sag Lucas zu mir“, bat er. „Oder Luke.“

„Warum?“

„Weil ich möchte, dass wir Freunde werden.“

„Das halte ich für eher unwahrscheinlich.“

Wie erfrischend, eine Frau zu treffen, die sich nicht nach ihm richtete und sich nicht seiner Meinung beugte. „Warum nicht? Ich habe den Eindruck, wir könnten beide einen Freund brauchen.“

„Ich bin gern allein“, entgegnete sie, drehte den Topf um und schlug leicht gegen die Seiten, damit sich die letzten Körner lösten. Anschließend ging sie zu der kleinen Eingangsterrasse und hängte den Topf an einen Nagel in der Wand. Lucas folgte ihr zu Pferde, als sie eilig zum Stall ging und dabei mit jedem Schritt ihren Rock aufwarf. Sie trug nur einen einzigen Unterrock, stellte er freudig fest, als er den rasanten Schwung des blauen Rocks verfolgte. Noch dazu einen dünnen.

Beim Einreiten in den Stall zog er den Kopf ein und schloss automatisch die Augen, damit sie sich an das trübe Licht gewöhnten. Dann sah er zu, wie sie ihrem Pferd und zwei Kühen mit sicheren Bewegungen Futter in die Tröge schöpfte.

Sie ignorierte ihn verdammt gekonnt, und allmählich machte ihr Benehmen ihn ein bisschen wütend. Dann sagte er sich, dass diese Farm ihr gehörte und sie ihn nicht eingeladen hatte. Sein Pferd stampfte unruhig mit dem Huf auf, als sie einen Schemel holte und einer der Kühe den Milcheimer untersetzte. Lucas seufzte, saß ab und schlang den Zügel um ein Geländer. Die zweite Kuh musste ebenfalls gemolken werden.

„Hast du noch einen Eimer?“, fragte er.

Schon zischte die Milch im Takt mit ihren Handbewegungen in den Eimer, und sie drehte den Kopf zu ihm um. Ihre grünen Augen blitzten jetzt gefährlich. „Ich brauche keine Hilfe.“

„Das sehe ich.“ Sein Zorn wuchs und schwang in seinem Tonfall mit. „Aber hast du je daran gedacht, ein Angebot einfach anzunehmen? Nicht weil du es allein nicht schaffen würdest, sondern weil die Arbeit schneller getan ist, wenn man sie zu zweit erledigt?“

Dee überlegte und nickte dann knapp. „Gut. Ein sauberer Eimer steht in der Sattelkammer, da rechts. Aber ich habe keinen zweiten Schemel. Du musst dich hinhocken.“

Nachdem er den Eimer geholt hatte, tätschelte Lucas die dicke Flanke der Kuh, um sich bemerkbar zu machen, bevor er den Eimer unter ihr Euter stellte. Er hockte sich nieder, legte die kräftigen Finger um die langen Zitzen und melkte mit den rhythmischen Bewegungen, die man, einmal gelernt, nie wieder vergisst. Warme Milch spritzte in den Eimer. Er verzog den Mund zu einem säuerlichen Lächeln und war froh, dass ihn jetzt keiner seiner Männer sah.

„Warst du schon immer so ein Stacheltier?“, fragte er im Ton beiläufigen Interesses.

„Glaub schon“, antwortete sie im gleichen Tonfall, was ihm ein Grinsen entlockte.

„Gibt es einen bestimmten Grund dafür?“

„Männer.“

Er schnaubte durch die Nase. „Ja, wir sind manchmal echte Mistkerle.“

Zwar war er nicht sicher, glaubte jedoch, ein leises Lachen zu hören.

„Da würde ich dir nicht im Traum widersprechen.“

„Deine liebeskranken Verehrer waren wohl sehr hartnäckig“, riet er ins Blaue hinein.

„Einige von ihnen. Doch was sie im Sinn hatten, war nicht Liebe, das wissen wir wohl beide. Anscheinend betrachten Männer alleinlebende Frauen von Natur aus als Freiwild.“

Keine andere Frau in der ganzen Stadt hätte so etwas zu ihm gesagt. Allerdings hatte er bereits bei ihrem ersten Treffen festgestellt, dass Dee eine unverblümte Sprache pflegte und offen ihre Meinung sagte. Als er an die Männer dachte, die sie verführen wollten oder ganz auf Verführungsversuche verzichteten und hofften, sie allein zu erwischen, stieg eine ungeheure Wut in ihm hoch. Sein Entschluss, sie seinerseits zu verführen, konnte seinen Zorn nicht mildern. Zum einen hatte er nicht die Absicht, sie zu entehren. Niemand außer ihm und ihr sollte je erfahren, was sie miteinander hatten. Er war kein grüner Junge, der es nötig hatte, mit seinen Frauengeschichten zu prahlen, um andere mit seiner Männlichkeit zu beeindrucken. Zum anderen wollte er verdammt sein, wenn er ihr nicht Hochachtung zollte für das, was sie hier draußen geschaffen hatte. Das hatte viel harte Arbeit gekostet, doch sie war nicht davor zurückgeschreckt, sondern hatte sich der Herausforderung gestellt und sie erfolgreich gemeistert. Der tadellose Zustand der Farm zeigte das Ausmaß ihrer unerschütterlichen Tatkraft.

Seine Stimme klang gepresst von unterdrückter Wut, als er sagte: „Lass es mich wissen, wenn dich jemand belästigt.“

„Ich weiß das Angebot zu schätzen, aber das muss ich allein regeln. Vielleicht kannst du nicht immer zur Stelle sein. Die Kerle müssen wissen, dass ich mich selbst verteidigen kann und auf niemanden angewiesen bin."

Ihre Logik war unanfechtbar, doch sie passte ihm nicht. „Ich kann dafür sorgen, dass sie nie wiederkommen."

„Die Flinte hat große Überzeugungskraft", erwiderte sie mit einem Anflug von Humor. „Nichts kann einen Mann so schnell umstimmen wie eine Schrotladung im Hinterteil. Außerdem weiß ich nicht, ob ich mir dich als Beschützer leisten kann."

Ohne mit dem Melken aufzuhören, zog er die Brauen zusammen und hob den Kopf. „Warum nicht?", fragte er scharf.

„Die Leute würden glauben, dass wir miteinander schlafen." Als er darauf nichts erwiderte, fuhr Dee fort: „Die Männer in dieser Gegend lassen mich jetzt weitgehend in Ruhe, weil ich sie überzeugt habe, dass ich *überhaupt keinen* Mann will. Sollten sie allerdings glauben, dass ich einen Mann in mein Bett lasse, würden sie denken, ich wäre zu haben. In dem Fall würden sie eine Abweisung noch schlechter verkraften als vorher. Dann würde es hässlich, und wahrscheinlich müsste ich den einen oder anderen töten."

Mit seinen starken Händen hatte Lucas das Euter der Kuh ausgemolken. Er stellte den Eimer zur Seite und kam auf die Füße, als auch Dee die Arbeit beendete. Ihre Wangen waren vor Anstrengung gerötet, als sie den Eimer beiseiteschob, aufstand und den Rücken durchstreckte. Lucas hob den zweiten Eimer auf und ging aus dem Stall in Richtung Haus. Dee blieb nichts anderes übrig, als ihm zu folgen. Die Art, wie er sich auf ihrer Farm bewegte, ließ sie die Stirn runzeln. Es war sonnenklar, dass er es gewohnt war, der Chef zu sein. Dann aber zuckte sie mit den Schultern. Er wollte ihr helfen. Daher wäre es kleinlich von ihr, wenn sie sich über sein selbstbewusstes Auftreten beschwerte.

Er wartete auf der hinteren Veranda darauf, dass sie ihm die

Tür öffnete. „Was machst du mit so viel Milch?“

„Das meiste bekommt das Vieh in seinem Futter zurück“, gestand sie. „Aus dem Rest mache ich Butter, ein bisschen trinke ich und verwende es zum Kochen.“

„Eine Kuh würde reichen.“

„Mit zwei Kühen bekomme ich jährlich zwei Kälber, die als Jährlinge geschlachtet werden. Du hast das Rindfleisch neulich in der Suppe probiert. Und wenn eine von den Kühen eingeht, habe ich trotzdem noch Milch.“ Sie holte das Butterfass hervor und spannte die Seihe über die Öffnung. „Ich glaube, auf eine Kuh mehr oder weniger kommt es dir nicht an.“

„Nicht solange ich ein paar Tausend Stück Rindvieh auf der Weide habe.“ Er hob einen Eimer an und goss die Milch langsam durch die Seihe, dann leerte er den zweiten Eimer.

Dee griff nach der Kaffeekanne und schüttelte sie. „Es ist noch Kaffee übrig. Möchtest du einen Becher?“

Lucas war klug genug, sie zu einem so frühen Zeitpunkt ihrer Bekanntschaft nicht zu bedrängen. Ihre Nähe strapazierte allerdings seine Geduld, und er beschloss aufzubrechen. „Heute nicht. Ich muss in die Stadt und dann zurück auf die Ranch. Aber danke für das Angebot.“

„Gern geschehen“, erwiderte sie ernst. „Und danke für deine Hilfe. Ich verspreche dir, niemandem zu verraten, dass du meine Kuh gemolken hast.“

Trotz ihrer ausdruckslosen Miene bemerkte er das Lachen in ihren Augen. „Das will ich dir geraten haben.“

Da lächelte sie ihn tatsächlich an, und sofort reagierte sein Körper. Verdammt, sie war hinreißend, wenn sie lächelte!

Während er zum Stall ging und sein Pferd am Zügel hinausführte, stand sie auf der Veranda und lehnte sich an einen Pfosten. Sie sah zu, wie er aufsaß, registrierte das Spiel der Muskeln in seinen Armen und Schultern und wie die Hose sich über Gesäß und Schenkeln spannte. Seine Hutkrempe überschattete sein Gesicht, doch das intensive Blau seiner Augen sah sie trotzdem.

„Bis dann“, sagte er und ritt davon, ohne sich noch einmal umzublicken.

Sosehr Dee sich auch bemühte, sie konnte nicht aufhören, an ihn zu denken, während sie ihr restliches Vormittagspensum erledigte. Sie wusste genau, warum er das erste Mal zu ihr gekommen war. Aber warum hatte er heute Morgen den großen Umweg in Kauf genommen? Zuerst hatte sie damit gerechnet, dass er sich an sie heranmachen wollte, doch er hatte nichts in dieser Richtung gesagt oder getan. Ehrlicherweise musste sie zugeben, dass sie darüber etwas enttäuscht war.

Nicht, dass sie sich von ihm hätte küssen lassen. Schließlich wollte der Mann Olivia heiraten. Aber Olivia wollte ihn nicht. Dee wusste, wie gern ihre Freundin sich verlieben und eine Familie gründen würde und dass sie Angst hatte, diese Chance nie zu bekommen. Und Olivia war nicht einmal sicher, ob Lucas sie überhaupt heiraten wollte. Nach der zweiten Begegnung mit ihm war Dee überzeugt, dass er nicht der richtige Mann für ihre sanfte Freundin war.

Es entsprach ganz und gar der Wahrheit, dass sie es sich nicht leisten konnte, jemanden glauben zu lassen, sie wäre zu haben. Genau wie es stimmte, dass sie an einer Heirat nicht interessiert war. Das alles jedoch leugnete nicht eine dritte Wahrheit: Sie war ein Mensch, und sie war eine Frau. Dee hatte das Gespräch mit Lucas und seine Gesellschaft an diesem Morgen genossen. Er redete auf Augenhöhe mit ihr, gab ihr ein unterschwelliges, aber köstliches Gefühl der Freiheit, weil sie seinetwegen ihre Worte oder ihr Verhalten nicht auf die Goldwaage legen musste. Den meisten Männern hätte das, was sie gesagt hatte, sehr missfallen, doch Lucas hatte die Offenheit ihrer Unterhaltung anscheinend genossen. Und gegen ihren Willen hatte sie als Frau auf ihn reagiert. Ihre Haut hatte sich erwärmt, ihr Atem sich beschleunigt. Ob sie ihn zurückgewiesen hätte, wenn er sich tatsächlich an sie herangemacht hätte? Sie war sich selbst gegenüber ehrlich genug, um sich einzugestehen, dass er sie in Versuchung führen konnte.

Ihr eigenes Doppelspiel war ihr ein wenig peinlich. Wenn sie ihm auch gesagt hatte, dass Männer sie nicht interessierten und sie seine Bewunderung für sie als Frau weder brauchte noch wollte, war sie sich seiner als Mann doch sehr bewusst. Es verletzte ihr Ego ein wenig, dass er sich nicht einmal ein bisschen zu ihr hingezogen fühlte. Andererseits, warum sollte er? Er war Lucas Cochran; er konnte jede ledige Frau in der Stadt haben und vermutlich auch ein paar von den verheirateten. Der Mann sah nicht nur sehr gut aus, er war auch beinahe überwältigend männlich, hart und stark und selbstsicher, sowohl geistig als auch körperlich. In seinen Augen erkannte sie deutlich, dass er skrupellos sein konnte und dass jemand entweder tollkühn oder dumm sein musste, wenn er sich ihm in den Weg stellen wollte.

Sie dagegen war nichts Besonderes. Das sah sie jeden Morgen im Spiegel, wenn sie sich das Gesicht wusch. Sie war eine Frau, die hart arbeitete und ihr überschüssiges Geld lieber für Bücher als für Kleider oder Luxusartikel ausgab. Außerdem war sie kein bisschen kultiviert oder grazil, wenngleich sie sich für ziemlich intelligent und für gebildeter als die meisten anderen hielt, Letzteres dank ihrer Mutter, die ihr früh die Liebe zur Literatur vermittelt hatte. All diese Charakterzüge rüsteten sie mit der Fähigkeit aus, ihr Leben zu meistern, aber auch mit einem Widerstreben, sich jemandem unterzuordnen.

Insgesamt besaß sie nichts, was ein Mann wie Cochran begehren könnte, und es war dumm von ihr, sich zu wünschen, dass es anders wäre.

Lucas trat nie absichtlich an Olivia heran, außer auf gesellschaftlichen Veranstaltungen, wo sie einander ohnehin begegneten. Denn er sah keinen Anlass, eine Beziehung zwischen ihnen zu festigen, wenn es noch mindestens ein Jahr dauern würde, bis er wirklich Zeit für die Brautwerbung und die Hochzeit hatte. Außerdem verspürte er kein großes Bedürfnis nach ihrer Gesellschaft. Sie war hübsch und nett, konnte seine

Sinne jedoch nicht fesseln. Als er an diesem Morgen nach seinem Besuch bei Dee in die Stadt ritt, wollte er Olivia jedoch weder absichtlich noch zufällig begegnen.

Natürlich war Olivia lieb und freundlich, eine wahre Lady. Er konnte sich sogar vorstellen, dass er viel Freude daran haben würde, mit ihr zu schlafen. Doch dass sie ihn jemals bis zum Wahnsinn erregen könnte, das vermochte er sich beim besten Willen nicht vorzustellen. Wenn er an heißen Sex, Schweiß, zerwühlte Laken und Fingernägel dachte, die sich in seinen Rücken gruben, während er einen Frauenkörper unter sich genoss, dann waren es Dees Körper und Dees Gesicht, die er vor sich sah. Sie würde ihn niemals sanftmütig akzeptieren, sondern sich gegen seine Vorherrschaft wehren, seinen Stößen mit den Hüften entgegenwirken. Sie würde kratzen und sich winden und wild ihre eigene Lust ausleben. Und hinterher, wenn sie erschöpft dalagen, würde sie ihn mit ihren rätselhaften grünen Augen beobachten und ihn herausfordern, sie noch einmal zu nehmen.

Solange diese heißen Bilder von Dee durch seinen Kopf schwirrten, konnte er nicht einmal an Olivia denken. Er begehrte sie mit einer Macht, die ihn überraschte. Auch früher hatte er sich nach Frauen verzehrt, nach einigen sogar leidenschaftlich. Doch der Gedanke an eine Frau hatte noch nie das Gefühl in ihm geweckt, in Flammen zu stehen. Und bisher hatte er noch nicht einmal Dees Hand berührt! Doch das würde er tun, und zwar bald. Er konnte nicht Monate darauf warten, sie zu besitzen, und besonders viele Wochen auch nicht mehr.

Als ihn eine heftige Welle der Erregung überrollte, knirschte Lucas mit den Zähnen. So wie er sich jetzt fühlte, blieb für Dees Unschuld nur noch einige Tage Zeit, und selbst das war zu viel. Er wollte sie jetzt, er war hart und aufsässig wie ein Hengst, der eine rossige Stute besteigen will.

Dass Dee noch Jungfrau war, obwohl sie seit fünf Jahren allein lebte, spürte Lucas. Ihre Unschuld war Hindernis und

Hilfe zugleich. Sie würde die Ernsthaftigkeit seiner Verführung nicht auf Anhieb erkennen und nicht wissen, wie sie ihre Reaktionen auf ihn kontrollieren sollte. Das verschaffte ihm eindeutig einen Vorteil. Doch ihre Unschuld verlangte auch Selbstbeherrschung von ihm, um sicherzustellen, dass sie Lust erlebte, bevor er in sie eindrang. Seine Selbstbeherrschung war allerdings jetzt schon arg strapaziert. Wenn er sie erst nackt in den Armen hielt, würde der Wunsch, in sie einzudringen und in ihr Erfüllung zu finden, ihn an den Rand des Wahnsinns bringen. Falls er die Kontrolle verlor und ihr nur Schmerzen bereitete, würde sie sich wehren wie eine Wildkatze, sobald er versuchte, sie noch einmal anzufassen.

Nein, kein Mensch im Vollbesitz seiner geistigen Kräfte würde Dee jemals als sanftmütig bezeichnen. Sie war wie ein Flächenbrand, während Olivia kühl und gelassen wie ein Bergsee war.

Obwohl es noch zu früh zum Trinken war, stattete Lucas dem Saloon einen Besuch ab. Vielleicht konnte ein Bier den dumpfen Schmerz in seinen Lenden mildern. Zu dieser Stunde war der Saloon fast leer. Nur ein Gast schlürfte seinen Whiskey, den Rücken zur Schwingtür, als ob das Licht in seinen Augen schmerzte. Lucas erkannte die Hinweise auf einen Kater und ließ den Mann in Ruhe.

Der Barkeeper polierte Gläser und beachtete ihn nicht weiter, nachdem er ihm sein Bier serviert hatte. Die beiden Saloon-Girls spielten halb gelangweilt, halb träge Karten, verbrachten aber mehr Zeit mit Reden als mit Spielen.

Nach einer Weile stand Tillie, die Rothaarige, auf und schlenderte auf Lucas zu. Obwohl seine Sinne zu stark auf schwarzes Haar und grüne Augen konzentriert waren, um auf Tillies üppige Schönheit zu reagieren, bewunderte er doch ihren sinnlichen Gang. Sie ging nicht einfach, sie wiegte sich, sie glitt, sie schlängelte sich. Es war ein so durch und durch femininer Bewegungsablauf, dass selbst der Mann mit dem Kater Tillie aus blutunterlaufenen Augen nachblickte.

„Guten Morgen", sagte sie gedehnt und setzte sich zu Lucas an den Tisch. Sie sprach mit deutlichem Südstaatenakzent, träge und weich. Mit einer Kopfbewegung wies sie auf den anderen Mann. „Er hat einen Grund zu trinken, aber du machst nicht den Eindruck, als hättest du einen harten Tag."

Oh doch, er hatte einen harten Tag, in gewissem Sinne. „Ich vertreibe mir nur die Zeit", erwiderte er.

„Oder bist du vielleicht aus einem anderen Grund hergekommen?" Jetzt klang ihre Stimme noch weicher, träger, einladender.

„Ich bin nicht in Stimmung für eine Frau", sagte er barsch.

Da lachte Tillie warm und lehnte sich auf dem Stuhl zurück. „Oh, das glaube ich aber doch, Süßer. Nur die Frau bin nicht ich, und genau da liegt dein Problem. Du hast diesen wütenden, hitzig-gequälten Blick, den ein Mann bekommt, wenn eine Frau sich nicht für ihn hinlegt, sobald er sie will."

„In deiner Gegenwart haben Männer diesen Blick sicher nicht oft, oder?", konterte Lucas.

„Nicht oft, Süßer, nicht oft. Tja, wenn du nicht hier bist, um zu trinken, und auch nicht nach oben willst, könntest du mir und Verna doch beim Poker Gesellschaft leisten. Zu zweit spielen ist langweilig."

Doch das Kartenspiel lockte ihn auch nicht, und er schüttelte den Kopf. Tillie seufzte mitfühlend. „Dann kann ich nichts weiter für dich tun, Mr Cochran, als dir Glück zu wünschen."

„Ich brauche kein Glück", knurrte er und erhob sich vom Tisch. „Was ich brauche, ist Geduld."

Tillies weiches Lachen folgte ihm aus dem Saloon.

Olivia drückte sich in der Kurzwarenhandlung herum, bis sie Lucas aus dem Saloon kommen und in Richtung Double-C-Ranch davonreiten sah. Es war feige, sich vor ihm zu verstecken, obwohl er immer höflich zu ihr war. Doch die Vorstellung, ihm unter zahllosen Blicken auf der Straße zu begegnen, verursachte ihr leichte Übelkeit. Sie wäre wegen des Geflüsters und der Spekulationen hinter all den Ladentüren nicht imstande gewesen, dem Mann gegenüber ein vernünftiges Wort zu äußern. Außerdem schien Lucas nicht besonders guter Laune zu sein. Selbst aus der Entfernung hatte sie sein finsteres Gesicht bemerkt. Wenn Lucas sie schon in guter Stimmung einschüchterte, wie viel bedrohlicher mochte er dann erst bei schlechter Laune wirken? Sie wollte es nicht wissen.

5. KAPITEL

Vielleicht wäre es nicht passiert, wenn Dee nicht so müde gewesen wäre. Doch sie hatte am Vormittag den Garten gepflügt und die großen Erdschollen zu krümeligem Boden umgebrochen, der sich zum Pflanzen eignete. Die ersten Tage Gartenarbeit waren immer die härtesten für sie, denn in den vergleichsweise laschen Wintermonaten waren ihre Muskeln erschlafft. Vielleicht war sie deshalb nicht so aufmerksam wie sonst gewesen, als sie auf den Heuboden stieg, um Heu fürs Vieh herabzuwerfen. Jedenfalls hatte sie die Katze nicht gesehen und ihr auf die Pfote getreten. Die Katze fauchte. Dee fuhr erschrocken zurück und machte einen Schritt zu viel. Sie stürzte vom Heuboden, landete flach auf dem Rücken und schlug dumpf mit dem Hinterkopf auf.

Eine qualvolle Weile, die ihr wie eine Ewigkeit erschien, konnte sie nicht atmen und lag da wie gelähmt. Der Schmerz war betäubend, ihr Blick trübte sich. Dann nahmen ihre Organe die Arbeit wieder auf, und trotz der schmerzenden Rippen schöpfte sie gierig Luft.

Wieder verging eine geraume Weile, bevor sie sich imstande fühlte, ihre Lage einzuschätzen. Arme und Beine ließen sich ohne nennenswerte Schmerzen bewegen, und die Rippen waren anscheinend nur geprellt, nicht gebrochen. In ihrem Kopf spürte sie ein dumpfes Pochen. Hätte nicht eine dünne Schicht Stroh den Boden bedeckt, wäre sie jetzt wohl bedeutend schlechter dran.

Die Katze sprang vom Heuboden und miaute sie vorwurfsvoll an, bevor sie um die Ecke verschwand.

Dee kam taumelnd auf die Füße und schaffte es gerade noch, die Tiere zu füttern. Doch als sie zurück ins Haus ging, konnte sie kaum die Treppe bewältigen. Da das Kochen mühselig war, verzichtete sie darauf. Sie säuberte sich lediglich kurz mit Wasser und Schwamm und bürstete behutsam ihr Haar aus. Die Kopfschmerzen waren so heftig, dass sie den strammen

Zopf nicht ertrug, den sie sich zur Nacht gewöhnlich flocht. Schon bei dem bloßen Gedanken verzog sie das Gesicht. Es gelang ihr gerade noch, in ihr Nachthemd und dann ins Bett zu schlüpfen.

Bei jeder Bewegung im Schlaf protestierten ihre Muskeln und weckten sie auf. Doch als die Dämmerung einsetzte und Dee endgültig die Augen aufschlug, stellte sie zu ihrer Erleichterung fest, dass die Kopfschmerzen sich verflüchtigt hatten. Sie hätte böse in der Klemme gesteckt, wenn sie sich eine Gehirnerschütterung zugezogen hätte. Aber zum Glück war das offenbar nicht der Fall.

Doch als sie aus dem Bett steigen wollte, sank sie mit einem erstickten Schrei zurück. Ein scharfer Schmerz fuhr ihr in die Rippen. Ein paar Minuten lang lag sie keuchend da, dann riss sie sich zusammen und versuchte es erneut. Der zweite Anlauf verlief genauso erfolglos wie der erste.

Sie versuchte es höchst ungern noch einmal, doch sie konnte ja nicht den ganzen Tag einfach im Bett liegen bleiben. Zunächst einmal musste sie ihren natürlichen Bedürfnissen nachkommen.

Beim dritten Mal versuchte sie gar nicht erst, sich zum Sitzen aufzurichten, sondern wälzte sich vom Bett und landete auf den Knien, was ihr wahrscheinlich weitere Blutergüsse eintrug. Mit geschlossenen Augen lehnte sie sich an das Bett und sammelte genug Kraft und Entschlossenheit, um sich aufzurichten. Glücklicherweise war das Aufstehen nicht so schmerzhaft wie das Sitzen, aber dennoch wurde sie blass vor Anstrengung.

Sie konnte ihre dringendsten Bedürfnisse befriedigen und mehrere Kellen Wasser trinken, denn sie hatte großen Durst. Doch bei dem schlichten Versuch, ihr Nachthemd auszuziehen, kapitulierte sie. Sie konnte die Arme nicht heben und es sich über den Kopf ziehen. Und selbst wenn es ihr gelungen wäre, war sie keinesfalls sicher, dass sie sich anziehen konnte.

Doch die Tiere mussten versorgt werden. Es war schließlich nicht deren Schuld, dass sie so dumm und ungeschickt gewesen war, vom Heuboden zu stürzen.

Was für ein Glück, dass sie in den letzten sechs Jahren nie zuvor krank oder verletzt gewesen war. In dem Wissen, dass sie sich einzig auf sich selbst verlassen konnte, war sie immer extrem vorsichtig gewesen. Das ging sogar so weit, einen Nagel mit einer langen Zange zu halten, um auszuschließen, dass sie sich mit dem Hammer die Hand verletzte. Sie hatte alles Erdenkliche getan, um ihre Umgebung und ihre Gewohnheiten sicher zu gestalten, doch keine ihrer Vorsichtsmaßnahmen hatte verhindert, dass sie auf die Katze trat.

Selbst wenn sie die Treppe bewältigte und im Nachthemd in den Stall ging, blieb die Frage, wie sie das Vieh füttern sollte. Sie konnte die Arme nicht heben, geschweige denn schwere Futtereimer tragen.

Dee war so wütend auf sich selbst, dass sie kaum klar denken konnte. Hinzu kam, dass jede Bewegung neue Schmerzen brachte. Ihre Beine waren steif und schwer, doch sie vermutete, dass das eher auf die ungewohnte Anstrengung des Umgrabens zurückzuführen war. Ihr Rücken jedoch war offenbar von den Schultern bis zu den Hüften ein einziger Bluterguss, und ihre Rippen schmerzten bei jedem Atemzug. Sie erwog, sich einfach aufs Bett fallen zu lassen, doch der Gedanke an die Quälerei, wenn sie wieder aufstehen wollte, hielt sie zurück. Stehen war offenbar die einzige Möglichkeit.

Doch der Frühlingsmorgen war kühl, und sie begann zu frieren. Barfuß stand sie da, mit nichts am Leib als ihrem Nachthemd. Die Kohlen im Kamin würden brennen, wenn sie ein Holzscheit auflegte, aber auch das war ihr nicht möglich. Anscheinend musste sie doch wieder ins Bett gehen, um warm zu bleiben, trotz der Schmerzen, die mit dem Aufstehen verbunden sein würden.

Als sie Hufgetrappel hörte, war ihr erster Gedanke, dass sie die Flinte holen musste, und sie bewegte sich zu hastig. Der dadurch ausgelöste Schmerz raubte ihr den Atem, und mit einem unterdrückten Stöhnen blieb sie stehen.

„Dee!“

Bei dem Ruf wurden ihre Knie vor Erleichterung weich. Es war Lucas. Sie würde ihren Stolz hinunterschlucken und ihn bitten, heute das Vieh zu versorgen, morgen wäre sie sicher selbst wieder dazu imstande. Unter Schmerzen tastete sie sich zum Fenster, gerade noch rechtzeitig, um Lucas auf der Suche nach ihr zum Stall gehen zu sehen.

„Lucas“, rief sie, doch er hörte sie nicht.

Sie ging zur Tür, hielt den Atem an gegen den Schmerz, den jeder Schritt verursachte. Dann blickte sie ratlos auf den Riegel, den sie automatisch vorgelegt hatte, als sie gestern Abend ins Haus gekommen war. Sie versuchte, die Arme zu heben, erreichte aber schließlich, obwohl sie über den Schmerz hinwegging, einen Punkt, an dem ihre Muskeln einfach nicht mehr mitspielten. Und das geschah leider, bevor sie den Riegel aus seiner Halterung stemmen konnte.

„Dee? Wo bist du?“

Lucas trat aus dem Stall und ging zur Rückseite des Hauses. Keuchend ging Dee in die Knie und schob eine Schulter unter das Ende des Balkens, um sich dann aufzurichten. Der Balken lastete schwer auf ihrem wunden Fleisch und schmerzte wie ein Axthieb, doch sie wusste nicht, wie sie die Tür sonst öffnen sollte. Also biss sie die Zähne zusammen und ignorierte den Schmerz, der ihr die Tränen in die Augen trieb. Der Balken glitt aus der Halterung und stürzte mit Getöse zu Boden.

Als Lucas den Lärm hörte, hielt er inne. Dann wandte er sich zum Haus, da das Geräusch von dort gekommen war. Vorsichtshalber griff er nach dem Pistolenknauf.

Dee schaffte es, die Tür zu öffnen. Zitternd stand sie da und suchte mit einer Hand Halt am Türrahmen. „Lucas“, rief sie. „Ich bin vorn.“

In Windeseile umrundete er das Häuschen, nahm die Stufen mit zwei großen Schritten und löste die Hand von der Pistole, als er Dee sah. „Warum hast du nicht geantwortet?“, fragte er zornig, blieb jedoch unvermittelt stehen, als er ihren Zustand erkannte.

Leicht schwankend stand sie in der Tür und hielt sich mit der rechten Hand so krampfhaft am Rahmen fest, dass ihre Finger ganz weiß aussahen. Sie war barfuß und trug nur ein schlichtes weißes Nachthemd, langärmlig und hochgeschlossen, züchtig wie die Tracht einer Nonne. Dennoch konnte er ihre dunklen Brustwarzen unter dem Stoff erahnen. Ihr schweres Haar fiel offen und zerzaust über ihren Rücken. Auf den ersten Blick wirkte sie völlig unversehrt, und schon reagierte sein Körper auf ihre notdürftige Kleidung. Doch fast im selben Moment erkannte er, dass ihr Gesicht kreideweiß war und sie sich steif und reglos hielt.

„Was ist passiert?“, fragte er und streckte die Hand nach ihr aus, weil sie aussah, als würde sie vor seinen Füßen zusammenbrechen. Sein Ton war vor Sorge barsch.

„Nein, fass mich nicht an!“, schrie sie angstvoll und wich vor seiner Hand zurück. Die Bewegung zog neue Schmerzen nach sich, und obwohl sie sich auf die Lippe biss, um einen Schrei zu unterdrücken, entfuhr ihr doch ein kehliges Stöhnen. Als sie sich wieder unter Kontrolle hatte, sagte sie: „Ich bin vom Heuboden gestürzt. Mir tut alles weh. Ich kann nicht arbeiten.“

„Komm zurück ins Haus, und lass mich die Tür schließen“, sagte er. Er beging nicht den Fehler, ihr helfen zu wollen, obwohl sie sich kaum bewegen konnte. Auch den übermächtigen Drang sie anzuschreien kämpfte er nieder. Wenn sie nicht darauf bestehen würde, allein zu leben und Männerarbeit zu leisten, wäre sie jetzt nicht verletzt. Aber die Strafpredigt konnte warten. Er trat hinter ihr ins Haus und schloss die Tür. Dann ging er zum Kamin, legte rasch ein paar Scheite auf und schürte die Glut mit dem Feuerhaken.

„Wann bist du gestürzt?“, fragte er ruppig und drehte sich zu ihr um.

„Gestern am späten Nachmittag.“

Immerhin hatte sie nicht tagelang hilflos dagelegen. Eine Woche war vergangen, seit er sie zuletzt gesehen hatte. Es hätte also gut sein können, dass sie schon so lange verletzt war.

Er warf seinen Hut beiseite und ließ sich neben ihr nieder. „Das wird jetzt wehtun, aber ich muss dich auf Knochenbrüche untersuchen. Bleib möglichst still stehen, damit wir es rasch hinter uns bringen."

„Ich glaube nicht, dass ich mir etwas gebrochen habe", wehrte sie ab. „Aber ich wäre dir dankbar, wenn du heute das Vieh versorgen würdest. Ich bin nur steif und wund. Das ist morgen vorbei, dann kann ich meine Arbeit wieder selbst erledigen."

„Mach dir keine Sorgen wegen der Tiere. Und ich will mich selbst vergewissern, ob Knochen gebrochen sind oder nicht."

Seine leise Stimme klang rau, seine Miene war finster. Er hatte beschlossen, was zu tun war, und sie war nicht in der Verfassung, ihn daran zu hindern. Dee ballte die Hände zu Fäusten, als er die Hände unter ihr Nachthemd schob und rasch und sachkundig an ihren Beinen hinauffuhr, als wäre sie ein Pferd. Seine tastenden Finger gingen notgedrungen nicht eben zärtlich mit ihr um. Sie rang nach Luft, als ihre schmerzenden Muskeln aufbegehrten. Daraufhin blickte er aus zusammengekniffenen Augen zu ihr auf.

„In den Beinen haben ich nur einen Muskelkater von der Arbeit", erklärte sie leicht keuchend.

Seine Hände glitten höher, hinauf zu ihren Schenkeln. Der Saum ihres Nachthemds bauschte sich über seinen Armen. Seine Berührung war heiß, seine schwieligen Handflächen und Finger streiften hart über ihre seidige Haut. Dee war sich ihrer Nacktheit unter der dünnen Baumwolle äußerst bewusst, wie auch der Hitze seines kraftvollen Körpers, als er so dicht vor ihr hockte, dass ihr Oberschenkel sich praktisch an seine breite Schulter schmiegte und sein Gesicht fast ihren Leib berührte. „Aufhören", flüsterte sie.

Er hob den Blick, und sie sah, dass er wütend war. Seine

Augen schienen blaues Feuer zu sprühen. „Nichts da“, fuhr er sie an. „Vergiss deine Sittsamkeit, denn dieses verdammte Nachthemd muss weg.“

„Nein!“

Mit der Anmut eines wilden Tiers kam er auf die Füße. „Denkst du.“

Starrsinnig hob sie das Kinn. „Ich kann es nicht ausziehen. Ich habe es versucht, aber ich kann die Arme nicht heben.“

Da zog er unvermittelt das Messer aus seinem Gürtel. Sie konnte sich nicht annähernd schnell genug bewegen, um ihm auszuweichen. Er packte am Vorderteil des Nachthemds eine Handvoll Stoff, zog ihn von ihrem Körper und schnitt ihn von unten nach oben auf. Das Hemd klaffte auf.

Dee versuchte vergeblich, die beiden Hälften zusammenzuhalten, doch in ihrem Zustand war sie Lucas ausgeliefert. Er schob ihre Hände einfach zur Seite und streifte ihr das Nachthemd von Schultern und Armen. Der Stoff fing sich kurz auf den Rundungen ihrer Hüfte, glitt dann von allein weiter herab und legte sich über ihre Füße.

Panik und Scham überrollten sie wie eine mächtige Woge. Ein merkwürdiger grauer Nebel trübte ihre Sicht, und es klingelte in ihren Ohren.

„Verdammt noch mal, werd jetzt bloß nicht ohnmächtig“, schnauzte Lucas und legte für alle Fälle die Hände um ihre Taille. „Hol tief Luft. Atme, verdammt noch mal!“

Das tat sie, denn ihr Stolz ließ nicht zu, dass sie in Ohnmacht fiel wie eine Zimperliese. Der scheußliche graue Nebel löste sich auf, und Dee fixierte Lucas’ Gesicht, dessen Züge puren Zorn verrieten. Eine merkwürdige Art von Erleichterung machte sich in ihr breit, denn seine Wut gab ihr etwas, worauf sie sich konzentrieren konnte.

„Fluch gefälligst nicht in meiner Gegenwart, du Mistkerl! Du hast mir die Kleider vom Leib geschnitten!“

Mit harten Fingern umspannte Lucas ihre Taille und wehrte sich gegen den Drang, Dee zu schütteln. Allein das Wissen, dass sie dann wirklich in Ohnmacht fallen würde, zwang ihn zur Beherrschung. Verdammt, begriff sie denn nicht, wann es Zeit war, die Gegenwehr aufzugeben? Sie war verletzt, und jemand musste sich um sie kümmern, weil sie es selbst nicht konnte.

Doch die Farbe war wieder in ihr bleiches Gesicht gestiegen und diese merkwürdige Panik aus ihrem Blick gewichen, der sich jetzt vor Wut verdunkelte. Trotz seines eigenen Zorns hätte er fast gegrinst, denn wenn sie die Kraft hatte, wütend zu werden, war sie wohl nicht allzu schwer verletzt. Außerdem machte Dees Wut ihn froh, denn sie bewies ihm ihre Stärke. Hätte er irgendeiner anderen Frau aus seinem Bekanntenkreis das Nachthemd vom Leib geschnitten, wäre die Reaktion ein hysterisches Kreischen gewesen. Doch Dee hatte ihn beschimpft und war genauso wütend geworden wie er, obwohl sie hilflos wie ein kleines Kätzchen war.

„Sei still, und lass mich nachsehen, was du dir sonst noch angetan hast", sagte er, das Gesicht dicht vor ihrem.

Sie schwankte auf ihren Füßen und war sich ihrer Nacktheit schmerzlich bewusst, als die kühle Luft über ihre Haut strich, doch sie konnte sich nicht gegen Lucas wehren, konnte nicht vor ihm weglaufen, konnte sich nicht einmal in eine Decke hüllen. Sosehr sie es auch hasste, hilflos zu sein, musste sie sich doch eingestehen, dass sie tatsächlich hilflos war. Lucas untersuchte sie gründlich, und sie bewegte die Hände in einem instinktiven Versuch, sich zu schützen. Ihr Oberkörper und ihr Gesicht färbten sich rosig.

„Du liebe Zeit, ich habe durchaus schon mal eine nackte Frau gesehen", brauste er auf, legte die Hände an ihren Brustkorb und konzentrierte sich darauf, jede Rippe einzeln auf einen Bruch zu prüfen.

„Mir ist egal, was du gesehen hast", schimpfte sie zurück und vermied es tunlichst, ihn anzusehen. Wenn sie nicht zusah, wie er sie untersuchte, gelang es ihr vielleicht, im Geiste einen gewissen Abstand zu wahren. „*Ich* jedenfalls habe noch nie nackt vor einem Mann gestanden."

„Ich zieh mich gern aus, wenn du dich dann besser fühlst.“

„Lucas!“

„Dee!“, höhnte er im gleichen Tonfall. Dann strich er ihr das Haar über die Schultern zurück. Die dichte Haarpracht hatte ihre Brüste verborgen, die fest und seidig waren, kegelförmig und üppig gerundet. Sie hatten kleine rosa Brustwarzen. Lucas’ Bauchmuskeln verkrampften sich, das Blut schoss ihm in die Lenden und ließ ihn hart werden. Verdammt, sie war schön, schlank und fest und an den richtigen Stellen wohlgerundet. Verbissen kämpfte er um Beherrschung, doch seine Nasenflügel bebten, als sie ihren süßen warmen Duft aufnahmen. Liebend gern hätte er die Finger zwischen ihre Beine geschoben. Wenn sie nicht verletzt wäre ...

Wenn sie nicht verletzt wäre, würde sie jetzt nicht nackt vor ihm stehen. Sie würde draußen ihrer Arbeit nachgehen, in ihre Kleider gehüllt, die wilde Haarmähne zu einem strengen Knoten geschlungen. Aber sie *war* verletzt, das durfte er nicht vergessen.

Ihre Schlüsselbeinknochen waren gerade; keinerlei Buckel wiesen auf Brüche hin. Als er sie dort berührte, zuckte sie nicht mit der Wimper, obwohl er aufmerksam nach Hinweisen auf Schmerzen in ihrem Gesicht forschte. Als Nächstes betastete er ihren Hals und wies sie an, den Kopf von einer Seite zur anderen zu bewegen, was sie vorsichtig, aber ohne große Probleme tat. Dann trat er hinter sie, nahm ihr Haar, das ihr bis zu den Hüften reichte, und legte es nach vorn über die Schulter.

Lucas fluchte leise.

„Ich habe wahrscheinlich riesige Blutergüsse“, sagte Dee und blickte ins Feuer. „Ich bin auf dem Rücken gelandet.“

Ihre Schultern hatten bei dem Sturz offenbar das meiste abbekommen. Ein breiter schwarz-violetter Striemen zog sich von Schulterblatt zu Schulterblatt. Tiefer am Rücken hatte sie weitere Blutergüsse. Die Verfärbungen reichten bis zu den Grübchen über ihrem Hintern.

Behutsam tastete er ihre Rippen ab und stellte fest, dass sie geprellt, aber nicht gebrochen waren. Alles in allem konnte sie sich glücklich schätzen, mit so unbedeutenden Verletzungen davongekommen zu sein.

„Ich mache dir Frühstück und kümmere mich dann um all die Dinge, die erledigt werden müssen", sagte er. „Möchtest du wieder ins Bett gehen oder lieber hier am Feuer sitzen?"

Mit einem vernichtenden Blick wandte sie den Kopf. „Ich kann nicht so hier herumsitzen."

„Ich hätte nichts dagegen. Von meinem Standpunkt aus ist es ein schöner Anblick, bis auf die seltsamen Farben." Sorgsam darauf bedacht, die Blutergüsse nicht zu berühren, tätschelte er sanft ihr Hinterteil.

Ruckartig und sichtlich unter Schmerzen rückte sie von ihm ab. Und Lucas schämte sich, weil er sich über sie lustig machte, während sie sich nicht wehren konnte. Er ging ins Schlafzimmer und zog eine Decke vom Bett – einem Doppelbett, wie er registrierte –, kehrte zu ihr zurück und wickelte sie ein. Mit tiefer Dankbarkeit und Erleichterung im Blick zog sie die Decke fest um sich. Ihm wurde klar, wie schwer es für sie gewesen war, unbekleidet vor ihm zu stehen. Er hätte sie gern geküsst und ihr gesagt, dass alles gut würde und sie sich bald an ihn gewöhnen würde. Doch es war keine gute Strategie, den Gegner im Voraus über die eigenen Pläne in Kenntnis zu setzen.

Als Dee es sich mit vor Schmerz zusammengebissenen Lippen in dem Sessel vor dem Feuer so gemütlich wie unter diesen Umständen möglich gemacht hatte, richtete Lucas seine Aufmerksamkeit auf den Herd.

Kochen hatte er aus purer Notwendigkeit gelernt, und die Grundlagen beherrschte er gut. Er setzte eine Kanne Kaffee auf, backte geschickt einen Teller voll Pfannkuchen, schnitt Speck und briet ihn. Nachdem er sich vergewissert hatte, dass der Herd nicht zu heiß war, ging er nach draußen und sammelte Eier für ein Frühstück. Vor seinem Ritt zu Dee hatte er Pfannkuchen und kaltes Rindfleisch gegessen, doch sein Magen verlangte jetzt nach mehr.

Als er ins Haus zurückkam, saß Dee immer noch genauso da wie vorher. Die Decke war von ihren bloßen Füßen gerutscht. Lucas ging vor ihr in die Knie, um ihre Füße wieder zuzudecken und sie fester einzuwickeln.

„Danke", sagte sie. Ihr Ärger über sich selbst stand deutlich in ihren Augen zu lesen.

Wie nervtötend eine Krankheit oder Verletzung sein konnte, wusste Lucas aus eigener Erfahrung. Die wenigen Male in seinem Leben, als er das Bett hüten musste, hatte er einen solchen Krach geschlagen, dass alle um ihn herum bei den ersten Anzeichen einer Genesung erleichtert aufatmeten.

Er stellte das Frühstück auf den Tisch und drehte sich zu Dees Sessel um. „Ich hebe dich jetzt hoch", erklärte er. „Ich lege den Arm um deinen Rücken, wo er nicht so blau ist."

„Ich muss mich anziehen", erwiderte sie gereizt. „In diese Decke gewickelt kann ich nicht essen."

Im nächsten Moment schob er die Arme unter sie, einen um den Rücken, den anderen um ihre Schenkel, und hob sie problemlos hoch. Sein starker Rücken und die muskelbepackten Arme spürten die Anstrengung kaum. „Ich kümmere mich um die Decke. Keine Sorge."

Als er sie an den Tisch gesetzt hatte, glühten ihre Wangen schon wieder, denn beim Richten der Decke hatte Lucas ihre Brüste vorübergehend entblößt. Als er sein Werk vollendet hatte, war sie in eine Art Toga gehüllt, die den rechten Arm samt Schulter völlig frei ließ. Dee stellte fest, dass sie, wenn sie behutsam vorging und den Arm nur vom Ellenbogen abwärts bewegte, einigermaßen essen konnte. Jede Bewegung aus der Schulter allerdings war eine Qual.

„Hast du eine Badewanne?", fragte Lucas, während er sich großzügig bediente.

„Ich benutze einen Waschzuber."

Dann muss der Zuber eben reichen, dachte Lucas. So bequem wie eine Wanne, in der sie sich ausstrecken konnte, würde es für sie nicht sein, doch es würde genügen.

Sobald sie aufgegessen hatten, brachte er Dee wieder in ihren Sessel am Feuer, wusch das Geschirr ab und schleppte dann eimerweise Wasser in die Küche, um es auf dem Herd zu erhitzen. „Ich versorge das Vieh, bis das Wasser heiß ist“, sagte er und ging.

Dee versuchte, sich bequemer hinzusetzen. Ihre Hilflosigkeit trieb ihr Tränen in die Augen, die sie wütend wegblinzelte. Trotz ihrer misslichen Lage wollte sie nicht flennen wie ein Kind.

Doch die Schmerzen und ihre Hilflosigkeit waren nur zum Teil schuld an ihrer Verfassung. Viel stärker quälte es sie, nackt vor Lucas gestanden zu haben, da es ihre Tugend angriff und ihr Gefühl der Verletzlichkeit steigerte. Wenn es sich um irgendeinen Mann gehandelt hätte, wäre es schon schlimm genug gewesen. Doch wenn Lucas sie ansah, war ihr, als würde er sie an den intimsten Körperstellen streicheln.

Eine Stunde später kam er zurück ins Haus. Er legte mehr Holz aufs Feuer, schleifte den großen Waschzuber in die Küche und stellte ihn vor den Kamin. Dee sah zu, wie er mehr Wasser heranschleppte und anfing, den Zuber zu füllen. Dann goss er heißes Wasser hinzu, bis es dampfte.

„Gut, steig hinein!“, sagte er und krempelte seine Ärmel hoch.

Sie krallte die Finger in die Decke, blickte jedoch sehnsüchtig auf den dampfenden Zuber. Ein ausgedehntes heißes Bad wäre der Himmel auf Erden für ihre schmerzenden Muskeln, genau das, was sie brauchte. Doch ihre Nerven waren ohnehin bis zum Zerreißen gespannt, nachdem Lucas sie am Morgen schon einmal nackt gesehen hatte. „Ich denke, das schaffe ich allein“, sagte sie. Natürlich würde es wehtun, doch für das wohltuende Bad in dem wunderbar heißen Wasser würde sie die Schmerzen gern in Kauf nehmen.

Statt zu antworten, zog Lucas ihr die Decke vom Leib und warf sie beiseite.

„Zum Teufel mit dir!“, zischte sie zwischen zusammengebissenen Zähnen, als er sie hochhob.

„Würdest du ausnahmsweise einfach mal den Mund halten und dir helfen lassen?“ Ihre starrsinnige Eigenständigkeit ärgerte ihn maßlos. Doch er ging behutsam mit ihr um, als er sich auf die Knie niederließ und sie ins Wasser senkte. Es war so heiß, dass Dee nach Luft rang, doch sie wehrte sich nicht mehr. Ihr gesunder Menschenverstand sagte ihr, dass es mittlerweile Kraftverschwendung wäre.

Er ließ sie im Wasser sitzen, während er zwei Handtücher suchte. Die faltete er zusammen und legte eines hinter ihrem Kopf auf den Zuberrand. „Lehn dich zurück, und leg den Kopf darauf“, wies er sie an. „Tauche mit den Schultern ins Wasser ein.“

Vorsichtig befolgte sie seine Anweisung und verzog bei jeder Bewegung schmerzhaft das Gesicht. Das zweite Handtuch legte er zu ihren Füßen auf den Zuberrand, hob ihre Beine aus dem Wasser und bettete sie auf das Handtuch. Dann holte er noch mehr heißes Wasser und goss es langsam in den Zuber, bis er nahezu randvoll war.

Dee schloss die Augen vor dem Bild, das sie abgeben musste, wie sie da im klaren Wasser lag – völlig nackt wie eine Dirne.

Ihr Anblick machte es Lucas schwer, sich zu bewegen oder zu setzen. Seine Erektion spannte unter der Hose. Ihre Brüste schaukelten leicht im Wasser und weckten den Wunsch in ihm, den Arm unter ihren Rücken zu schieben und sie hochzuheben, damit er diese süßen Brustwarzen in den Mund nehmen konnte.

Obwohl sie die Augen geschlossen hielt und er nicht in ihnen lesen konnte, wusste er, dass die Röte auf ihren Wangen nicht allein auf das heiße Wasser zurückzuführen war. Er kämmte mit den Fingern durch das lange Haar, das am Zuberrand herab bis auf den Boden hing. „Es muss dir nicht peinlich sein“, sagte er leise. „Du bist viel zu schön, um dich deiner Nacktheit zu schämen.“

Dee schluckte, öffnete aber nicht die Augen. „Du solltest mich so nicht sehen."

„Obwohl du verletzt bist? Sei nicht albern. Wenn ich eine Kugel im Bein hätte, meinst du nicht, du müsstest mir dann auch die Hose ausziehen, um mich behandeln zu können?" Er hörte nicht auf, sanft ihr Haar zu streicheln. „Du hast großes Glück gehabt, dass ich ausgerechnet heute hergekommen bin. Was hättest du allein gemacht? Was wäre aus den Tieren geworden?"

„Ich weiß es nicht", gab sie zu und fuhr in einem Anflug von Aufrichtigkeit fort: „Ich bin dir wirklich dankbar, aber das hier – das ist skandalös."

„Wenn jemand davon wüsste", räumte er ein. „Aber es bleibt unter uns, niemand sonst erfährt davon. Vermutlich hätte ich in die Stadt reiten und irgendeine Frau holen können, die dich versorgt. Aber ich bin stark genug, um dich zu tragen, ohne dir wehzutun. Und ich schaue dich gern an", gestand er ruhig. „Wenn du nicht verletzt wärst, würde ich versuchen, mit dir zu schlafen." Er sah sie an. „Hast du Angst, ich könnte dir Gewalt antun, weil du so hilflos bist?"

Da schlug sie die Augen auf und erwiderte ernst und forschend seinen Blick. „Nein. Du würdest mich nicht zwingen. Zu der Sorte Mann gehörst du nicht."

Lucas lächelte ironisch. „Süße, stell mich nicht auf die Probe, wenn du wieder in Form bist. Ich bin so hart, dass es wehtut."

Kein Mann hatte jemals so zu ihr gesprochen, doch sie hatte Tiere bei der Paarung gesehen und wusste, was er meinte. Und letzten Endes war seine unverblümte Sprache ihr lieber als ein Vortäuschen von Skrupeln, denen sie nicht trauen konnte.

Fast eine Stunde lang ließ Lucas sie im Zuber liegen, schöpfte Wasser heraus, wenn es abgekühlt war, und füllte heißes Wasser nach. Ihre Haut war gerötet und schrumpelig, als er sie endlich heraushob und tropfnass auf die Bodenmatte stellte. Die Schmerzen hatten etwas nachgelassen. Sie konnte die Arme besser bewegen. Lucas trocknete sie mit einem der

Handtücher ab. Dann trug er sie zurück zum Bett und legte sie bäuchlings nieder.

Als er mit fester Hand ein stark riechendes Mittel zum Einreiben in ihre Muskeln einmassierte, biss Dee sich auf die Lippe und unterdrückte ihre Schreie. Die darauf folgende Hitze war fast noch schlimmer als der eigentliche Schmerz, aber auch jetzt protestierte sie nicht.

Schweißperlen standen auf Lucas' Stirn, als er sein Werk beendete. Er fragte: „Hast du noch Hemden von deinem Pa?" Inzwischen konnte er ihren Anblick kaum noch ertragen. Wenn er nicht schnellstens ihre Blöße bedeckte, landete er trotz bester Absichten doch noch in ihrem Bett. Ihre weichen runden Gesäßbacken, weiß und perfekt, würden sich wunderbar an seinem Unterbauch oder in seinen großen Händen anfühlen.

„Nein, ich habe seine Sachen komplett weggeschafft."

Verdammt. Er stand auf, zog sein eigenes Hemd aus dem Hosenbund und knöpfte es auf. Wie die meisten Hemden wurde es nur bis zur Hälfte geknöpft, und er zog es sich über den Kopf. „Es müsste zu schaffen sein, dass du das anziehst", meinte er, strich das Hemd glatt und legte es aufs Bett, bevor er Dee wieder auf die Füße half. Dann kniete er sich vor sie, hielt das Hemd so, dass sie hineinsteigen konnte, und zog es über ihre Hüften hoch. In dieser Haltung kam sein Gesicht ihrem weichen Körper sehr nahe, und sein Atem beschleunigte sich.

Vorsichtig führte er ihre Arme in die Ärmel und zupfte das Hemd zurecht. Es reichte ihr fast bis an die Knie, und die Ärmel rutschten über ihre Hände. Lucas knöpfte es zu und krempelte die Ärmel auf, bis ihre Hände frei waren. „So, jetzt bist du wieder anständig angezogen", sagte er mit angespannter Miene.

Nicht ganz, denn ihre Unterschenkel waren noch nackt, aber sie war ihm sehr dankbar für die Bekleidung. Das Hemd war warm von seiner Haut und roch nach ihm. Sie fühlte sich von ihm umfangen, und das war ein bemerkenswert angenehmes Gefühl.

Dee ertappte sich dabei, dass sie seinen Oberkörper anstarrte. Er war breit, muskulös und braun gebrannt. Offenbar arbeitete er oft mit freiem Oberkörper. „Wie willst du erklären, dass du ohne Hemd nach Hause kommst?“, flüsterte sie, ohne den Blick zu heben.

„Ich glaube nicht, dass ich etwas erklären muss“, erwiderte er gedehnt. Er war der Boss. Ob er ein Hemd trug oder nicht, war allein seine Entscheidung.

Noch immer betrachtete sie in hilfloser Faszination seinen nackten Oberkörper. „Schau mich an“, sagte er, legte einen Finger unter ihr Kinn und hob ihr Gesicht. Ihre Wimpern hoben sich, und ihre tiefgrünen Augen fixierten ihn. Lucas rückte näher, neigte sich herab, suchte ihren Mund und zwang mit der Zunge ihre Lippen auseinander. Doch da er sich selbst nicht traute, ließ er schnell wieder von ihr ab und wich zurück vor der Verlockung ihres geschmeidigen Körpers unter dem Hemd. Doch der kurze Kuss hatte ausgereicht, um einen erschrockenen Ausdruck in ihre Augen zu rufen.

„Du bist jetzt erst einmal vor mir sicher“, sagte er. „Aber das wird sich ändern, wenn du wieder gesund bist. Dann werde ich dir keine Ruhe lassen, und es wird nicht lange dauern, bis ich dich habe.“

6. KAPITEL

Am nächsten Tag ging es Dee bedeutend besser, auch wenn sie die Arme noch immer nur ein paar Zentimeter heben konnte. Lucas tauchte kurz nach Sonnenaufgang wieder bei ihr auf. Und wie am Vortag machte er Essen für sie und erledigte ihre Arbeit. Hinterher bestand er darauf, dass sie wieder ein heißes Bad nahm. Dieses Mal war es noch viel peinlicher als beim ersten Mal. Dee hatte nicht mehr so große Schmerzen und war sich ihrer Nacktheit deshalb noch deutlicher bewusst. Lucas ebenfalls. Das erkannte sie an seinen zusammengebissenen Zähnen und den Schweißperlen auf seiner Stirn.

In der Nacht hatte sie lange wach gelegen und immer wieder über seine Worte nachgedacht. Sosehr sie es auch gewohnt war, ihre Tugend mit der Flinte zu verteidigen, hatte es sie doch aus dem Konzept gebracht, dass Lucas die gleichen Absichten verfolgte wie alle anderen Männer. Dass diese Erkenntnis nicht wie bei den anderen Verachtung und Wut in ihr weckte, sondern ihr Herz schneller schlagen ließ, machte ihn entschieden gefährlicher für sie. Sie *wollte,* dass Lucas sie begehrte.

Was sollte sie tun? Einen Mann in ihr Leben lassen, nachdem sie so hart um ihre Unabhängigkeit gekämpft hatte? Eine Affäre mit ihm beginnen, was ihr Ansehen zerstören würde, falls jemand davon erfuhr? *Olivia hintergehen?*

Außerdem durfte sie nicht vergessen, dass er im Grunde Angel Creek wollte. Zweifellos würde er ihre Verletzlichkeit ausnutzen, um sie zum Verkauf zu überreden. Schließlich war der geplante Landkauf der ursprüngliche Grund für seinen ersten Besuch bei ihr gewesen.

Ihr Wissen über Sex bezog Dee einzig aus dem, was sie im Stall sah, wenn der Bulle eine der Kühe deckte. Sie wusste, was dabei geschah, doch bevor Lucas in ihr Leben geritten war, hatte sie nicht die geringste Vorstellung von der stürmischen körperlichen Anziehungskraft zwischen Mann und

Frau gehabt. Sein Kuss, so kurz und hart er war, hatte ihr gezeigt, dass zum Sex entschieden mehr gehörte, als sie vermutet hatte. Dummerweise hatte sie geglaubt, sie würde verhindern können, dass er sie küsste. Aber sie hatte es nicht nur zugelassen, sondern sogar mehr gewollt. Zum ersten Mal hatte sie heißes körperliches Verlangen gespürt, und es quälte sie. Es war ein Gefühl, als hätte sie ihren Körper nicht unter Kontrolle.

Lucas wollte das Land, aber sie wollte er auch. Sie war nicht so naiv, die Bedeutung der Wölbung im Schritt seiner Hose nicht zu erkennen, auch wenn er seine Absichten nicht so unverblümt geäußert hatte. Zu wissen, dass die Sehnsucht auf beiden Seiten bestand, machte sie schwach.

Nachdem er sie abgetrocknet und ihr ein wohlweislich mitgebrachtes frisches Hemd aus seinen Beständen übergestreift hatte, trug er sie wortlos zurück ins Bett und verließ das Haus. Seine Stiefelabsätze knallten auf der Veranda. Als er eine halbe Stunde später zurückkam, hatte er sich wieder unter Kontrolle. Nur seine blauen Augen verrieten noch seine schlechte Laune.

„Ich finde, du solltest morgen nicht kommen", sagte Dee und zog sich die Bettdecke bis unters Kinn. „Mir geht es heute schon viel besser, und die Schmerzen schwinden schneller, wenn ich mich bewege."

„Willst du mich loswerden?", fragte er. „Das haut nicht hin."

Dee wandte das Gesicht ab. „Was ist mit Olivia?", fragte sie leise. „Sie ist meine Freundin."

Obwohl sie ihn nicht sehen konnte, spürte sie den grimmigen Blick, mit dem er sie fixierte. Doch ihre Worte schienen ihn nicht zu überraschen. „Was soll mit ihr sein?"

„Man sagt, dass du sie heiraten willst."

„Ich habe es erwogen", gab er zu, und sein Zorn legte sich etwas. Glaubte sie denn, er wäre hier, wenn er sich einer anderen Frau verpflichtet hätte? „Aber in letzter Zeit nicht mehr. Zwischen uns ist ganz bestimmt nichts vereinbart. Ich bin ein freier Mann."

Sie zupfte am Laken und sah ihn immer noch nicht an. „Trotzdem wäre es wohl besser, wenn du morgen nicht kommst."

„Wenn du nicht so eine verdammt dumme Gans wärst, bräuchtest du niemanden, der zu dir kommt", knurrte er, froh, dass sie ihm ein Ventil für seine schlechte Laune lieferte. Ihre Nähe, noch dazu, wenn sie entweder nackt oder nur sehr dürftig bekleidet war, strapazierte seine Beherrschung bis an ihre Grenzen. Er war halb wahnsinnig vor Verlangen nach ihr.

„Ich weiß", sagte sie und gestand ihre Schuld bereitwillig ein, was seine Wut nur noch steigerte. „Ich bin immer sehr vorsichtig, nur dieses eine Mal war ich es nicht."

„Du solltest überhaupt nicht Heu abwerfen!", brüllte er. „Du solltest diese Farm nicht allein bewirtschaften! Warum ziehst du nicht in die Stadt und lebst wie eine normale Frau, anstatt beweisen zu wollen, dass du alles allein schaffst, obwohl es der blanke Wahnsinn ist, das auch nur zu wollen?"

Da blickte Dee ihn an und kniff bedrohlich die Augen zusammen wie eine Katze. „Ich wüsste gern, warum du glaubst, es würde dich etwas angehen", erwiderte sie mit fester Stimme. „Ich weiß deine Hilfe zu schätzen, aber das gibt dir noch lange nicht das Recht, mir mein Leben vorzuschreiben."

„Du weißt, was mir das Recht gibt." Er trat ans Bett und sah wütend auf sie herab. „Du weißt, wie es enden wird."

„Ich denke, das ist immer noch meine Entscheidung."

„Wenn der Zeitpunkt gekommen ist, legst du dich hin und öffnest die Schenkel für mich. Versuch nicht, dir selbst etwas vorzumachen."

Dee wollte sich auf einen Ellenbogen stützen, doch ihre Schultern und Arme schmerzten noch zu sehr. Mit einem unterdrückten Stöhnen sank sie aufs Bett zurück. Dieser neuerliche Beweis ihrer körperlichen Hilflosigkeit gab ihm ihrer Meinung nach jedoch noch lange nicht recht. „Dann sehe ich nur eine Lösung: Komm nicht mehr hierher, denn du bist hier nicht willkommen."

„Und was willst du dagegen tun? Willst du mit der Flinte auf mich schießen?“, spottete er und beugte sich zu ihr herab, so nah, dass sie in die Tiefen seiner Augen sehen konnte. „Dann gib dein Bestes, Süße, denn ich komme zurück.“

Sie holte zum Gegenschlag aus. „Du überschätzt deinen Charme. Ich würde mich ständig fragen, was du wirklich willst: mich oder Angel Creek.“

„Beides, Süße“, antwortete er und presste seine Lippen auf ihren Mund. Es war ein grober Kuss, und sie versuchte, ihn zu beißen. Allerdings zog er ruckartig den Kopf zurück, um sich ihr dann wieder zu nähern und sie noch heftiger zu küssen. Lucas umklammerte ihr Kinn und hielt es fest, damit seine Zunge in ihren Mund dringen konnte. Dee griff nach seinen Armen, doch dank ihrer eingeschränkten Bewegungsfähigkeit war es vergebliche Mühe. Er hielt sie fest und küsste sie schonungslos, bis sie den Kupfergeschmack von Blut im Mund spürte. Auch er schmeckte ihn und gab ein wenig nach. Er saugte an ihrer Unterlippe und streichelte sie mit der Zunge, um den Schmerz zu lindern.

Aber er tat noch mehr. Er knöpfte ihr Hemd auf, öffnete es und entblößte ihre Brüste. Ihr stockte der Atem, als seine harte, warme Hand eine weiche Brust umschloss.

„So würde es zwischen uns sein“, raunte er leise. „Heiß und wild. Denk darüber nach, verdammt noch mal.“ Mit dem Daumen rieb er ihre Brustwarze, bis sie sich aufrichtete. Ihr gesamter Körper spannte sich vor Lust und Schmerz. Er umfasste beide Brüste, schob sie zusammen und presste sein Gesicht an sie. Sein heißer Atem streifte sie, dann nahm er eine Brustspitze behutsam zwischen die Zähne, zog sie in seinen Mund und saugte kräftig an ihr. Eine unglaubliche Hitze schoss durch Dees Körper. Sie wimmerte leise und wand sich leicht.

Wie auf ein Signal hin ließ Lucas von ihrer Brust ab und erhob sich. Sein Gesicht war düster und angespannt vor Zorn und körperlichem Verlangen. „Ich kann dich zur Raserei bringen", sagte er. „Vergiss das nicht, wenn du die Flinte auf mich richtest."

Dann ging er aus dem Zimmer und ließ sie mit aufgeknöpftem, klaffendem Hemd auf dem Bett liegen. Ihre nackten Brüste hoben und senkten sich wegen ihres rasenden Atmens. Im nächsten Moment hörte sie ihn davonreiten. „Zum Teufel mit dir", flüsterte sie, und sie hätte es geschrien, wenn er sie hätte hören können. Sie zitterte vor Wut – oder zitterte sie wegen der quälenden Leere, die er in ihrem Körper zurückgelassen hatte? Vielleicht war es beides, wenngleich die Frage nach dem Warum im Grunde überflüssig war.

Nie zuvor war sie einem Mann gegenüber angreifbar gewesen. Die Begegnung mit Lucas war das Beängstigendste, was sie je im Leben erfahren hatte, entschieden beängstigender, als allein für sich selbst einstehen zu müssen. Sie hatte nie an ihrer Überlebensfähigkeit gezweifelt, doch ihr graute vor dem, was Lucas ihr antun konnte.

Erst einen und dann den anderen Elternteil zu verlieren hatte sie bis ins Mark erschüttert. Sie hatte Angst gehabt, so schreckliche Angst, aber sie musste weitermachen. In brutalem Tempo hatte sie erkennen müssen, wie vergänglich das Leben war, wie leicht es einem genommen werden konnte. Darum zog sie sich tief in sich selbst zurück, nicht bereit, jemandem ihre Gefühle anzuvertrauen. Denn noch mehr Schmerz oder den Verlust eines weiteren geliebten Menschen hätte sie schlichtweg nicht ertragen. Ihre Hingabe an die Gartenarbeit hatte sie vor dem Wahnsinn bewahrt und ihr das Gefühl gegeben, wieder zu leben, weil der Boden seine Gaben so großzügig schenkte. Wenigstens er war ewig. Er würde noch da sein, wenn sie lange tot war. Der warmen Erde, dem Zyklus der Jahreszeiten, dem Neuerwachen des Lebens im Frühling konnte sie vertrauen. Nie war sie versucht gewesen, außer Olivia jemanden an sich heranzulassen.

Und jetzt durchbrach Lucas die Mauern ihres geistigen Rückzugs. Er konnte nicht nur das Leben, das sie sich aufgebaut hatte, sondern auch ihre Selbstachtung zerstören. Wenn sie ihm eine zu große Rolle in ihrem Leben einräumte, konnte er sie zu einem in ihren Augen verachtungswürdigen Menschen reduzieren, zu einem Menschen ohne eigenen Willen oder Mut. Ihr Verlangen nach ihm hatte sie nicht blind gemacht für sein Wesen. Lucas war stark, arrogant und skrupellos, wenn es um etwas ging, was er haben wollte. Er wollte sie, und er würde ihre Abweisungen nicht hinnehmen. Es war nicht so, dass Dee befürchtete, er würde sie zu etwas zwingen. Das ließ sein Charakter nicht zu. Sie fürchtete vielmehr, ihr könnte der Wille abhandenkommen, ihn zurückzuweisen.

Gerade erst hatte er ihr äußerst gekonnt vor Augen geführt, wie schwach sie sein konnte. Besonders viel hatte er dafür nicht tun müssen – er hatte sie geküsst und ihre Brust berührt und geküsst. Und prompt war sie im Begriff gewesen, um mehr zu betteln. Es war erniedrigend zu erkennen, dass er sie so leicht manipulieren konnte.

Zwar hatte ihr Zorn sie dazu getrieben, ihm zu sagen, dass er nie wieder kommen sollte, doch auch nachdem sie sich beruhigt hatte, fand sie, dass es vernünftig und das Beste für sie war. Blieb nur die Frage, ob Lucas sich fügen würde.

Die Antwort erhielt sie früh am nächsten Morgen, als sie Hufgetrappel hörte. Dee warf einen Blick auf die Flinte, gestand sich aber ein, dass es eine vergebliche Drohgebärde wäre, jedenfalls im Augenblick. Sie hatte es zwar geschafft, sich einigermaßen anzukleiden, war aber noch nicht imstande, die schwere Waffe zu heben und annähernd zielsicher zu schießen.

Ohne anzuklopfen, öffnete Lucas die Haustür, die in den vergangenen zwei Tagen unverriegelt geblieben war. Dee wandte sich vom Herd zu ihm um, eine scharfe Zurechtweisung auf den Lippen, die sie jedoch herunterschluckte. Schließlich hatte sie die Tür aus gutem Grund nicht verriegelt.

Zufrieden sah sie, wie er finster die Brauen runzelte, als er sie am Herd stehen und mit einer Gabel Speck wenden sah.

„Das solltest du nicht tun."

„Ich sagte doch, mir geht es besser. Ich schaffe das."

„Aber Schuhe konntest du nicht anziehen", bemerkte er mit einem Blick auf ihre nackten Füße.

Natürlich hatte sie es versucht, konnte sich aber noch nicht tief genug herabbeugen, um Strümpfe oder Schuhe anzuziehen. Außerdem trug sie immer noch Lucas' Hemd, doch es taugte ganz gut als Bluse. Nur mit großer Mühe war sie in Unterhose, Unterrock und Rock gestiegen und hatte das Hemd in den Bund gestopft. Nachdem sie zwei Tage nackt oder fast nackt gewesen war, vermittelten ihr die schweren Kleidungsstücke ein Gefühl des Wohlbefindens.

Er warf ein kleines Päckchen auf den Tisch. Sie sah es an, dann ihn und hob fragend die Brauen.

„Das ist ein Nachthemd. Als Ersatz für das, das ich dir vom Leib geschnitten habe."

Insgeheim war sie froh, dass er daran gedacht hatte, denn sie besaß nur zwei. „Ich wasche deine Hemden und gebe sie dir zurück."

„Das hat keine Eile." Er fasste sie so scharf ins Auge, dass ihr unbehaglich wurde. Sie wehrte sich gegen den Drang nachzusehen, ob alle Knöpfe geschlossen waren. Doch er nahm ihr lediglich die Gabel aus der Hand und sagte: „Setz dich. Ich übernehme das hier."

Lucas entging ihr kurzes Zögern nicht, bevor sie tat, was er verlangte. Als er zu ihrem Haus geritten war, hatte er jeden Moment mit einem Büchsenknall gerechnet. Gestern hatte er sie zu heftig bedrängt, das war ihm klar. Von den meisten Frauen – nein verflixt, von jeder anderen Frau – hätte er weiter nichts als schlimmstenfalls einen Wutanfall erwartet, eher noch Tränen oder Rückzug in den Schmollwinkel. Doch bei Dee musste er damit rechnen, dass sie zu ihrem Wort stand und ihn mit einer Schrotladung begrüßte. Und er hätte für seine Dummheit nichts anderes verdient, musste er zugeben. Er hatte nicht mit dem Kopf, sondern mit den Genitalien gedacht. Nur weil er heiß auf sie, erregt und frustriert war, hatte er seiner schlechten Laune nachgegeben.

Nach dem Frühstück kniete er sich vor Dee hin und streifte ihr schlichte weiße Strümpfe über die Füße, strich sie an ihren Beinen glatt und befestigte sie an den Strumpfhaltern knapp oberhalb ihrer Knie. Nach den vergangenen zwei Tagen trieb ihr dieser Liebesdienst nicht einmal die Röte ins Gesicht. Dann schnürte er ihr die schweren Arbeitsschuhe zu. Wieder wurde seine Miene finster, als er an die zierlichen Slipper aus Tuch dachte, die sie tragen könnte, wenn sie nicht darauf bestehen würde, wie ein Pferd zu schuften. Doch dieses Mal war er klug genug, den Mund zu halten.

Er nahm sie zu einem kleinen Rundgang mit nach draußen. Es war ihr erster Schritt aus dem Haus seit dem Morgen nach ihrem Sturz. Zuallererst wollte sie nach dem Gartenbeet sehen, das sie umgegraben hatte. Sie erklärte ihm, was sie dort pflanzen würde. „Mais, versteht sich, und Erbsen. Mit dem Verkauf von Kürbissen hatte ich letztes Jahr viel Glück, darum pflanze ich dieses Mal eine zusätzliche Reihe. Hier lege ich Beete für Zwiebeln und Möhren und ein paar Paprikapflanzen an. Und ich glaube, ich versuche es dieses Jahr einmal mit Kartoffeln. Mr Winches hat immer welche auf Lager, aber ich schätze, er muss für die Anlieferung ziemlich tief in die Tasche greifen."

Ihre Augen glänzten, als sie die umgebrochene Erde betrachtete. Im Geiste sah sie grüne Pflanzen voller Früchte vor sich, Pflanzen, die sie im Winter ernährten und ihren Lebensunterhalt sicherten. Lucas betrachtete dieselbe Erde und dachte an die Arbeit, die sie leisten musste. Zuerst das Auspflanzen, dann der tägliche Kampf gegen Unkraut und Insekten und schließlich die Erntezeit. Diese brachte die härteste Arbeit mit sich, denn dann musste sie nicht nur ihren gewohnten Pflichten nachkommen, sondern obendrein auch noch in der Küche stehen, um das für den Winter benötigte Gemüse einzukochen. Eine Farmersfrau hatte es auch zu ihren besten Zeiten nicht leicht, aber eine alleinstehende Frau auf einer Farm schuftete sich wahrscheinlich in ein frühes

Grab. Es sei denn, sie war klug und verkaufte.

Dee war stark, ihr schlanker Körper war geschmeidig und muskulös, aber irgendwann würde die Arbeit doch zu viel für sie sein. Lucas musterte sie. Das hüftlange Haar fiel auf ihren Rücken, und sie reckte ihr exotisches Gesicht der Morgensonne entgegen. In diesem Moment schwor er sich, sie von der Farm zu holen, bevor die Arbeit sie umbrachte oder frühzeitig altern ließ. Natürlich würde sie nicht kampflos aufgeben, doch das würde ihn auf Zack halten.

Ohne zu überlegen, beugte er den Kopf hinunter und küsste sie, legte die Hände um ihre Taille und zog Dee an sich. Ihre grünen Augen weiteten sich vor Überraschung, dann senkten sich flatternd ihre Lider, und sie öffnete leicht den Mund. Ihre Lippen waren weich und voll, die untere wegen seiner Grobheit am Vortag noch immer ein wenig geschwollen. Jetzt ging er behutsamer mit ihr um, küsste sie nur mit leichtem Druck, aber mit sinnlich forschender Zunge. Dieses Mal legte sie den Kopf in den Nacken und kam seinem Vorstoß zuerst zögerlich, dann mit so zärtlich suchender Zunge entgegen, dass es ihm die Sinne verwirrte. Er umfasste ihre Taille für einen Moment noch fester, legte einen Arm um ihren Rücken und umschloss mit der anderen zielsicher ihre Brust.

Sofort wollte sie sich ihm entziehen, ihrer Kehle entfuhr ein Protestlaut. Lucas hielt Dee im Arm, massierte mit seinen Fingern ihr weiches Fleisch und rieb die empfindliche Brustwarze. „Mehr will ich heute nicht tun“, flüsterte er und strich mit dem Mund rau an ihrem Hals entlang. „Sei ganz entspannt, und lass dich verwöhnen.“

Und er verwöhnte sie wirklich, stellte Dee verzweifelt fest, und das alles geschah viel zu schnell. Ein Kuss, eine Berührung, und sie wollte alles von ihm. Sie wollte sogar die Schenkel öffnen für seine harte Männlichkeit, die sie an ihrem Leib spürte. Das durfte nicht sein, denn es wäre ein ungeheuerlicher Fehler, Lucas derartige Macht über sie zu geben.

Zwar konnte sie ihn nicht von sich stoßen, doch sie fand genügend Kraft und Verstand, um das Gesicht abzuwenden und zu sagen: „Nein. Lucas. Nein. Ich will das nicht."

„Du lügst", entgegnete er, hob aber den Kopf. Seine Lippen glänzten vom Küssen, und er lächelte ein bisschen grausam. Sie war ihm völlig ausgeliefert und wusste es, doch sie wusste nicht, ob er Gnade walten ließ. Wenn er seine Zärtlichkeiten fortsetzte, würde sie nicht nur nachgeben, sondern mitmachen und ihn, wenn nötig, sogar anflehen.

„Ich lüge nicht", beteuerte sie, bevor er sie wieder küssen konnte. „Ich sage nicht, dass ich dich nicht will. Ich sage nur, ich will nicht, dass du mich so behandelst."

„Auch das ist gelogen." Allerdings ließ er sie langsam los, und darauf hatte sie gewartet.

Ihr war, als wären ihre Kleider völlig verrutscht. Es war beunruhigend, an sich herabzublicken und zu sehen, dass nichts in Unordnung geraten war. Der Aufruhr herrschte lediglich in ihrem Inneren.

„Mit einer anderen Frau würdest du nicht so umgehen. Olivia würdest du nicht so behandeln." Sie dachte an den Tag, als sie ihn zum ersten Mal seit seiner Rückkehr gesehen hatte. Dachte daran, wie höflich er zu Olivia und den kichernden jungen Frauen gewesen war. So, wie er sie angefasst hatte, würde er keine von ihnen je berühren.

Durchdringend sah Lucas sie an. „Wie eine Frau, meinst du? Vielleicht hast du recht. Aber wirf mir nicht vor, ich würde dich wie eine Hure behandeln, verdammt, denn wir beide wissen es besser."

„Aber die Leute würden mich als Hure bezeichnen."

„Woher soll irgendwer etwas erfahren? Was zwischen uns ist, geht nur uns etwas an."

Mehr war offenbar nicht dazu zu sagen. Dee drehte sich um und ging zum Haus zurück, und Lucas ging neben ihr. Er half ihr die Treppe hinauf, als ihre Rückenmuskeln sich schmerzhaft meldeten. Bevor er sie ihrer Arbeit überließ, küsste er sie noch einmal.

Am Abend öffnete sie mehr aus Neugier als aus praktischen Gründen das Päckchen mit dem Nachthemd. Denn noch war sie auf sein Hemd angewiesen. Das Kleidungsstück in dem Päckchen hatte nichts mit ihrem praktischen weißen Nachthemd gemein. Nicht einmal den Zweck teilten die beiden Stücke, denn dieses sollte eindeutig nicht *im,* sondern nur *zum* Bett getragen werden, wo die eifrigen Hände eines Geliebten es abstreiften.

Mit den Fingern strich Dee über die reine Seide und bewunderte die exquisite Verarbeitung. Der Teil in ihr, der ein luxuriöses Leben zu schätzen wusste, staunte, wie schön es war und wie gut das hell schimmernde Rosa zu ihrem Teint und ihrer Haarfarbe passen würde. Doch der praktische Teil von ihr war wütend auf Lucas, weil er ihr etwas genommen hatte, was sie brauchte, und es durch dieses ausgesprochen unangemessene Stück ersetzt hatte.

Es hätte sie nicht so geärgert, wenn er ihr *zwei* Nachthemden gekauft hätte, eines als Ersatz für das zerschnittene und diesen Fetzen Seide zu seinem eigenen Vergnügen. Mochte er denken, was er wollte, sie jedenfalls brauchte wirklich ein zweites warmes Nachthemd.

Das sagte sie ihm auch am nächsten Tag und fügte steif hinzu, dass sie sonst lieber weiterhin seine Hemden tragen würde, die doch wenigstens lange Ärmel hatten. Er grinste sie an, und seine blauen Augen blitzten teuflisch. „Mir gefällst du in einem Hemd so gut wie im anderen“, sagte er.

Es dauerte noch zwei Tage, bis Dee so weit genesen war, dass sie sich allein vollständig anziehen und ihre Arbeit erledigen konnte, wenn auch nicht annähernd so geschickt und zügig wie gewöhnlich. Am nächsten Tag stand sie vorsätzlich besonders früh auf und melkte bereits eine der Kühe, als Lucas kam. Er sagte nichts, sondern half ihr nur beim Melken und trug die Milch ins Haus. Seine zwei Hemden lagen gewaschen, fein säuberlich gebügelt und gefaltet auf dem Tisch für ihn bereit.

Lucas ging nach draußen und kam mit einem weiteren Päckchen ins Haus zurück. „Nur um dich zu wärmen, wenn ich es nicht kann“, verkündete er frech und warf es ihr zu.

Das weiche weiße Baumwollhemd, langärmlig und hochgeschlossen, entsprach genau ihren Vorstellungen. Die Brustpartie war mit feinen Biesen abgesetzt, und die Knopfleiste reichte fast bis zur Taille. So konnte sie hineinsteigen. Dee schenkte ihm ein aufrichtig herzliches Lächeln für seine Umsicht. Ihre Schultern und Arme schmerzten nämlich immer noch, wenn sie sich etwas über den Kopf zog.

„Ich möchte wissen, was Mrs Worley davon hält, dass du so viele Nachthemden kaufst“, sinnierte sie und versuchte, sich das Gesicht der gestrengen Dame beim Kauf des seidenen Hemds vorzustellen. Überhaupt, wo mochte er es gekauft haben? Ihr fiel kein Geschäft in Prosper ein, das solche Artikel führte. Er musste es im Osten oder in San Francisco bestellt haben, und dafür hatte die Zeit ganz sicher nicht gereicht.

„Mrs Worley macht sich keine Gedanken darüber“, erwiderte er. „Das Baumwollhemd hat meiner Mutter gehört.“

Dass er nicht verriet, wo er das Seidenhemd gekauft hatte, entging Dee nicht.

Seit Tagen hatte Lucas seine eigene Arbeit vernachlässigt, um Dee zu versorgen. Da sie jetzt wieder auf den Beinen war, würde er sich in den nächsten Tagen um seine Geschäfte kümmern müssen. „Ich kann jetzt eine Zeit lang nicht nach dir sehen“, warnte er sie. „Gib um Himmels willen auf dich acht.“

„Ich bin vorsichtig. Es war immerhin mein allererster Unfall.“

„Und es hätte dein letzter sein können, wenn du dir das Genick gebrochen hättest.“

„Wie bitte? Um dir damit jeden Grund zum Nörgeln zu nehmen?“, fragte sie zuckersüß. „Das käme mir niemals in den Sinn.“

„Nächste Woche ist das Frühlingsfest mit Picknick und Tanz“, sagte er, ohne auf ihren Seitenhieb einzugehen. Auf der Ranch war viel zu tun. Im Frühling standen die Markierung und die Kastration der Tiere an, daher würde er Dee wohl erst beim Picknick wiedersehen. „Wenn ich es vorher nicht schaffe, dich zu besuchen, sehen wir uns dort."

„Das bezweifle ich", antwortete sie. „Ich gehe nie zum Frühlingstanz."

Er hielt inne und bedachte sie mit seinem typischen finsteren Blick. „Warum nicht?"

„Warum sollte ich?"

„Um unter Leute zu kommen."

„Wenn ich das täte, könnte jemand ...", gemeint war irgendein Mann, „... annehmen, dass ich zuvorkommender als früher bin. Es ist einfacher für mich, niemandem Mut zu machen."

„Du könntest dich unter die Frauen mischen."

Darüber musste sie laut lachen. „Welche arme Frau würde sich denn von mir die Zeit stehlen lassen? Die Leute gehen auf das Fest, um Spaß mit Freunden zu haben oder zu flirten, und dafür bin ich nicht geeignet. Außerdem habe ich zu dieser Jahreszeit viel zu tun. Ich kann es mir nicht leisten, einen ganzen Tag zu vergeuden, zumal ich schon in der vergangenen Woche so viel Zeit verloren habe."

Dass sie sich so wenig im Leben gönnte, ärgerte ihn. Außerdem hatte er sich darauf gefreut, mit ihr zu tanzen und ihre langen Beine an seinen zu spüren. Im Tohuwabohu dieses besonderen Tages würde niemand sie beachten. „Ich will aber, dass du kommst", sagte er. „Zieh dein bestes Kleid an, und vergiss ausnahmsweise mal diese verdammte Farm."

„Nein", entgegnete sie. Keine Ausreden, keine Begründung, einfach nur nein.

Doch Lucas ließ sich nicht gern abweisen. „Wenn ich dich beim Picknick nicht antreffe, komme ich dich holen", versicherte er ihr.

7. KAPITEL

Der Tag des Picknicks brach mit idealem Wetter an. Die Sonne ging mit einem herrlichen Farbenspiel in Orange und Gold über den schneebedeckten Gipfeln der fernen Berge auf. Olivia war so früh auf den Beinen, dass sie es miterlebte, denn ihr war, als müssten in letzter Minute noch hunderte Kleinigkeiten erledigt werden. So war es immer, doch früher hatte sie die Aufregungen der Vorbereitungszeit geliebt. In diesem Jahr jedoch gelang es ihr nur mit Mühe, ihren Eltern und Freunden ein heiteres Gesicht zu zeigen. Ohne einen triftigen Grund graute ihr vor dem Tag. Vielleicht, dachte sie, lag es daran, dass sie die Hoffnung aufgegeben hatte. Früher hatte die Zukunft immer mit großartigen goldenen Versprechen vor ihr gestanden, doch in den letzten Monaten hatte sie den Glauben an diese Versprechen verloren.

Es war nicht so, dass sie mit Lucas' Heiratsantrag rechnete. Vielmehr hatte sie in den letzten Wochen angefangen, sich zu fragen, ob sie sich seine Absichten nur eingebildet hatte. Auf undefinierbare Weise spürte sie diesen eisernen, auf sie fixierten Willen nicht mehr. Es war albern, denn wenn sie sich trafen, was selten geschah, war er genauso wie immer: höflich und fürsorglich. Gelegentlich hatte er sogar ein bisschen mit ihr geflirtet, immer darauf bedacht, sie nicht zu überfordern.

Zwar konnte sie sich eines Gefühls der Erleichterung nicht erwehren, trotzdem aber war sie maßlos traurig angesichts der sehr realen Aussicht, dass sie nie eine eigene Familie haben würde. Sie sah sich schon in zehn, zwanzig Jahren still neben Honora sitzen, die Köpfe über eine Stickerei geneigt, während ihr Haar ergraute, an Augen und Hals Falten erschienen und ihr Körper seine Straffheit einbüßte. Auch ihre Eltern würden traurig sein, weil sie kein Enkelkind verwöhnen durften.

Als wäre das Leben unversehens an ihr vorübergegangen und sie bliebe mit leeren Händen zurück. Und mit leeren

Armen, dachte sie voller Trauer um die kleinen Babys, die sie sich gewünscht und die das Schicksal ihr versagt hatte.

Um niemanden zu enttäuschen, gab sie sich wie immer und zeigte unter Aufbietung aller Willenskraft ein lächelndes Gesicht. Und am Vormittag schloss sich die Kutsche der Millicans einer Parade von Buggys, Fuhrwerken, Karren, Reitern und zahlreichen Fußgängern an. Alle waren auf dem Weg zu der großen Wiese am Stadtrand, auf der das Picknick stattfand.

Es war der ideale Ort, mit reichlich Bäumen für alle, die Schatten suchten, aber auch genug freier Fläche zum Spielen für die Kinder. Viele Gäste waren bereits eingetroffen. Bis zum Mittag würden bis auf einige wenige alle Nachbarn im Umkreis von fünfzig Meilen unbeschwert über die Wiese schlendern, um Freunde zu sehen und das Picknick und einen arbeitsfreien Tag zu genießen.

Nur die Frauen hatten immer reichlich zu tun, dachte Olivia. Sie mussten die Speisen bereithalten, sich um die Kinder kümmern, Spiele organisieren. Die Männer standen in Gruppen herum, redeten und lachten oder organisierten vielleicht ihre eigenen Kraft- und Geschicklichkeitsspiele. Ein improvisiertes Pferderennen war nicht ungewöhnlich. Die Frauen nahmen sich der üblichen kleinen Verletzungen und Missgeschicke von Kindern wie auch Männern an. Manchmal fragte Olivia sich, ob zwischen diesen beiden Gruppen eigentlich überhaupt ein Unterschied bestand.

Lucas war praktisch der erste Festbesucher, den sie sah. Seine große, kräftige Gestalt war in der Menge leicht zu entdecken. Er trug eine braune Hose und ein weißes Seidenhemd. Ein brauner Hut schützte seine Augen vor der grellen Vormittagssonne, und er zog ihren Blick schneller auf sich als andere Männer in ihren besten Anzügen. Als er auf sie zukam, bemerkte sie, wie sein dunkles Haar sich über dem Kragen ringelte. Grüßend trat er an die Kutsche heran und half beim Abladen der mitgebrachten Leckereien.

Verunsichert fragte Olivia sich, ob sie sich doch getäuscht

hatte, was seine Absichten betraf. Dieses Auf und Ab drohte sie in den Wahnsinn zu treiben. Natürlich spielte das alles sich nur in ihrem Kopf ab, sie konnte niemandem außer sich selbst die Schuld daran geben. War er nun interessiert oder nicht? Und wenn ja, wollte sie es so oder nicht? Falls er sie fragte, was wäre schlimmer, ja zu sagen oder ihn abzuweisen?

Als alle Speisen auf einer Decke unter einem der Bäume angerichtet waren, schob Lucas Olivias Hand in seine Armbeuge. „Möchtest du ein bisschen umherschlendern und Leute begrüßen?“, fragte er.

Solange ihre Mutter sie anstrahlte, konnte sie schlecht ablehnen. Sie bemühte sich um Gelassenheit, als sie langsam über die Wiese spazierten.

Als er sie eine Stunde später an Ort und Stelle wieder ablieferte, war zwischen ihnen kein persönliches Wort gefallen. Zu ihrer Erleichterung hatte er sie wie ein Freund ohne jeden Anspruch behandelt.

Lucas mochte Olivia aufrichtig, aber während des langen Spaziergangs war sein Blick immer wieder zu den vorübergehenden Grüppchen abgeschweift. Ihm war bewusst, dass er nach einem schmalen, stolzen Kopf mit vollem schwarzen Haar Ausschau hielt oder nach einer Frau mit energischem, schwungvollem Gang, die auf wenig damenhafte Weise bei jedem Schritt ihren Rock aufwarf. Er war überzeugt, dass all die Ausreden für Dees Fernbleiben wirklich nur Ausreden gewesen waren, und er rechnete fest mit ihrem Erscheinen. Welche Frau konnte schon einer Gelegenheit zu Flirt und Vergnügen widerstehen?

„Hast du Dee Swann gesehen?“, fragte er Olivia gedankenverloren, den Blick immer noch auf die wogenden Menschenmassen gerichtet.

Als er Dees Namen so beiläufig fallen ließ, blitzte in Olivias Augen Interesse auf, das sie rasch verbarg. „Nein. Ich glaube nicht, dass sie kommt. Sie kommt nie zu einem Fest.“

„Ich habe sie gebeten zu kommen. Ich meine, sie muss weg

von dieser Farm … Wie ich hörte, ist sie vorletzte Woche vom Heuboden gestürzt und hat sich verletzt."

„Oh, nein!", schrie Olivia auf. „War sie schwer verletzt?" Dass Olivias Betroffenheit weit über die Sorge um eine weitläufige Bekannte hinausging, fiel Lucas nicht auf.

„Sie hat sich wohl ziemlich böse Blutergüsse zugezogen. Aber inzwischen ist sie wieder auf den Beinen."

Olivias Interesse war hellwach. Trotz ihrer Sorge um Dee fiel ihr auf, dass Lucas sich unbehaglich fühlte, als hätte er versehentlich mehr gesagt, als er wollte. Überhaupt, von wem konnte er erfahren haben, dass Dee verletzt war? Olivia wusste sehr gut, wie abgeschieden Dee lebte. Da lag es auf der Hand, dass Lucas, wenn er von der Verletzung ihrer Freundin wusste, sie selbst gesehen, sie besucht und vielleicht sogar versorgt hatte. Ihr fiel wieder ein, dass sie schon einmal flüchtig bemerkt hatte, wie gut Lucas und Dee zueinanderpassen würden. Vielleicht …

„Sie sollte hier sein", wiederholte er und machte ein finsteres Gesicht.

Bis zur Mittagszeit glaubte Lucas weiter daran, dass Dee tatsächlich noch kommen würde. Er rechnete fest damit, sie in der Menge zu entdecken. Dann wurde ihm klar, dass sie sich nicht ins Gedränge stürzen würde, wenn sie tatsächlich zum Picknick gekommen wäre. Sie würde sich am Rand des Geschehens aufhalten und mit dem undeutbaren Blick einer Katze zuschauen. Er konnte sich nicht vorstellen, dass sie in einer Gruppe von jungen Frauen gemütlich schwatzte oder mit ihnen kicherte.

Andererseits hätte es ihn nicht im Geringsten überrascht, wenn sie in letzter Minute mit hochmütiger Miene gekommen wäre, um ihn in dem Wissen, dass er mit jeder Sekunde wütender wurde, zu einem unbedachten Wort herauszufordern.

Letztlich aber begriff er, dass sie nicht kommen würde, und sein Ärger wuchs. Er zwang ihn nieder und gab vor, das Essen zu genießen, obwohl er in Wahrheit kaum wusste, was er zu sich nahm. Zum *Teufel* mit ihr, warum war sie nicht gekommen? Inzwischen war ihm klar, dass sie auch am Tanzvergnügen nicht teilnehmen würde.

Genauso klar war allerdings, dass er sich nicht von ihr übergehen ließ.

Dee hielt sich in der Nähe auf. Der Stiel ihrer Hacke war gebrochen, und sie war mit dem Fuhrwerk in die Stadt gefahren, um einen neuen zu besorgen. Doch der Gemischtwarenladen war geschlossen.

Wie dumm von ihr! Natürlich nahm die Familie Winches wie alle anderen auch am Picknick teil.

Damit hätte sie rechnen müssen. Die Straßen waren verlassen. Sämtliche Einwohner der Stadt nutzten die Gelegenheit, um zu entspannen und den Tag zu genießen.

Sie würde den Weg in die Stadt noch einmal auf sich nehmen müssen, um den Hackenstiel zu ersetzen. Doch das ließ sich nicht ändern, und sie war zu praktisch veranlagt, um sich darüber aufzuregen. Außerdem konnte sie das Unkraut auch mit der Hand zupfen, statt mit der Hacke zu jäten. Also wendete sie das Fuhrwerk und machte sich auf den Weg nach Hause. Die Einzigen, die sich noch in der Stadt aufhielten, waren die beiden Saloon-Girls. Denn natürlich waren sie auf den Festen der Gemeinde nicht willkommen. Die beiden Frauen saßen draußen auf dem Gehsteig, was sie sich nie erlaubt hätten, wenn die Stadt nicht menschenleer gewesen wäre.

Eine von ihnen, die Rothaarige namens Tillie, winkte ihr zu, und Dee winkte zurück. „Guten Tag“, grüßte sie.

Wie das Leben dieser Frauen wohl aussehen mochte? Sie mussten doch qualvoll einsam sein, wenngleich sie fast nie allein waren. Sie lebte das Gegenteil davon, denn sie war oft allein und liebte es so.

Träge Zufriedenheit hatte sich ausgebreitet, als die Menge vom reichlichen Genuss der Leckereien und der Nachmittagshitze schläfrig wurde. Einige waren sogar auf den mitgebrachten Decken eingenickt. Olivia war lange ziellos umhergeschlendert, hatte hier und da Bekannten zugelächelt, sich aber nie in Gespräche ziehen lassen. Kurz nach dem Essen war Lucas gegangen, und seitdem tauchte Kyle Bellamy offenbar überall dort auf, wo sie sich gerade aufhielt. Er war zwar sehr höflich, doch sie konnte sich einfach nicht für den Mann erwärmen. Sein Blick war zu dreist, und er war zu aufdringlich. Schließlich blieb ihr nichts anderes übrig, als ständig in Bewegung zu bleiben, denn sobald sie stehen blieb, tauchte er an ihrer Seite auf.

„Darf ich Ihnen Gesellschaft leisten?"

Die weiche, tiefe Stimme hinter ihr ließ sie zusammenschrecken. Als sie sich umdrehte, stand sie dem Mexikaner Fronteras gegenüber, der sie mit einem Lächeln in den schwarzen Augen anblickte.

Sie zögerte, rief sich in Erinnerung, dass er für Bellamy arbeitete und dass sie ihn nicht kannte.

„Wenn Sie nicht möchten, dass ich Sie begleite, habe ich vollstes Verständnis", sagte er.

Betroffen verstand sie, dass er mit einer Abfuhr rechnete, weil er Mexikaner war. Ihr mitfühlendes Herz krampfte sich ein wenig zusammen, und sie hörte sich selbst sagen: „Aber natürlich dürfen Sie mich begleiten." Immerhin würde Kyle sie nicht erwischen, solange sie nicht stehen blieb.

Er ging an ihrer Seite. Ausnahmsweise schienen ihre sonst so tadellosen Manieren sie im Stich zu lassen. Sie wusste einfach nicht, was sie sagen sollte. Als sie vielleicht eine Minute nebeneinander hergegangen waren, sagte er: „Ich heiße Luis Fronteras."

„Ich bin Olivia Millican." Wieder schwiegen beide. Schließlich platzte sie verzweifelt heraus: „Sind Sie Mexikaner?" Sofort errötet sie. Warum hatte sie ausgerechnet diese Frage gestellt? Sie hätte sich am liebsten die Zunge abgebissen.

„Ich bin in Mexiko geboren", erwiderte er lächelnd und

schien sich nicht im Geringsten an ihrer Frage zu stören. „Demnach bin ich wohl Mexikaner, obwohl ich seit meiner Kindheit nicht mehr in Mexiko war."

Er sprach tatsächlich wie alle anderen, die sie kannte, ohne die Spur eines Akzents. „Leben Sie schon lange in dieser Gegend?" Selbst wenn es so war, musste sie ihm nicht zwangsläufig schon einmal begegnet sein, denn die Tochter eines Bankiers bewegte sich in anderen Kreisen als ein Viehtreiber.

„Was meinen Sie? In Colorado oder in Prosper?"

„Beides", antwortete sie interessiert. Es hörte sich an, als wäre er viel gereist, und sie hätte schon immer gern gewusst, wie es wohl war, ein Wanderleben zu führen.

„Im Lauf der Jahre habe ich Colorado mehrmals durchquert. Ein paar Jahre habe ich im New Mexico Territorium gearbeitet, eine gewisse Zeit in Montana und weiter westlich, in der Gegend des Snake River." Luis blickte versonnen vor sich hin. „Ein oder zwei Mal war ich in Kalifornien. Ich bin so oft kreuz und quer gereist, dass ich wohl jeden Landesteil westlich des Missouri gesehen habe."

„Dann können Sie sich nirgendwo lange aufgehalten haben." Er war groß, so groß wie Lucas, stellte sie fest. Wenn sie neben ihm ging, fühlte sie sich klein und behütet. Sie blickte flüchtig auf den großen Revolver im Holster an seinem rechten Oberschenkel. Er trug die Waffe so lässig, als wäre sie ein Teil von ihm. War er doch eher ein Bandit als ein Viehtreiber?

„Ich habe mich ein bisschen treiben lassen." Eine Zeit lang hatte er geglaubt, New Mexico könnte seine Heimat werden. Doch dieser Traum starb unter den mörderischen Hufen eines Hengstes. Nachdem er Celia beerdigt hatte, war er innerlich so leer gewesen, als wäre ein Teil von ihm mit ihr begraben worden. Erst nach langer Zeit bemerkte er, dass er noch am Leben war, doch es war nicht mehr das Gleiche. Das Leben hatte nun mal die Angewohnheit, trotz allem weiterzugehen. Er wusste nicht, wann seine Trauer aufgehört hatte, sondern nur, dass sie irgendwann vorbei war. Seine Erinnerung an Celia bestand inzwischen aus ihrem strahlenden Lächeln und ihrer zu Herzen gehenden Lieblichkeit. Doch ihre Gesichtszüge konnte er sich nicht mehr richtig ins Gedächtnis rufen. Zehn Jahre waren vergangen, und in diesen zehn Jahren war er viel unterwegs gewesen und hatte viele andere Frauen im Arm gehalten.

„Ich denke oft, dass ich gern reisen würde“, sagte Olivia und hob den Blick zur Sonne. „Ich möchte die Sonne gern einmal nicht an zwei aufeinanderfolgenden Tagen am gleichen Ort untergehen sehen.“

Etwas Überraschenderes hätte sie kaum äußern können. Luis sah in ihr zartes ovales Gesicht und versuchte sich vorzustellen, wie sie Tage und Wochen ohne Bad auskommen musste, mit einer dicken Schicht Staub und Schmutz auf ihrer weißen Haut. Er fand es absolut lächerlich. Und wer würde ihr zumuten, in eine Decke gerollt auf dem nackten Boden zu schlafen?

„Es würde Ihnen nicht gefallen“, entgegnete er. „Insekten, Schmutz, schlechtes Essen, nicht genug Wasser, nie fest schlafen können. So ist das Leben, wenn man unterwegs ist.“

Sie lächelte leicht. „Aber es gibt auch andere Arten zu reisen. Stellen Sie sich vor, mit der Eisenbahn von Stadt zu Stadt zu fahren, sich bei Nacht von den Gleisen in den Schlaf wiegen zu lassen. Vielleicht würde ich mir das nicht für immer wünschen, aber ich würde es schon gern ausprobieren.“

In der kleinen Lady steckte etwas von einer Abenteurerin, dachte er voller Anerkennung. Er würde gern in der Eisenbahn mit ihr durchs ganze Land reisen. Sie würden ein Schlafwagenabteil mieten, und nachts würde er sie nehmen, und die Gleise würden sie in die Erfüllung statt in den Schlaf wiegen.

Ein paar Kinder spielten Ball auf der Wiese und rutschten und schubsten sich kreischend vor Lachen. Luis blieb stehen und legte die Hand auf Olivias Arm, bis die Kinder sicher vorübergetobt waren, dann setzten sie ihren Spaziergang gemächlich fort.

Olivia fühlte sich merkwürdig entspannt in seiner Gegenwart. Dabei wusste sie nicht einmal, wieso, schließlich hatten sie sich gerade erst kennengelernt und bisher kaum miteinander gesprochen. Doch er hatte so eine beruhigende Art. Vielleicht lag es nur an kleinen Nebensächlichkeiten, zum Beispiel daran, wie er seine langen Schritte ihrem Gang anpasste oder wie er dafür gesorgt hatte, dass die Kinder sie nicht anrempelten. Jedenfalls fühlte sie sich sicher. Natürlich waren die meisten Männer auf diese Art höflich, aber bei diesem Mann hatte sie das Gefühl, es wäre mehr als Höflichkeit. Es war, als läge es in seiner Natur, sie zu beschützen.

„Haben Sie Verwandte hier in der Gegend?“, fragte sie.

„Ich habe überhaupt keine Verwandten, zumindest keine, an die ich mich erinnere. Das war wohl auch einer der Gründe für mein Vagabundieren.“

„Und Sie waren nie verheiratet?“ Unverzüglich schickte sie hinterher: „Entschuldigen Sie, ich sollte nicht so neugierig sein.“

„Ich antwortete Ihnen gern. Ich wollte einmal heiraten, aber Celia ist gestorben. Das war vor zehn Jahren.“

„Lieben Sie sie noch?“ Warum konnte sie ihre vorwitzige Zunge nicht im Zaum halten? Sie hatte überhaupt kein Recht, ihm all diese persönlichen Fragen zu stellen, konnte sich aber anscheinend nicht zurückhalten. Ihre eigene Unhöflichkeit trieb ihr die Röte ins Gesicht, doch er nahm ihre Frage so unbefangen auf, als ginge es ums Wetter.

„In gewisser Weise.“ Nachdenklich fuhr er fort: „Celia war ein wunderbarer Mensch. Sie war es wert, geliebt zu werden, und ich liebe den Menschen, der sie war, noch immer. Aber ich bin nicht mehr *verliebt* in sie, falls Sie den Unterschied verstehen.“

„Ja, ich verstehe.“ Insgeheim wunderte Olivia sich darüber, wie sehr seine Antwort sie erleichterte.

Sie hatten einen kleinen Bach erreicht und folgten seinem Lauf, bis sie zu einem quer darüber gelegten Baumstamm gelangten. Als Olivia sich nach der Picknickwiese umsah, blinzelte sie überrascht, weil sie sich bereits so weit entfernt hatten. Von ihrem Standpunkt aus waren nur noch wenige Leute zu sehen. Die meisten waren hinter Bäumen und Büschen und der Krümmung der Wiese verborgen.

„Vielleicht sollten wir zurückgehen", sagte sie ein wenig beunruhigt.

Luis stieg auf den Baumstamm und streckte ihr die Hand entgegen. „Vielleicht aber auch nicht. Die Entdecker hätten ewig gebraucht, wenn sie sich nie außer Sichtweite der Massen vorgewagt hätten."

Zögernd legte sie ihre Hand in seine und ließ sich von ihm auf den Baumstamm helfen. Gleichzeitig konnte sie nicht glauben, was sie da tat. Etwas so Unerhörtes, wie mit einem fremden Mann fortzugehen, hatte Olivia Millican sich noch nie erlaubt. Andererseits, dachte sie ein bisschen aufsässig, hatte Olivia Millican sich immer gewünscht zu reisen. Vielleicht war es an der Zeit, auf die heimliche Olivia zu hören. Schließlich fühlte sie sich bei Luis völlig sicher.

Der Baumstamm geriet leicht in Bewegung, als sie den Bach überquerten. Aber zum Glück brauchten sie dazu nur ein paar Schritte. Dann umfasste Luis mit seinen kräftigen Händen ihre Taille und hob sie ans Ufer. Ihr war, als hätten sie auf ihrer Entdeckungsreise ein riesiges Hindernis überwunden und nicht nur einen kleinen Bach. Sie bezweifelte, je in dieser Gegend gewesen zu sein.

Während sie unter den Bäumen spazierten, wies Luis sie auf verschiedene Vögel hin. Olivia war fasziniert. Sie hatte immer nur in Städten gelebt, und ihr Wissen über Vögel beschränkte sich auf den Unterschied zwischen einem Rotkehlchen und einer Krähe. Hinter ihnen war der Lärm von der Picknickwiese verstummt, und Olivia hörte nur die Vögel, das Rascheln des Windes in den Bäumen und ihre leisen Schritte und Stimmen. Luis hielt ihre Hand fest in der seinen, und die Wärme und Rauheit wirkten seltsam beruhigend auf sie. Allerdings sagte sie sich, dass sie ihm nicht gestatten dürfte, ihre Hand zu halten, unternahm jedoch nichts dagegen. Außerdem hätten sie zum Picknick zurückkehren sollen. Doch sie sagte nichts.

Sie waren so allein, als hätten sie sich meilenweit von der Stadt entfernt, und wanderten immer tiefer in den Wald. Olivia fragte sich, ob ihre Eltern sich wohl Sorgen machten, dachte sich jedoch, dass sie sie bei ihren Freundinnen vermuten würden.

Der satte Geruch des Waldes erfüllte etwas tief in ihrem Inneren. Ihr Gesicht strahlte diese Zufriedenheit aus, als sie mit verklärtem Lächeln zu Luis aufblickte. Ohne nachzudenken, reagierte er auf diese süße Fraulichkeit, zog Olivia in seine Arme, und sanft drückte er seinen Mund auf ihren.

Instinktiv beschränkte er sich auf eine ganz leichte Berührung. Er spürte ihre weichen Lippen und überließ es ihr, den Kuss zu erwidern. Olivia tat es Schritt für Schritt, verzaubert von der zärtlichen Berührung und der Wärme seines harten Körpers. Es war so schön, in seinen Armen zu liegen, und sie schmiegte sich fester an ihn. Er schmeckte faszinierend, und sie öffnete die Lippen, um mehr zu schmecken. Weitere Ermutigungen brauchte Luis nicht. Er legte eine Hand um ihren Hinterkopf und hielt sie fest, während er den Kuss vertiefte. Mit der Zunge strich er über ihre Lippen und ließ sie in ihren Mund schlüpfen, als Olivia sich nicht wehrte. Im ersten Moment zuckte sie vor Überraschung leicht zusammen, doch gleich darauf war sie voller süßer Hingabe.

Olivia schwindelte es vor Wonne, ihn zu küssen. Natürlich war sie schon einige Male geküsst worden – immerhin war sie fünfundzwanzig Jahre alt –, aber niemand hatte sie je zuvor mit offenem Mund geküsst und sie verlockt, selbst auch den Mund zu öffnen. Sie bebte vor Lust, während sie die erste leichte Berührung und dann die Bewegungen seiner Zunge in ihrem Mund spürte. Das unverhoffte Eindringen ließ sie zurückschrecken, weil sie glaubte, es scheußlich zu finden. Stattdessen empfand sie heftige, heiße Lust und drängte sich enger an ihn.

„Du bist so süß", flüsterte Luis an ihrem Mund, neigte den Kopf und küsste sie noch einmal verzehrend.

Nie zuvor hatte Olivia Leidenschaft empfunden, hatte nie erwartet, dass ein Mann solche Gefühle in ihr wecken könnte. Und nie zuvor hatte sie sich von einem Mann so fest in die Arme nehmen lassen, dass ihre Brüste sich an seinen Oberkörper pressten. Es ist ein wunderschönes Gefühl, dachte sie benommen. Ihr Busen spannte, und dieser harte Druck schien ihr Sehnen zu lindern. Ein anderes Sehnen wuchs tief in ihrem Leib, sie verstand es nicht und fand keine Linderung dafür.

Luis hob den Kopf und suchte ihren verhangenen Blick. In seinen Augen glomm heißes Verlangen. Er atmete schwer, sie ebenfalls. Ihre weichen Brüste hoben und senkten sich. Doch neben allen Zeichen fraulicher Erregung erkannte Luis auch allzu deutlich die unschuldige Verwirrung unter der Leidenschaft.

Zu diesem Zweck habe ich sie nicht hierher geführt, sagte er sich. Er hatte sie lange beobachtet und bemerkt, wie sie Bellamy aus dem Weg zu gehen versuchte. Und plötzlich hatte er sie impulsiv gebeten, sie begleiten zu dürfen. Doch jetzt, da sie allein waren, hatte er ihrem süßen Mund nicht mehr widerstehen können.

Natürlich könnte er sie jetzt nehmen. Er könnte sie auf den moosigen Boden betten und ihren Rock hochschlagen, bevor sie begriff, wie ihr geschah. Unerfahren, wie sie war, hätte sie nicht die geringste Ahnung, wie sie ihr eigenes Verlangen bezähmen sollte. Doch wenn er sie so ungestüm verführte, würde er wahrscheinlich nie wieder in den Genuss kommen. Er kannte die Frauen gut genug, um zu wissen, dass Olivia ihm danach um jeden Preis aus dem Weg gehen würde. Das wollte er nicht. Sie war so süß, dass er sich immer wieder in ihr verlieren wollte. Um das zu gewährleisten, musste er sich in Geduld üben und sie nach allen Regeln der Kunst erobern.

All das war ihm bewusst, dennoch schaffte er es nicht, sie gehen zu lassen, ohne noch ein bisschen mehr von ihr genossen zu haben. Also küsste er sie wieder, schloss sie fest in die Arme und presste sie eng an sich. Er spürte, wie sie nach Luft rang, fing ihren Seufzer mit seinem Mund auf und half ihr mit seinem Kuss über den Schrecken hinweg. Langsam ließ er sich auf die Knie sinken und zog sie mit sich herab.

Kühn legte er eine Hand auf ihre Brust und drückte sie leicht über ihrer Kleidung, doch das reichte ihm nicht. Er wollte ihre warme, nackte Haut spüren. Olivia wich seiner Berührung aus und öffnete abrupt die Augen.

„Hab keine Angst", sagte er sanft und streichelte ihre Brüste und Rippen.

„Du … du darfst das nicht tun."

„Es gehört zur Liebe dazu. Ist es nicht schön?" Manche Frauen fanden es eher schmerzhaft als lustvoll, darum vergewisserte er sich vorsichtshalber.

„J…ja", stammelte sie. „Aber darum geht es nicht."

„Worum geht es denn?" Luis hörte nicht auf, sacht ihre Brust zu massieren. Mit dem Daumen fand er ihre harte kleine Brustwarze. Wieder rang sie nach Luft, als er sie rieb, und heiße Glut färbte ihre Wangen.

„Dass … dass wir so etwas nicht tun sollten." Sie schloss die Augen und konzentrierte sich gegen ihren Willen auf die wunderbaren Empfindungen.

„Soll ich aufhören?"

„Nein", seufzte sie. Dann grub sie die Fingernägel in seine Schultern. „Doch. Wir müssen aufhören."

„Jetzt noch nicht", flüsterte er und glitt mit der Hand in ihr Mieder. Als Olivia seine heiße Hand auf ihrer nackten Brust spürte, schrie sie leise vor Lust. Ihre Brustwarze war sehr hart und keck aufgerichtet. In Windeseile öffnete Luis ihr Kleid, um beide Brüste zu entblößen, drückte Olivia sanft nach hinten und nahm eine der kleinen Spitzen in den Mund. Er umkreiste sie mit der Zunge und begann dann, hart zu saugen.

Olivia bebte und schauderte, sie drängte sich an ihn und stieß kleine Schreie aus. Das Sehnen tief in ihrem Inneren war außer Kontrolle geraten. Sie wand sich, bewegte die Hüften und bat um etwas, was sie nicht benennen konnte. Luis spürte ihre Bewegungen und wusste genau, was sie brauchte. Doch dies war nicht der richtige Zeitpunkt. Er musste sich damit zufriedengeben, ihr nur einen Teil der Wonnen zu zeigen, die er ihr bereiten konnte.

Ihre Brüste waren klein und milchweiß, die Brustwarzen zart und rosig. Jedes Mal, wenn er sie rieb, erzitterte Olivia und verlockte ihn, zu Ende zu führen, was er begonnen hatte. Er musste seine geballte Willenskraft aufbieten, um sie langsam wieder zu sich kommen zu lassen, indem er ihr Kleid richtete und sie an sich drückte. Immer noch küsste er sie und redete sanft auf sie ein, ließ sie wissen, wie sehr er sie begehrte und sich nach ihr sehnte. Denn sie würde sich besser fühlen, wenn sie wusste, dass dieses Erlebnis auch ihn nicht kaltgelassen hatte.

Trotzdem erglühte ihr sonst so blasses Gesicht vor Scham, als sie wieder zu sich kam. Sie schob seine Hände von sich und nestelte an ihrem Kleid herum.

„Du musst dich nicht schämen“, sagte er. „Du bist wunderschön.“

„Wie soll ich mich nicht schämen?“, fragte sie mit erstickter Stimme. „Du bist ein Fremder, und ich habe zugelassen, dass du …“ Sie verstummte, konnte das Ausmaß ihrer Schmach nicht in Worte fassen.

„Jetzt sind wir uns nicht mehr fremd“, beruhigte er sie. „Olivia, sieh mich an, Liebste.“

Sie schüttelte den Kopf, woraufhin er ihr Kinn anhob. „Denkst du, ich hätte keine Achtung vor dir, weil ich dich sonst nicht so berührt hätte?“

Die Qual in ihren Augen reichte ihm als Antwort. Er beugte sich vor und küsste sie zart. „Ich habe dich berührt, Liebling, weil ich dich so sehr begehre, dass ich nicht anders konnte. Ich habe aufgehört, weil ich *wirklich* Achtung vor dir habe und weil ich dich wiedersehen will.“

Hochrot im Gesicht sprang sie auf die Füße. „Oh, nein!", rief sie spontan aus.

Weil sie davonlaufen wollte, packte Luis ihre Hände. „Weil du glaubst, es würde noch einmal passieren?"

Olivia konnte kaum stehen, so groß war ihre Not. Ihre Augen schwammen in Tränen. „Wir dürfen nie wieder …"

„Erwarte nicht, dass ich mich von dir fernhalte, denn das kann ich nicht. Und ich werde dich immer wieder küssen, sobald ich Gelegenheit dazu habe. Irgendwann werden wir uns lieben, Olivia", sagte er mit fester Stimme, als sie den Kopf schüttelte. „Vergiss, dass ich nur ein Vagabund bin und du die Tochter des Bankiers bist. Denk daran, wie sich mein Mund auf deiner Haut anfühlt. Denn es wird noch viel schöner, Liebste. Sehr viel schöner."

8. KAPITEL

Dee holte gerade einen Eimer Wasser aus dem Brunnen, als Lucas auf die Farm ritt. Bei seinem Anblick begann ihr Herz zu hämmern. Über eine Woche hatte sie ihn nicht gesehen, und es war erschreckend, wie sehr seine Tyrannei ihr gefehlt hatte. In den Kämpfen mit ihm hatte sie sich lebendiger gefühlt als je zuvor. Wenn sie sich mit ihm anlegte, konnte sie sie selbst sein, und nichts, was sie sagte, schockierte ihn.

Er schwang sich vom Pferd und schlang den Zügel um das Geländer. „Ich habe doch gesagt, dass ich komme, um dich zu holen", rief er finster und ging auf sie zu.

Mit einem warnenden Blitzen in den Augen hob Dee den Wassereimer an. „Und ich habe gesagt, dass ich nicht zum Picknick gehe. Ich habe meine Gründe, und ich werde mir nicht alles verderben, nur um eine deiner Launen zu befriedigen."

Mit einem Glimmen in den blauen Augen kam er näher. „Dein Wasser schreckt mich nicht."

Vielleicht reichte das Wasser nicht als Abschreckung, doch der Eimer war schwer. Dee schwang ihn in Richtung seines Kopfs. Wasser schwappte über und durchnässte sie beide. Lucas duckte sich, und sie holte rasch aus und schwang den Eimer zum zweiten Mal.

„Lass mich in Ruhe", warnte sie.

„Nie im Leben", erwiderte er und griff nach ihr.

Dee wich ihm aus, und der Holzeimer traf ihn an der Schulter. Er hielt inne und rieb sich fluchend die getroffene Stelle. Aus schmalen Augen sah er sie an. „Beim nächsten Mal solltest du mich lieber niederschlagen", sagte er und stürzte sich auf sie.

Sie nahm ihn beim Wort und gab ihr Bestes, um ihn am Kopf zu treffen. Doch dieses Mal ließ Lucas sich von dem schweren Eimer nicht aufhalten. Er tauchte unter dem schlenkernden Eimer hindurch, der auf seinem Rücken aufschlug. Noch bevor Dee entwischen konnte, drückte Lucas seine breite Schulter in ihren Leib und warf sie sich über die Schulter. So trug er sie zielstrebig zum Haus.

Wutentbrannt stellte sie fest, dass sie in dieser Lage hilflos war. Mit dem linken Arm hielt er ihre strampelnden Beine fest. Das einzige Ziel für ihre Fäuste waren seine Beine und sein Gesäß. Ihr blieb nichts anderes übrig, als ihn zu beißen.

Vor Schmerz und Wut brüllte er auf und versetzte ihr einen kräftigen Schlag aufs Hinterteil. Dee schrie auf, denn der Hieb brannte wie Feuer, dann versuchte sie noch einmal, ihn zu beißen. Er drehte sich, ließ sie von seiner Schulter auf die Hintertreppe gleiten, packte sie im selben Moment am Kragen und zerrte sie ins Haus.

Kaum hatte er sie losgelassen, sprang sie auf die Füße und stürzte sich auf ihn. „Du kleine Hexe", sagte er voller Bewunderung, wich lachend ihren Fäusten aus, packte sie bei den Armen und drängte sie rücklings an die Wand.

Dee kämpfte, um zu siegen – und das hieß, sie kämpfte mit allen Mitteln. Dass er ihre Arme festhielt, behinderte sie schwer, darum verlegte sie sich aufs Treten und zielte nach seinem Schritt. Lucas hörte abrupt auf zu lachen, als ihr Fuß seinen Oberschenkel traf, gefährlich nahe am Ziel. Er löste das Problem, indem er sie mit seinem ganzen Körper gegen die Wand drückte.

„Wehr dich doch", keuchte er.

Sie versuchte es, wand sich und warf sich herum, doch die Wand in ihrem Rücken und der Druck seines schweren Körpers von vorn ließen ihr nicht genug Bewegungsfreiheit. Als sie austrat, nutzte er die Gelegenheit, um seine Beine zwischen ihre zu schieben. Mit einem Ruck hatte er sie hochgehoben und hielt mit seinen muskulösen Oberschenkeln ihre Beine gespreizt, während er sein Becken an ihren Leib presste.

Weil es nur den Druck seines harten Glieds zwischen ihren Beinen erhöht hätte, hörte Dee auf zu kämpfen. Keuchend lehnte sie den Kopf zurück an die Wand. „Lass mich los, verdammt noch mal."

Aber stattdessen hob er sie noch ein Stück höher und schloss die Lippen gierig um ihre Brust. Feuchte Wärme drang durch die Stoffschichten ihrer Kleidung, und ihre Brustwarze richtete sich auf, wurde hart unter dem Ansturm seiner Zunge. Heißes Begehren mischte sich unter ihre Wut, bis sie sich fragte, ob beides nicht ein und dasselbe wäre.

Um ihre Bluse zu öffnen, ließ Lucas ihre Arme los. Ohne diese Stütze zog ihr Gewicht sie herab und presste sie noch enger an Lucas. Pures Verlangen schüttelte sie und ließ sie aufschreien. Sie krallte die Finger in sein Haar, anstatt die neu gewonnene Freiheit zur Gegenwehr zu nutzen. Ihre Bluse zerriss unter seinen schonungslosen Händen, dann griff er in den Ausschnitt ihres Hemdchens, und mit einem Ruck erlitt es das gleiche Schicksal. Stöhnend umfasste Lucas ihre nackten Brüste und drückte sie zusammen. Sein Bart kratzte auf ihrer weichen Haut, als er erst an der einen, dann an der anderen Brustwarze saugte.

Dee wand sich vor Lust und schrie. Lucas nahm die Laute gierig in sich auf und küsste sie stürmisch, während er nicht aufhörte, ihre Brüste zu massieren. Dieses Mal gab es kein Halten. Er musste sie haben, musste den brennenden, zügellosen Hunger stillen, der in ihnen beiden wütete. Also schob er die Hand unter ihren Rock, löste das Bändchen ihrer Unterhose und zog sie über ihr Gesäß herab.

Als sie spürte, wie ihre Unterwäsche herabglitt, stockte Dee mitten in der Bewegung. Sie wandte das Gesicht ab und schloss die Augen. Zwar hatte sie bereits splitternackt vor Lucas gestanden, doch da hatte sie sich nicht so entblößt und verletzlich gefühlt wie jetzt. Er rückte ein wenig von ihr ab, sodass ihre Beine sich schlossen und die Baumwollunterhose ihr über die Knie bis auf die Knöchel rutschte. „Tritt heraus", flüsterte er, und sie tat es, ohne zu überlegen.

Erneut drückte das Gewicht seines schweren Körpers sie an die Wand. Seine Hände waren immer noch unter ihrem Rock an ihrer nackten Haut, er knetete ihre Hinterbacken, streichelte ihre Beine und berührte sie schließlich zwischen den Schenkeln.

Sie hielt den Atem an, wagte in der erwartungsvollen Not ihres Begehrens nicht einmal, Luft zu holen. Seine Hand bewegte sich jetzt langsam. Er schob einen Finger zwischen die weichen Schamlippen. Beinahe brutal traf sie das Lustempfinden und so heftig, dass sie sich in Lucas' Armen aufbäumte. Er hielt sie fest, bewegte seinen Finger erbarmungslos vor und zurück und führte ihn leicht ein. Beinahe hätte sie unter dem Schock aufgeschrien, aber sie öffnete die Schenkel noch weiter, um ihm mehr Bewegungsfreiheit zu gewähren. Dee wand sich und grub die Fingernägel in seine Schultern, als er mit dem Finger das kleine Knöpfchen am Eingang ihrer Scham fand und es hin und her bewegte. Damit beraubte er sie jeglicher Kontrolle; sie schrie.

„Herrgott, du bist so schön", flüsterte er und sah, wie ihre Haut sich vor Erregung rötete. Sie war unsagbar wild und wunderbar, wie sie den Kopf zurückwarf. Ihre Brüste hoben und senkten sich mit ihrem schweren Atem. Sie brannte wie ein Präriefeuer, das außer Kontrolle geriet. Genauso hatte Lucas es sich vorgestellt.

Zwischen den Beinen war sie wie nasse Seide, so weich und heiß, dass er glaubte, bei der bloßen Berührung explodieren zu müssen. Er hielt sie fest und glitt noch einmal mit dem Finger in sie hinein, tiefer dieses Mal, während er sie mit dem Daumen rieb und so erregte, dass sie sich nicht gegen sein Eindringen wehrte. Sie zuckte und seufzte. Ihre Muskeln spannten sich so fest um seinen Finger, dass er beinahe aufgestöhnt hätte, als er sich vorstellte, wie eng sie für ihn sein würde. Besonders weit konnte er nicht in sie eindringen, bevor er auf den festen Widerstand ihres Jungfernhäutchens stieß. Lucas wusste, dass das erste Mal für sie beide nicht einfach sein würde.

Mit der Hand hatte er sie dem Orgasmus nahegebracht, und sie wand sich wild an seinem Körper, suchte Erlösung von der schrecklichen, herrlichen Spannung. „Ruhig, ganz ruhig“, raunte Lucas an ihrem Mund und schob einen Oberschenkel hoch und hart zwischen ihre Beine. Er spürte ihre Hitze durch den Stoff seiner Hose. „Lass es dir von mir zeigen.“

Er legte beide Hände an ihre Hüften und wiegte Dee an seinem Schenkel. Sie schauderte, stöhnte, konnte nicht aufhören. Das leise Keuchen wurde mit ihrem wachsenden Verlangen immer lauter. Der harte Oberschenkel zwischen ihren Beinen linderte ihr Sehnen und verstärkte es gleichzeitig. Längst wusste Dee nicht mehr, wohin mit ihrer Lust. Sie begann zu schluchzen und mit den Fäusten auf ihn einzudreschen, doch er hob sie nur noch höher, sodass ihre Zehen über den Boden schwebten und sie auf seinem Bein ritt. Mit seinen Händen bewegte er ihre Hüften in diesem wahnsinnigen Rhythmus. Und sie hielt es nicht mehr aus, sie hielt es einfach nicht mehr aus, bis sie das Gefühl hatte, als würde sich jeder einzelne Muskel in ihrem Unterleib zusammenziehen und verkrampfen. Ihre Sinne schienen unter dem Ansturm von Empfindungen zu explodierten. Die Ekstase überrollte sie in heftigen, aufeinanderfolgenden Wogen und ließ sie schwach wie ein neugeborenes Kätzchen zurück, schlaff in Lucas’ Armen und kaum eines Gedankens fähig.

Lucas ließ sie der Länge nach zu Boden gleiten. Sein Gesicht war hart vor Leidenschaft, als er seine Hose öffnete. Wenn er sich die Zeit nahm, sie in ihr Schlafzimmer zu tragen, könnte sie sich so weit erholen, dass sie wieder begann, sich gegen ihn zu wehren. Aber er musste sich in ihr spüren, sonst verlor er den Verstand. Mit Dee war nichts einfach, schon gar nicht ihre Entjungferung. Er hatte gefühlt, wie fest ihr Jungfernhäutchen war, und er wusste, dass es ihr wehtun würde. Dee nahm es nicht sanftmütig hin, wenn jemand ihr wehtat.

Er schob ihr den Rock bis zur Taille hoch, spreizte ihre Beine und ließ sich zwischen ihnen nieder. Ein dunkler, kehliger Ton entfuhr ihr, und sie schlang die schlanken Beine um seine Hüften. Lucas küsste sie, spürte, wie sie träge die Lippen öffnete und wie sie langsam die Arme um seinen Nacken schlang. Er ließ ihre süße Reaktion tief auf sich wirken, während er mit der Hand seine Härte an die kleine weiche Öffnung führte und in sie eindrang. Es geschah mit einem kräftigen, festen Stoß, der vor der inneren Barriere nicht haltmachte, allerdings ohne grob zu sein. Beinahe konnte er den Schock fühlen, der bei seinem Eindringen durch ihren Körper fuhr. Ihre Jungfräulichkeit spannte sich um ihn, als wollte sie ihn am weiteren Vordringen hindern. Es war noch schöner, als er es sich vorgestellt hatte. Sie war heiß und nass und unglaublich eng, und das Gefühl erregte jeden einzelnen Nerv in ihm.

Dann schrie sie. Der Schrei war eine Mischung aus Schmerz und Zorn, genauso wie Lucas es erwartet hatte. Manche Frauen lagen duldsam unter einem dominanten Mann, doch Dee gehörte nicht zu dieser Sorte. Sie geriet in Aufruhr, ihr Körper wand sich und bäumte sich auf, in dem Versuch, ihn aus sich herauszudrängen. Alles trieb sie zur Weißglut: der brennende Schmerz, als er in sie hineinstieß, sein Gewicht, das sie niederdrückte, das Eindringen in ihren Körper an sich. Sie konnte es nicht hinnehmen. Blindwütig wehrte sie sich gegen seine Herrschaft.

Lucas hielt sie mit seinem Körpergewicht und der eisenharten Kraft seiner Arme und Beine nieder und ließ sie kämpfen, bis sie sich an ihn in ihr gewöhnt hatte. Durch ihren grimmigen Kampf gegen ihn bewegte sie sich, als käme sie seinen Stößen entgegen, und mit zusammengebissenen Zähnen hielt er so still, wie er nur konnte. Schweiß glänzte auf seiner Haut, während er darauf wartete, dass sie sich erschöpfte, dass der Schmerz nachließ, dass sie anfing, Genuss daran zu empfinden, wenn ein Mann tief in sie eindrang. Sie war von Natur aus sinnlich, und er hatte ihr die Höhen körperlicher Lust bereits gezeigt. Lange würde sie sich diese nicht versagen. Das hoffte er.

Dieser Punkt näherte sich nach und nach. Dee war bereits erschöpft von ihrem vorangegangenen Streit und ihrem Höhepunkt. Er spürte, wie sich ihre Muskeln entspannten, zwar gegen ihren Willen, doch die Pausen zwischen ihren Kämpfen wurden länger, bis sie die Gegenwehr schließlich ganz aufgab. Still lag sie unter ihm, atmete schwer und schloss die Augen vor dem nackten Triumph in seinem Blick.

Er küsste ihre Stirn und strich ihr das wirre Haar aus dem Gesicht. „Tut es noch weh?", flüsterte er an ihrer Schläfe.

Sie bewegte sich unruhig und legte die Hände an seine Seiten, als könnte sie sich nicht entscheiden, ob sie ihn umarmen oder von sich stoßen wollte. „Ja. Ich mag das nicht." Der Ehrlichkeit halber fügte sie hinzu: „Aber es schmerzt nicht mehr so stark wie zu Anfang."

„Lieg noch ein Weilchen still, Süße. Wenn es dann immer noch wehtut, höre ich auf."

Ihr Atem beruhigte sich. Lucas bewegte sich auf ihr und schwelgte in dem Gefühl, von ihr umfangen zu sein. Der Schweiß rann ihm über den Rücken.

„Zum Teufel, du wusstest, dass es so sein würde, nicht wahr?" Probeweise spannte sie die inneren Muskeln um das heiße Glied in ihr und wurde ruhiger, als es nicht schmerzte.

„Herr im Himmel. Süße, bitte, beweg dich nicht", stöhnte Lucas.

„Du erdrückst mich", sagte sie leise. „Hättest du mich nicht wenigstens aufs Bett legen können?"

„Wir gehen ins Bett", versprach er und streichelte ihre Lippen mit seinem Mund. Im Augenblick, so meinte er, musste der Fußboden reichen.

Dee schlug die Augen auf. Ihr Blick war ernst und fragend. „Was du vorher mit mir gemacht hast – wird das Gefühl das gleiche sein?"

„Wenn ich es richtig mache. Und wenn dein Verlangen nach mir groß genug ist."

Da stieß sie ein leises Lachen aus und hob die Knie an seine Hüften. „Oh, ja, ich will dich."

„Genug?"

Sie verstand, was er wissen wollte, und sah ihn ernst an. „Ja, genug."

Langsam bewegte Lucas sich in ihr und drang tief in sie ein. Dee rang nach Luft, ihr Körper bäumte sich auf, und ebenso langsam zog er sich wieder zurück. „Ich soll nicht aufhören?", fragte er, um sicherzugehen.

Sie krallte die Finger in seine Seiten. „Nein." Ihre Stimme klang erstickt. „Oh, nein."

„Ich weiß nicht, ob ich mich lange genug beherrschen kann, um dich dieses Mal zu befriedigen", gestand er mit düsterer Offenheit, bevor er begann, sich kraftvoll und rhythmisch zu bewegen.

Statt einer Antwort hob sie sich ihm entgegen und bot ihm ihren Körper an, mit der gleichen Großzügigkeit, mit der er sie zuvor gepflegt hatte. Mehr war nicht nötig. Seine Stöße wurden heftiger, und sie nahm sie bereitwillig auf. Mit einem erstickten Schrei versteifte er sich, erbebte heftig und ergoss sich machtvoll in ihr.

Eine Stunde später lagen sie nackt im Bett, erschöpft und schläfrig. Kaum hatten sie sich von ihrem ersten Liebesspiel erholt, als Lucas schon wieder bereit war. Dieses Mal hatte er sie zum Bett getragen und sich und sie vollständig entkleidet. Dee stellte fest, dass Sex auch eine gemächliche Vereinigung sein konnte, heiß und schmelzend, und dass er so zum gleichen Abschluss führte.

Lucas hatte den Akt ausgedehnt und eine derartige Erregung in ihr aufgebaut, dass der Höhepunkt sie fast zur Raserei brachte. Damit führte sie ihn zu einem ebenfalls rasenden Orgasmus. Lucas hatte schon mit vielen Frauen geschlafen, aber keine hatte ihn je so beansprucht wie Dee. Ihn faszinierten die Veränderungen, die die Leidenschaft in ihrem Körper bewirkte, vom Aufrichten der Brustwarzen bis zum Feuchtwerden ihrer süßen Vulva. Sie war eine Wildkatze, sowohl im Bett als auch außerhalb, und teilte genauso stürmisch aus, wie sie einsteckte. Er hatte gewusst, dass es eine Herausforderung sein würde, mit ihr zu schlafen. Doch er hatte nicht geahnt, dass es so ermüdend und gleichzeitig belebend sein würde wie der siegreiche Ritt auf einer Flutwelle, bis sie am Strand zu sanften Wogen zusammenfiel.

Als er anschließend neben ihr lag, überkam ihn etwas wie kalte Panik. Wenn er jetzt, nachdem er Dee genossen hatte, mit einer anderen Frau schlief, würde es sein, als gäbe er harten Whiskey für die beruhigende Wirkung warmer Milch auf. Weil er nicht glauben wollte, dass sie ihn für alle anderen Frauen verdorben hatte, versuchte er, den Gedanken und die Panik zu verdrängen. Aber sie kamen immer wieder.

Ausgeschlossen, dass er sich jetzt noch mit Olivia zufriedengeben könnte. Bevor er Dee kennengelernt hatte, war er sicher gewesen, dass Olivia die Frau war, die er wollte. Eine wohlerzogene junge Dame, die die perfekte Gastgeberin bei großen Diners sein würde und entspannten Umgang mit Politikern und Millionären pflegen könnte. Er hatte geplant, sie zu erwerben, wie er mehr Land erwerben wollte. Doch ein kurzer Nachmittag hatte diese Pläne zu Staub zerfallen lassen. Gott sei Dank, dass er sich zurückgehalten und Olivia noch nicht um ihre Hand gebeten hatte. Sie verdiente etwas viel Besseres als einen Mann, der eine andere Frau nicht aus dem Kopf bekam.

Er dachte an Denver und den politischen Irrgarten, den er zum Aufbau der notwendigen Machtgrundlage bewältigen musste, damit er Entscheidungen in seinem Sinne beeinflussen konnte. Es würde Empfänge und Bankette geben, ein endloser Eiertanz. Um die Double-C-Ranch zu einem Imperium auszubauen, vielleicht auch um einem seiner Söhne den Weg zum Gouverneursposten zu ebnen, war er dazu bereit. Doch er hatte sich auf den zahllosen Gesellschaften Olivia an seiner Seite vorgestellt. Ihre kühle, vornehme Art wäre solchen Situationen angemessen.

Wenn er jetzt ihr Bild heraufbeschwor, stellte er fest, dass die Frau kein Gesicht hatte. Sosehr er sich auch bemühte, er konnte sich Dee nicht in dieser Rolle vorstellen. Er konnte sich nicht vorstellen, dass sie es irgendeinem wichtigtuerischen Politiker behaglich machte. Viel eher würde sie ihn mit ihrer spitzen Zunge aufs Korn nehmen. Nein, sie passte überhaupt nicht in das Leben, das er für sich selbst vorgesehen hatte, nicht einmal, wenn sie bereit wäre, es zu versuchen. Und das war sie nicht. Sie hatte deutlich genug klargestellt, dass sie ihr Leben mochte, so wie es war. Niemand hatte ihr zu sagen, was sie tun und lassen sollte. Manchmal – ach was, meistens – wollte Lucas sie packen und schütteln, bis sie zu Verstand kam. Gleichzeitig jedoch zollte er ihr widerwillig die Achtung, die sie verdiente. Nur eine Frau mit starkem Willen konnte erreichen, was sie geschafft hatte. Und sie würde sich wohl kaum jemals dem Willen eines Mannes unterwerfen.

Und was war dann mit ihm? Für ihn änderte sich nichts, sagte er sich, und das gefiel ihm nicht. Er hatte gelernt, in Bezug auf Dee keine voreiligen Schlüsse zu ziehen. Dass er zwei Mal mit ihr geschlafen hatte, bedeutete nicht, dass sie ihn als ihren Liebhaber ansehen würde oder dass sie sich beim nächsten Mal nicht wehren würde. Und selbst wenn sie keinen Streit vom Zaun brach, würde sie sich doch mit jeder Faser ihres Herzens dagegen wehren, ihn darüber hinaus in ihr Leben zu lassen.

Doch jetzt schlief sie erst einmal in seinen Armen, und er war erschöpft von einer körperlichen Befriedigung, die bis ins Mark ging. Er drückte Dee an sich, durch und durch zufrieden, ihren warmen, biegsamen Körper nackt an seinem zu spüren. So schlief er selbst auch ein.

Die Sonne ging unter, als Dee aufwachte. Im ersten Moment war sie völlig orientierungslos, wusste nicht, wie spät und welcher Tag es war. Tagsüber schlief sie nie, doch der Stand der Sonne verriet ihr, dass nicht etwa der Morgen dämmerte. Sie war zu benommen, um sich einen Reim darauf machen zu können, bis sie schließlich völlig wach war und sah, dass sie nicht allein im Bett war. Das an sich war schon erschreckend, denn sie hatte ihr Bett noch nie mit jemandem geteilt. Aber im nächsten Moment brach die Wirklichkeit mit aller Macht über sie herein. Sie lag mit Lucas im Bett, und sie waren beide nackt, weil er mit ihr geschlafen hatte.

Sie schämte sich nicht. Sie war zu naturverbunden, um sich der Natürlichkeit des Liebesakts nicht bewusst zu sein. Doch sie empfand das starke Bedürfnis, sich zurückzuziehen, sich selbst wieder als Individuum wahrzunehmen, nachdem sie sich ihm so unbekümmert körperlich hingegeben hatte. Es war, als hätte Lucas die Kontrolle über sie übernommen, als er in sie eindrang. Natürlich hatte sie sich gegen die Dominanz dieses Akts gewehrt, obwohl ihr verräterischer Körper vor Wonne geschaudert hatte.

Vorsichtig bewegte sie sich und fühlte sich ungewohnt wund. Die Bewegung machte ihr außerdem ein ungewohntes Gefühl zwischen den Beinen bewusst. Wieder fiel die Realität voller Macht über sie her. Zweimal hatte Lucas seinen Samen tief in ihr verströmt. Womöglich hatte er sie geschwängert.

Wie Frauen es seit Tausenden von Jahren taten, zählte sie die Tage bis zu ihrer nächsten Regel. Sie würde zwei Wochen warten müssen, bis sie das Ergebnis wusste, zwei Wochen voller Angst und Sorge, denn wenn sie ein Kind bekäme, wäre ihr Leben zerstört.

Lucas unterbrach ihre Gedanken. Er zog sie an sich und umfasste mit seiner großen Hand träge und besitzergreifend ihre Brust. Da erst erkannte sie, dass er wach war. Dee hob rasch den Kopf, senkte jedoch sogleich wieder den Blick vor dem Triumph in seinen Augen.

„Woran denkst du?“, fragte er mit träger Stimme an ihrem Haar.

„Wir dürfen das nie wieder tun.“ Wieder sah sie ihn an, dieses Mal mit leicht gequältem Ausdruck in den Augen.

Dieser Ausdruck vertrieb seinen aufsteigenden Ärger. „Warum nicht, Süße? Es hat dir doch gefallen, oder?“ Er strich ihr das Haar aus dem Gesicht.

„Das weißt du ja", erwiderte sie fest. „Aber jetzt könnte ich ein Kind bekommen."

Ein Kind. Im wilden Taumel der Lust hatte er keinen Gedanken an etwaige Folgen verschwendet.

„Wann weißt du es?"

„In gut zwei Wochen."

Er streichelte ihre Brust, hingerissen von der seidigen Haut. Jetzt gehörte Dee ihm, zum Teufel, und er gab sie nicht wieder her. „Es gibt Möglichkeiten, um eine Schwangerschaft zu verhindern."

„Ich weiß. Ich muss mich nur von dir fernhalten."

Da lächelte er und küsste sie heftig. „Es gibt noch andere Wege. Ich besorge dir ein Schwämmchen."

Damit weckte er ihre Neugier. „Was soll das heißen? Wie kann ein Schwämmchen eine Schwangerschaft verhindern?"

„Ich weiß nicht, wie es funktioniert, aber es wirkt. Es ist einfach nur ein Schwämmchen, das du in Essig tränkst und einführst."

Ihre Wangen glühten, sie setzte sich ruckartig auf und wich seinen forschenden Händen aus. Er lachte, packte sie und drückte sie wieder aufs Bett. Sie wehrte sich nicht ernsthaft, sondern war nur verärgert und beschämt, und er bändigte sie grinsend.

„Woher weißt du von solchen Dingen?", fuhr sie ihn wütend an. „Das ist ein Hurentrick, nicht wahr?"

„Vermutlich kennen Huren sich mit solchen Dingen aus, aber auch andere Frauen benutzen Schwämmchen." Ihre Frage beantwortete er nicht. Er hatte in New Orleans und anderswo wilde Zeiten erlebt, doch davon brauchte sie nichts zu erfahren.

Dee wandte sich von ihm ab, denn sie verstand sehr wohl, dass er von anderen Frauen etwas über diese Dinge erfahren hatte. Einerseits war sie erleichtert, weil es eine Lösung für ihr Problem gab, andererseits wollte sie wie ein Kind auf den Stand der Dinge vor diesem Nachmittag zurückkehren, als sie noch keine Ahnung hatte, wie ihr Körper auf Lucas reagierte.

Als sie noch nicht wusste, wie es war, wenn er hart in sie eindrang. Etwas hatte sich verändert, und sie konnte es nicht rückgängig machen.

Aber wollte sie das überhaupt? Sie fühlte sich, als wäre sie im Dunkeln kopfüber von einer Klippe gesprungen. Es war beängstigend und führte sie an Orte, die sie noch nicht kannte. Wenn sie die Veränderungen wirklich rückgängig machen wollte, müsste sie Lucas aus ihrem Leben fortwünschen, müsste sie sich wünschen, er wäre nie vor ihrer Tür aufgetaucht, und das konnte sie nicht. Sosehr er sie auch in Wut versetzte, so entschlossen er auch war, seinen Willen zu bekommen, er weckte doch Gefühle in ihr, die sie nie für möglich gehalten hätte.

Sie hatte große Angst, dass sie sich in ihn verliebt hatte.

9. KAPITEL

Olivia musste sich zwingen, an diesem Abend am Tanz teilzunehmen. Lucas war nicht da, und sie wusste, dass man darüber tuschelte. Andererseits erleichterte seine Abwesenheit sie ungemein. Wegen ihres merkwürdigen Gesprächs über Dee vermutete Olivia, dass er zur Farm der Freundin geritten war. Im Geiste kreuzte sie die Finger, denn wenn Dee jemals heiraten sollte, musste es ein Mann wie Lucas sein, einer, der so stark war wie sie selbst. Dee würde die meisten Männer völlig einschüchtern. Sie würde niemals mit jemandem glücklich werden, der ihr nicht gewachsen war. Olivia fragte sich, ob sie womöglich gerade ihre letzte Heiratschance aufgab. Aber dann stünde sie wenigstens nicht vor der nervenaufreibenden Entscheidung, ob sie annehmen sollte oder nicht, wenn Lucas ihr einen Antrag machte. Jetzt sah es so aus, als würde er sie nicht um ihre Hand bitten. Und darüber war sie froh.

Aber ihre Sorge galt im Grunde nicht Lucas. Sie konnte nur noch an das denken, was im Wald geschehen war, und wusste nicht, wie sie den Tag überstanden hatte. Ihre Nerven waren dermaßen überstrapaziert, dass sie glaubte, schreien zu müssen, wenn sie noch einmal irgendjemanden anlächeln musste. Honora hatte sie zu einer guten, anständigen Frau erzogen. Trotzdem hatte sie sich bei der ersten Gelegenheit von einem fremden Mann in den Wald führen lassen, damit er sich ihr gegenüber Freiheiten herausnehmen konnte. Nicht nur Küsse. Früher einmal hatte sie einen Kuss für verwegen gehalten. Seit heute wusste sie, dass die ehrerbietigen Küsschen auf die Lippen, die sie bisher kannte, so keusch waren wie die eines Bruders. Sie hatte nicht nur Luis' Zunge in ihrem Mund akzeptiert, nein, sie hatte es genossen und sogar mitgemacht. Kein Wunder, dass er geglaubt hatte, er dürfe einfach ihre Brust anfassen! Offenbar hielt er sie für genauso unmoralisch wie die Saloon-Girls, denn sie hatte sich eindeutig nicht wie eine Lady benommen.

Die Unterhaltungen um sie herum nahm sie kaum wahr, und sie war noch stiller als sonst. Ihr Gesicht war blass vor Qual. Alle amüsierten sich so gut, dass es niemandem auffiel, außer Luis, der am Rande des Geschehens stand und sie beobachtete.

Außerdem ärgerte es sie, dass sie Kyle Bellamy, als er sich ihr näherte und sie zum Tanz bat, die Hand reichte, bevor sie richtig wusste, was sie tat.

Er legte eine Hand um ihre Taille und zog sie fester an sich, als ihr lieb war. Nach diesem Nachmittag nahm sie einen Männerkörper überdeutlich wahr. Voller Entsetzen überlegte sie sich, ob Luis seinem Chef gegenüber womöglich mit seinem Erfolg bei ihr geprahlt hatte. Glaubte Kyle deshalb, er dürfte sie derartig fest an sich ziehen?

Olivia versteifte sich in seinen Armen. „Mr Bellamy, würden Sie bitte …"

„Alles, was Sie wollen."

Sie war sich nicht sicher, ob seine Antwort anzüglich oder nur kokett war, und im Augenblick interessierte es sie auch nicht. „Sie halten mich entschieden zu eng."

Sogleich lockerte er den Griff und ließ zu, dass sie von ihm abrückte. „Verzeihen Sie", bat er leise, aber sein Lächeln ließ sie vermuten, dass er es keinesfalls bereute.

Kyle tanzte gut, seine Bewegungen waren kraftvoll und sicher. Unter anderen Umständen hätte sie ihr instinktives Unbehagen abgeschüttelt und den Tanz genossen, doch heute Abend war es ihr unmöglich. Sie konnte nur beten, dass es bald vorbei war.

„Möchten Sie mich nach draußen begleiten?", fragte Kyle nach dem Tanz. „Es ist ein schöner Abend, und hier ist es so stickig. Ich gestehe, ich habe auf eine Chance gewartet, um mit Ihnen zu reden und Sie besser kennenzulernen."

„Danke für das Angebot, Mr Bellamy, aber ich bin erschöpft von dem anstrengenden Nachmittag und möchte lieber hier sitzen bleiben."

„Dann darf ich mich vielleicht zu Ihnen setzen?"

Darauf wusste Olivia keine Antwort. Natürlich durfte sie nicht unhöflich zu dem Mann sein, aber sie legte nicht den geringsten Wert auf seine Gesellschaft.

„Ich möchte bald nach Hause gehen", bemerkte sie verzweifelt.

„Dann darf ich bis dahin bei Ihnen bleiben?"

Herrgott, war er hartnäckig! Was blieb ihr anderes übrig, als ja zu sagen?

Als sie Platz genommen hatten, streifte sein Bein immer wieder das ihre. Olivia rückte ein wenig zur Seite, um dem Körperkontakt auszuweichen.

„Ich würde Sie gern morgen besuchen", sagte Bellamy.

Jetzt war sie überzeugt, dass Luis ihm alles erzählt hatte. Augenscheinlich hoffte er, die gleichen Freiheiten genießen zu können! Ihr fiel nur eine einzige Ausrede ein, und sie griff überstürzt darauf zurück. „Ich glaube, das würde sich nicht gehören, Mr Bellamy. Zwischen Mr Cochran und mir herrscht ein – unausgesprochenes Abkommen. Sie verstehen doch sicher."

„Wenn es sich um ein unausgesprochenes Einvernehmen handelt, nehme ich doch an, dass Sie immer noch frei sind", bemerkte Kyle dreist. „Und ich kann Cochran heute Abend nirgends entdecken."

„Nein. Er … er hat anderweitig zu tun."

„Ein Mann, der eine schöne Frau wie Sie allein lässt, hat Sie nicht verdient."

Von der anderen Seite des Raums beobachtete Luis die Vorgänge, und auch wenn er nicht hörte, was geredet wurde, konnte er es sich doch leicht vorstellen. Es gefiel ihm nicht, dass Bellamy so eng an Olivia heranrückte. Ihre starre Miene verriet ihm, dass es ihr auch nicht passte, sie sich seiner aber nicht zu erwehren wusste.

Als Olivia in seine Richtung blickte, versteifte sie sich. Unwillkürlich sah sie immer wieder zu ihm hinüber, und jedes Mal stellte sie fest, dass er sie beobachtete. Ihre Verzweiflung wuchs, denn sie meinte, in seinen schwarzen Augen Geringschätzung zu sehen. Was sollte er nach ihrem Benehmen vom Nachmittag denn auch denken?

Währenddessen dachte Luis, dass er hätte wissen müssen, dass sie von heftigen Schuldgefühlen geplagt werden würde. Es drängte ihn, sie zu trösten. Die süße, sanfte Olivia hatte doch keine Ahnung von den eher körperlichen Dingen des Lebens. Dazu war sie zu konventionell erzogen und von Natur aus zu damenhaft. Sie wusste nicht einmal, wie sie sich Bellamys unerwünschten Aufmerksamkeiten entziehen sollte.

Luis schaute sich um. Sein Blick blieb auf zwei Arbeitern von der Bar-B-Ranch haften, Männern, die er als Hitzköpfe kannte. Fast immer lagen sie miteinander im Wettstreit um das eine oder andere, und dieser Abend bildete keine Ausnahme. Gegenstand ihrer Rivalität war ein hübsches kleines Farmgirl. Ihr Gesicht war gerötet vor Freude über so viel männliche Beachtung.

Beide Männer hielten ein Getränk in der Hand, angeblich Bowle, doch Luis wusste, dass diese kräftig mit Whiskey versetzt war. Er zwängte sich durch den Raum. Im Gedränge fiel es ihm nicht schwer, einen Mann so anzurempeln, dass er den Inhalt seines Glases über das Sonntagskleid des Mädchens verschüttete.

Rasch wich Luis zurück, mischte sich unters Volk und lauschte dem lauter werdenden Streit, den er ausgelöst hatte. Der Mann, der seine Bowle vergossen hatte, warf dem anderen vor, ihn absichtlich gestoßen zu haben. Die Auseinandersetzung hatte sich zu einem handfesten Faustkampf ausgewachsen, bevor Luis den Raum wieder durchquert hatte.

Als er sah, dass es sich bei den Streithähnen um zwei seiner Leute handelte, fluchte Kyle leise. Er entschuldigte sich bei Olivia, stand auf und durchmaß mit schnellen Schritten den Raum. Es würde seinem Ruf in der Gemeinde schaden, wenn seine Männer sich so rauflustig zeigten, und Luis wusste, dass Bellamy stolz auf seine Ehrbarkeit war.

Als Luis Olivias bedrücktes Gesicht sah, schalt er sich im Stillen. Er hatte sie an diesem Nachmittag beinahe zu sehr bedrängt, sodass sie sich jetzt eher an ihre Beschämung als an seine zärtlichen Küsse erinnerte. Er würde seinen geballten Charme aufbieten müssen, um den Schaden wettzumachen.

Er zwängte sich durch die Menge zu ihr vor. Sobald sie ihn kommen sah, drehte sie sich abrupt um und zog sich vor ihm zurück.

Sie hatte Angst vor ihm! Die Erkenntnis traf Luis wie ein Schlag. Keine Frau hatte ihn je zuvor gefürchtet. Warum musste ausgerechnet diese Frau vor ihm davonlaufen? Die Frau, die er begehrte wie keine andere seit Jahren mehr?

Ihr Verhalten ärgerte ihn. Er war ein Mann, instinktgetrieben und besitzergreifend, und er wollte Olivia für sich erobern. Darum beschleunigte er seinen Schritt und holte sie ein, bevor sie sich an der Seite ihrer Mutter in Sicherheit bringen konnte. Indem er einfach auf ihren Rocksaum trat, hielt er sie zurück. Sie blieb ruckartig stehen und warf ihm über die Schulter hinweg einen flehenden Blick zu. Doch ihr blieb nur die Wahl, entweder stehen zu bleiben oder sich den Rock vom Leib reißen zu lassen.

„Tanz mit mir", bat er, sodass nur sie es hörte. „Bitte."

„Nein!" Olivia keuchte ihre Weigerung geradezu. Sie war so verstört, dass sie nicht noch einmal in seinen Armen liegen konnte, ohne sich zu verraten.

„Dann komm mit mir nach draußen."

„Nein!" Dieses Mal schwang Entsetzen in ihrer Zurückweisung mit. Noch eine Aufforderung zu etwas Unanständigem! Wie *konnte* er sie bitten, noch einmal mit ihr spazieren zu gehen, nach allem, was am Nachmittag geschehen war? Doch genau das war vermutlich der Grund für seine Einladung, dachte sie bitter. Er rechnete damit, dass sie es ihm wieder so leicht machte.

„Geh nach draußen, Olivia, sofort!", forderte Luis sie barsch auf und legte seine kräftige Hand auf ihren Arm.

Diesen harten Befehlston hatte sie von ihm noch nicht gehört, und es verschlug ihr die Sprache. Wie betäubt ließ sie sich von ihm aus dem Saal und die Treppe hinunter führen.

Die kühle Luft fächelte ihr erhitztes Gesicht, als er sie über die Straße in den Schatten eines mächtigen Baumes geleitete. Noch immer konnte sie Musik, Gelächter und das Stimmengewirr hören, doch alles war jetzt gedämpft und fern, überlagert von den Nachtgeräuschen.

„Was willst du?“, flüsterte sie beinahe ängstlich. Sie versuchte, ihren Arm zu befreien, doch Luis hielt ihn nur noch fester.

„Ich will, dass du aufhörst, dich aufzuführen, als solltest du gesteinigt werden“, erwiderte er zornig.

Dass Olivia nicht zu Wutausbrüchen neigte, bedeutete nicht, dass sie nicht für sich selbst eintrat, wenn sie sich zu Unrecht angegriffen fühlte. „Ich führe mich auf, wie ich will“, entgegnete sie und schämte sich, weil ihr nichts Besseres einfiel als eine derart kindische Antwort. Aber sie war eindeutig im Nachteil, denn sie hatte kaum Streiterfahrung.

Offenbar erkannte Luis das auch, denn er lockerte seinen Griff, und ein schwaches Lächeln spielte in seinen Mundwinkeln. „Erinnere mich irgendwann daran, dass ich dir beibringe, wie man sich wehrt. Du hättest etwas sagen müssen, damit *ich* mich schuldig fühle.“

Sofort dachte sie wieder an ihren eigenen Mangel an Anstand und biss sich auf die Lippe. „Warum sollte ich? Was passiert ist, ist allein meine Schuld. Ich hätte niemals mit dir gehen dürfen.“

„Ach Olivia.“ Er lachte leise, umfasste ihre Hand und führte sie an seine Lippen. Zärtlich leckte er über einen Fingerknöchel, und sie erbebte. „Nimm nicht alle Schuld auf dich, wenn meine Schultern doch so viel breiter sind. Ich zumindest wusste, was ich tat.“

„Ich bin kein Kind, Mr Fronteras.“ Es ärgerte sie, dass er sie offenbar für so dumm hielt, sich der Ungehörigkeit eines

Spaziergangs mit ihm allein nicht bewusst zu sein. „Natürlich wusste ich, was ich tat."

Er wirkte immer noch belustigt. „Tatsächlich? Das glaube ich nicht. Wenn du auch nur ein bisschen mehr Erfahrung hättest, wärst du jetzt nicht so verstört. Hat dich jemals ein Mann geküsst?"

„Natürlich", erwiderte sie empört.

„Wirklich? Und wie?" Das klang skeptisch. „Küsschen mit gespitzten Lippen, die dir nicht einmal einen Vorgeschmack gegeben haben?"

Unvermittelt wurde ihr klar, wie absurd es war, wenn sie ihn von einer Erfahrung zu überzeugen versuchte, die sie nicht besaß, während sie gleichzeitig Angst hatte, dass er ihr genau diese Erfahrung unterstellen könnte. Sie schlug die Hand vor den Mund, um ihr Lachen zu ersticken, und Luis grinste.

„Schon besser", sagte er und streichelte sanft ihre Wange. „Was heute passiert ist, ist normal für zwei Menschen, die sich zueinander hingezogen fühlen. Es ist nichts Schändliches, sollte aber unbedingt Privatangelegenheit bleiben. Glaubst du, deine Freundinnen hätten noch nie erlebt, dass ein Mann ihre Brust berührt? Glaube mir, die meisten kennen das Gefühl."

„Die meisten meiner Freundinnen sind *verheiratet*", betonte sie. „Ich nehme an, Verheiratete gehen … freizügiger miteinander um", fuhr sie zurückhaltend fort, da sie spürte, wie ihr angesichts seiner unverblümten Redeweise heiß wurde.

„Die einen mehr, die anderen weniger", erwiderte Luis gedehnt und dachte an die armen Seelen, die einfach nur ihr Nachthemd lüpften und in fünf Minuten fertig waren. Die armen Männer? Die armen Frauen! „Aber du kannst sicher sein, dass sie schon vor der Hochzeit wenigstens ein bisschen zärtlich waren."

„Das glaube ich nicht", widersprach sie. Die Vorstellung beunruhigte sie.

In diesem Augenblick verließ eine Gruppe Cowboys den Saal. Ihre lauten Stimmen hallten durch die Nachtstille. Luis legte den Arm um ihre Taille und zog Olivia aus dem Blickfeld der Männer hinter den Baum. Sie spürte die raue Rinde im Rücken und lehnte sich an den dicken Stamm, dankbar für den Halt.

„Oh, doch. Schließlich ist es so schön."

So nah bei ihm hatte sie Mühe, den Grund des Wortwechsels nicht aus den Augen zu verlieren. „Schön oder nicht, Mr Fronteras …"

„Luis."

„… ich hätte solche Freiheiten heute niemals dulden dürfen, und ich schäme mich für mein Benehmen."

„Du moralischer kleiner Schatz", sagte er zärtlich.

„Ich bin *nicht* dein Schatz! Bitte nenn mich nicht so."

„Doch, du bist mein Schatz. Du willst es nur noch nicht zugeben."

Um ihre Gedanken zu ordnen, holte sie einmal tief Luft. „Unsere Bekanntschaft ist viel zu flüchtig, um solche Vorfälle zwischen uns zu erlauben. Ich werde so etwas nicht noch einmal dulden …"

Da stemmte er beide Hände neben ihrem Oberkörper gegen den Baumstamm und hielt sie so gefangen. „Nicht", fiel er ihr leise ins Wort. „Stell keine Behauptungen auf, denen du dich hinterher verpflichtet fühlst."

„Aber das muss ich", erwiderte sie genauso leise.

Luis konnte nicht zulassen, dass sie ihn abwies. Es war nicht nur der Beschützerinstinkt, den sie in ihm weckte, oder das Begehren, es war das überwältigende Bedürfnis, sie für sich zu gewinnen. Er konnte sie nicht einfach verführen, weil Olivia sich dann als „kompromittiert" betrachten und niemals heiraten würde, nur um ihr hässliches Geheimnis zu wahren. Sie war lieb und ehrbar und verdiente Besseres.

Ihm war, als würde er erst allmählich beginnen, seine eigenen Gedanken zu verstehen. Und dann wusste er plötzlich, was er wollte. Er wollte Olivia, und er würde alles tun, um sie zu bekommen.

„Nein, das ist nicht nötig. Meine Absichten sind ehrenhaft. Du brauchst dich nicht zu wehren, es sei denn, du magst mich so wenig, dass du mich weit fortwünschst. Aber das glaube ich nicht. Und wenn es so wäre, würde ich nicht gehen“, schloss er mit eisenharter Entschiedenheit.

Ihr stockte der Atem. Sie lehnte den Kopf zurück an den Baumstamm und blickte in sein schmales Gesicht, auf das das Mondlicht schien. Sie war so verblüfft, dass sie keinen klaren Gedanken fassen konnte.

Es war fast unmöglich zu begreifen. Er wollte sie *heiraten?* Das meinte er doch wohl mit „ehrenhaften Absichten“. Aber wie konnte er? Nach seinen eigenen Worten war er ein Vagabund. Er hatte kein Zuhause. Zwar hatte sie immer davon geträumt zu reisen, aber stets mit dem Gedanken an ein Heim im Hinterkopf, einem Lebensmittelpunkt, zu dem sie zurückkehren konnte. Ihr „Zuhause“ war in diesen Träumen nicht ihr Elternhaus, sondern ein warmes, einladendes Heim, das sie sich mit dem Mann, den sie liebte, geschaffen hatte. Sie wollte Kinder, allein deshalb brauchte sie ein Zuhause. Wie konnte sie auch nur daran denken, einen Mann zu heiraten, der ihr das nicht bieten konnte?

„Dazu fällt dir nichts ein?“, fragte er schief lächelnd. „Du liebst mich noch nicht, Olivia Millican, aber du wirst mich lieben. Ich gebe nicht auf, bis es so weit ist.“

Dann beugte Luis sich zu ihr herab und küsste sie. Und wieder stockte ihr der Atem, denn wenn seine Küsse am Nachmittag schon aufregend gewesen waren, erregten sie sie jetzt, da sie wusste, wie sie sich anfühlten, noch stärker. Flüchtig kam ihr der Gedanke, sich zu sträuben, doch sie schlug ihn in den Wind. Sie wollte sich nicht wehren, wollte nicht daran denken, was sie tun sollte oder nicht, sie wollte nur genießen und diesen Augenblick wahrer Wonne festhalten.

Luis griff kühn an ihre Brust, schien sie mit seiner Glut zu versengen, und sie brachte es nicht fertig, ihn zurückzustoßen. Stattdessen strich sie mit ihren eigenen Händen an seinem Rücken empor, berührte verzückt sein festes Fleisch und erkannte die Unterschiede zwischen seinem Körper und ihrem. Sein schwarzes Haar fühlte sich dicht und seidig an, als sie mit den Fingern über seinen Nacken fuhr. Er schauderte leicht, und ihr Herz hüpfte bei dem Wissen, dass ihre Berührung ihn erregte.

Ein ersticktes Stöhnen entrang sich seiner Kehle. Er schob Olivia von sich und atmete laut und schwer. „Geh wieder hinein", keuchte er, „oder es kommt zu mehr als nur Küssen, und das hier ist nicht der richtige Ort dafür. Morgen ist Sonntag, da muss ich nicht arbeiten. Magst du mit mir ausreiten?"

Was sollte sie ihren Eltern sagen? Sie würden es niemals billigen, dass sie mit jemandem ausritt, von dem sie nichts wussten, schon gar nicht mit einem mexikanischen Vagabunden.

All das schien ihm klar zu sein, ohne dass sie ein Wort sagte. Er lächelte bitter. „Natürlich nicht", beantwortete er seine Frage selbst. „Ich verstehe. Daran hätte ich denken sollen, bevor ich dir eine solche Frage stelle."

„Luis", begann sie zögernd, „es ist ja nicht ..." Aber es war so offensichtlich, dass sie mitten im Satz stockte.

„Doch. Aber wenn du mich liebst, ist es nicht wichtig." Er küsste sie wieder, dann packte er sie bei den Schultern und drehte sie zum Tanzsaal um, zurück zu Musik und Licht und Gelächter. „Geh, geh zurück, bevor dein hübsches Kleid zerknittert wird. Aber wenn du dich dazu entschließen solltest, morgen auszureiten, nimm die nördliche Straße. Gegen zwei Uhr nachmittags werde ich dort sein."

Er gab ihr einen kleinen Schubs, und ihre Schritte trugen sie automatisch zurück zum Saal. Sie trat ein und wurde von warmer Luft und Lärm empfangen. Immer noch war sie benommen und nicht fähig, sich zu konzentrieren, doch die erdrückende Last des schlechten Gewissens war anscheinend von ihr abgefallen. Sie wusste nicht, was sie denken sollte. Ihr war, als hätte sich binnen weniger Stunden ihr ganzes Leben neu ausgerichtet, und jetzt wusste sie nicht mehr, wohin es sie führte.

Wie merkwürdig, dass sie bei dem Gedanken an einen Heiratsantrag von Lucas Verzweiflung verspürt hatte, obwohl er ihr doch im Hinblick auf materielle Güter alles bieten konnte. Doch die Vorstellung, Luis zu heiraten, der ihr nichts außer Abenteuern bieten konnte, weckte schaudernde Erregung, ja, sogar Angst in ihr, aber niemals Verzweiflung. Luis hatte recht, sie liebte ihn nicht, denn sie kannte ihn kaum und war zu vorsichtig, um sich kopfüber in etwas hineinzustürzen – oder? Dennoch hatte sie ihn nicht abgewiesen, hatte ihn nicht kalt von sich gestoßen, wie sie es sicherlich hätte tun müssen. Stattdessen hatte sie sich von ihm küssen und streicheln lassen, nachdem sie sich geschworen hatte, dass es nie wieder geschehen würde. Und sein Antrag ging ihr nicht aus dem Sinn.

Eigentlich hatte er ihr gar keinen Antrag gemacht, sondern nur gesagt, seine Absichten seien ehrenhaft – eine merkwürdig förmliche Redensart für einen Vagabunden.

Als sie Kyle Bellamy in ihre Richtung streben sah, lief sie rasch zu Honora, die rot vor Stolz war, weil in „ihrem" Jahr alles so gut ging.

„Ich gehe nach Hause, Mutter", sagte sie leise.

Sofort wandte Honora mit einem Blinzeln und Stirnrunzeln ihre Aufmerksamkeit vom Tanz ab und ihrem einzigen Küken zu. Olivia spürte die mütterliche Sorge fast körperlich.

„Geht es dir nicht gut, Liebes?"

„Ich habe Kopfschmerzen, und durch den Lärm werden sie noch schlimmer." Es war die abgegriffenste Ausrede auf der Welt, doch Olivia war es nicht gewohnt, ihre Mutter zu belügen, und deshalb fiel ihr keine originellere ein.

„Ich hole deinen Vater, damit er dich nach Hause begleitet." Doch bevor sie ging, um Wilson zu suchen, bedachte Honora ihre Tochter mit einem Blick voll so großer mitfühlender Sorge, dass Olivia verstand, dass ihre Mutter das Gleiche dachte wie alle anderen auch. Morgen würde die ganze Stadt darüber reden, dass sie und Lucas sich gestritten hätten. Oder man fand eine andere Erklärung dafür, dass Lucas nicht am Tanzvergnügen teilgenommen und sie sich frühzeitig wegen Kopfschmerzen verabschiedet hatte.

Sie musste ihren Eltern erklären, dass sie Lucas' Absichten missverstanden hatte und er doch nichts weiter als ein guter Freund war. Das würde sie zwar enttäuschen, aber sie durfte nicht zulassen, dass sie Lucas weiterhin für ihren Verehrer hielten. Aber nicht an diesem Abend. Heute ging ihr viel zu viel im Kopf herum.

Wilson begleitete sie pflichtschuldigst nach Hause, und Olivia ging sofort nach oben und ins Bett. Im Dunkeln dachte sie über alles nach, was heute passiert war. Sie dachte an Luis' Mund an ihrem zarten Busen und legte errötend die Hände über ihre plötzlich pochenden Brüste. Sie hätte es nie zulassen dürfen …

Aber sie hatte es zugelassen.

Sie sollte morgen nicht ausreiten. Was auch immer sie tat, sie musste sich von der nördlichen Straße fernhalten. So ermahnte sie sich selbst und wusste doch, dass sie ihren eigenen Rat nicht beherzigen würde.

10. KAPITEL

In Prosper herrschte nach dem Picknick und dem Tanz vom Vortag immer noch Ruhe, als sie Lucas am folgenden Nachmittag besuchte. Der Gottesdienst war schon vorüber, und die Bewohner waren nach Hause gegangen, um sich von den Nachwirkungen des Fests zu erholen. Da Sonntag war und nur wenige Männer einen Drink im Saloon rechtfertigen konnten, saßen nur ein paar Viehtreiber in dem Lokal.

Beide Saloon-Girls saßen bei den Zechern und plauderten mit ihnen, um sie zum Trinken zu animieren. Tillie hob den Kopf und schenkte Lucas ihr träges Lächeln. Er nickte ihr knapp zu. Sie zog die Brauen hoch, flüsterte dem Cowboy neben ihr ein paar Worte zu und entschuldigte sich.

Als sie auf ihn zutänzelte, sagte Lucas leise: „Gehen wir nach oben."

Tillie sah ihn belustigt an. „Du hast immer noch Liebeskummer?"

„Nach oben", wiederholte er. Hier, wo man ihn hören konnte, wollte er sich nicht äußern.

Sie stieg ihm voran die schmale Treppe hinauf. Lucas spürte die Blicke der Gäste in seinem Rücken und lächelte. Wenn die wüssten, warum er gekommen war!

Tillies Zimmer war klein, aber erstaunlich sauber und wohlriechend. Das Doppelbett nahm den meisten Platz ein; ein Waschbecken und ein Toilettentisch zwängten sich in eine Ecke.

„Hast du einen besonderen Wunsch?", fragte sie mit dieser trägen, warmen Stimme.

„Ich möchte dich um einen Gefallen bitten", erwiderte er.

Da lachte sie laut. „Irgendwie wusste ich, dass ich heute kein Glück haben würde. Nun ja, vielleicht ein anderes Mal. Was kann ich für dich tun?"

„Hast du ein paar von diesen Schwämmchen zur Empfängnisverhütung?"

Ihre riesigen braunen Augen blitzten ihn an, und er grinste. Seine Bitte fiel ihm nicht schwer. Tillie stellte keine Fragen und klatschte nicht, und ihre Belustigung enthielt keinerlei Boshaftigkeit.

Sie schlenderte zu ihrem Toilettentisch. „Dein Liebeskummer ist also vorbei. Du kommst mir auch nicht vor wie ein Mann, der so etwas lange zulässt. Daher wundert es mich nicht." Leise summend öffnete sie ein Türchen und zog ein handbemaltes Keramikkästchen hervor. „Wie viele brauchst du?"

Jetzt musste er lachen. „Ich weiß es nicht. Was meinst du denn? Reicht nicht eines?"

Ihr Kichern klang volltönend und melodisch. „Hier, nimm drei. Du weißt schon – für alle Fälle."

Als sie ihm drei kleine runde Schwämmchen in die Hand drückte, umspielte noch immer ein Lächeln seinen harten Mund.

„Du tränkst eines einfach mit Essig", wies sie ihn an. „Ich nehme an, du weißt, was du zu tun hast, denn ich möchte wetten, deine glückliche Freundin weiß es nicht."

Lucas schüttelte amüsiert den Kopf, als er sich den Kampf vorstellte, den Dee ihm liefern würde, wenn sie eins der Schwämmchen benutzen sollte. Andererseits überraschte ihn immer wieder, was für sie ein Grund zum Streit war und was nicht. Demnach war es durchaus möglich, dass sie gar nichts sagte.

Plötzlich wurde Tillies Blick ernst. „Gib gut acht auf diese Frau, Lucas Cochran", ermahnte sie ihn streng. „Es wäre nicht gut, wenn die Leute von dir und ihr erfahren würden. Schon gar nicht nach all dem Ärger, den sie mit einigen Männern aus der Umgebung hatte."

Lucas hob ruckartig den Kopf und kniff drohend die Augen zusammen. Tillie hob beschwichtigend eine Hand. „Ich sage kein Wort", versprach sie.

„Woher weißt du davon?" Seine Stimme war tödlich kalt

und glatt wie Seide. „Hat uns jemand gesehen?“

„Beruhige dich, außer mir weiß niemand etwas. Ich weiß nur zufällig, wer gestern nicht zum Picknick erschienen ist, und dann hat sich herumgesprochen, wie früh du gegangen bist. Sie war gestern Morgen in der Stadt, beim Gemischtwarenladen, doch der war zu. Ich habe draußen gesessen und sie gesehen. Sie hat mir zugewunken. Ich habe sie schon oft gesehen, und sie war nie hochnäsig. Sie ist eine aufrechte Frau und hat mehr Mumm als einige Männer.“

„Ja, sie hat Mumm“, stimmte Lucas ihr zu.

„Es gibt Gerede über dich und die Tochter des Bankiers“, fuhr Tillie fort. Sie musterte ihn von Kopf bis Fuß und schüttelte den Kopf. „Das habe ich nie verstanden. Du brauchst eine Frau, die mehr Klasse hat, eine Frau, die dir, ohne mit der Wimper zu zucken, Paroli bietet.“

Lucas lächelte. „Tillie, du hast entschieden zu viel Menschenkenntnis.“

„Ich hatte sehr viel Zeit, die Menschen zu studieren.“

Er schob die Schwämmchen in seine Tasche. „Wie viel bin ich dir schuldig?“

„Die gehen aufs Haus. Wenn ich das nächste Mal Nachschub in New Orleans bestelle, gebe ich dir Bescheid, damit du dir einen Vorrat anlegen kannst.“

Zum Abschied küsste Lucas ihren schönen Mund und ließ sich gehörig Zeit dabei, denn sie war verdammt hübsch. Als er sich wieder aufrichtete, zwinkerte sie ihm zu und sagte: „Sieh an, sieh an. So bin ich nicht mehr geküsst worden, seit Charles Dupré – schon gut. Und du wolltest wirklich nur diese Schwämmchen?“

Lachend legte er die Hand um ihr Kinn und küsste sie noch einmal. „Ja, wirklich“, sagte er. „Ich muss meine Kräfte schonen.“

„Mag sein. Dass wir hier lachen wie die Blöden und du nach fünf Minuten wieder runterkommst, wird mir meinen Ruf zerstören.“

Mit einem Grinsen öffnete er die Tür. „Nein, mein Ruf ist dahin, wenn man denkt, ich könnte nicht länger als fünf Minuten."

Sie klimperte mit den Wimpern, als sie an ihm vorüberging. „Wenn ich dich jemals in die Finger kriege, kannst du vielleicht wirklich nicht länger."

Auf dem Ritt zurück zur Double-C-Ranch war Lucas bester Laune. Die Schwämmchen in seiner Tasche führten ihn schwer in Versuchung, einen Abstecher nach Osten zu machen und Dee zu besuchen, doch er blieb hart. Sie würde noch zu erschöpft von gestern sein, und er war sich seiner Selbstbeherrschung nicht allzu sicher.

In der Ferne grollte Donner und bestärkte ihn in seinem Beschluss heimzureiten. Er hob den Blick, sah aber nur klarblauen Himmel. Die Gewitterwolken liegen wohl noch hinterm Horizont, dachte er. Ein ordentlicher Regen war nötig, denn die Schneekappen der Berge waren nicht so dick, wie sie hätten sein sollen. Trotzdem hoffte er, vor dem Ausbruch des Gewitters auf der Ranch zu sein.

Zur gleichen Zeit sah Luis zum Himmel auf, als der Donner grollte. Olivia richtete ihre Aufmerksamkeit auf den Boden vor ihr, während ihre Stute auf einem Stück unwegsamen Geländes vorsichtig einen Huf vor den anderen setzte. „Hoffentlich regnet es, damit der Staub sich legt", sagte sie.

Luis hoffte wegen grundsätzlicherer Überlegungen auf Regen. Es war zu lange her, dass auch nur ein kurzer Frühlingsschauer niedergegangen war. Die Wasserstellen wurden ziemlich seicht. Dabei war es erst Mai. Doch so nötig der Regen auch war, Luis hoffte, dass er noch ein paar Stunden auf sich warten ließ. Er wollte nicht, dass seine Zeit mit Olivia beschnitten wurde.

Da sie sichtlich nervös geworden war, seit er an ihrer Seite ritt, beschränkte er sich auf Gespräche und den stillen Genuss ihrer Gesellschaft. Allmählich wurde sie ruhiger, und langsam wich die Anspannung aus ihrem Gesicht. Sosehr er sich auch wünschte, sie wieder in den Armen zu halten, wünschte er sich doch noch mehr, dass sie sich mit ihm wohlfühlte. Es war Zeit, dass sie ihn besser kennenlernte. Außerdem wollte er auch noch das eine oder andere über sie wissen.

„Bist du dir mit Lucas Cochran einig?", fragte er leise und sah sie forschend an.

„Nein", antwortete sie. „Er hat nie vom Heiraten gesprochen – und ich auch nicht. Allerdings rechnet man allgemein mit seinem Antrag."

„Willst du ihn nicht? Er ist ein mächtiger Mann, und wie man hört, wird er noch gewaltig expandieren."

„Ich mag Lucas, aber er ist nur ein Freund." Was für ein gutes Gefühl, das sagen zu können! Seinem Verhalten vom Vortag nach zu urteilen, war er hingerissen von Dee. „Wenn er mich gefragt *hätte,* hätte ich nicht gewusst, was ich antworten soll."

„Weil er reich ist?"

„Nein. Sicher, ich bin im Luxus aufgewachsen, aber ich glaube nicht, dass mir Luxus von Natur aus zusteht. Aber ich bin fünfundzwanzig, und ich fürchte, wenn ich nicht bald heirate, tu ich es nie, und dann bekäme ich nie eine eigene Familie."

„Ich bin zweiunddreißig", entgegnete er. „Und allmählich glaube ich, dass ich mir auch eine Familie wünsche."

Sie sah ihn flüchtig an und errötete.

„Warum hast du noch nicht geheiratet?" Leise beruhigte er sein Pferd, das scheute, als vor ihm eine Blüte zu Boden fiel. „Du hast doch bestimmt Anträge bekommen."

„Nein. Niemand hat mich je gefragt. Irgendwie habe ich mich einfach noch nie verliebt, und augenscheinlich hat sich auch kein Mann in mich verliebt."

„Was ich gesagt habe, war mein Ernst, Olivia. Was meine Absichten betrifft."

„Ich weiß", flüsterte sie. „Warum hast du ein Vagabundenleben geführt?"

„Es erschien mir schon immer ganz natürlich.“ Wieder blickte er zum Himmel, doch dieser war noch klar und blau. Luis überlegte, ob er es ihr so erklären konnte, dass sie ihn verstand. „Ich war schon immer geschickt mit der Waffe. Ich habe mich nie anheuern lassen, aber wenn ein Mann schnell mit dem Schießeisen ist, fühlen sich die meisten Menschen nicht wohl in seiner Nähe. Und früher oder später glaubt irgendwer, er sei noch schneller, und will es beweisen. Keine Stadt will, dass sich ein Revolverheld ansiedelt, denn das zieht andere Schießwütige nach sich. Eine Zeit lang habe ich für die Sarrett-Brüder unten in New Mexico gearbeitet, und ich hätte dort bleiben können. Doch dann starb Celia und mit ihr mein Grund zu bleiben.

Nach einer Weile erschien es mir nur natürlich, ständig unterwegs zu sein. Es hat einen eigenen Reiz, zu sehen, was sich hinter einer Bergkette befindet und dann hinter der nächsten. Immer neue Orte und neue Gesichter und manchmal nichts als eine riesige leere Welt und ich mitten drin, nur ich, mein Pferd und der Himmel. Manchmal habe ich wochenlang keinen Menschen zu Gesicht bekommen. Und manchmal, wenn ich in einer Stadt lebe, fehlt mir das.“

„Aber du hast bei Mr Bellamy angeheuert. Hast du die Absicht zu bleiben?“, erkundigte sich Olivia.

„Ich habe angeheuert, um eine Zeit lang vom Vagabundieren auszuruhen und dabei ein bisschen Geld zu verdienen. Ich bin jetzt fast zwei Monate hier, und bisher bin ich zufrieden. Mir gefällt die Stadt. Es ist die Art von ruhiger, bodenständiger Stadt, die ich mag.“

Ihr fiel auf, dass er ihre eigentliche Frage nicht beantwortet hatte, meinte jedoch, nicht das Recht zu haben, weiter in ihn zu dringen. Womit könnte man ihn zum Sesshaftwerden verlocken? fragte sie sich. Mit einer Heirat? Er hatte nichts davon gesagt, und es wäre dumm von ihr, zu glauben, dass es seine Absicht sei. Vielleicht beinahe genauso dumm, wie überhaupt in Erwägung zu ziehen, ihn zu heiraten.

Doch er faszinierte Olivia wie noch kein Mann vor ihm. Flüchtig betrachtete sie sein dunkles, schmales Gesicht, bewunderte die schönen kantigen Züge. Er strahlte etwas unübersehbar Gefährliches aus, doch sie fühlte sich nicht bedroht. Im Gegenteil, wenn sein warmer, dunkler Blick sie streifte, fühlte sie sich unendlich bewundert und … sicher, als würde er immer zwischen ihr und allem stehen, was ihr schaden könnte.

Wieder ertönte Donnergrollen, dieses Mal schon näher. Luis sah Olivia bedauernd an. „Wir sollten lieber umkehren."

Ihr gesunder Menschenverstand gab ihm recht, doch sie hätte am liebsten die Fäuste gen Himmel geschüttelt. Konnte der Regen nicht noch wenigstens eine Stunde warten? Vielleicht zog das Unwetter sogar völlig vorüber, doch darauf durften sie sich nicht verlassen.

Luis lächelte über ihr enttäuschtes Gesicht, drängte sein Pferd dicht an ihres und küsste sie. Sie öffnete ihm, ohne zu zögern, die Lippen, so süß, dass er kaum von ihr ablassen konnte. Vielleicht hätte er es auch nicht getan, wenn sein Pferd nicht seitlich ausgebrochen wäre, um den engen Körperkontakt mit Olivias Stute zu vermeiden.

Ein Kuss muss reichen, dachte er. Sonst würde das Unwetter sie doch noch überraschen. Sie wendeten die Pferde und ritten zurück.

„Ich weiß nicht, wann ich wieder in die Stadt komme", meinte Luis nach einer Weile, „aber dann sehen wir uns."

Spontan wollte sie ihn fragen, wie er Kontakt zu ihr aufnehmen wollte, schwieg jedoch, als ihr bewusst wurde, wie kränkend diese Frage wäre. Damit hätte sie ja darauf hingewiesen, dass er nicht gut genug war, um einfach zu ihr nach Hause zu kommen und sie zu besuchen. Dennoch – gaben sie sich nicht die größte Mühe, nicht zusammen gesehen zu werden, gerade *weil* sie wussten, dass ihre Eltern Einwände hätten?

Sie sollte es ihnen sagen, überlegte sie, sie wissen lassen, dass sie … was? Dass sie darüber nachdachte, Luis zu heiraten? Ohne zu wissen, wo und wie sie leben würden? Honora würde krank werden vor Sorge. Ihre Eltern waren eher nachsichtig als diktatorisch, daher befürchtete Olivia nicht, dass sie ihr den Kontakt mit Luis verbieten würden. Sie war fünfundzwanzig und keine Siebzehnjährige mehr, die in ihrem Zimmer eingesperrt werden konnte. Doch es würde sie beunruhigen, und das wollte Olivia nicht.

Demnach musste sie ihre Eltern entweder beunruhigen oder weiterhin hinter ihrem Rücken handeln, als ob sie etwas Böses täte. Beides sagte ihr nicht zu. Die einzige Lösung bestand darin, Luis überhaupt nicht mehr zu sehen, was sie sofort ausschloss. An einem einzigen kurzen Tag hatte er den grauen Schleier der Trostlosigkeit zerrissen, der sie so lange eingehüllt hatte. Mit ihm fühlte sie sich wunderbar lebendig. Ihr Herz klopfte vor Aufregung, wenn sie bei Luis war.

Bislang war sie immer ganz Dame gewesen und hatte zufrieden in den Grenzen der Konvention gelebt. Dies war das erste Mal, dass sie diese Grenzen überschritt, und sie fand es beglückend. Sollte sie deswegen verdammt werden, musste sie es eben hinnehmen. Denn sie wusste, dass Luis' Nähe für sie genauso verlockend war wie das Vagabundieren für ihn.

Dee sah auf, als sie das Prasseln des Regens auf dem Blechdach hörte. Das Geräusch steigerte sich rasch zu einem einschläfernden Trommeln, das alle anderen Laute verschluckte. Mit dem Regen kam die Kälte, aber sie wollte kein Feuer machen. Darum holte sie sich ihre Bettdecke, wickelte sich hinein und setzte sich in ihren großen Sessel. Die Wärme der Decke war tröstlich.

Sie hatte gelesen, doch das Buch interessierte sie nicht mehr. Sie lehnte den Kopf zurück, schloss die Augen und ließ sich vom Regen einlullen.

Lucas war heute nicht gekommen. Den ganzen Tag über war sie zappelig gewesen und hatte damit gerechnet, dass er auf den Hof ritt, mit diesem eindringlichen Blick, den sie inzwischen als Ausdruck seines Begehrens erkannte. Er war arrogant genug zu erwarten, dass sie sich mit ihm ins Bett legte, wann immer er sie wollte. Allerdings war sie noch unsicher, wie sie dazu stand.

Sie liebte ihn. Seit sie sich widerstrebend die Ursache ihrer Unruhe in seiner Nähe hatte eingestehen müssen und die Situation aus jedem Blickwinkel analysiert hatte, musste sie einsehen, dass keine einfache Lösung zu finden war. Durch ihre Liebe zu ihm war sie verletzlich, und irgendwann würde sie verletzt werden. Lucas liebte sie nicht, sonst wäre er genauso verletzlich wie sie. Er war ein harter Mann, der skrupellos seinen Willen durchsetzte. Er begehrte sie körperlich, und in gewissem Maße mochte er sie sogar, aber das war keineswegs das Gleiche wie Liebe.

Es wäre besser für sie, die Beziehung auf der Stelle zu beenden. Doch sie wusste nicht, ob sie es konnte. Lucas würde nicht kampflos aufgeben, und sie zweifelte an ihrer eigenen Fähigkeit, ihm zu widerstehen. Sie begehrte ihn mit einer tiefen, urwüchsigen Macht, die ihr Angst machte. Gleichzeitig wusste sie, dass ihre Gefühle sich ihrer Kontrolle entzogen.

Immerhin bestand die Chance, dass ihre Gefühle mit der Zeit nachließen, wenn sie ihn besser kennenlernte. Daran glaubte sie aber nicht so recht. Sein Charakter würde sie immer auf ärgerliche und gleichzeitig belebende, aber niemals langweilige Weise herausfordern. Sie war immer vor der Liebe gefeit gewesen. Vor Lucas war ihr nie ein Mann begegnet, der genauso willensstark war wie sie. Er würde mit ihr streiten und lachen und schlafen, und sie würde sich immer heftiger in ihn verlieben.

Trotz seiner Beteuerung, dass Empfängnisverhütung möglich sei, war ihr klar, dass sie jedes Mal, wenn sie mit ihm schlief, ein Risiko einging. Ein uneheliches Kind zu bekommen, ganz gleich, wie sehr sie es lieben mochte, würde ihren Ruf in der Stadt zerstören. Dee legte großen Wert auf die Achtung, die man ihr zollte, und sie allein wusste, wie hart sie erkämpft war. Manche Leute mochten sie vielleicht nicht, und wahrscheinlich hielten die meisten sie für ein wenig sonderbar, aber niemand konnte behaupten, dass sie nicht geachtet würde.

Also musste sie auch die Möglichkeit einer Schwangerschaft in Betracht ziehen, und das weckte ein neues und völlig unbekanntes Sehnen tief in ihrem Inneren. Sie war durch und durch Frau, und die Vorstellung von Kindern zerbrach ihre alte Selbstgenügsamkeit und machte ihr klar, dass sie noch mehr im Leben brauchte. Sie wünschte sich Kinder, wollte spüren, wie sie in ihr wuchsen, wollte hungrige kleine Münder an die Brust legen, wollte sehen, wie sie wuchsen und gediehen und ihr eines Tages Enkelkinder zum Wiegen in den Schoß legten. Sie wollte Kinder von Lucas.

Wenn sie ein Kind bekam, würde er sie vielleicht heiraten.

Kaum tauchte dieser Gedanke auf, scheute sie vor ihm zurück. Sie wollte nicht heiraten, nicht einmal Lucas. Sobald eine Frau geheiratet hatte, wurde sie zum Besitz ihres Mannes. Dee fürchtete nicht, dass Lucas sie je misshandeln würde. Doch sie ertrug die Vorstellung nicht, dass sie ihre Unabhängigkeit verlor, die Anerkennung als ernst zu nehmende Person, die sie sich so hart erworben hatte. Ihr Land würde in seinen Besitz übergehen, ohne dass er einen Cent dafür bezahlen musste.

Wenn sie es sich recht überlegte, würde er sie ganz sicher heiraten, wenn sie ein Kind bekäme. Denn Lucas würde sein Kind für sich beanspruchen und alles dafür tun, dass das Kind seinen Namen trug. Außerdem hielt Dee ihn für fähig, sie zu heiraten, um Angel Creek zu bekommen. Beides fand sie unerträglich, denn sie wollte um ihrer selbst willen geliebt und begehrt werden, nicht wegen eines Kindes unter ihrem Herzen oder wegen ihres Landbesitzes.

Lange nachdem der Regen aufgehört hatte und die Sonne

untergegangen war, saß sie noch immer in ihre Decke gehüllt da und dachte mit offenen, ernsten Augen über die Entscheidungen nach, die ihr offenstanden. Jede würde ihr Schmerzen bringen. Aber weil sie Lucas liebte, würde sie diese Schmerzen in Kauf nehmen.

11. KAPITEL

Der Regen vom Vortag hatte nicht ausgereicht, um die Wasserspiegel der Bäche und Wasserstellen ansteigen zu lassen. Doch das frische Frühlingsgras war leuchtend grün und üppig und die Luft wie reingewaschen. Lucas fühlte sich müde und zerschlagen nach einem Tag, an dem er die Kälber mit Brandzeichen markiert hatte. Doch wenn er den Kopf hob und sich umsah, empfand er tiefen Frieden. Alles Land, das er im Umkreis sah, gehörte ihm, und er hatte nie woanders sein wollen als auf diesem Land. Er liebte es mit jeder Faser seines Seins, und er würde, ohne zu zögern, töten, um seine Heimat zu verteidigen. Er war bereit, den Boden mit Blut und Schweiß zu tränken, damit seine Ranch florierte.

Als das letzte Kalb an diesem Tag gebrandmarkt war und blökend zu seiner Mutter lief, richtete Lucas sich auf und reckte sich, um die Verspannungen im Rücken zu lockern. Er blickte zur Sonne. In einer Stunde würde sie untergehen. Ihm blieb nicht genug Zeit, um im Haus die schmutzigen Kleider zu wechseln und vor Einbruch der Dunkelheit über den schmalen Pass hinunter zum Angel Creek zu reiten. Er könnte den langen Weg nehmen, in Richtung Prosper und dann um den Berg herum. Doch allein der Ritt würde zwei Stunden dauern, und möglicherweise sah ihn dann jemand auf dem Weg zu Dee. Da er nicht wollte, dass man hinter ihrem Rücken über sie tuschelte, kam das nicht infrage. Doch er brauchte Dee so sehr, dass es tief in seinem Inneren schmerzte. Dieser Schmerz war im Lauf des Tages immer stärker geworden und würde sich erst legen, wenn er wieder bei ihr war und sich in ihren weichen Körper versenkte. Noch einmal sah er nach der Sonne, überlegte, den Weg über den Pass zu riskieren, um sich dann aber klarmachen zu müssen, dass es dumm wäre. Also würde er noch eine Nacht ohne sie überstehen müssen.

Er hatte nur jenen einzigen Nachmittag mit ihr verbracht, und dennoch lechzte er nach ihr wie einer der Süchtigen, die es in die Opiumhöhlen von San Francisco trieb. Seinen Bruder Matt zu verlieren war schwer. Seit Matts Tod war er ziemlich allein gewesen, weil er sich eingetrichtert hatte, niemanden zu brauchen und allein klarzukommen. Doch jetzt litt er unter einem bohrenden Gefühl der Unvollständigkeit, als hätte er einen Teil von sich am Angel Creek zurückgelassen. Die Vorstellung war lächerlich, und im Stillen lachte er sich selbst aus. Kein Mensch konnte einem anderen so viel bedeuten. Aber es war nun mal so, dass Dee anders war als alle Frauen, die er kannte. Diese Andersartigkeit faszinierte ihn. Er wollte sie, das war alles. Es war eine Herausforderung, ihre Dornen zu überwinden, um an ihre Süße von wildem Honig heranzukommen.

Er fragte sich verärgert, wann er angefangen hatte, sich selbst zu belügen.

Es donnerte, und Lucas blickte zum dritten Mal zum Himmel auf. Sein Vormann William Tobias glaubte anscheinend, er hielte nach Anzeichen von Regen Ausschau, und sagte: „Ich glaube nicht, dass das Gewitter in unsere Richtung zieht. Klingt eher, als würde es über den Bergen niedergehen.“ Der schlaksige, sonnengegerbte Mann beugte sich vor und spie aus. „Einen kräftigen Regenschauer würde ich uns weiß Gott wünschen. Ausgetrocknet sind wir noch nicht, aber ich hätte gern höhere Spiegel in den Wasserstellen, bevor der Sommer kommt.“

Lucas dachte an das klare, nie versiegende Wasser vom Angel Creek, und der alte Zorn auf seinen Vater stieg wieder in ihm hoch. Jenes Land hätte schon lange zur Double-C-Ranch gehören können. Nur wegen der Fehlentscheidung seines Vaters befand es sich jetzt in den Händen einer starrsinnigen Frau, die sich wahrscheinlich lieber zu Tode schuftete, als auf die Stimme der Vernunft zu hören.

Doch wenn sein Vater Angel Creek gekauft hätte, hätte

Dees Vater sich nicht dort niedergelassen. In dem Fall hätte er Dee nie kennengelernt. Lucas furchte die Stirn und versuchte, die Freude am Besitz von Angel Creek gegen den erregenden Sex mit Dee aufzuwiegen. Angel Creek blieb ja erhalten; irgendwann bekam er das Land schon noch. Vielleicht sollte er einfach froh sein, dass es noch nicht besiedelt war, als George Swann mit seiner Familie in den Westen gekommen war.

Er und sein Vormann standen da und betrachteten die Unwetterwolken, die tief am Horizont in Richtung Berge zogen. Spätnachmittagsgewitter traten im Frühling und Frühsommer häufig auf, daher rechneten die beiden Männer mit dem üblichen Regenguss.

Nachdem er sich damit abgefunden hatte, dass er Dee keinen Besuch mehr abstatten konnte, stieg Lucas auf sein Pferd und ritt nach Hause. Wie er Dee kannte, war sie vermutlich zu dem Schluss gekommen, dass er sie nur besuchte, wenn er Sex wollte. Das nächste Mal, wenn er auftauchte, würde sie ihn mit der Flinte in Empfang nehmen.

Während er nach Hause ritt, ertappte er sich dabei, wie er grinste. Sie zu bekommen wäre durchaus eine Ladung Schrot im Hintern wert!

Am nächsten Morgen trat Dee vors Haus, als die Morgendämmerung den Himmel durchscheinend rosa färbte. Auf der Veranda hatte sie instinktiv nach dem Futtertopf gegriffen, zog dann aber die Hand zurück und betrachtete den wunderschönen Himmel, der sich über ihr wölbte und sie mit seinem Glanz umgab.

Der Morgenfriede hüllte sie ein. Sie ließ die Arbeit liegen, ging zur Wiese und trank mit allen Sinnen die Farben und Düfte des neuen Tags.

Die lang gestreckte Wiese war grün von frischem Frühlingsgras, in dem der Morgentau wie unzählige Diamanten glitzerte. Eine Fülle von Wildblumen breitete sich vor ihr aus, soweit sie blicken konnte. Ein Meer aus Blau, Rosa und Violett, gesprenkelt mit fröhlichem Gelb und gelegentlich einem Kissen roten Klees, dessen dunkle Köpfe nickten, als wollten sie mit ihrem unwiderstehlichen süßen Duft die fleißigen Bienen anlocken. Dee wanderte über die Wiese, und der Tau durchnässte ihren verblichenen Rock bis zu den Knien. Sie merkte es gar nicht. Manche Tage waren wie verzaubert und sollten genossen werden. Die Arbeit lief ihr nicht davon; diese Morgendämmerung dagegen war vergänglich und würde sich nie wiederholen.

Der Himmel ging von Perlmuttrosa langsam in ein Schillern über und wirkte schließlich wie ein großes goldenes Gewölbe, als die Sonne aufging und die Wiese mit einem Leuchten überzog. Die Vögel sangen nahezu jubilierend, und das Plätschern des silbrigen Wassers im Bach klang wie fröhliches Stimmgemurmel.

Sie ging zum Bach hinunter und sah zu, wie das klare Wasser über die Steine hüpfte. Das Blut sang in ihren Adern, und das Herz ging ihr auf. Das hier war ihr Zuhause, und es war ihr Garten Eden.

„Dee."

Als jemand leise ihren Namen rief, drehte sie sich um. Lucas stand etwa fünf Meter entfernt, die glitzernden Augen schmal vor ungeahnter Gefühlsbewegung, das Gesicht hart und eindringlich. Er stand völlig still, sein großer, muskulöser Körper war wie erstarrt. Unentwegt sah er Dee an, und die Macht seines Begehrens traf sie wie eine Flutwelle. Ihr Körper reagierte spontan, wurde auf der Stelle warm und träge, und ihre Haut war plötzlich empfindlich gegen die Berührung ihrer Kleidung. Ihre Brüste schwollen beinahe schmerzhaft an, ihr Schoß zog sich zusammen.

Sie sah aus wie eine urzeitliche Göttin, und Lucas stockte der Atem. Sie stand am Bach, inmitten von Wildblumen. Ihr exotisches Gesicht war ihm zugewandt, so heiter und verträumt wie der Morgen selbst. So hatte er sie noch nie gesehen, so frei von Abwehr, einfach nur als eine vom Morgenlicht verherrlichte Frau.

Sein ganzer Körper schien sich zu dehnen, bis er glaubte, seine Haut müsste reißen, und das Rauschen des Bluts in seinen Adern ließ ihn schwindeln. Seine Männlichkeit regte sich nachdrücklich, und er wusste, er musste in sie eintauchen.

Später wusste er nicht mehr, wie er an ihre Seite gelangt war. Ihr Körper war fest und üppig, ihr Mund unerklärlich scheu unter seinem leidenschaftlichen Kuss. Er drängte sie nieder in das Blütenmeer und schob ihren Rock bis zur Taille hoch. Die hindernde Unterhose brachte ihn an den Rand des Wahnsinns, und er zerrte sie grob herab. Ihre hellen Oberschenkel boten sich nackt und verletzlich der Morgensonne dar. Sein Begehren war so drängend, dass er fluchte, als er mühsam seine Hose öffnete. Dann war er befreit. Mit der Hand öffnete er die weichen Schamlippen, dann presste er sein Glied an sie. Er sah seine große Härte vor ihrer zarten Scham, und etwas in ihm zog sich schmerzlich zusammen. Als er in sie eindrang und ihre feuchte Enge ihn umfing, stöhnte er laut. Endlich konnte er sein Sehnen mit Lust und dem Versprechen von mehr stillen.

Bereitwillig nahm Dee sein Gewicht in Empfang und legte die schlanken Arme um seine kraftvollen Schultern. Sie nahm seine heftigen Stöße entgegen, akzeptierte sein männliches Ungestüm und seine Lust. Alles war ihr willkommen. Sie fühlte sich beinahe unerträglich gedehnt und in Besitz genommen, doch es war gleichzeitig ein herrliches Gefühl, und sie genoss es. Ihr Kopf bewegte sich im taufrischen Gras langsam hin und her, während ihr gesamter Körper sich Lucas übereignete.

Der Höhepunkt kam unvermittelt, wie eine Explosion in ihrem Inneren, die ihre Beine an seinen Hüften erzittern ließ. Ihre Schreie stiegen in die klare Luft, und ihr Rücken bog sich durch, als er sich mit einem kehligen Stöhnen auf die Knie erhob und sich aufbäumte. Sein Orgasmus folgte kurz darauf.

Er packte ihre schmalen Hüften und hielt sie fest an sich angepresst, bis die letzten Wellen verebbten, bis sein Fieber verglühte.

Hinterher schwiegen beide. Lucas knöpfte seine Hose zu, beugte sich herab und griff nach ihrer beiseite geworfenen Unterhose. Dann hob er Dee auf seine Arme und trug sie zurück in ihr Haus. Mit geschlossenen Augen lehnte sie den Kopf an seine Schulter. Noch immer gab es offenbar nichts zu sagen.

Lucas war erschüttert von der Macht der Lust, die ihn wie eine Woge überrollt hatte. Er hatte Dee ohne Vorspiel einfach genommen, ohne ihren Körper zärtlich einzustimmen. In jenem Augenblick hatte nichts auf der Welt existiert außer ihnen beiden und seinem wahnsinnigen Bedürfnis, sie zu besitzen. Von Rechts wegen, überlegte er, müsste sie jetzt versuchen, ihre Flinte in die Hände zu bekommen, anstatt so still und schweigsam in seinen Armen zu liegen.

Im Haus setzte er sich auf einen Küchenstuhl und wiegte sie auf seinem Schoß. Er streichelte sie besänftigend, als könnte er jetzt die Rücksichtnahme nachholen, zu der er vorher nicht fähig gewesen war. Dee seufzte vor Wohlbehagen. Sie hatte die Nase an seiner Schulter vergraben, um den sauberen, warmen Duft seines Körpers einatmen zu können.

„Habe ich dir wehgetan?“, fragte er mit rauer Stimme.

„Nein.“ Sein Eindringen in ihren Körper war ein Schock gewesen, doch sie hatte keinen Schmerz, sondern nur urwüchsige Wonne empfunden.

Sie schien auch nicht böse zu sein, sondern ruhte mit der sinnlichen Trägheit einer gründlich befriedigten Frau in seinen Armen. Von allen Reaktionen, mit denen er gerechnet hätte, war diese wollüstige Hingabe die unwahrscheinlichste. Und sie war umso betörender, weil sie ihn so sehr überraschte. Einer solchen Reaktion würde er wohl nie überdrüssig werden.

„Ich habe die Schwämmchen mitgebracht“, verkündete er trocken und verzog den Mund zu einem ironischen Lächeln.

Er hatte keinen Gedanken an Verhütung verschwendet, da er sich nicht hatte beherrschen können.

„Hast du geglaubt, sie würden wirken, wenn sie in deiner Tasche sind?“, fragte sie und öffnete die Augen. Dann straffte sie die Schultern und betrachte ihn mit neugieriger Miene. „Wie sehen sie aus?“

Um in seine Tasche greifen zu können, streckte er ein Bein aus und zog die Schwämmchen heraus. Dee betrachtete sie in seiner schwieligen Hand, nahm eines heraus, drückte es zwischen den Fingern und gab es Lucas zurück. „Das sind ganz normale Schwämme“, bemerkte sie sichtlich enttäuscht.

Er grinste verstohlen, wohl wissend, dass sie etwas entschieden Exotischeres und deutlich Sündhafteres erwartet hatte.

„Ich weiß. Vermutlich ist die Wirkung auf den Essig zurückzuführen.“

„Tja, dafür ist es jetzt zu spät.“

„Beim nächsten Mal aber nicht.“

Wieder sah sie ihn mit diesem trägen Blick an. „Es sei denn, du fällst wieder über mich her wie der Bulle über eine Kuh.“

„Da das nächste Mal in nicht allzu ferner Zukunft liegt, glaube ich, dich beruhigen zu können“, sagte er.

„Ich muss an die Arbeit.“

„Ich helfe dir.“

Binnen einer Stunde lagen sie im Bett, und ihre nackten Körper wanden sich in wachsender Erregung. Das mit Essig getränkte Schwämmchen lag in einem Schälchen neben dem Bett. Als beide keine Minute länger warten konnten, zeigte Lucas ihr, wie sie den Schwamm einführen musste. Er schob die Finger tief in sie hinein und brachte sie allein damit schon dem Höhepunkt nahe. Sie liebten sich bis zur Erschöpfung. Anschließend zog Lucas die Bettdecke hoch, bevor er Dee beschützend in die Arme nahm und einschlummerte.

Als sie aufwachten, wollte er noch einmal mit ihr schlafen und erschrak, als sie versuchte, sich ihm zu entziehen.

„Ich will nicht“, erklärte sie nervös.

„Du bist wirklich die eigenwilligste Frau, die mir je untergekommen ist“, brummte er. „*Warum* willst du nicht?“

Sie zuckte schmollend mit den Schultern. „Ich will jetzt einfach nicht noch einmal unter dir liegen.“

Himmel, wieso überraschte ihn das eigentlich? Erstaunlich war doch eher, dass sie sich bisher nicht gegen die Stellung gewehrt hatte. Aber dazu war sie natürlich zu unerfahren.

„Dann kommst du eben auf mich.“

Interesse blitzte in Dees grünen Augen auf. Lucas sah, dass die Vorstellung, selbst Kontrolle über den Liebesakt und damit über ihn zu haben, sie faszinierte. Er hätte am liebsten laut gelacht, fürchtete jedoch, dann würde sie es sich anders überlegen. Er persönlich mochte es, auf dem Rücken zu liegen und sich von einer Frau reiten zu lassen. Und seine Fantasie ging mit ihm durch, als er sich vorstellte, wie Dees volle Brüste vor seinen Augen hüpften.

„Ich weiß nicht, wie“, gestand sie.

„Ich zeige es dir“, versprach er. Allein der Gedanke an das Bevorstehende bewirkte, dass er hart und bereit wurde.

Als sie sich rittlings über ihm niederließ und ihn umfing, hielt er sich mit beiden Händen am Kopfbrett des Bettes fest, um nicht die Beherrschung zu verlieren. Er keuchte und hielt vor Lust die Augen geschlossen. Dieses Mal hatte sie ihn verführt. Ihr Mund strich zärtlich über seine Lippen und seine Brust. Ihre Brüste streiften seinen Leib, als sie sich über ihm bewegte. Er dachte an andere Dinge, die er ihr zeigen würde, aber im Augenblick hätte er noch mehr nicht verkraften können. Und natürlich gefiel es ihr. Es begeisterte sie, dass er ihr ausgeliefert war. Es war fast wie eine Folter, eine köstliche, versengende Qual.

Dee bewegte sich langsam und rhythmisch und schloss die Augen, als ihr eigener Hunger größer wurde. Es war die reine Ekstase, fand sie und wusste, dass sie, ganz gleich, was geschah, diese Momente nie bereuen würde. Nicht allein die körperliche Lust empfand sie als so kostbar, sondern das Band zwischen ihnen, das diese Lust herstellte. Sie hatte das Gefühl zu schmelzen und schrie auf, ohne zu ahnen, dass er den Höhepunkt knapp vor ihr erreicht hatte. Dann sank sie erschöpft auf seine Brust.

Als Lucas sie spät am Nachmittag verließ, wusste sie, dass das Band zwischen ihnen zumindest für sie ewig Bestand haben würde.

12. KAPITEL

Der Juni kam mit Hitze und Trockenheit. Das war besonders frustrierend, weil beinahe jeden Nachmittag von den Bergen her Donnergrollen widerhallte. Dunkle Wolken peinigten alle mit der Hoffnung auf Regen, doch die Wolken zogen weiter. Wenn sie sich je entleerten, dann auf der anderen Seite der Berge, und Prosper ging leer aus.

Ein Tag dämmerte so heiß und klar herauf wie der andere, und Lucas begann, sich Sorgen zu machen, wenngleich die Double-C-Ranch noch über genügend Wasser verfügte. Wie lange eine Dürreperiode andauerte, war nie abzusehen. Nicht nur die Wasserstellen trockneten aus, auch das Gras wurde dürr und spröde und wuchs auf den abgegrasten Flächen nicht mehr nach. Das Vieh musste von Tag zu Tag auf weiter entfernten Weiden grasen und zum Trinken zu den Bächen und Wasserstellen zurückkehren. Die Tiere wurden immer magerer, und täglich mussten sie größere Strecken zurücklegen. Lucas gefiel das nicht, aber er konnte es nun einmal nicht ändern. Sich das eingestehen zu müssen verbesserte seine Laune keineswegs.

Nachdem er zwei Wochen auf Dee hatte verzichten müssen, ritt er eines Tages zum Angel Creek und ließ eine Menge Arbeit ungetan, weil jede weitere Minute ohne sie eine Minute zu viel gewesen wäre. Er war rastlos und reizbar, nicht nur wegen seiner sexuellen Bedürfnisse, sondern auch, weil er sie einfach nicht aus dem Kopf bekam. Keine Frau hatte seine Gedanken jemals dermaßen beansprucht, ihn in seiner Arbeit behindert, seinen Schlaf gestört. Sein Verlangen nach ihr hatte sich nicht abgekühlt. Im Gegenteil, er wollte sie mehr denn je, und sein Begehren war umso heftiger, weil er es sogar vor seinen eigenen Leuten verbergen musste. Wenn seine Männer sich je wunderten, wohin er ritt, so stellten sie jedenfalls keine Fragen. Lucas vermutete, dass alle glaubten, er würde Olivia besuchen.

Und natürlich würden sie sich über eine Lady niemals solche Scherze erlauben wie über eine weniger ehrbare Frau. Es ärgerte ihn, dass irgendjemand Dee für weniger achtbar halten könnte als Olivia. Doch er konnte sich dahin gehend nicht äußern, ohne Dee Gerede auszusetzen, und deshalb musste er den Mund halten.

Dee saß friedlich in ihrem Schaukelstuhl auf der Veranda, als er auf den Hof ritt, und machte keinerlei Anstalten, aufzustehen und ihn in Empfang zu nehmen. Wahrscheinlich war sie wütend auf ihn, überlegte er seufzend, entschied sich dann jedoch anders. Wäre Dee wütend gewesen, hätte er ihren Zorn sofort zu spüren bekommen. Wahrscheinlicher war, dass sie einfach nur im Schatten ausruhte.

Er brachte das Pferd in den Stall, wo es kühler war. Als er zurück zum Haus ging, fiel ihm auf, wie grün alles war, während überall sonst das Gras braun wurde und das Laub der Bäume verschrumpelte. Im Vergleich dazu war Angel Creek eine blühende Oase. Er blieb stehen und sah sich um. Ihr Garten gedieh, und so weit Lucas blicken konnte, war das Weidegras im gesamten Tal grün und saftig. Er hörte das leise Plätschern des Bachwassers, süßes, kaltes, kristallklares Wasser aus den Bergen, das dieses kleine Tal bewässerte und fruchtbar machte.

Das Tal war nicht groß genug, um seine gesamte Herde zu ernähren, doch wenn es ihm gehören würde, wäre es eine Versicherung gegen die Dürre. Dort konnte genügend Vieh überleben, um einen Ruin zu verhindern. Selbst wenn er nur einen Teil seiner Herde dort grasen lassen könnte, käme es auch den anderen Tieren auf der Double-C-Ranch zugute, weil sie dort dann mehr Gras und Wasser zur Verfügung hätten.

Als Lucas auf die Veranda stieg und sich neben sie setzte, saß Dee immer noch im Schaukelstuhl. Sie hielt die Augen geschlossen, doch mit dem Fuß hielt sie den Stuhl rhythmisch in Bewegung.

„Ich gebe dir fünftausend Dollar für Angel Creek“, sagte Lucas.

Sie öffnete die Augen und sah ihn mit einem unergründlichen Blick an, bevor sie die dichten Wimpern wieder senkte. „Ich verkaufe nicht."

„Verdammt noch mal", knurrte er gereizt. „Das ist das Doppelte von dem, was die Farm wert ist."

„Wohl kaum", widersprach sie. „Wenn du fünftausend bietest, ist sie wohl auch fünftausend wert."

„Siebentausend."

„Ich verkaufe nicht."

„Kannst du nicht endlich vernünftig sein?"

„Ich bin vernünftig", wehrte sie sich. „Das hier ist mein Zuhause. Ich will es nicht verkaufen."

„Zehntausend."

„Hör auf, Lucas."

„Was willst du tun, wenn du zu alt bist, um das Land zu bewirtschaften? Die Arbeit ist schwer, und du wirst sie nicht bis ins hohe Alter leisten können. Jetzt bist du jung und kräftig, aber was ist in zehn Jahren oder so?"

„Das sage ich dir in zehn Jahren", erwiderte sie.

„Nenn mir irgendeine Betätigung, die dir gefallen könnte, und ich verschaffe sie dir. So ein Angebot wirst du von keinem anderen bekommen."

Da hörte sie auf zu schaukeln und öffnete die Augen. Lucas musterte sie eindringlich. Sein Puls beschleunigte sich, nachdem er sie endlich aus ihrer distanzierten Haltung aufgestört hatte. Es war, als hätte er absichtlich eine Tigerin zum Angriff angestachelt. Aber er war ihre kategorische Weigerung leid, den Verkauf von Angel Creek auch nur zu diskutieren. Vielleicht siegte er nicht in diesem Streit, aber sie würde ihm zumindest zuhören.

„Es ist nicht so interessant wie Kyle Bellamys Angebot", erklärte sie mit sanftem Spott.

Ihn packte die Wut. Er konnte sich gut vorstellen, was Bellamy ihr geboten hatte. Als er Dee kennenlernte, hatte es ihm nicht gepasst, dass Bellamy ebenfalls ihr Land kaufen wollte.

Aber noch weniger passte ihm die Vorstellung, dass der Mann Dee nachgestellt hatte.

„Ich kann mir schon denken, was er dir angeboten hat."

„Das bezweifle ich." Sie lächelte ihn so lieblich an, dass er sofort auf der Hut war. „Er hat mich gebeten, ihn zu heiraten."

Dieses Mal packte ihn nicht nur die Wut, sondern ein so heißer Zorn, dass sein ganzer Körper in Flammen aufzugehen schien. Seine Pupillen verengten sich zu winzigen schwarzen Punkten. „Nur über meine Leiche", sagte er so tonlos, dass Dee nicht sicher war, ob er überhaupt gesprochen hatte.

„Es war meine Entscheidung, nicht deine. Und ich habe ihn natürlich abgewiesen."

„Wann war er bei dir?" Mordlust funkelte in seinen Augen.

„Noch bevor du in die Stadt zurückgekommen bist."

Sein Ärger legte sich ein wenig, als er hörte, dass Bellamys Angebot schon länger zurücklag. Doch falls Kyle noch einmal zum Angel Creek kommen sollte, dann hoffentlich nur, um sich zu verabschieden.

„Ich will ihn hier nicht noch einmal sehen", drohte er mit ausdrucksloser Stimme, nur für den Fall, dass sie noch Zweifel hatte.

„Ich hatte ihn ja auch nicht eingeladen." Nachdenklich fügte sie hinzu: „Dich habe ich auch nicht eingeladen. Ist das nicht merkwürdig? Die armen Kerle, die ein Gehöft hätten brauchen können, wollten nur Sex von mir. Du und Bellamy, ihr besitzt eine Menge Land, aber ihr wollt mehr. Und offenbar will Bellamy das Land noch dringlicher als du. Schließlich hat er mir die Ehe angeboten."

Jetzt waren alle Sinne in Lucas hellwach. „Das wäre der Preis?", fragte er vorsichtig. Er hatte das Gefühl, durch Treibsand zu waten, wo ein einziger Fehltritt eine Katastrophe bedeutete. Mit angehaltenem Atem wartete er auf ihre Antwort.

Dee sah ihn nicht an, sondern ließ den Blick über ihr Land schweifen. „Heiraten wäre noch schlimmer als verkaufen", erwiderte sie dann. „Ich würde sowohl mein Land als auch meine

Unabhängigkeit einbüßen. Wenn ich mich zum Verkauf entscheiden würde, bliebe ich zumindest unabhängig."

Die Enttäuschung traf ihn schwer. Bis sie ihn mit Macht überfiel, war ihm nicht bewusst gewesen, wie sehr er auf ein Ja gehofft hatte, auf das Eingeständnis, dass sein Heiratsantrag sie interessierte. Der Schock fesselte ihn an seinen Stuhl. Er wusste schon lange, dass sie seine Heiratspläne mit Olivia ruiniert hatte und er Olivia nicht heiraten konnte, solange er Dee mit solcher Macht begehrte. Unvorstellbar, dass Dee sich bereit erklären könnte, die Geliebte eines verheirateten Mannes zu sein. Das wäre auch Olivia gegenüber nicht fair. Und Dee hatte ihm gleich bei ihrer ersten Begegnung klargemacht, was sie vom Heiraten hielt. Bis jetzt hatte er im Grunde gar nicht daran gedacht, sie zur Frau zu nehmen, weil es nicht in seine Pläne passte. Natürlich wäre er zwangsläufig dazu bereit gewesen, wenn sie schwanger geworden wäre. Doch über dieses Thema hatten sie nie gesprochen. Dass sie ihn in diesem Fall heiraten würde, war reine Spekulation seinerseits. Jetzt war es offen ausgesprochen, und ihre Ablehnung traf ihn wie ein Schlag vor den Kopf. Er wollte Dee zur Frau – und nicht etwa, weil sie in seine Pläne passte. Im Gegenteil, sie würde ihm alles nur noch schwerer machen.

Aber mit ihr konnte er lachen und streiten und musste nicht fürchten, sie zu kränken, wenn er sie anfuhr. Dee würde es ihm mit gleicher Münze zurückzahlen. Und im Bett war sie wild und natürlich, überließ ihm freizügig und ohne Scham ihren Körper und erforschte seinen auf die gleiche Art. Er würde eine Möglichkeit finden, sie in die gewünschte Form zu pressen.

Wenn sie ihn gewollt hätte, hätte er sie auf der Stelle geheiratet, aber Dee wollte überhaupt nicht heiraten. In der Ehe würde sie sich eingesperrt fühlen, und das ertrug sie nicht.

„Dann nimm das Geld", sagte er und sah sie nicht an, weil er fürchtete, sie könnte zu deutlich in seinen Augen lesen. „Es reicht für Investitionen, und du hättest immer genug zum

Leben. Damit wärst du immer noch unabhängig und müsstest dich nicht auf dem Land zu Tode schuften. Herrgott, du könntest sogar mehr Land kaufen, wenn du wolltest."

„Aber es wäre nicht Angel Creek", entgegnete sie leise. „Ich liebe dieses Land. Ich habe mich gleich beim ersten Anblick in das Tal verliebt." Und es hatte ihr nach dem Tod ihrer Eltern einen Grund zum Weiterleben geschenkt. Als Gegenleistung für seine heilende Freizügigkeit war sie seine Verwalterin, seine Hüterin geworden. Manchmal empfand sie eine abergläubische Furcht, dass sie wie eine Pflanze sterben könnte, wenn sie aus dem Boden dieses kleinen Tals gerissen würde.

Und niemals würde sie irgendeinen Mann so lieben wie diesen verdammten Ort, dachte Lucas grimmig. Kyle Bellamy wäre ihm als Rivale lieber gewesen als Angel Creek. Gegen Bellamy konnte er kämpfen. Aber wie sollte er gegen das Land kämpfen? Er dachte an den Ausdruck verträumter Ekstase auf Dees Gesicht, als er sie in der Morgendämmerung besucht und auf der Wiese getroffen hatte. Und er erkannte mit schneidender Eifersucht, dass dieser Ausdruck dem Land, dem goldenen Sonnenlicht, dem kristallklaren Wasser gegolten hatte, aber nicht ihm.

Das Fatale war, er liebte die Double-C-Ranch genauso heiß. Wie sollte er Dee verurteilen, wenn sie einander doch so ähnlich waren? Darum war er in ihrer Gegenwart auch so entspannt: Sie war ihm ebenbürtig. Aber, verdammt noch mal, er hatte sie doch schließlich nicht aufgefordert, in ein fremdes Land zu ziehen.

Er erhob sich und streckte ihr die Hand entgegen. „Gehen wir ins Haus", sagte er unvermittelt. Er brauchte sie. Herrgott, wie sehr er sie brauchte.

Doch sie bedachte ihn nur wieder einmal mit ihrem typischen Katzenblick. „Wenn du nur deshalb den langen Ritt hierher auf dich genommen hast, muss ich dich enttäuschen. Ich habe meine Regel."

Das enttäuschte ihn wirklich, aber er hatte keine Lust, schon aufzubrechen. Auch wenn er nicht mit ihr schlafen konnte, brauchte er sie doch auf andere Art. Darum zog er seine Hand nicht zurück. „Dann komm, setz dich auf meinen Schoß, und treib mich in den Wahnsinn", forderte er sie auf.

Ihr Gesicht schien plötzlich zu leuchten, und sie reichte ihm endlich die Hand. Denn sie war stets gern bereit, ihn in den Wahnsinn zu treiben.

Doch dann verbrachten sie viel mehr Zeit mit Reden als mit Schmusen. Dass sie sich auf seinen Schoß setzen sollte, hatte Lucas ernst gemeint. Und genau das tat sie auch, im großen Sessel vor dem Feuer. Er erzählte ihr von seinen Zuchtplänen für die Herde, von seinem Expansionsvorhaben, von den Plänen, die Politiker in Denver für seine Zwecke einzuspannen. Die Einwohner von Colorado sollten am ersten Juli über die Ratifizierung der Landesverfassung abstimmen. Er erklärte ihr, was die Eigenstaatlichkeit bedeutete, und sie richtete sich auf und sah ihn finster an.

„Ich weiß nicht, ob ich mir wünsche, dass Scharen von Menschen sich hier niederlassen. Mir gefällt es so, wie es jetzt ist."

„Das ist der Fortschritt, Dee. Mehr Menschen bedeuten mehr Geschäftsleben und mehr Eisenbahnen. Eisenbahnen sind der Schlüssel. Ohne sie kann Colorado nicht völlig zivilisiert werden."

„Spielt das denn eine Rolle?"

„Es geht um Geld", gab er offen zu. „Ohne Geld kann man nichts ausrichten."

„Aber ich will nicht, dass sich hier etwas ändert." Sie schmiegte ihren Kopf an seine Schulter und sagte versonnen: „Ich mag keine Veränderungen."

„Alles verändert sich ständig." Er strich mit den Fingern durch ihr langes Haar und küsste sie auf die Schläfe. Sie barg das Gesicht an seinem Hals, und er hielt sie fest, als könnte er sie so vor den Veränderungen schützen, die für sie beide unumgänglich waren.

Olivia hatte sich angewöhnt, jeden Sonntagnachmittag auszureiten. Manchmal kehrte sie zurück, ohne Luis getroffen zu haben. Dann verbarg sie ihre Enttäuschung sorgsam hinter ihrer gefassten Haltung. Doch meistens stieß er an irgendeinem Punkt zu ihr. Zu anderen Zeiten innerhalb der Woche sah sie ihn nur selten, denn er war stark eingespannt auf der Ranch. Die Tage zwischen diesen gestohlenen Sonntagnachmittagen krochen im Schneckentempo dahin, während die paar Stunden mit ihm wie im Fluge vergingen. Sie war so versessen auf ihre Treffen mit Luis, dass sie sogar ihre Besuche bei Dee vernachlässigte. Gleichzeitig fühlte sie sich schuldig, denn sie hatte Dee so viel zu erzählen.

Offenbar beherrschte Luis ihr gesamtes Denken. Ihr Herz begann zu hämmern, sobald er an ihrer Seite auftauchte, und sie hatte das Gefühl, an der Hitze ersticken zu müssen. Die maßgeschneiderte Jacke ihres Reitkostüms trug sie schon lange nicht mehr, doch die guten Sitten verlangten, dass sie ihre Bluse bis unters Kinn zuknöpfte und die Manschetten über den Handgelenken schloss. Das war bei diesem ungewöhnlich warmen Wetter unbequem, und ihre körperliche Reaktion auf Luis machte alles noch schlimmer.

Oft verspürte sie beim Anblick von Luis' offenem Hemdkragen Neid auf die Männer wegen ihrer freizügigeren Kleidung. Aber es dauerte nie lange, bis die glatte braune Haut in diesem offenen Kragen sie von Kleiderfragen ablenkte. Und dann wurde ihr noch heißer.

Luis bemerkte wohl, wie ihr Blick an seinem offenen Hemd haften blieb und ihr die Röte in die Wangen stieg. Wenngleich sie selbst es nicht wahrnahm, gewöhnte sie sich allmählich an das körperliche Verlangen zwischen ihnen, und mit jedem Sonntag, der mit nichts als Küssen verstrich, wuchs ihr Hunger. Sie war unberührt, aber eine Frau mit allen Bedürfnissen einer Frau. Der Tag würde kommen, und zwar schon bald, an dem ihr Verlangen und ihre Sehnsucht übermächtig wurden und sie Luis entgegenkam. Er konnte nur hoffen, dass es bald geschehen würde, denn er kam fast um vor Sehnsucht. Nie zuvor hatte er so lange auf eine Frau gewartet, andererseits war aber auch keine andere Frau so wie Olivia.

Im Laufe des Junis wurde die Hitze noch drückender, und Ausritte am Nachmittag waren für Reiter und Pferd gleichermaßen beinahe unerträglich. An einem Sonntagnachmittag gegen Ende des Monats fand Luis ein schattiges Plätzchen unter mächtigen Bäumen. Er zügelte sein Pferd und saß mit der geschmeidigen, katzenhaften Anmut ab, die Olivia so bewunderte.

„Die Pferde sollten ausruhen", sagte er und streckte die Arme nach ihr aus. „Wir reiten zurück, wenn es sich ein wenig abgekühlt hat."

Auch Olivia war froh und dankbar, im Schatten ruhen zu können. Sie tupfte ihr Gesicht mit dem Taschentuch ab und ließ sich unter einem Baum nieder, während Luis den Pferden ein wenig Wasser gab und sie an langem Zügel festband, damit sie grasen konnten. Dann setzte er sich neben Olivia, legte seinen Hut auf den Boden und wischte sich mit dem Ärmel übers Gesicht.

„Möchtest du Wasser?", fragte er.

Sie lachte. Es amüsierte sie, dass er zuerst die Pferde versorgt hatte, bevor er ihr Wasser anbot. „Ist denn noch etwas übrig?"

„Ich habe eine volle Feldflasche mitgenommen." Er riss einen Grashalm ab und kitzelte sie damit an der Nase. „Die Tiere müssen immer zuerst versorgt werden. Sie sind überlebenswichtig."

„Da wir kaum eine Wegstunde von der Stadt entfernt sind, könnten wir es wohl auch ohne Wasser schaffen", erwiderte sie ernst, dann lachte sie wieder.

Er hob den Blick zum blauen Himmel und der sengenden weißen Sonne. „Wenn es nicht bald regnet, könnte die Wasserversorgung zusammenbrechen. Die Bäche auf der Bar-B-Ranch sind fast ausgetrocknet, und die Situation auf den anderen Ranches ist vermutlich ähnlich."

„Ich wusste nicht, dass die Lage so ernst ist", entgegnete sie beschämt, weil sie nicht daran gedacht hatte. „Trocknen denn auch die Brunnen aus?"

„Bisher noch nicht, aber es könnte passieren."

Alle Rancher, ob groß oder klein, hatten ihr Geld in der Bank ihres Vaters. Wenn sie pleitegingen, würden auch die Geschäftsleute ihr Geld verlieren. Sie hatte die Bank immer für unangreifbar gehalten. Erst in diesem Moment erkannte sie, dass sie von der Solvenz ihrer Kunden abhing, auf die es nie eine Garantie gab. Prosper selbst war ihr als immun gegen die Tücken von Boomtowns erschienen und ähnlich sicher wie die Städte an der Ostküste. Aber würde die Stadt überleben, wenn eine Dürreperiode die Ranches vernichtete? Die Menschen konnten nicht bleiben, wenn sie keinen Lebensunterhalt fanden. Läden und Geschäfte würden schließen, Nachbarn würden fortziehen, und Prosper würde eingehen.

Alles, was Menschen schufen, war so zerbrechlich, so anfällig gegen Wetter und Krankheit oder schlicht gegen Pech. Das Überleben war weiter nichts als Glückssache.

Voller Angst und Sorge blickte Olivia zur Sonne. Luis bereute, die zunehmende Dürre erwähnt zu haben, denn dagegen war nichts auszurichten. Er war Fatalist. Das Leben hatte ihn gelehrt hinzunehmen, was sich nicht ändern ließ. Schon früh hatte er erfahren, dass man entweder überlebte oder nicht. Wenn eine Dürreperiode Prosper vernichtete, würde er sein Bettzeug zusammenrollen und sein Pferd satteln. Und wenn er fortging, würde er Olivia mitnehmen. Das Leben war zu kurz, um sich wegen Veränderungen zu ängstigen. An einem Lagerfeuer mit Olivia wäre er genauso glücklich wie in einem Haus mit einem Dach über dem Kopf.

Doch sie sorgte sich jetzt schon um die Leute, die sie kannte und denen die Dürre Schaden zufügen könnte. Er hätte am liebsten ihren Kopf an seine Schulter gebettet und sie vor diesen Ängsten beschützt. Stattdessen streckte er sich auf dem Boden aus, legte den Kopf in ihren Schoß und schmiegte ihn an ihre weichen Schenkel.

Ihr Unterleib reagierte auf seine Nähe und zog sich unter dem Druck seines Kopfes zusammen. Olivia hielt den Atem an. Die Gefühle, die sie durchströmten, drohten sie zu überwältigen. Ihre Brüste begannen zu pochen und zu schwellen, und gleichzeitig empfand sie eine merkwürdige Fürsorglichkeit Luis gegenüber. Zögernd berührte sie sein feuchtes schwarzes Haar und strich es ihm aus der Stirn. Er seufzte, als fühlte er sich erleichtert. Nachdem sie ihn nun einmal berührt hatte, sah sie keinen Grund, nicht damit fortzufahren, und sie folgte mit den Fingerspitzen den Konturen seines Gesichts.

Er hielt die Augen geschlossen. „Hm, du riechst gut", flüsterte er. Da sein Kopf in ihrem Schoß ruhte, nahm er die warmen, femininen Düfte ihres Körpers wahr, und schon wurde er hart.

Olivia lächelte in Gedanken an das Parfüm, das sie am Morgen aufgelegt hatte. Dass es ihm gefiel, freute sie. Sie hatte sogar ein bisschen zwischen ihre Brüste getupft und war sich dabei geradezu verrucht vorgekommen. Was würde er wohl tun, wenn sie sich vorbeugte und so ihre Brüste seinem Gesicht näher brachte? Ob er sich an sie schmiegen würde, um dem flüchtigen süßen Duft auf die Spur zu kommen?

Doch das wagte sie nicht, und voller Bedauern wünschte sie sich, Damen müssten nicht immer so zurückhaltend und vornehm sein und den Männern die Führung überlassen. Eigentlich durften Damen an solche Dinge nicht einmal denken!

Als sie den Blick senkte, bemerkte sie, dass er sie lächelnd beobachtete. Da wurde ihr bewusst, dass sie tief aufgeseufzt hatte. „Es ist so heiß", sagte sie rasch zur Erklärung.

„Ja. Öffne doch deinen Kragen, und kremple deine Ärmel auf."

Wenn sie das tat, wäre ihre makellos gestärkte Bluse bei ihrer Heimkehr unübersehbar zerknittert. Andererseits glaubte sie, ersticken zu müssen, und bloße Arme würden bestimmt eine gewisse Erleichterung bringen. Ohne auf den ersten Teil seines

Vorschlags einzugehen, öffnete sie hastig ihre Manschetten und rollte die Ärmel mehrere Male auf, bis ihre Unterarme nackt waren.

„So ist es gut", murmelte er und hob die Hand an die Knöpfe ihrer Bluse.

Sie erstarrte. Ihre blauen Augen verdunkelten sich, als seine kräftige, schmale Hand langsam einen Knopf nach dem anderen öffnete. Ihr Kragen lockerte sich, und frische Luft streichelte ihre erhitzte Haut. Seine Hand glitt über ihr Schlüsselbein.

„Das reicht", meinte Olivia bemüht lässig.

„Ach ja?" Er hörte nicht auf, sondern öffnete noch einen Knopf und noch einen. Und noch einen. Seine Hand lag jetzt zwischen ihren Brüsten und streifte sie mit jeder weiteren Bewegung. In seinen Augen lag eine verhangene Sinnlichkeit. Seine Lippen wirkten voll, leicht geöffnet wie in Erwartung einer Köstlichkeit.

Ihr Dekolleté war entblößt, genau wie die Spitzenkante ihres Hemdchens. Langsam ließ Luis die Finger bis zu ihrer Taille herabwandern, und dann war ihre Bluse offen. Sie saß ganz still da und wagte kaum zu atmen.

Er drehte sich auf die Seite und sah sie an. Behutsam zog er die Bluse aus ihrem Rockbund und knöpfte sie vollends auf. Nur das dünne Baumwollhemdchen bedeckte jetzt noch ihre herrlichen Brüste. Die Brustwarzen richteten sich deutlich sichtbar darunter auf. Luis umkreiste beide leicht mit der Fingerspitze. Olivias Zartheit gefiel ihm. Mit einer geschmeidigen Bewegung rückte er näher an sie heran und hob ein wenig den Kopf, um eine Spitze fest in den Mund zu nehmen.

Als sie seine Lippen an ihrer Brust spürte, biss Olivia sich auf die Lippe und schloss die Augen. Sein Mund war heiß und nass, und seine Zunge umkreiste die Brustwarze, streichelte sie durch die feuchte Baumwolle. Dann begann er zu saugen, und das rhythmische Ziehen entfachte eine Glut in ihr, die sich bis in ihren Schoß fortsetzte.

Keiner von ihnen sagte ein Wort. Olivia hörte die Pferde in der Nähe stampfen und mit ihren großen Zähnen das Gras rupfen. Eine leichte Brise raschelte in den Baumkronen, und Insekten summten träge in der Hitze. Luis saugte, ohne sie zu bedrängen, ohne sie anderweitig zu berühren.

Bisher hatte sie nicht gewusst, dass ein Mann den Wunsch verspüren konnte, ihre Brust mit dem Mund zu liebkosen. Sie hatte sich vorgestellt, Säuglinge zu stillen, aber nie geahnt, dass ein derart mütterlicher Akt mit einem Mann so erotisch sein könnte. Dieser Mund, der kraftvoll an ihrer Brust saugte, konnte nie und nimmer mit der Zartheit eines Säuglings verwechselt werden, genauso wenig wie seine bartstoppelige raue Wange an ihrer weichen Haut. Die geheime Stelle zwischen ihren Beinen pochte, und Olivia beugte sich vor, um ihm den Zugang zu erleichtern.

Er reagierte, indem er ihre Brustspitze noch tiefer in seinen Mund sog. Ihr Hemdchen war jetzt so nass, dass es keine Barriere mehr bildete, aber plötzlich störte es sie. Darum bewegte sie hektisch die Schultern, bis die Träger an ihren Armen herabrutschten.

„Halte still“, flüsterte er.

„Nein … Warte. So.“ Sie flüsterte ebenfalls und zog das Hemdchen über eine Brust herab, entblößte sie. Anschließend führte sie die Spitze zurück an seinen Mund und stöhnte leise unter dem köstlichen Lustgefühl, das seine Lippen ihr schenkten.

Ihr Körper schwelgte in den gleichzeitig zarten und intensiven Gefühlen. Als Luis sich schließlich aufsetzte und von ihr abrückte, entfuhr ihr ein leiser Ton des Bedauerns, doch er legte einen Finger an ihre Lippen. „Das hier wird dir auch gefallen.“ Gleich darauf zog er sein Hemd aus und bot seine breite muskulöse Brust ihrem Blick dar.

Mit den Fingerspitzen fuhr Olivia um die kleinen Erhebungen und staunte, wie anders als ihre sie waren. Unverzüglich wurden sie hart. Sie blickte verblüfft auf und sah den angespannten Ausdruck der Lust auf Luis' Gesicht. „So anders sind sie doch nicht", hauchte sie und streichelte seine Brustwarzen.

Er legte die Hände über ihre und führte sie über seinen Oberkörper. „Nein, gar nicht so anders. Ich liebe es, wenn du mich berührst. Ich möchte deine Hände auf meiner nackten Haut spüren. Es ist für mich das gleiche Gefühl wie für dich, wenn ich dich berühre."

Es gefiel ihr sehr, wie sein muskulöser Körper sich unter ihren Fingern anfühlte. Seine Bauchmuskeln waren hart und flach, doch die Haut dort war seidenweich. Seine Schultern waren breit und glatt und hart, die Haut glänzte im Sonnenlicht wie Seide. Er war wunderschön. Ohne zu überlegen, drückte Olivia ihre Lippen zart auf die weiche Haut gleich neben dem Schultergelenk, und ihre Zunge schmeckte etwas leicht Salziges. Luis erschauderte. Er legte die Hände um ihre Taille und zog Olivia an sich.

Nicht zu glauben, sie hatte vergessen, dass ihre Bluse offen und eine Brust entblößt war. Der warme, feste Druck seines Oberkörpers an ihrem entlockte ihr einen spitzen Aufschrei. Da drehte Luis sich von einer Seite zur anderen und rieb ihre Brüste an seinem harten Körper.

„Luis. *Luis!*", keuchte Olivia.

„Was denn, Liebste?", fragte er leise. „Willst du mehr?"

Sie grub die Fingernägel in seine Oberarme und rang vor Verzückung nach Luft. „Ja", bat sie. „Bitte."

Ihre tadellosen Manieren selbst in einer Situation, in der sie beide so erregt waren, dass er sich kaum länger zurückhalten konnte, entlockte ihm ein leises Lachen. Nur sein scharfer Instinkt für Frauen hielt ihn zurück. Zwar hätte er sie in diesem Moment problemlos verführen können, doch noch würde sie sich ihm nicht aus Liebe hingeben. Und er wollte ihre Liebe, nicht die Bestätigung, dass er als Liebhaber geschickt genug war, um ihren Körper zur Bereitschaft zu stimulieren, bevor sie selbst so weit war. Wenn sie wirklich bereit war, würde sie es ihn wissen lassen. Bis dahin würde er unerträgliche Qualen leiden, damit sie entdecken konnte, wie viel pure Wonne sie mit ihm erleben konnte.

Er streifte ihr die Bluse ab und ließ sie zu Boden fallen, dann schob er die Träger ihres Hemdchen vollends herab und befreite ihre Arme. Die weiche Baumwolle glitt bis auf ihre Taille herab. Wegen des völlig nackten Oberkörpers errötete Olivia leicht, ihr Porzellanteint schimmerte. Luis erhob sich auf die Knie, zog Olivia mit sich hoch, schlang die Arme um sie, sodass ihre Körper sich von den Knien aufwärts aneinanderschmiegten, und begann, sie zu küssen. Er spürte ihr lustvolles Schaudern, als sich ihre weichen Brüste an seinen harten Brustkorb pressten, spürte das instinktive erschrockene Zurückweichen ihrer Hüften, als sie seine Erektion bemerkte. Aber dann näherte sie sich schüchtern wieder. Ihre Hüften suchten die seinen und wiegten sich sanft auf der instinktiven Suche nach der angenehmsten Position, die natürlich auch die intimste war. Er stöhnte tief auf, als sie schließlich mit leicht geöffneten Schenkeln über seiner harten Männlichkeit zur Ruhe kam. Mit ihrer unschuldigen Verführungskunst brachte sie ihn nahezu um.

„Ich möchte nackt bei dir liegen“, flüsterte er. „Jede Nacht, Liebste. Wenn du mich heiratest, zeige ich dir alles, was ein Mann und eine Frau zusammen tun können, und du wirst jede Minute davon genießen.“

Er hatte keine Frage gestellt und enthob sie damit einer Antwort. Andererseits hatte er es wie eine Tatsache formuliert, als hätte er nicht den geringsten Zweifel, dass sie ihn heiraten würde. Hatte *sie* denn Zweifel? Olivia wusste es nicht. Sie fürchtete sich vor dem Leben, das zu führen er vielleicht von ihr erwartete, ein Leben auf Wanderschaft. Gleichzeitig fand sie die Vorstellung aufregend. Sie wusste nicht, ob sie ihn liebte, wohl aber wusste sie, dass sie während der Woche kaum lebte und sich nur an dem einen Nachmittag in der Woche, den sie mit ihm verbrachte, lebendig fühlte. Und sie wünschte sich von Herzen, dass er sie alles über die körperliche Liebe lehrte.

Seit sie Luis kannte, zweifelte sie nicht mehr an dem, was Beatrice und Ezekiel Padgett verband. Es war die süße, heiße Verbundenheit der Körper, die Wonnen, die sie im Bett teilten. Und würde sie sich jemals mit weniger begnügen, wo sie nun ahnte, was sie erwartete?

„Ich glaube, ich liebe dich“, sagte sie und sah ihm ins Gesicht. „Aber ich bin nicht sicher. Die Vorstellung, dich zu heiraten, macht mir beinahe genauso viel Angst wie der Gedanke, es *nicht* zu tun. Würden wir dann von hier fortgehen? Müsste ich meine Familie verlassen?“

„Ziemlich sicher“, antwortete er, er wollte sie nicht belügen. Sein Herz hämmerte bei dem Wissen, wie nahe er dem Ziel seiner Wünsche war. Ihr liebliches Gesicht trübte sich bei der Vorstellung, das sichere Heim, das sie ihr Leben lang kannte, aufgeben zu müssen. „Wir würden zusammen herrliche Abenteuer erleben, uns unter dem Sternenhimmel lieben oder mit der Eisenbahn fahren, wohin sie uns gerade bringt. Und wir würden Babys bekommen, Liebste, und uns ein Zuhause schaffen, wo sie sicher und behütet aufwachsen können. Was meinst du, würden deine Eltern ihre Enkelkinder gelegentlich zu sich nehmen, wenn wir eine Zeit lang unterwegs sind?“

Sie lachte zittrig. In ihrem Kopf wirbelten die Bilder durcheinander, die er ihr vor Augen geführt hatte. Doch seine letzte Frage konnte sie nicht beantworten. Ihre Eltern wären entsetzt, wenn ihr geliebtes einziges Kind einen Vagabunden heiratete. Sie hatten beide so hohe Ziele für sie und würden furchtbar gekränkt und enttäuscht sein. Ihre Eltern liebten sie, und sie glaubte nicht, dass sie sie verstoßen würden, ganz gleich, wen sie heiratete. Trotzdem schwammen ihre Augen in Tränen, wenn sie sich vorstellte, ihnen Kummer bereiten zu müssen. Allerdings konnte sie auch nicht für immer so weiterleben wie in den vergangenen Wochen, und Luis konnte es auch nicht.

Mit tränennassen Augen voller Schmerz und gleichzeitig voller Versprechen sah sie zu ihm auf. „Ich werde dir bald meine Antwort geben“, flüsterte sie.

Dee trat auf die Veranda und reichte Olivia ein Glas kühler Limonade. Olivia saß vornüber geneigt auf der Kante des Schaukelstuhls. Erstaunt musterte Dee das Gesicht ihrer Freundin und stellte fest, dass sie sie noch nie so aufgewühlt erlebt hatte.

„Was ist passiert?“, fragte sie.

Olivia trank einen Schluck von ihrer Limonade, dann rollte sie das Glas zwischen ihren Händen hin und her. Wie hypnotisiert folgte ihr Blick den Bewegungen ihrer Finger. „Ich glaube, ich bin verliebt“, platzte sie heraus und atmete tief und zitternd durch. „In Luis Fronteras. Und ich habe Angst.“

„Luis Fronteras?“, wiederholte Dee verständnislos. „Wer ist das?“

„Er arbeitet für Kyle Bellamy. Er ist Mexikaner. Ein Vagabund.“

Verblüfft stieß Dee einen leisen Pfiff aus und setzte sich bedächtig. Das war ja, als würde eine Königin sich mit einem Bürgerlichen einlassen.

„Er will, dass ich ihn heirate“, fuhr Olivia fort.

„Und? Heiratest du ihn?“

„Ich kann den Gedanken nicht ertragen, ihn nie wiederzusehen. Doch es würde meine Eltern so tief bekümmern, und das will ich auch nicht. Ich weiß einfach nicht, was ich tun soll.“

Darauf hatte auch Dee keine Antwort. Sie wusste, wie wichtig die Familie für Olivia war, aber sie wusste auch, wie unmöglich es war, sich von dem geliebten Mann fernzuhalten, selbst wenn der gesunde Menschenverstand es verlangte.

„Wie ist er?“, erkundigte sie sich.

„Freundlich“, antwortete Olivia, dann furchte sie die Stirn. „Aber ich glaube, er kann auch gefährlich sein. Zu *mir* allerdings ist er immer freundlich, sogar wenn er …“ Sie brach ab und errötete.

„Erregt ist?“, schlug Dee hilfreich vor und grinste, als Olivias Gesicht noch mehr Farbe annahm.

„Ist Lucas sanft, wenn *er* erregt ist?“, entgegnete Olivia mutig. „Und sag jetzt nicht, du wüsstest es nicht, denn das würde ich dir nicht glauben. Während des Picknicks hat er überall nach dir gesucht, und er ist gleich nach dem Essen aufgebrochen und nicht mehr zurückgekommen. Ich war von Anfang an der Meinung, dass er der ideale Mann für dich ist“, schloss sie.

„Ideal?“, fragte Dee verständnislos. „Er ist überheblich und arrogant, und er …“ Sie hielt inne, denn sie konnte weder sich selbst noch Olivia belügen. „Ich liebe ihn“, erklärte sie tonlos. „Verdammt.“

Da warf Olivia sich lachend in ihrem Schaukelstuhl zurück, sodass ihre Limonade überschwappte. „Ich wusste es, ich wusste es! Und? Hat er dich gefragt, ob du ihn heiraten willst?“

„Er hat gefragt, ob eine Heirat der Preis für Angel Creek sei. Das ist nicht unbedingt das Gleiche.“ Dee lächelte schief. „Dass ich ihn liebe, heißt ja nicht, dass er mich auch liebt.“

„Tut er aber“, erwiderte Olivia. „Du hättest ihn beim Picknick sehen sollen! Er hat sich die größte Mühe gegeben, nicht zu verraten, dass er dich besucht hat, aber er konnte über nichts anderes reden.“

Dee erstarrte. „Er hat anderen Leuten von mir erzählt?“

„Nein, er hat nur mit mir gesprochen“, beruhigte Olivia sie. „Nach dem Picknick ist er zu dir gekommen, nicht wahr?“

„Ja.“

Olivia räusperte sich. Ihre guten Manieren lagen im Widerstreit mit ihrer Neugier. Die Neugier siegte. „Hat er … Ich meine, hat er versucht … du weißt schon?“

„Mit mir zu schlafen?“, hakte Dee unverblümt nach.

Schon wieder wurde Olivia rot, nickte jedoch.

„Er ist ein Mann.“

Offenbar fand Dee, dass ihre nüchterne Feststellung als Erklärung ausreichte. Olivia pflichtete ihr bei.

„Magst du es, wenn er dich berührt?", fragte sie hastig. „Ich meine, wenn er deine …" Sie unterbrach sich, entsetzt über das, was sie hatte fragen wollen. Wenn Dee Lucas solche Intimitäten nun gar nicht gestattete? Mit ihrer Frage hatte sie praktisch eingestanden, dass sie und Luis …

„Werde nicht ständig rot", verlangte Dee, obwohl ihre Wangen selbst glühten.

„Also hat er nun? Und hat es dir gefallen?"

Einen Moment fragte sich Dee verwirrt, was genau Olivia wissen wollte und welchen Körperteil sie im Sinn hatte. Dachte sie an Zärtlichkeiten oder den Geschlechtsakt? Dann zuckte sie mit den Schultern, denn ganz gleich, wie die Frage lautete, die Antwort war dieselbe. „Ja", sagte sie.

Mit einem erleichterten Seufzer schloss Olivia die Augen. „Ich bin so froh", rief sie. „Ich dachte schon, ich wäre verdorben, auch wenn Luis sagt, jede …" Sie unterbrach sich wieder und öffnete die Augen. So eine Gelegenheit wie diese hatte sich ihr noch nie geboten, und das Gefühl der Freiheit machte sie beinahe schwindlig. „Zieht er dir die Bluse aus, wenn er dich dort berührt?"

„Ja."

„Hat er dir schon mal das Hemdchen heruntergezogen? Sodass er deine – hm – Brüste sehen konnte?"

„Ja."

Olivia war inzwischen zwar glühend rot im Gesicht, doch sie wollte nicht aufhören. „Hat er dich dort auch geküsst? Wie ein Baby, meine ich, nur anders. Na ja, vielleicht ist es auch das Gleiche …"

Plötzlich schoss Dee von ihrem Stuhl hoch. „Um Gottes willen!", schrie sie, am Ende ihrer Nervenkraft. „Wenn du es unbedingt wissen willst, er hat mich nackt ausgezogen und alles mit mir gemacht, was man sich nur denken kann! Und ich habe jede Minute genossen!" Sie rang um Fassung und atmete tief durch. In gemäßigterem Ton fuhr sie fort: „Vielleicht nicht jede einzelne Minute. Beim ersten Mal hat es wehgetan, doch es hat sich gelohnt. Allerdings gefällt es mir besser, wenn ich oben bin."

Obwohl sich Olivias Lippen bewegten, brachte sie keinen Ton hervor. Sie klappte den Mund zu.

Die beiden Frauen sahen einander schweigend an. Dees Lippen zuckten zuerst. Sie schluckte, dann krümmte sie sich vor Lachen. Olivia schlug die Hand vor den Mund, um die wenig damenhaften Laute zu ersticken, die ihr aus der Kehle sprudelten, doch es war vergeblich. Gleich darauf lachte sie wiehernd. Anders ließ es sich nicht beschreiben. Die Limonade ergoss sich in ihren Schoß.

Als der hysterische Lachkrampf nachließ und in ein Kichern überging, wischten sich beide die tränenden Augen und bemühten sich um Haltung. „Komm rein, und wasch deinen Rock aus", meinte Dee mit einer Stimme, die noch immer unsicher war vor Erheiterung.

Olivia folgte ihr ins Haus. „Versuch jetzt nicht, das Thema zu wechseln", warnte sie, und schon begannen ihre Schultern wieder zu beben. „Ich will *alles* darüber wissen. Wenn du glaubst, ich würde mir eine solche Chance entgehen lassen, bist du verrückt!"

„Frag doch Luis", antwortete Dee, und beide wollten sich ausschütten vor Lachen.

13. KAPITEL

Kyle Bellamy trat gegen die Böschung des trockenen Bachbetts, dann blickte er zum wolkenlosen Himmel auf. Seit sechs Wochen hatte es nicht geregnet. Und vielleicht regnete es auch die nächsten sechs Wochen nicht. Sie bekamen hier ohnehin gewöhnlich nicht viel Regen, aber normalerweise brauchten sie wegen des Schmelzwassers von den Schneegipfeln auch nicht so viel. Doch der letzte Winter hatte nicht die übliche Schneemenge gebracht. Wer wusste, wie lange es noch so weiterging? Manchmal dauerten Dürreperioden jahrelang und verwandelten einst fruchtbares Land in Wüsten. Er hätte nie gedacht, dass so etwas hier geschehen könnte, denn, Teufel auch, kein Mensch ließ sich irgendwo nieder, wo er mit Dürre rechnen musste.

Ihm wurde beinahe übel vor Angst. Er hatte sich geschworen, etwas aus sich zu machen und ein ehrbarer Mann zu werden. Und sein Ziel war schon zum Greifen nahe. Und jetzt ließ das verdammte Wetter im wahrsten Sinne des Wortes alles zu Staub zerfallen. Das *Wetter!* Von allem, was ihn hätte in den Ruin treiben oder ihn hätte einholen können, war es ausgerechnet das Wetter, das ihn in die Knie zwang.

Auf der Bar-B-Ranch führte nur noch ein Bach Wasser. Wenn der austrocknete, würde sein Vieh verenden. Ohne Vieh würde er die Ranch verlieren. Er hätte kein Geld, um sie neu mit Vieh auszustatten, denn er hatte sein gesamtes Kapital in die Vergrößerung der Herde gesteckt. Verdammt, warum hatte er damit nicht gewartet? Doch er wollte expandieren, und jetzt lief er Gefahr, alles zu verlieren. Er würde seinen Männern keine Löhne zahlen können, würde als kleines Nichts enden … wieder einmal.

Himmel, dabei war er dem Ziel so nahe gewesen. Er hatte geglaubt, die Jahre, in denen er Lebensmittel hatte stehlen müssen, um zu überleben, wären endgültig vorbei. Begraben waren die Erinnerungen an den kleinen Jungen, der auf den Straßen von New Orleans gelebt hatte und mit zehn Jahren an ein Bordell verkauft worden war. Nicht einen Gedanken an den Mann, den er im zarten Alter von zwölf umgebracht hatte, um dem Grauen zu entkommen, gestattete er sich heute. Er hatte geglaubt, nie wieder betrügen oder lügen zu müssen. Alles, was er wollte, war, so zu sein wie alle anderen ehrbaren Menschen und von ihnen eingeladen und als Persönlichkeit geachtet zu werden. Das hatte er in Prosper erreicht. Nur Tillie hatte ihn schon gekannt, als er unter Abschaum lebte, als er *wie* Abschaum lebte. Aber über ihre Lippen würde nie ein Wort kommen. Er und Tillie waren aus dem gleichen Holz geschnitzt, zwei Außenseiter, deren Hintergrund – aus verschiedenen Gründen – keine nähere Prüfung vertrug. Doch er hatte den Weg der Ehrbarkeit gewählt, und Tillie hatte sich entschieden, so ehrlos zu sein, wie eine Frau nur sein konnte.

Kyle hatte geplant, zu heiraten, Kinder zu bekommen, all die normalen, ehrbaren Dinge zu tun und darin zu schwelgen, denn genau das hatte er nie gehabt. Sein Traum war für eine Weile wahr geworden, doch jetzt musste er zusehen, wie er ihm entglitt. Selbst mit seinen Plänen Olivia Millican betreffend kam er nicht weiter. Er besuchte sie, schenkte ihr alle erdenkliche Aufmerksamkeit, doch sie blieb ihm gegenüber aufreizend gleichgültig. Verdammt noch mal, das Geld des Bankiers könnte das Steuer für ihn herumreißen.

Er hatte sich das Hirn zermartert, um eine Möglichkeit zu finden, die Dürre zu besiegen. Kurz hatte er erwogen, lange Tröge zu bauen, Brunnenwasser in Fässer zu schöpfen und die Tröge damit zu füllen. Doch er besaß zu viele Rinder. Sie würden wahnsinnig, wenn sie das Wasser röchen und einander im Kampf um die Tränke zertrampelten und die Tröge umwarfen. Das Wasser direkt in die Wasserstellen zu gießen war auch keine Lösung, denn der Boden war so ausgetrocknet, dass er es einfach aufsaugen würde. Zum Teufel, wahrscheinlich hatte er nicht einmal genug Wasser im Brunnen, um mehr als ein paar Fässer zu füllen. Denn auch im Brunnen war der Wasserspiegel stark gesunken.

Warum hatte er nur mehr Vieh gekauft? Wäre die Herde kleiner, stünden den Tieren mehr Gras und mehr Wasser zur Verfügung.

Vielleicht konnte er einen Teil der Herde verkaufen. Die Rinder waren mager, wenn er verkaufte, würde er Geld verlieren, allerdings weniger, als wenn sie alle eingingen. Doch er fürchtete, dass sie den Viehtrieb zu einer Eisenbahnstation gar nicht überleben würden.

Den Leuten in der Stadt ging es gut, solange ihre Brunnen nicht versiegten. Doch die anderen Rancher steckten genauso in der Klemme wie er. Seines Wissens war Angel Creek der einzige Bach, der noch Wasser führte. Er glaubte nicht, dass Angel Creek jemals austrocknete.

Der Bach hätte ihm gehören können. Er hätte ihm gehören *sollen*. Nie im Leben hatte er gedacht, dass die kleine Swann so starrköpfig sein konnte, wenn es um den Verkauf ging. Aber sie wollte nicht einmal darüber reden. Er hatte sie sogar gebeten, seine Frau zu werden, als klar war, dass sie nicht verkaufen würde. Aber auch dieses Angebot hatte sie abgelehnt. Ein einziges Mal in seinem Leben hatte er eine Frau um ihre Hand gebeten, und sie hatte sie ihm, ohne zu zögern, verweigert. Komisch war, dass es ihm zu jenem Zeitpunkt gar nicht mehr allein um das Land ging. Dee Swann war eine verdammt hübsche Frau mit ihren grünen Hexenaugen, und in der Stadt war sie gut angesehen. Vielleicht nicht sehr beliebt, aber ganz sicher geachtet. Und sie war so selbstbewusst, dass es ihr völlig egal war, ob man sie mochte oder nicht.

Sie saß da in ihrem fruchtbaren kleinen Tal mit reichlich Wasser, bewirtschaftete lediglich ihren Garten und ließ das restliche Land brachliegen. Es war wunderbares Weideland, vom Bach bewässert, auch wenn es nicht regnete, und es wurde nicht genutzt.

Nachdem Dee sich geweigert hatte, ihn zu heiraten, war

Kyle am Bach entlang durch das Tal gewandert und hatte überlegt, ob er ihn vielleicht auf sein Land umleiten könnte. Zu seiner Überraschung machte der Bachlauf einen scharfen Knick nach Osten und verschwand am Fuß der Berge, versickerte unterirdisch in porösem Gestein, um Gott weiß wo wieder ans Tageslicht zu kommen. Der Bach kam von den Bergen und kehrte zu den Bergen zurück. Er nahm nur einen Umweg durch jenes kleine Tal und schuf dort so ziemlich das beste Land, das er je gesehen hatte.

Das Land der Bar-B-Ranch war gut, nicht so gut wie Angel Creek, aber doch gutes Weideland. In den vier Jahren, die Kyle bislang dort verbracht hatte, war der Regen regelmäßig gekommen, und die Wasserstellen waren ergiebig geblieben. Der Winter hatte ihm stets größere Sorgen bereitet als der Sommer. Schneestürme hätten ihn vernichten können, doch stattdessen war im vergangenen Jahr nicht genug Schnee gefallen. Und nun zerstörte ein regenloser Sommer die Träume seines Lebens.

Er stieg auf sein Pferd. Sein schönes Gesicht wirkte verhärmt, als er sich umschaute. Noch sah alles grün aus, aber das täuschte. Die Vegetation war trocken und spröde und knisterte leise, wenn der Wind hindurchfuhr. Er hätte das Schicksal verflucht, wenn es denn genützt hätte, doch schon als Junge hatte er gelernt, dass Hilfe nur von ihm selbst zu erwarten war. Fluchen wie auch Beten waren reine Kraftverschwendung.

Es gab nur einen Menschen, mit dem er darüber reden konnte, nur einen Menschen, der verstand, was das alles für ihn bedeutete. Nicht einmal die anderen Rancher konnten ahnen, wie schwer es ihn traf. Da es noch früh am Nachmittag war, rechnete er damit, dass der Saloon spärlich besucht sein würde. Als er eintrat, bestätigte sich seine Vermutung. Doch Tillie war nirgends zu sehen, und seine Miene verfinsterte sich bei dem Gedanken, dass sie vielleicht einen Kunden hatte. Verna, das zweite Saloon-Girl, lehnte an der Bar und plauderte mit dem Barkeeper. Sie richtete sich auf, als sie Kyle eintreten sah.

„Ist Tillie oben?“, fragte er, ohne Vernas enttäuschten Blick zu beachten. Vermutlich hörte sie diese Frage oft. Es war bestimmt nicht leicht für sie, da sie im Grunde mit Tillie um die Kundschaft, die Prosper zu bieten hatte, in Konkurrenz lag. Doch wie er Tillie kannte, schusterte sie wahrscheinlich häufig genug manchen Mann Verna zu.

„Sie ist zum Hutladen gegangen“, antwortete Verna.

Kyle ließ sich vom Barkeeper ein Glas Whiskey geben und setzte sich, um zu warten, doch Geduld war nicht seine Stärke, und das Warten ging ihm schon bald auf die Nerven. Zum Teufel, was störte es ihn, wenn die Einwohner ihn mit Tillie sahen? Er würde seine Ranch verlieren, was galt da noch sein sorgsam kultivierter guter Ruf? Letztlich war er als Gossenjunge geboren und würde auch als solcher sterben, ganz gleich, wie sehr er um Veränderung kämpfte.

Er fand Tillie, als sie gerade aus dem Laden kam. In den Händen hielt sie eine Hutschachtel. In der Öffentlichkeit ließ sie sich nie anmerken, dass sie Kyle kannte. Auch jetzt wollte sie ohne einen Blick in seine Richtung an ihm vorübergehen. Kyle jedoch hielt sie zurück, nahm ihr die Hutschachtel ab und klemmte sie sich unter den Arm. „Ich begleite dich zurück zum Saloon.“

Verblüfft hob sie die Brauen. „Du solltest dich nicht so mit mir sehen lassen. Sonst will dich keine von den hiesigen Mamas mehr als Verehrer ihrer Tochter haben.“

„Das ist mir scheißegal“, erwiderte er leise.

„Nachdem du dir so viel Mühe gegeben hast, hier Fuß zu fassen?“

Darüber wollte er auf der Straße nicht reden. Seine Gefühle lagen bloß, seine Enttäuschung war zu groß.

Wegen der Hitze hielten sich nur wenige Leute draußen auf. Trotzdem sah er, wie sie die Hälse verrenkten, um seinen Weg mit Tillie zu verfolgen. Bis zum Abend würde die ganze Stadt wissen, dass Kyle Bellamy mit einem der Saloon-Girls durch die Stadt flaniert war, so dreist, als wüsste er es nicht besser. Es war ihm schlicht und einfach egal. Nicht egal waren ihm nur seine Ranch und der ausbleibende Regen. Sollten sie ihn doch verurteilen, wenn sie wollten! Er hatte das Affentheater satt, immer den Gentleman spielen zu müssen, obwohl ihm nicht die Spur von Vornehmheit in die Wiege gelegt worden war.

Im Saloon war es angenehm kühl nach dem stechenden Sonnenschein. Der Barkeeper beachtete Kyle und Tillie gar nicht, als sie die Treppe hinaufstiegen. Verna hingegen blickte ihnen ein bisschen neidisch hinterher.

In ihrem Zimmer setzte sich Tillie vor den Spiegel ihres Toilettentischs und löste bedächtig die Hutnadeln aus dem zarten Gespinst aus Samt und Tüll auf ihrem Kopf. Nie besuchte sie eines der Geschäfte in den unanständigen grellbunten Kleidern, die sie im Saloon trug. Ihr Kleid war genauso züchtig wie das, was die braven Hausfrauen der Stadt zur Kirche trugen. Allerdings hatte es vermutlich bedeutend mehr gekostet. Tillies Garderobengeschmack tendierte zum Kostspieligen. Der bronzefarbene Stoff schmeichelte ihrem Teint. Kyle betastete ihren Ärmel und dachte, dass ihre Vorliebe für gute Kleidung wahrscheinlich ein letztes Überbleibsel aus ihrem früheren Leben war.

„Öffne doch bitte die Hutschachtel“, bat Tillie. In ihren schönen braunen Augen leuchtete eine Mischung aus Begeisterung und Zufriedenheit. Tillie liebte Hüte.

Kyle gehorchte, hob den Deckel ab und entnahm der Schachtel ein kleines Gebilde aus Pelz und Samt. Der Hut hatte die Farbe von dunklem Burgunder, der Pelzbesatz war schwarz, und um die Krempe schlang sich eine flotte, kleine dunkle Feder. Der Halbschleier war an beiden Seiten stufenförmig mit Strasssteinchen befestigt. In seiner großen Hand wirkte der Hut lächerlich. Doch als Tillie ihn sich aufsetzte und schräg über ein Auge rückte, verwandelte er sich in ein Meisterwerk.

„Miss Wessner leistet wirklich hervorragende Arbeit“, schnurrte sie und drehte äußerst zufrieden den Kopf von einer

Seite zur anderen. „Ich habe den Hut entworfen, und sie hat ihn genauso angefertigt, wie ich ihn ihr beschrieben habe."

„Und jetzt musst du dir ein dazu passendes Kleid schneidern lassen."

„Natürlich." Im Spiegel suchte sie seinen Blick und schenkte ihm ein träges Lächeln. Offenbar bemerkte sie etwas in seiner Miene, denn ihr Lächeln erlosch. Hastig setzte sie den Hut ab und drehte sich zu Kyle um. „Was ist los?"

„Die Dürre", antwortete er schlicht. „Ich werde die Ranch verlieren."

Tillie schwieg. Sie wusste, was Dürre bedeutete, wusste, dass die Natur launisch und zugleich erbarmungslos war.

„Ich habe nur noch einen Bach, der Wasser führt, und auch der ist seicht", fuhr er fort. „Wenn er austrocknet, gehen die Rinder ein. Ich habe alles versucht, aber ich habe verloren."

„Du hast schon öfter von vorn angefangen. Tu es noch einmal."

„Wozu die Mühe? Allmählich denke ich, ich hätte bei den Karten bleiben sollen. Dann könnte ich gegen eine Pechsträhne zumindest etwas unternehmen."

Traurig schüttelte sie den Kopf. „Jemand hätte dich umgebracht. Du bist ein guter Falschspieler, aber nicht gut genug. Ich habe dich immer ertappt."

Er hob ihr Kinn. „Nur weil du selbst eine verdammt gute Falschspielerin bist, mein Schatz."

Darauf sagte sie nichts. Kyle betrachtete ihr schönes Gesicht und suchte in ihrem Teint oder ihrem Ausdruck nach Spuren des Lebens, das sie führte. Aber sie wirkte gelassen wie eine Nonne. Seit ihrer Zeit als junges Mädchen in New Orleans hatte sie sich nicht sehr verändert. „Warum gehst du nicht zurück?", fragte er plötzlich. „Du könntest es doch. Niemand müsste etwas erfahren."

Obwohl sie sich nicht rührte, entzog sie sich ihm, und ihre Miene wurde ausdruckslos. „Warum sollte ich zurückgehen?"

„Deine Familie ist eine der reichsten in Louisiana. Warum

führst du solch ein Leben, in einem Zimmer über einem Saloon, wenn du doch in einem Herrenhaus wohnen könntest?“

„Schon als Mädchen konnte ich es nicht ertragen“, erklärte sie sanft. „Die Regeln, die Einschränkungen, behandelt zu werden wie eine hirnlose Puppe. Ich bin jetzt schon lange auf mich selbst gestellt, treffe meine Entscheidungen selbst, ob sie nun richtig oder falsch sind. Wie könnte ich da zurückgehen, vorausgesetzt, mein Vater würde mich überhaupt ins Haus lassen? Ich weiß doch, dass es bestenfalls wieder genauso wie früher sein würde. Im schlimmsten Fall würde er mich einsperren, damit ich der Familienehre nicht noch mehr Schaden zufüge als bisher.“

„Wissen deine Angehörigen, wo du bist?“

„Nein. Sie halten mich für tot. Ich habe es so eingerichtet.“

„Dein Vater könnte inzwischen tot sein, ohne dass du davon weißt.“

„Hin und wieder bekomme ich Nachrichten aus New Orleans. Vor einem halben Jahr lebte er noch. Und ich wünsche ihm nicht den Tod.“ Sie lächelte Kyle an. „Er ist mein Vater. Er ist kein schlechter Mensch, nur eben sehr streng. Ich konnte nicht so leben. So, wie ich jetzt lebe, ist es am besten. Aber warum reden wir über mich, wenn wir doch lieber über deine Pläne sprechen sollten?“

„Ich habe keine Pläne. Ich habe es versucht, und ich habe verloren.“

„Aufzugeben ist nicht deine Art“, warf sie ihm vor.

„Ich habe mir nie etwas so sehr gewünscht wie das, was ich jetzt habe. Ich glaube nicht, dass ich noch einmal so viel Interesse für etwas Neues aufbringen kann.“

Mitfühlend strich sie ihm über die Wange. Ihre schlanken Finger fühlten sich kühl an. „Schon morgen könnte es regnen. Oder übermorgen. Und ich habe Geld. Ich könnte dir jederzeit aushelfen, damit du neu anfangen kannst.“

Er schüttelte den Kopf. „Du wirst es selbst brauchen. Wenn die Ranches eingehen, dann stirbt auch diese Stadt, und du wirst dir irgendwo anders etwas aufbauen müssen."

„So schlimm ist es noch nicht. Ich hoffe immer auf das Beste."

„Aber sei auf das Schlimmste gefasst." Im Lauf der Jahre war Kyle ihr an verschiedenen Orten und in den unterschiedlichsten Lagen finanzieller Not begegnet. Er hatte sie zerlumpt und hungrig erlebt, aber selbst dann schmiedete sie immer Pläne und verschwendete nichts von dem wenigen Geld, das sie besaß. Sie hatten sich sogar einmal für eine Weile zusammengetan und von seinen Gewinnen beim Kartenspiel gelebt, immer fluchtbereit, für den Fall, dass jemand seine Taschenspielertricks durchschaute. Während der schlimmsten Pechsträhnen hatten sie sich in kalten Nächten zusammen unter eine dünne Decke gekuschelt, und einmal, als sie mehr Glück gehabt hatten, verbrachten sie drei Tage und drei Nächte in einem weichen Hotelbett und liebten sich.

Dann waren sie aus irgendeinem Grund, an den Kyle sich nicht mehr erinnerte, getrennte Wege gegangen. Wahrscheinlich, weil jeder von ihnen eigene Pläne gehabt hatte. Er hatte sie erst wiedergesehen, als es sie beide rein zufällig nach Prosper verschlug. Aber vielleicht war es gar kein so großer Zufall, denn beide hatten das Gleiche gesucht: eine ruhige, bodenständige kleine Stadt. Sie hatten in den Boomtowns gearbeitet und wussten, dass sie so nicht leben konnten. Boomtowns waren zu gewalttätig. Sicherheit war besser.

„Wenn du es dir anders überlegst, brauchst du mich nur zu fragen."

„Ich weiß."

Plötzlich verspürte er heißes Verlangen nach ihr. Von Sex mit Tillie konnte er nie genug bekommen. Sie kannten einander so lange, hatten sich so oft geliebt, dass es keinerlei Hemmungen zwischen ihnen gab. Er wusste, was sie mochte, und behandelte sie entsprechend, liebkoste ihre Brüste genau so, wie es ihr gefiel.

Als sie ihn jetzt ansah, verdunkelte sich ihr Blick. „Schön", raunte sie, „wie ich sehe, sind deine Lebensgeister wieder erwacht."

Er ergriff ihre Hand und führte sie an seinen Schritt. „Das ist zwar kein Geist, aber erwacht ist er trotzdem."

„Liebling", schnurrte sie, „er hat ja nie geschlafen."

Ganz gemächlich zogen sie sich aus. Dabei hielten sie häufig inne, um sich zu küssen und zu streicheln. Tillie wollte sich auf die Knie niederlassen und ihn in den Mund nehmen, doch er hielt sie zurück, weil er trotz ihres gemächlichen Vorgehens glaubte, es nicht aushalten zu können. Und er wollte, dass es länger dauerte. Darum führte er sie zum Bett und liebte sie, und weil er sie so intim kannte, brachte er sie zweimal zum Höhepunkt, bevor er sich selbst die Erfüllung gestattete.

Hinterher, als sie still beieinanderlagen, fühlte er sich ruhiger und zufriedener. Die Ranch mochte er verlieren, aber ihm blieb immerhin noch Tillie. Sie war immer für ihn da, wenn er sie brauchte. Er konnte nur hoffen, dass er ihr ein ebenso guter Freund war.

14. KAPITEL

Kyle war betrunken, obwohl es noch früh am Nachmittag war. Exzesse gestattete er sich nur selten. Denn Männer, die zu viel tranken, redeten oft zu viel, und seine Vergangenheit sollte genau das bleiben: Vergangenheit. Doch manche Situationen schrien praktisch nach Alkohol, und zusehen zu müssen, wie seine Ranch unterging, war eine davon.

Außerdem hatte er nichts anderes zu tun, es sei denn, er wollte hinausreiten und zusehen, wie sein Land vertrocknete. Wenn er Wasser sehen wollte, müsste er schon den weiten Weg nach Angel Creek auf sich nehmen.

Keine schlechte Idee, überlegte er. Wenn er der kleinen Swann noch mehr bot als bisher, würde sie dieses Mal vielleicht zustimmen. Nicht, dass er so viel Geld besaß, aber das wusste sie schließlich nicht. Er brauchte weiter nichts als ihre Unterschrift unter dem Kaufvertrag. Dann würde er sein Vieh ins Tal treiben. Gedanken über das Geld konnte er sich später machen. Wie hieß es so schön: Besitz ist neun Zehntel vom Recht.

So würde er es machen. Er würde ihr so viel Geld anbieten, dass sie dumm sein müsste, um abzulehnen.

Er war nicht zu betrunken, um reiten zu können, und saß schon bald auf seinem Pferd. Immerhin unternahm er etwas, und das tat gut. Das hilflose Abwarten war es, was ihn in den Wahnsinn trieb, und Geduld war nie seine Stärke gewesen.

Die Ankunft im Tal von Angel Creek war wie der Übergang in einen anderen Landesteil. Knisterte auf der Bar-B-Ranch der Boden vor Trockenheit, wurden die Wiesen dort braun, so war die Erde hier weich vor Feuchtigkeit, und das Gras auf den Weiden wuchs hoch. Es schien sogar kühler zu sein. Er rief sich zur Ordnung und dachte verwirrt, dass es nicht *wirklich* kühler sein konnte, entschied dann jedoch, dass es tatsächlich so war. Er überlegte, bis die leichte Brise, die sein Gesicht streifte, ihn überzeugte. Das Tal wirkte wie ein Luftschacht für den Wind aus den Bergen und sog die kühlere Luft nach unten. Zwar war es immer noch heiß, aber nicht so heiß wie überall sonst.

Die kleine Swann kam auf die Veranda, als sie sein Pferd hörte. In den Händen hielt sie die verdammte Flinte, wie jedes Mal, wenn er mit ihr hatte reden wollen. Sie hatte ihn zwar nie direkt bedroht, aber er hatte die Waffe auch nie einfach übersehen können.

Stolz wie die hochnäsigen Ladys aus seiner Jugend in New Orleans stand sie da, obwohl sie wie ein Mann den Boden beackerte und ihre Kleidung schlicht und alt war. Zum Teufel, Tillie war entschieden besser gekleidet. Doch sie hielt den Kopf hoch auf ihrem schlanken Hals, und der Blick ihrer grünen Hexenaugen war fest. „Mr Bellamy", sagte sie zur Begrüßung.

Er saß nicht ab, sondern beugte sich lediglich vor und stützte die Arme auf den Sattelknauf. „Ich verdoppele mein letztes Angebot für die Farm."

Daraufhin hob sie die Brauen, und er sah das belustigte Aufblitzen in ihren Augen. „Ihr letztes Angebot war ein Heiratsantrag. Wollen Sie mich zweimal heiraten?"

Doch er war nicht in der Stimmung für ihren Spott. „Ich brauche dieses Land. Ich brauche das Wasser. Meine Rinder gehen ein, wenn sie kein Wasser bekommen, und Sie besitzen so ziemlich den einzigen Wasser führenden Bach im Umkreis von hundert Meilen oder noch mehr."

Dee seufzte und hob den Blick zum wolkenlosen blauen Himmel. Warum konnte es nicht endlich regnen? „Es tut mir leid, Mr Bellamy, aber ich verkaufe nicht an Sie." Es tat ihr wirklich leid, alle Rancher, ob groß oder klein, und alle Farmer taten ihr leid. Doch sie konnte sich nicht um sie alle kümmern, konnte das Wasser, das durch ihr Land floss, nicht aufteilen.

Kyle wendete sein Pferd und ritt ohne ein weiteres Wort davon. Er war so wütend, dass es ihm die Sprache verschlug. Zum Teufel mit ihr! Mit ihr war einfach nicht vernünftig zu reden. Sie nutzte kaum mehr als einen Morgen von ihrem Land und ließ den Rest brachliegen, und trotzdem klammerte sie sich an jeden Zentimeter, als hinge ihr Leben davon ab. Wegen ihres ameisenverseuchten Gartens mussten seine Rinder eingehen.

Nein, bei Gott, sie sollten nicht eingehen.

Bis er zu Hause ankam, war er fast wieder nüchtern, doch seine Wut hatte sich nicht gelegt, genauso wenig wie seine wilde Entschlossenheit.

Einer der Viehtreiber kam aus dem Stall. „Hol Pierce!“, brüllte Kyle. „Und Fronteras!“

Die beiden Männer arbeiteten weiter außerhalb, daher war es spät, als sie endlich zum Haus stapften, wo Kyle auf sie wartete. „Morgen fangen wir an, das Vieh zusammenzutreiben“, verkündete er. Seine Stimme klang barsch und immer noch wütend.

Pierce nickte bedächtig, als müsste er erst überlegen, bevor er seine Zustimmung gab.

Luis war neugierig. „Wohin treiben wir es?“

„Ins Tal von Angel Creek.“

„Auf das Land der kleinen Swann?“, fragte Pierce.

„Ich habe heute mit ihr gesprochen“, sagte Kyle in dem Wissen, dass sie glauben würden, sie hätte ihm gestattet, sein Vieh auf ihrem Land zu weiden.

Wieder nickte Pierce. „Das Tal ist klein. Sollen wir sämtliche Rinder hintreiben?“

„Ja.“ Das Tal würde zwar schnell überweidet sein, aber das Vieh hätte zumindest Wasser. Sein Entschluss stand fest. Ganz gleich, was Dee Swann sagte oder tat, sein Vieh wurde in ihr Tal getrieben.

Die Rinder zusammenzutreiben war nicht einfach. Das bisschen Wasser, das ihnen zur Verfügung stand, wollten die Tiere nicht im Stich lassen. Bei jeder Gelegenheit brachen sie aus. Sämtliche Männer der Bar-B-Ranch arbeiteten am nächsten Tag bis zum Einbruch der Dunkelheit und standen am Tag darauf schon vor dem Morgengrauen auf. Sie hatten das Gefühl, im Sattel festgewachsen zu sein.

Am späten Vormittag des dritten Tages begannen sie, die Herde zu bewegen, und am Nachmittag erreichten sie den Zugang zu dem kleinen Tal.

Dee war an diesem Morgen früh aufgestanden, um im Garten Unkraut zu jäten, bevor es zu heiß wurde. Sie konnte sich nicht erinnern, je eine derartige Hitze erlebt zu haben. Die Pflanzen zeigten erste Spuren der Hitze. Sie wuchsen zwar, doch Dee fürchtete, dass sie verkümmern und von der Sonne verbrannt werden könnten.

Um die Rancher musste es schlimm bestellt sein. In den vergangenen Wochen war Dee nicht in der Stadt gewesen. Doch schon bei ihrem letzten Besuch dort hatten alle von der Hitze und ihren Auswirkungen auf das Weideland gesprochen. Kyle Bellamy war verzweifelt gewesen, als er neulich gekommen war, um ihr das Land abzukaufen. Wenn sie an sein Gesicht dachte, regte sich Mitleid in ihr.

Sie hätte gern gewusst, wie es Lucas ging. Seit seinem Versuch, sie zum Verkauf zu überreden, hatte sie ihn nur noch einmal gesehen: kurz nach der Abstimmung zur Ratifizierung der Verfassung. Er war glücklich gewesen, aber müde von der Arbeit und voller Sorge wegen des Wassermangels.

Wenn die Dürre andauerte und sein Vieh einging, würde er ihr je verzeihen können?

Dee richtete sich auf und sah nach der Sonne. Jetzt schon spürte sie die Hitze, obwohl es erst früh am Morgen war. Die Brust wurde ihr eng. Über das Wetter hatte sie keine Kontrolle, aber sie besaß Angel Creek.

Lucas wollte ihr Land. Wie Kyle Bellamy hatte er ihr sogar die Ehe angeboten, um in den Besitz des Tals zu kommen. Seitdem lebte sie jeden Tag mit dem Wissen, dass er sie nicht um ihrer selbst willen, sondern wegen des Landes wollte. Das lastete kalt und schwer auf ihrem Herzen, und es wurde immer schwerer, je mehr Zeit verstrich. Es nützte nichts, dass sie den Grund seiner Zuwendung von Anfang an erkannt hatte. Sie war so dumm gewesen, sich trotzdem in ihn zu verlieben. Nicht einmal seinem körperlichen Verlangen nach ihr konnte sie Bedeutung zumessen, denn Lucas hatte von Natur aus einen unbestreitbar großen Appetit auf Sex. Jede bereitwillige Frau hätte seinen Bedürfnissen genügt.

Manchmal erwog sie, zur Double-C-Ranch zu reiten und ihm zu sagen, sie wäre bereit, ihn zu heiraten, falls er noch interessiert war. Im Geiste spielte sie die Szene durch bis zu dem Punkt, an dem er einwilligte. Dann verwarf ihr Stolz den Plan wieder, und sie wusste, dass sie sich selbst verabscheuen würde, wenn sie ihn in die Tat umsetzen würde. Sie hatte es schon immer genossen, allein zu leben. Sie genoss ihr Leben noch immer, aber zum ersten Mal wünschte sie sich mehr.

Sie wollte Lucas. Es war nicht nur körperliches Begehren, wenngleich sie sich nach seinem Duft und seiner Berührung, nach der Erfüllung durch seine intensive Inbesitznahme sehnte. Sie wollte mehr. Bisher hatte sie noch nie eine ganze Nacht mit ihm verbracht, immer nur ein paar gestohlene Stunden. Noch nie war sie in der Morgendämmerung neben ihm erwacht, nachdem sie die dunklen Stunden in seinen Armen geborgen war, hatte ihm noch nie beim Rasieren zugesehen. Sie wünschte sich Jahre voller hitziger Wortwechsel. Das Leben mit einem Mann wie Lucas würde sie auf Trab halten. Eine Frau, die ihm nicht die Stirn bieten konnte, würde er rücksichtslos unterbuttern. Diese Art Stärke kannte sie an Männern nicht; sie war es gewöhnt, den einschüchternden Part zu übernehmen. Lucas war ihr nicht nur ebenbürtig, er zeigte ihr auch wortlos seine Anerkennung, indem er sie niemals wie ein zartes Pflänzchen behandelte, das durch sein ungestümes Temperament geknickt werden konnte.

Wenn er sie heiratete, um in den Besitz von Angel Creek zu gelangen, bekäme sie die gewünschten Jahre, aber nicht seine Liebe. Außerdem würde sie ihre Selbstachtung verlieren.

Dennoch liebte sie ihn, und er brauchte sie. Oder vielmehr, er brauchte ihr Land.

Dee betrachtete ihren Garten. Die Pflanzen waren kräftig und grün und setzten gerade Früchte an. Zur Reifung lagen noch die langen Sommerwochen vor ihnen. Trotz des ausbleibenden Regens gediehen sie, ernährt vom Bach, der den fetten Boden feucht hielt.

Vielleicht konnte Lucas einen Teil seines Viehs ins Tal treiben. Um das Häuschen und den Garten könnte sie einen Schutzzaun bauen. Er konnte die Rinder zwar nicht über den Pass treiben, aber es würde nur ein paar Tage dauern, eine Herde um den Fuß des Berges zu führen. Dee sah keinen Grund, warum er ihrem Plan nicht zustimmen sollte. Das Vieh konnte sogar im Tal überwintern.

Wenn er ihr Angebot nicht annehmen wollte, würde sie ihm Angel Creek verkaufen. Es würde sein, als ob sie ihm ein Stück ihres Herzens verkaufte, aber sie konnte nicht tatenlos zusehen, wie seine Rinder verendeten, während sie die Mittel hatte, dies zu verhindern.

Diese Einsicht trieb ihr die Tränen in die Augen, als sie sich jetzt auf ihrer Heimstatt umsah. Zu sagen, dass sie Angel Creek liebte, kratzte gerade mal an der Oberfläche. Im Lauf der Jahre, in denen sie den Boden bewirtschaftet und ihm Leben entlockt hatte, hatte sie eine Zufriedenheit gefunden, die tiefer ging als Liebe. Ihre Seele hatte tief in dieser Erde Wurzeln geschlagen. Natürlich könnte sie anderswo leben, aber nirgends würde es je so sein wie hier, wo sie so vollständig, so überwältigend *hingehörte.*

Doch für Lucas würde sie es aufgeben.

Er hatte so große Träume, so hohe Ziele. Und er würde sie erreichen, wenn die Double-C-Ranch diese Dürre überlebte. Colorado stand an der Schwelle zur Eigenstaatlichkeit, und Lucas war im Begriff, seine Pläne in die Tat umzusetzen. Er verdiente seine Chance. Männer wie Lucas waren anders als andere. Er war ein Führer, ein Mann, der etwas bewerkstelligte.

Dee war noch nie auf der Double-C-Ranch gewesen oder hinauf zu dem schmalen Pass geritten, über den Lucas das Tal erreichte. Abgesehen von ihren Besuchen in der Stadt hatte sie Angel Creek seit dem Tag, als ihre Familie sich im Tal niedergelassen hatte, nie verlassen. Selbst wenn sie den Weg zur Double-C-Ranch gut gekannt hätte, wäre sie niemals dorthin geritten. Die bloße Tatsache, dass sie Lucas Cochran besuchte, wäre so untypisch für sie gewesen, dass jeder sofort eine Beziehung zwischen ihm und ihr vermutet hätte. Trotzdem wollte sie jetzt zur Ranch reiten und ihm ihren Entschluss mitteilen.

Schließlich hatte ihre Art zu leben diese Heimlichkeiten erfordert, ein nicht ganz einwandfreier Ruf hätte Gefahr für sie bedeutet. Eine Frau, die allein lebte, konnte nicht vorsichtig genug sein. Wenn sie aber in der Stadt wohnte, müsste sie nicht so achtsam sein. Sie und Lucas konnten das Maß ihrer Intimität diskret verbergen, mussten ihre Beziehung an sich aber nicht verheimlichen. Das setzte natürlich voraus, dass ihre Beziehung noch weiterging, wenn Lucas besaß, was er von ihr wollte.

Es war Nachmittag, und die Sonne brannte vom Himmel, als Dee ihre Arbeit beendete und ins Haus ging, um sich mit kühlem Wasser zu waschen. Nachdem sie ihren Entschluss gefasst hatte, drängte es sie, die Sache hinter sich zu bringen. Vielleicht würde Lucas ihr Angebot, sein Vieh in ihrem Tal zu weiden, annehmen. Dann musste sie Angel Creek gar nicht verlassen. Wenn er aber darauf bestand, das Land zu kaufen, wollte sie das schnellstens schlucken wie eine bittere Medizin.

Nachdem sie sich gewaschen hatte, zog sie frische Kleidung an, blieb einen Moment still stehen und sah sich um. Die nächsten Stunden entschieden darüber, ob sie hier wohnen blieb oder nicht. Für einen Augenblick war die Vorstellung fortzugehen so unerträglich schwer, dass sie den Kopf senkte und mit den Tränen kämpfte.

Dann hörte sie ein Geräusch und hob lauschend den Kopf. Es klang wie das Muhen von Rindern. Und Donner, sie glaubte, Donner zu hören. Mit neu erwachter Hoffnung lief sie zum Fenster und blickte hinaus. Weit und breit kein Wölkchen am Himmel. Der Bulle und die beiden Kühe grasten friedlich, aber immer noch hörte sie das Muhen oder etwas, was so ähnlich klang.

Sie trat auf die Veranda hinaus, neigte den Kopf leicht zur Seite und horchte neugierig. Ihr Blick fiel auf eine Staubwolke hinter den Bäumen. Einen Moment lang sah sie sie verständnislos an, bevor ein Ausdruck des Entsetzens auf ihr Gesicht trat. Dee hastete zurück ins Haus, holte die Flinte und stopfte sich die Taschen mit Munition voll.

Die ersten Rinder kamen in Sicht. Im Wissen, dass sie keine Sekunde verlieren durfte, legte Dee die Flinte an und feuerte über ihre Köpfe hinweg. Sie hoffte, sie damit zu erschrecken und zum Umkehren zu bewegen.

Die Tiere liefen verwirrt durcheinander. Der Geruch des Wassers erregte sie, das Knallen der Flinte machte sie nervös. Dee schoss ein zweites Mal und lud eilig nach. Dees Herz klopfte so heftig in ihrer Brust, dass ihr beinahe übel wurde. Wenn die Tiere in ihren Garten eindrangen, würden sie ihn vernichten.

„Nimm die Flinte runter", brüllte Kyle Bellamy. Das Gewehr in den Händen, ritt er auf sie zu. „Die Rinder müssen hier durch."

„Nicht über mein Land", erwiderte sie entschlossen. Das Tal war eng, und ihr Haus stand nahe bei der Einmündung. Kyle müsste das Vieh zwischen Haus und Stall hindurchtreiben, und gleich hinterm Haus lag ungeschützt der Garten. Was die Rinder nicht zertrampeln würden, hätten sie in null Komma nichts gefressen.

Noch hatte die Herde nicht abgedreht. Darum feuerte Dee noch einmal und zielte dieses Mal tief genug, um ein Tier zu treffen. Auf die Entfernung schmerzte der Schrot zwar, richtete aber keinen großen Schaden an. In Panik scheuten die Tiere vor dem Lärm und dem Schmerz. Der Vortrupp der Herde drehte um. Sie schoss ein viertes Mal, und die Rinder gingen durch.

Eine Büchse knallte, und hinter Dee splitterte Holz.

Eilig zog sie sich ins Haus zurück, schlug die Tür zu und füllte gleichzeitig Munition in die Flinte. Mit einem raschen Stoß des Laufs zertrümmerte sie die Fensterscheibe und feuerte erneut.

Kyle fluchte mit jedem Atemzug und erwiderte das Feuer. „Holt die Rinder!", schrie er seinen Männern zu. „Verdammt noch mal, treibt die Herde hierher!"

Ein paar von seinen Leuten versuchten es bereits. Andere hatten ihre Pistolen gezückt, als sie die Schüsse hörten. Sie alle hatten von der kleinen Swann gehört und wussten, dass sie Besucher gern mit der Flinte in Empfang nahm. Sie hatte sogar einigen Männern eine Schrotladung verpasst, die gallige Hexe, als sie versuchten, ihr ihre Gesellschaft aufzudrängen. So durfte sie niemanden behandeln. Wenn der Boss es ihr nun mit gleicher Münze zurückzahlen wollte, war es ihnen nur recht. Zuerst nur sporadisch, dann aber immer regelmäßiger begannen sie, auf das Häuschen zu schießen.

Luis lenkte sein Pferd ein wenig abseits. Sein schmales dunkles Gesicht war angespannt vor Zorn, seine Hand lag am Knauf seiner Pistole. Er hatte keine Ahnung, was, zum Teufel, in Bellamy gefahren war, doch er selbst beabsichtigte nicht, gegen eine alleinstehende Frau zu kämpfen.

Zwar konnte er gut mit einer Pistole umgehen, aber nicht gut genug, um es mit zwanzig blutdurstigen Männern aufzunehmen. Für den Bruchteil einer Sekunde erwog er, Bellamy zu erschießen, doch dann erkannte er, dass das die Katastrophe nicht aufhalten würde. Ihm blieb nicht viel Zeit, um Hilfe zu holen, bevor die Schweinehunde die Frau entweder töteten oder ihr Häuschen stürmten und sie vergewaltigten. Er hatte oft genug einen derartigen Blutrausch gesehen, um zu wissen, dass es den Männern egal war, was sie taten.

Die Rinder gingen wild durch, in Panik wegen der Schüsse und halb wahnsinnig vom Geruch des Wassers. Eine dicke

Staubwolke lag über der gesamten Szene und behinderte die Sicht. Luis ritt mit dem Vieh und brüllte, um die Tiere noch mehr zu reizen. Dann löste er sich aus der Herde und galoppierte in Richtung Prosper.

Trotz der Hitze strapazierte er sein Pferd gewaltig, und es war weiß von Schaum, als er es schließlich vor dem Büro des Marshalls zügelte. Seine Stiefel knallten auf dem Gehsteig, als er zur Tür stapfte und sie aufstieß. Das Büro war verlassen.

Das Naheliegendste war, im Saloon nachzusehen. Sollte der Marshall dort auch nicht sein, würde zumindest jemand wissen, wo er ihn suchen sollte.

Doch als Luis den Saloon betrat, war der Marshall nicht zu sehen. „Wo ist Marshall Cobb?“, fragte er in die Runde.

„Weiß nicht“, antwortete ein Mann.

„Ich glaube, er besucht für ein paar Tage seine Tochter in der Nähe von Denver“, sagte ein anderer. „Gibt es Ärger?“

„Bellamy versucht, sein Vieh in das Tal der kleinen Swann zu treiben“, berichtete Luis knapp. „Es ist zu einer Schießerei gekommen, und wenn die nicht gestoppt wird, kommt es entweder zu einer Vergewaltigung oder zu Mord und Totschlag.“

Im Saloon wurde es still. Luis blickte in die Runde der Männer, doch keiner von ihnen bot seine Hilfe an. „Der Marshall ist nicht da. Ist einer von euch bereit, der Frau zu helfen?“

Alle senkten den Blick. Zu dieser Tageszeit bestand der Großteil der Gäste im Saloon aus Kaufmännern und Büroangestellten. Sie hatten ihre Waffen seit Jahren nicht mehr gereinigt. Wenn ein Haufen raufustiger Viehtreiber wild geworden war, wollten sie ihre Nasen lieber nicht in deren Angelegenheiten stecken. Außerdem war Dee Swann schließlich keine Freundin. Sie zog sich ja von allen zurück.

Rancher hätten ihre Waffen zur Hand gehabt und wären bereit gewesen zu helfen, doch im Saloon hielt sich gerade kein Rancher auf. Tagsüber waren sie zu sehr eingespannt, um ihr Vieh am Leben zu erhalten. Luis wandte sich angewidert ab. Sein Blick war kalt.

„Moment!“, rief Tillie und stürzte ihm hinterher. Sie trat auf den Gehsteig und legte Luis die Hand auf den Arm. Ihr Gesicht war blass. „Lucas Cochran von der Double-C-Ranch würde helfen.“

„So viel Zeit bleibt ihr nicht“, erwiderte Luis.

Tillies braune Augen waren weit aufgerissen und von Angst erfüllt. „Geh du zurück, und hilf ihr, ich reite zur Double-C-Ranch.“

Luis, schon im Begriff weiterzugehen, nickte kurz. „Beeil dich.“

Er galoppierte übers Land, verlangte seinem erschöpften Pferd das Letzte ab und näherte sich dem Tal von der Seite her. Immer noch hörte er Schüsse, was bedeutete, dass die Frau die Stellung hielt. Trotz seiner Wut verzog er die Lippen zu einem Grinsen. Sie musste schon eine rechte Wildkatze sein. So eine Frau verdiente alle Hilfe, die sie bekommen konnte.

Die letzten hundert Meter legte er zu Fuß zurück. Hinter einer dicht stehenden Baumgruppe suchte er Deckung. Bellamy und seine Leute hatten ebenfalls einigermaßen Deckung gefunden und ließen sich Zeit damit, immer mal wieder auf das Häuschen zu feuern. Einige Männer versuchten, um das Haus herum zu schleichen und Dee in den Rücken zu fallen. Doch das Haus stand auf einer großen freien Fläche, die ihnen wenig Schutz bot. Und die Frau war eine gute Schützin. Sie benutzte jetzt ein Gewehr und huschte von Fenster zu Fenster.

Fieberhaft überlegte Luis sich seine Strategie. Ihm war es gleichgültig, ob er seine Identität und seine Stellung verbergen konnte. Sein Ziel bestand allein darin, der kleinen Swann zu helfen, damit ihr Haus nicht gestürmt oder das Vieh auf ihr Land gelassen wurde. Vielleicht war es schon hilfreich, wenn Bellamys Leute wussten, dass er auf Dees Seite war. Zwar hatte er in Colorado ein ruhiges Leben geführt, doch er war wohlbekannt als guter Schütze. Wenn sie wussten, mit wem sie es zu tun hatten, würden ein paar von den Männern sich vielleicht doch eines Besseren besinnen.

Die Zeit war gleichzeitig ihr Verbündeter und ihr Feind. Wenn er und die Frau lange genug durchhielten, konnten die Männer von der Double-C-Ranch noch rechtzeitig eintreffen. Wenn allerdings bis zum Einbruch der Nacht keine Hilfe kam, konnten Bellamys Leute das Haus vielleicht doch unbemerkt erreichen.

Diese Gedanken hielt er sich vor Augen, während er kühl berechnend seine Ziele wählte. Er hatte nicht die Absicht, die anderen zu schonen, sondern die Chancen, so gut er konnte, für sich zu nutzen. Wenn ein Mann starb oder schwer verletzt wurde, brauchte er sich seinetwegen auch in der Dunkelheit keine Sorgen mehr zu machen. Seine Lippen verzogen sich zu einem schmalen, kalten Lächeln. Zum Teufel, er war sowieso lange genug in Colorado gewesen.

Tillie vergeudete keine Zeit damit, Reitkleidung anzulegen oder sich das nächstbeste Pferd auszuleihen. Als Luis in der einen Richtung aus der Stadt galoppierte, ritt sie bereits in die andere. Ihr grellbunter kurzer Rock gestattete es ihr, im Herrensitz zu reiten. Flüchtig bemerkte sie mehrere schockierte Gesichter, als sie aus der Stadt ritt, doch sie verschwendete keinen weiteren Gedanken an ihr Erscheinungsbild.

Ihr Herz hämmerte so hart wie die Pferdehufe auf dem trockenen Boden. Ach Kyle! dachte sie. Warum hatte er das getan? Sie hätte ihm das Geld doch geliehen. Niemand hätte davon erfahren, und er hätte die Ranch behalten und sich seinen Traum, als erfolgreicher, ehrbarer Rancher zu leben, bewahren können. Stattdessen überfiel er Dee Swann. Die Stadtbevölkerung würde das nie vergessen, ihn nie akzeptieren. Dass er es aus Verzweiflung getan hatte, fiel nicht ins Gewicht. Man würde ihn verurteilen. Und wenn Lucas Cochran nicht zur Stelle war, bevor Dee vergewaltigt oder umgebracht wurde, würde Kyle hängen.

Das Sattelleder rieb die empfindlichen Innenseiten ihrer Schenkel wund, doch sie wagte es nicht, das Tempo zu verringern, da jede Minute zählte. Lucas würde ohnehin lange brauchen, um zum Angel Creek zu gelangen, vielleicht zu lange. Wenigstens Fronteras stand Dee jetzt hilfreich zur Seite – sofern sie nicht beide getötet wurden.

Das Pferd zeigte erste Ermüdungserscheinungen. Panik stieg in Tillie auf, doch sie hielt sich zurück und gab dem armen Tier nicht die Fersen. Wenn sie es umbrachte, indem sie es in dieser Hitze zu hart ritt, würde sie die Double-C-Ranch niemals rechtzeitig erreichen. Doch die Dringlichkeit der Situation spornte sie an, bis es in ihrem Kopf hallte. *Schnell, bevor es zu spät ist.* Zu spät für Dee, zu spät für Kyle ... zu spät für sie selbst.

Dann tauchten endlich die Ranchgebäude auf. Das Wohnhaus der Double-C-Ranch war zweistöckig und von einer Veranda mit weißen Säulen umfasst. Sie zügelte ihr Pferd erst, als sie vor dem Haus ankam. Das erschöpfte Tier taumelte unbeholfen.

„Lucas!“, schrie sie, während sie aus dem Sattel glitt. „Lucas!“ Sie stürzte auf die Veranda und hämmerte mit der Faust gegen die Tür.

„Hier! Tillie, hier bin ich.“

Sie drehte sich um und sah ihn schnellen Schritts aus dem Stall kommen. Sie sprang die Treppe hinunter, rannte über den Hof auf ihn zu und schrie: „Du musst zum Angel Creek reiten! Sie sind völlig durchgedreht, sie schießen auf sie, wollen ihr das Land nehmen ...“

Seine blauen Augen waren eiskalt. Sie hatte ihn erreicht, und er packte ihre Arme und hielt sie fest. „Wer?“ Seine Finger gruben sich in ihre weichen Arme. Tillie rang nach Luft, und er schüttelte sie grob. „Verdammt noch mal, wer?“

„Kyle“, antwortete sie immer noch keuchend. „Kyle Bellamy. Er ist verzweifelt! Auf der Bar-B-Ranch gibt es so gut wie kein Wasser mehr.“

Lucas fuhr herum und brüllte seinen Leuten zu, sie sollten ihre Waffen holen und die Pferde satteln. Alle Männer in Hörweite folgten seinem Befehl, ohne zu zögern. Dann hastete Lucas zu seinem Pferd. Tillie rannte ihm so schnell nach, dass ihr roter Taftrock aufflog und ihre Unterröcke zu sehen waren.

„Luis Fronteras hilft ihr", schrie sie. „Er war in der Stadt und hat mich zu dir geschickt; er selbst ist dann zurückgeritten."

Mit einem knappen Nicken bedeutete Lucas ihr, dass er verstanden hatte. Die Angst, die ihm die Brust zuschnürte, ließ ein wenig nach, als er hörte, dass Dee Bellamy und seinen Männern nicht ganz allein gegenüberstand.

Als er sich in den Sattel schwang, packte Tillie sein Bein. „Lass Kyle am Leben", flehte sie verzweifelt. „Herrgott, Lucas, bitte, bring ihn nicht um. Ich liebe ihn. Bitte, bring ihn nicht um, versprich es mir."

„Ich kann dir nichts versprechen", erwiderte er. Falls Bellamy Dee etwas zuleide getan hatte, würde er die Sonne nicht noch einmal aufgehen sehen.

Lucas gab seinem Pferd die Sporen und ritt in rasantem Galopp zu dem Pass, dem kürzesten Weg nach Angel Creek. Tillie stand auf dem Hof und sah den davonreitenden Männern nach. Tränen liefen über ihr staubiges Gesicht.

15. KAPITEL

Dee hockte unter einem der vorderen Fenster. Sie hatte die Flinte wegen der Zielgenauigkeit gegen das Gewehr ausgetauscht, doch die Munition wurde allmählich knapp. Zwar war sie auf allerlei vorbereitet, jedoch nicht auf eine Belagerung, wie sie sie jetzt erlebte.

Zumindest hatten sie die Herde noch nicht auf ihr Land treiben können. Vielleicht hatten die Männer es gar nicht versucht, sondern sich erst einmal auf sie konzentriert. Wenn sie tot war, konnten sie das Vieh schließlich problemlos über ihr Land treiben.

Wie lange die Schießerei schon andauerte, wusste sie nicht, da eine Kugel ihre Uhr zertrümmert hatte. Später Nachmittag. Die Sonne stand rot und niedrig am Himmel. Wenn es dunkel wurde, würden die Männer sich an ihr Haus heranschleichen, und sie konnte nicht alle Fenster gleichzeitig verteidigen. Die Schlafzimmertür hatte sie schon blockiert, damit niemand, dem es womöglich gelang, durchs Fenster einzusteigen, plötzlich unbemerkt hinter ihr auftauchte.

Sie hielt das Gewehr mit festem Griff und hielt wachsam Ausschau nach jemandem, der so unvorsichtig war, sich zu zeigen. Der hölzerne Kolben war schlüpfrig, und sie wischte sich die Hand am Rock ab, doch es schien nichts zu nützen. Als sie ihre Hand betrachtete, sah sie, dass sie nicht schwitzte, sondern blutete. Die umherfliegenden Glasscherben hatten sie am Arm verletzt.

Sie war müde, todmüde, traute sich aber nicht, auch nur eine Minute auszuruhen. Außerdem hatte sie furchtbaren Durst, konnte jedoch nicht einmal den Raum durchqueren, um einen Schluck Wasser zu trinken.

Da. Eine leichte Bewegung, etwas Blaues. Dee zielte sorgfältig, drückte den Abzug und hörte nicht einmal den scharfen Knall des Schusses. Sie beobachtete einen kurzen Tumult und wusste, dass sie jemanden getroffen hatte.

Sofort prasselte eine neue Gewehrsalve auf ihr Häuschen ein, riss lange Holzsplitter aus den Wänden und ließ Querschläger vom Herd abprallen. Sie warf sich flach auf den Boden, als eine Kugel durch den Raum pfiff, und zog sich noch mehr Schnittverletzungen an den verstreuten Glassplittern zu. Sämtliche Fensterscheiben waren inzwischen zertrümmert.

Rasch setzte sie sich auf und riss das Gewehr herum. Ein Mann huschte aus seiner Deckung, und sie feuerte. Er sprang zurück. Verdammt, sie hatte ihn verfehlt.

Bald wurde es dunkel. Wenn sie schoss, ohne ein Ziel zu erkennen, vergeudete sie ihre Kugeln. Aber wenn sie einfach nur wartete, würden die anderen siegen.

Wieder wischte sie sich die blutigen Hände am Rock ab. Herrgott, sie blutete aus Schnittwunden am ganzen Körper. Ihre Kleider waren nass von Blut.

Ihre Gedanken waren schrecklich klar. Diese Männer waren im Blutrausch, und wenn sie sie nicht auf der Stelle töteten, würden sie sie alle nacheinander vergewaltigen. Dee wusste, dass sie lieber sterben würde. Sie sollten ihren Körper nicht schänden, den sie nur Lucas geschenkt hatte – nicht solange sie noch atmete. Ihr Instinkt befahl ihr zu kämpfen, und vermutlich war es jetzt zu spät, gegen ihren Instinkt zu handeln. Wenn sie sterben musste, wollte sie so viele von diesen Schweinehunden wie nur möglich mitnehmen.

Sie erhob sich auf die Knie, legte das Gewehr an und begann zu feuern. Es war ein Repetiergewehr, und sie schoss, bis die Munition zu Ende war. Dann lud sie schnell nach und feuerte erneut. Das Feuer wurde erwidert, und Kugeln schlugen in die Hauswände ein.

Der Fensterrahmen splitterte, und sie fuhr mit einem erstickten Schrei zurück. Ihre linke Schulter brannte höllisch. Ein langer dünner Holzsplitter steckte im Fleisch. Sie versuchte, ihn herauszuziehen, doch ihre Finger waren zu glitschig, um ihn zu fassen. Ihr blieb nichts anderes übrig, als den Splitter und den Schmerz zu verdrängen.

Luis hatte einen Großteil der Aufmerksamkeit auf sich gezogen, als Bellamy und seine Männer merkten, dass sie von zwei Positionen aus beschossen wurden. Luis war zweimal getroffen worden – einmal von einem Streifschuss am linken Bizeps, den er ignorierte, und einmal in der rechten Seite. Innere Organe waren nicht verletzt, doch die Wunde blutete stark. Er hatte sein Halstuch gelöst, es auf die Verletzung gepresst und weiter gefeuert. Doch bald schon floss das Blut an seiner Hüfte und seinem Bein herab.

Er brauchte so etwas wie einen Druckverband. Ihn schwindelte, und er schüttelte den Kopf, um klar sehen zu können. Wenn Cochran nicht bald eintraf, wäre es zu spät. Die Frau schoss immer noch, doch bald wurde es dunkel, und er verlor zu viel Blut, um ihr noch helfen zu können.

Lucas teilte seine Männer auf und schickte eine Gruppe los, um Bellamy von hinten einzukreisen, während er und der Rest sich ihnen ungesehen vom Berg her näherten, sodass der Stall zwischen ihnen und der Schusslinie lag. Wegen der großen Lichtung, auf der das Haus stand, hatte keiner von Bellamys Männern sich seitlich heranpirschen können. Dee konzentrierte ihr Feuer auf die Vorderseite, wo Bellamys Männer die Bäume als Deckung nutzten. Als er sie unablässig schießen hörte, wurde er schwach vor Erleichterung. Sie kamen noch rechtzeitig. Verdammt, was für eine Frau!

Er musste warten, bis die Männer, die Bellamy in die Flanke fallen sollten, in Stellung waren. Dann begann seine Gruppe, von der Seite her zu feuern. Unter dem wilden Kreuzfeuer der Leute von der Double-C-Ranch hatte Bellamy keine Chance. Lucas bemerkte, dass Dee immer noch schoss. Sie wusste nicht, was los war, und lief Gefahr, ein paar seiner Männer zu erschießen, wenn niemand sie aufhielt. „Ich gehe ins Haus“, brüllte er. „Haltet sie in Schach!“

Im Schutz des Kugelhagels lief er zur hinteren Veranda. Trotzdem bemerkte ihn jemand, und direkt vor ihm wirbelte eine Kugel den Staub auf. Wenn so viel Blei umherflog, war es gefährlich für einen Mann, höflich an eine Tür zu klopfen. Dee würde ihn wahrscheinlich sowieso mit ihrem Gewehr übel zurichten, bevor sie wusste, wer er war. Also sprang er auf die Veranda und rammte mit seiner muskelbepackten Schulter die Tür, sodass sie krachend gegen die Wand schlug. Dee stand an einem der vorderen Fenster, drehte sich herum und schrie, während sie feuerte. Sein Herz zog sich vor Entsetzen zusammen, als er sie so blutüberströmt sah, und er zögerte nicht eine Sekunde. Er warf sich zu Boden, wälzte sich auf die Seite und griff nach ihr. Sie schrie immer noch und zielte auf seinen Kopf.

„Dee!“, brüllte er und packte sie. „Verdammt noch mal, ich bin’s, Lucas!“ Er rang ihr das Gewehr aus den blutigen Händen, warf es von sich und schloss Dee in seine Arme.

Sie kreischte, versuchte, sich rückwärts aufzubäumen, und schlug mit den Fäusten nach seinem Gesicht. Ihr Blick war wild, die Pupillen waren klein wie Stecknadelköpfe.

„Dee!“, brüllte er noch einmal und versuchte, sie still zu halten. Sie war verletzt. Herrgott, sie war verletzt. Er wollte ihr nicht noch mehr Schmerzen zufügen, doch er musste sie beruhigen. Mit seinem Körpergewicht drückte er sie nieder auf den mit Scherben übersäten Boden. „Dee“, sagte er und wiederholte ihren Namen immer und immer wieder. „Sieh mich an. Alles ist gut. Ich bin hier, und ich kümmere mich um dich. Sieh mich an.“

Allmählich wurde sie ruhiger, aber eher vor Erschöpfung, als dass sie begriff. Sie zitterte am ganzen Körper, hörte aber immerhin auf, sich gegen Lucas zu wehren. Lucas redete mit leiser, beschwichtigender Stimme auf sie ein, und endlich blinzelte sie und verstand. „Lucas“, flüsterte sie.

Er war bei ihr. Er war tatsächlich bei ihr. Sie wurde sich ihrer Erleichterung bewusst, nicht so sehr, weil sie in Sicherheit war, sondern weil sie jetzt ausruhen konnte. Sie war müde, so entsetzlich müde, und ihr war kalt. Die Schmerzen, die sie so lange ignoriert hatte, übermannten sie jetzt doch, als sie ihren erschöpften Muskeln Entspannung gestattete. Sie hörte selbst, wie ihr ein sonderbares Stöhnen entfuhr. Ihr Körper wurde völlig schlaff, und ihr Kopf fiel zurück auf den Dielenboden.

Vor Entsetzen konnte Lucas kaum atmen. Sie war blutüberströmt, ihre Kleidung nass von Blut, es klebte sogar in ihrem Haar. Erst jetzt bemerkte er einen langen Holzsplitter in ihrer Schulter, und ihm wurde fast übel. So behutsam wie möglich ließ er sie los und stand auf. Er trat die Möbelstücke, die sie vor die Schlafzimmertür geschoben hatte, aus dem Weg, zog die Decke vom Bett, schüttelte sie aus, um sicherzugehen, dass sie frei von Glasscherben war, und legte sie zurück aufs Bett. Dann ging er zurück ins Nebenzimmer, hob Dee vorsichtig auf und trug sie zum Bett.

Als er nach einer Lampe suchte, stellte er fest, dass alle zerbrochen waren. In dem trüben Licht untersuchte er Dee so gut wie möglich und mit heftig klopfendem Herzen auf Schusswunden. Eine Kugel hatte ihren linken Hüftknochen gestreift, und in ihrer Schulter steckte dieser üble Holzsplitter. Aber alle anderen Verletzungen waren Schnitte von Glasscherben. Sie war übersät mit Schnittwunden – kleine Ritzer in der Kopfhaut und im Gesicht, an Hals, Schultern und Armen. Einzeln betrachtet waren ihre Wunden nicht schlimm, doch es waren so viele, dass der Blutverlust bedrohlich war. Ihre Lippen waren blau, und unter all dem Blut wirkte ihre Haut durchscheinend.

Er hörte sich leise und wüst fluchen, während er versuchte, die Blutungen zu stillen. Verdammt, lauter geringfügige Verletzungen, und doch könnte sie sterben!

Stiefel knirschten auf den Scherben, und William Tobias tauchte im Zimmer auf. „Ist alles in Ordnung, Boss?“

„Nein. Sie hat eine Menge Blut verloren. Spann den Wagen an. Wir müssen sie in die Stadt bringen.“

„Dieser Mexikaner, Fronteras, hat ein paar Kugeln abgekriegt. Er hat auch ordentlich Blut verloren, aber ich glaube, er kommt durch. Ungefähr fünf Männer von der Bar-B-Ranch müssen begraben, ein paar mehr wieder zusammengeflickt werden. Etwa dreißig von diesen Schweinehunden haben sie angegriffen. Ich schätze, wir haben es ihnen gegeben."

Lucas nickte, ohne Dee aus den Augen zu lassen. „Beeil dich mit dem Wagen."

Nachdem William gegangen war, um anspannen zu lassen, wollte Lucas den langen Splitter aus ihrer Schulter entfernen, entschied sich dann jedoch dagegen. Zwar quoll Blut aus der Wunde, doch wenn er den Holzspan herauszog, würde sie noch stärker bluten. Sie durfte nicht noch mehr Blut verlieren als ohnehin schon. Behutsam wickelte er Dee in die Decke und hob sie hoch.

William lenkte den Wagen bis direkt vor die Veranda, als Lucas mit seiner Last aus dem Haus trat. Seine Männer standen da und hielten ihre Waffen auf die Bar-B-Männer gerichtet. Ihre Blicke verrieten, dass sie sich wünschten, einer möge versuchen zu fliehen. Die Verwundeten lagen auf dem Boden, die Toten dort, wo sie gefallen waren.

„Wo ist Fronteras?", fragte Lucas und bettete Dee sanft auf den Wagen. Sie rührte sich nicht.

„Hier."

„Legt ihn auch auf den Wagen."

Zwei von seinen Männern hoben einen der Verwundeten hoch und legten ihn auf den Wagen. Lucas sah, wie der Mexikaner die dunklen Augen aufschlug. „Lebt sie?", fragte er heiser.

„Sie ist verwundet", antwortete Lucas gepresst. „Fronteras, wenn du willst, hast du für den Rest deines Lebens einen festen Platz auf meiner Ranch."

Luis brachte ein klägliches Lächeln zustande, dann schlossen sich seine Augen wieder.

„Will, bring sie zum Doc. Ich komme in ein paar Minuten nach." William nickte und ließ die Zügel auf den Rücken des Pferdes klatschen.

Langsam wandte Lucas den Kopf und sah die Männer von der Bar-B-Ranch an. Mordlust brodelte in ihm, kalte, eiskalte Mordlust. Kyle Bellamy stand bei seinen Männern, mit gesenktem Kopf und hängenden Armen. Lucas war sich nicht bewusst, was er tat, aber plötzlich rammte er seine eisenharte Faust in Bellamys Gesicht.

Nie zuvor hatte er Freude an Prügeleien gehabt, doch jedes Mal, wenn seine Faust jetzt Bellamy traf, empfand er grimmige Befriedigung. Er schlug den Mann zu Boden, riss ihn wieder hoch und drosch weiter auf ihn ein. Ständig sah er Dees blutüberströmten Körper vor sich, und er schlug noch härter zu und spürte unter seinen Fäusten Rippen brechen. Bellamy machte keinerlei Anstalten, sich zu wehren, sondern hob nur die Arme und versuchte, die Schläge abzuwehren. Aber Lucas kannte kein Erbarmen.

Schließlich kippte Bellamy vornüber und blieb reglos liegen. Einer der Männer von der Double-C-Ranch ergriff Lucas' Arm, als er sich erneut auf Bellamy stürzen wollte. „Sinnlos, Boss", sagte der Mann. „Er spürt nichts mehr."

Ausdruckslos blickte Lucas auf den bewegungslosen Mann zu seinen Füßen. Sein Gesicht war nicht mehr zu erkennen, doch Lucas' Rachedurst war nicht gestillt. Seine Wut war so übermächtig, dass selbst Bellamys Tod sie nicht gemildert hätte.

Zwar hatte er Tillie nicht versprochen, dass er Bellamy verschonen würde, aber er war ihr etwas schuldig. Wenn sie nicht wie der Teufel zu ihm geritten wäre, hätte Dee allein in ihrem Häuschen sterben müssen. Er ließ die Hände sinken.

„Was machen wir mit denen?", fragte einer der Männer.

Es war sinnlos, sie in die Stadt zu bringen. Sie hatten im Zuständigkeitsbereich des Marshalls kein Gesetz überschritten. Wenn er sie nicht auf der Stelle aufknüpfen wollte, konnte er nichts tun. „Lass sie laufen", knurrte er.

Er sah die Bar-B-Männer an, und seine Stimme glich einem Grollen, als er sagte: „Runter von diesem Land, ihr Scheißkerle, und nehmt den Abschaum da mit. Wenn einer von euch jemals wieder mutig genug ist, eine alleinstehende Frau zu überfallen, wird er sich in die Hölle wünschen, denn die Hölle ist ein Paradies im Vergleich zu dem, was ich mit ihm mache, bevor er stirbt. Ist das klar?"

Ohne ein weiteres Wort ging Lucas zu seinem Pferd und saß auf. Wenn er sich nicht schnellstens entfernte, würde er sie doch noch alle umbringen.

Es war völlig dunkel, und der Mond war noch nicht aufgegangen, doch die zahllosen Sterne reichten, um ihm den Weg zu beleuchten. Er ritt, so schnell es ging, und holte den Wagen kurz vor der Stadtgrenze ein.

Doc Pendergrass und seine Frau Etta behandelten Dee sofort. Luis Fronteras brachten sie in einem zweiten Zimmer unter. Seinen Zustand stuften sie als nicht so bedenklich ein, da er im Gegensatz zu Dee noch bei Bewusstsein war. Lucas wurde aus dem Zimmer gedrängt, nachdem er Dee auf den Behandlungstisch gebettet hatte. Er schritt wie ein Tiger im Käfig vor der Tür auf und ab.

Tillie schlüpfte zur Tür herein. Obwohl im Saloon jetzt Hochbetrieb herrschte, trug sie ein dunkelgrünes hochgeschlossenes Kleid mit langen Ärmeln anstelle ihrer kurzen grellbunten Arbeitskleidung. Ihr Gesicht war sehr blass, doch sie wirkte ruhig. „Bist du noch rechtzeitig gekommen?", fragte sie.

„Ja. Ich hoffe es. Sie hat eine Menge Schnittwunden von den Scherben der zerschossenen Fenster, und sie hat viel Blut verloren."

„Aber sie haben sie nicht …"

„Nein. Sie hat sich noch verteidigt, als wir kamen."

Ihre Anspannung war ihm gar nicht bewusst gewesen, bevor er ihr verhaltenes Aufatmen bemerkte. Der Blick ihrer großen braunen Augen war starr auf sein Gesicht gerichtet. „Und Kyle?", flüsterte sie.

„Ich habe ihn kurz und klein geschlagen."

Für einen Moment verzog sie das Gesicht, hatte sich aber gleich wieder unter Kontrolle. „Danke, Lucas."

Er schüttelte den Kopf. „Nein. Ohne dich wäre sie jetzt tot."

„Und Luis Fronteras? Wie geht es ihm?"

„Er ist verletzt, aber er kommt durch."

Eine Weile stand sie mit gesenktem Kopf da, dann seufzte sie und straffte sich. Zärtlich drückte sie seinen Arm, bevor sie ging.

Mehr als eine Stunde verging, bis Doc Pendergrass aus dem Zimmer kam. Er schloss nachdrücklich die Tür hinter sich, als Lucas auf ihn zukam. „Ich habe sämtliche Blutungen gestillt", erklärte der Doc. „Etta wäscht sie jetzt."

„Ist sie bei Bewusstsein?"

„Nicht so richtig. Ein paar Mal ist sie hochgeschreckt, dann aber wieder eingedämmert. Schlaf ist im Augenblick die beste Medizin für sie. Ich gebe dir einen ausführlicheren Bericht, wenn ich Luis Fronteras versorgt habe."

Der Doc hielt sich nicht so lange mit Luis auf wie mit Dee. Schon nach einer Viertelstunde kam er aus dem Zimmer. „Ich habe ihn zusammengeflickt, und jetzt schläft er", sagte der Arzt müde. „Er wird wieder ganz gesund. Vermutlich ist er schon in ein paar Tagen wieder auf den Beinen."

„Und Dee?", fragte Lucas.

Der Doc rieb sich seufzend die Augen. Er war ein schlanker, gut aussehender Mann von Anfang vierzig, doch im Moment ließ die Erschöpfung ihn zehn Jahre älter wirken. „Sie hat eine Menge Schnittwunden und obendrein einen schweren Schock erlitten. Sie wird einige Tage sehr krank und schwach sein und Fieber bekommen."

„Ich will sie mitnehmen auf die Ranch. Ist sie transportfähig?"

Bei dieser Frage hob der Arzt verblüfft den Blick, doch dann dämmerte es ihm. Wie alle in der Stadt hatte er geglaubt, Lucas Cochran und Olivia Millican würden bald ein Paar. Lucas

Cochran und Dee Swann … sieh an, sieh an. „Nein", antwortete er schließlich. „Die nächsten paar Tage nicht, vielleicht dauert es auch noch länger. Es wäre sowieso besser, sie würde hier bleiben, wo Etta sich ihrer annehmen kann."

Lucas' Gesicht wurde kantig. „Wenn sie transportfähig ist, hole ich sie auf die Ranch." Er würde erst wieder richtig zur Ruhe kommen, wenn er sie unter seinem Dach in Sicherheit wusste. Bis zu seinem letzten Atemzug würde er nicht vergessen, was er bei ihrem Anblick in den blutgetränkten Kleidern empfunden hatte.

16. KAPITEL

Luis war verletzt. Olivia erfuhr erst am nächsten Morgen von dem Vorfall, als Beatrice Padgett zu Besuch kam und Honora voller Entsetzen von den Ereignissen des Vortags berichtete. „… und einer von Mr Bellamys Leuten, ein Mr Fronteras – ein Mexikaner, glaube ich –, hat Dee geholfen, ihr Land zu verteidigen. Er wurde angeschossen."

Olivia entfuhr ein erstickter Schreckensschrei. Honora und Beatrice sahen sie an, und Honora stand hastig auf, als sie das bleiche Gesicht ihrer Tochter sah. „Setz dich, Liebes", sagte sie und wollte Olivia in einen Sessel schieben. „Es ist schrecklich, nicht wahr?"

Doch ihre Tochter wich mit angstvollem Blick zurück. „Wo … wo ist er?", hauchte sie. „Mr Fronteras. Wo ist er?"

„Bei Dr. Pendergrass natürlich. Mr Cochran hat ihn und Dee zum Arzt gebracht, damit sie behandelt werden können", antwortete Beatrice. „Dieses Saloon-Girl, Tillie heißt sie wohl, hat Mr Cochran zu Hilfe geholt. Ist das nicht ausgesprochen merkwürdig? Ich wüsste gern, warum sie ausgerechnet den weiten Weg zur Double-C-Ranch geritten ist."

Die letzten Worte hörte Olivia schon nicht mehr. Sie rannte schon aus dem Haus, ohne Honoras Rufe zu beachten.

Luis! Beatrice hatte nicht gesagt, wie schwer verletzt er war, aber es musste schon schlimm sein, wenn er immer noch im Haus des Arztes war. Zum ersten Mal in ihrem Leben dachte Olivia nicht an Anstand und Würde. Sie schürzte ihre Röcke und rannte. Ihr Herz klopfte wild vor Angst. Dr. Pendergrass' Praxis lag drei Straßen entfernt. Wo sie konnte, wich sie den Leuten auf dem Gehsteig aus, ansonsten drängte sie sich an ihnen vorbei. Als sie vor der Praxis anlangte, hatte ihr Haar sich gelöst, und sie rang nach Luft, doch ihr Aussehen war ihr völlig gleichgültig.

Sie stieß die Tür auf und taumelte ins Haus. Die erste Person, die ihr entgegenkam, war Etta Pendergrass.

„Wo ist er?“, rief Olivia.

Etta vermutete sofort einen Notfall. „Ich hole ihn, meine Liebe. Er sieht gerade nach Mr Fronteras …“

Da stürmte Olivia an ihr vorbei in das Zimmer, auf dessen Tür Etta gewiesen hatte. Bei ihrem ungestümen Eintritt blickte Dr. Pendergrass auf und zog die gleichen Schlüsse wie seine Frau. „Was ist passiert, Olivia?“ Sicher konnte nur ein schwerer Unfall oder eine plötzliche Erkrankung eines Elternteils Olivia zu einem dermaßen untypischen Handeln verleiten.

Doch Olivia antwortete nicht. Sie schlug die Hände vor den Mund und blickte auf Luis, der mit nacktem Oberkörper auf der linken Seite lag. Seine Taille umschloss ein großer weißer Verband. Tränen schwammen in ihren Augen und trübten ihren Blick. „Luis?“, flüsterte sie. Ihm darf nichts passiert sein, betete sie stumm. Er muss gesund werden.

Behutsam drehte er sich auf den Rücken und sah aus schmalen Augen in ihr bleiches Gesicht. „Würden Sie mich bitte unter vier Augen mit Miss Millican sprechen lassen?“, fragte er den Arzt. Das klang eher wie ein Befehl als wie eine Bitte.

Dr. Pendergrass zog leicht die Brauen hoch und antwortete: „Natürlich.“ Er verließ das Zimmer und schloss die Tür hinter sich.

Luis streckte die Hand aus, und Olivia stürzte zu ihm. Sie berührte sein Gesicht, seine Brust, die Schultern und flüsterte zusammenhangloses Zeug, während die Tränen über ihre Wangen strömten. Luis presste die linke Hand auf den Verband an seiner Seite und richtete sich mühsam zum Sitzen auf. „Mir geht es gut“, beschwichtigte er sie, zog sie näher zu sich heran und küsste sie aufs Haar. „Es ist nur eine Fleischwunde. Ich bin steif und schwach, aber es ist nichts Ernstes.“

„Ich habe es gerade erst erfahren“, stammelte sie. „Hätte ich es früher gewusst, wäre ich gestern Abend schon hier gewesen. Warum hast du mich nicht holen lassen? *Warum nicht?*“

Mit dem Daumen wischte er die Tränen von ihren Wangen. „Damit alle es wissen?", fragte er sanft.

Sie zwang sich, ruhiger zu atmen. „Tja, jetzt wissen es alle", platzte sie dann heraus. „Ich bin wie eine Verrückte durch die Stadt gerannt."

Er schwieg eine Weile und streichelte mit einer Hand ihren Rücken. „Ich könnte mir eine Ausrede ausdenken, wenn du das möchtest."

Er wollte die Situation nicht ausnutzen, um eine Entscheidung zu erzwingen. Er hatte gesagt, die Entscheidung läge bei ihr, und er stand zu seinem Wort. Aber konnte sie jetzt noch vorgeben, dass er ihr nichts bedeutete? Zu hören, dass er verletzt war, hatte die letzten Zweifel in ihr ausgeräumt. Warum schwankte sie noch? Sie war nicht dumm, aber in den letzten paar Monaten hatte sie sich eindeutig dumm verhalten. Ihr schönster und größter Traum war Wirklichkeit geworden, und sie hatte Angst gehabt, das zu akzeptieren, weil Luis Fronteras kein Landbesitzer war. Sie war nicht nur dumm, schlimmer noch: Sie war versnobt.

Langsam hob Olivia den Kopf und sah ihm fest in die dunklen Augen. Ein weiches Lächeln lag auf ihren Lippen. „Nein, du sollst nicht für mich lügen", sagte sie mit Nachdruck. „Ich will dich heiraten, Luis Fronteras."

„Bist du sicher? Überlege es dir gut, Olivia, denn wenn du einmal Ja gesagt hast, lasse ich dich nicht mehr gehen, ganz gleich, was passiert. Ich bin kein Gentleman. Ich halte fest, was mir gehört, und ich kämpfe mit allen Mitteln, um es mir zu erhalten."

Sie legte beide Hände um sein Gesicht und beugte sich vor, um ihn zu küssen. „Ja", sagte sie. Als sie lächelte, war es, als würde in ihrem Gesicht die Sonne aufgehen und es zum Strahlen bringen. „Ja, ja, ja, ja, *ja*. Wie oft muss ich es sagen, damit es amtlich ist?"

Ebenfalls strahlend schloss Luis sie in die Arme. „Es ist amtlich", sagte er. „Wir heiraten so bald wie möglich."

„Mutter wird wünschen, dass ich kirchlich heirate. Es dauert bestimmt einen Monat, das alles zu regeln."

„Einen Monat!", knurrte er. Dann warnte er sie: „Bitte wundere dich nicht, wenn deine Eltern nichts von mir wissen wollen."

Der Gedanke machte sie traurig, aber er änderte nichts. „Wenn sie dich nicht wollen, ist es ihr eigener Schaden." Nichts würde sie daran hindern, Luis zu heiraten. Plötzlich war es nicht mehr wichtig, dass sie nicht wusste, wie oder wo sie leben würden. Sie wollte bei ihm sein, das allein zählte. Sie liebte ihn. Das war die nackte Wahrheit, und sie fragte sich, warum sie so lange gebraucht hatte, um sie zu erkennen.

In wenigen schrecklichen Augenblicken hatte sie an diesem Morgen erfahren, wie schnell das Schicksal zuschlagen und jemanden für immer nehmen konnte. Noch in dieser Minute wollte sie ihm ihre Liebe zum Geschenk machen. Sie sagte schlicht: „Ich liebe dich."

Seine Pupillen weiteten sich, bis seine Augen schwarz und unergründlich waren. „Und ich liebe dich. Wir werden vielleicht nicht in einem großen Haus leben, aber ich werde sehr gut für dich sorgen."

„Davon bin ich überzeugt." Ihre Wangen waren rosig überhaucht, doch ihr Blick blieb fest. „In jeder Beziehung", setzte sie hinzu.

Er hatte das schalkhafteste Lächeln, das sie je gesehen hatte, und es traf sie mit solcher Macht, dass ihr Herz einen Schlag aussetzte. „Ja, Liebling, in dieser Beziehung auch."

Er musste sie einfach küssen, und sein Kuss zeigte eine noch stärkere Wirkung als früher, denn jetzt war es nicht mehr nötig, dass sie sich wehrte. Sie erwiderte ihn aus vollem Herzen und überließ sich ihm vorbehaltlos. Erst als er aufgrund einer zu hastigen Bewegung erstickt aufschrie, wurde ihnen wieder bewusst, wo sie sich befanden, und sie lösten sich voneinander.

Ihre Sorge um ihn flackerte mit aller Macht wieder auf. Jetzt sah sie auch die dunklen Ringe unter seinen Augen und bemerkte, wie abgehärmt und blass Luis war. „Leg dich wieder hin“, bat sie und drängte ihn, die Hand an seiner Schulter, zurück aufs Bett.

Olivia schob ihm das Kissen unter den Kopf und zog die Bettdecke über seine Brust, dann setzte sie sich zu ihm und hielt seine Hand. Sie konnte sich einfach noch nicht von ihm trennen. „Was ist passiert?“, fragte sie. „Wer hat auf dich geschossen?“

„Darauf kommt es bei einer solchen Schießerei nicht an. Es lässt sich gar nicht mehr feststellen, weil so viele geschossen haben.“

„Aber was ist *passiert?* Und warum?“

„Bellamy wollte sein Vieh auf Dee Swanns Land treiben. Auf der Bar-B-Ranch gibt es kaum noch Wasser, und vermutlich war er verzweifelt. Verzweifelte Menschen begehen Dummheiten.“ Luis seufzte matt. „Ich dachte, sie hätte ihm die Erlaubnis gegeben, doch so war es nicht. Sie hat geschossen, um die Rinder zu erschrecken, damit sie umkehrten. Da hat Bellamy offenbar den Verstand verloren. Er fing an, auf sie zu schießen, und seine Männer machten mit.“

„Und du hast ihr geholfen. Kennst du sie überhaupt?“

„Nein, aber sie ist eine Frau und völlig auf sich gestellt. Das Land gehört ihr. Sie war im Recht.“ Vielleicht wäre es unklug, seiner zukünftigen Frau zu gestehen, dass er Frauen im Allgemeinen sehr mochte und niemals zusehen würde, wenn jemand eine Frau in Angst und Schrecken versetzte. Dee Swann hatte allerdings nicht verängstigt gewirkt, dachte er voller Anerkennung. Wie eine Amazone hatte sie sich Bellamy entgegengestellt.

„Dee ist eine wunderbare Freundin“, sagte Olivia leise. „Danke, dass du ihr das Leben gerettet hast. Ich habe gehört, dass ein paar Männer aus der Stadt nicht bereit waren, ihr zu helfen. Vermutlich weil sie sich so zurückzieht und anscheinend niemanden braucht, aber das ist nur Fassade. Ich bin froh, dass du zur Stelle warst, als sie wirklich Hilfe brauchte.

Ich wollte nur, du wärst nicht verletzt worden."

„Ich habe es nicht allein getan. Wenn Tillie Lucas Cochran nicht benachrichtigt hätte und er nicht auf schnellstem Weg zum Angel Creek geritten wäre, würden Dee und ich nicht mehr leben."

„Ich reite zu ihr und helfe ihr beim Aufräumen", erklärte Olivia.

Luis' Gesicht spannte sich an. „Sie ist nicht in ihrem Haus, sondern hier. Der Doc sagt, sie hat schlimme Schnittwunden und viel Blut verloren. Er hat die ganze Nacht bei ihr gewacht, und jetzt hat sie auch noch Fieber bekommen. Er macht sich Sorgen um sie."

Vor Schreck sprang Olivia auf. Sie hatte sich noch nicht einmal erkundigt, ob Dee verletzt war! Als sie hörte, dass Luis angeschossen worden war, hatte sie nur noch an ihn gedacht. „Oh, mein Gott", rief sie, und Tränen liefen über ihre Wangen. Luis streckte die Hand nach ihr aus, doch sie flüsterte: „Ich muss zu ihr" und stürzte aus dem Zimmer.

Ihre Freundin lag reglos da, nur ihre Brust hob und senkte sich. Ihr Gesicht war weiß, abgesehen von den blauvioletten Schnittverletzungen. Dee war immer so sprühend vor Leben gewesen, dass Olivia sie in dieser stillen Gestalt beinahe nicht erkannte. Sie hatte sich nie vorstellen können, dass irgendetwas Dee außer Gefecht setzen könnte.

Etta saß an ihrem Bett und kühlte Dees Stirn mit einem feuchten Lappen. Olivia sah die Sorge in ihrem Blick.

„Ist sie schon aufgewacht?", fragte Olivia angstvoll.

Etta schüttelte den Kopf. „Seit Lucas sie gestern Abend hergebracht hat, rührt sie sich nicht."

Olivia wischte sich die nassen Wangen ab. „Sie sind sicher todmüde und können sich kaum noch aufrecht halten", sagte sie. „Ich übernehme die Wache, und Sie ruhen sich aus."

Tillie ritt zur Bar-B-Ranch. Zwar wurde auf der Ranch gearbeitet, doch sie wirkte merkwürdig verlassen. Die Männer sahen erschöpft aus, selbst diejenigen, die nicht an der Schießerei beteiligt gewesen waren. Sie hatten fast die ganze Nacht hindurch die durchgegangenen Rinder zusammengetrieben.

„Wo ist Mr Bellamy?“, fragte sie einen von ihnen.

„Im Haus, Ma’am.“

Als sie klopfte, antwortete niemand. Sie klopfte ein zweites Mal und öffnete die Tür. „Kyle?“

Wieder erhielt sie keine Antwort. Sie sah sich im Erdgeschoss um und traf niemanden an. Also ging sie nach oben zu Kyles Schlafzimmer. Sie pochte an die halb geöffnete Tür und trat ins Zimmer.

Kyle lag auf dem Bett, vollständig bekleidet bis auf die Stiefel. Sein Hemd war mit rötlich-braunen Flecken übersät. Tillie kam näher, blieb am Bett stehen und sah auf ihn herab. Ihr Blick wurde dunkel vor Mitgefühl. Er hatte versucht, sich das Gesicht zu säubern. Aber in einem Nasenloch, in seinem Haar und am Hals klebte noch trockenes Blut.

Sein armes Gesicht war so geschwollen und verunstaltet, dass sie ihn kaum erkannte. Beide Augen waren schwarzblau und verquollen, die Nase war gebrochen, starke Schwellungen und Beulen verunzierten Wangenknochen und Kinn.

„Kyle“, rief sie leise.

Er regte sich leicht und stöhnte. Ein Auge öffnete sich zu einem Schlitz.

„Ich hole Wasser und wasche dich“, sagte Tillie leise und beugte sich über ihn, damit er sie sehen konnte, ohne den Kopf zu wenden.

„Meine Rippen“, stöhnte er. Seine Lippen waren so geschwollen, dass er nur nuscheln konnte.

„Deine Rippen schmerzen?“

„Ja.“

Sie strich über seinen Arm. „Ich bin gleich zurück.“

Im Erdgeschoss besorgte sie, was sie brauchte, und ging zurück ins Schlafzimmer. Kyle hatte sich nicht von der Stelle gerührt.

Mit einer Schere schnitt sie ihm geschickt das Hemd vom Leib, dann tastete sie seine Rippen ab. Seine Bauchgegend war übersät mit blau-violetten Blutergüssen, die Zeugnis ablegten von Lucas Cochrans kräftigen Fäusten. So sanft wie möglich untersuchte sie seine Rippen auf Brüche. Er schrie auf, als sie eine bestimmte Stelle berührte, doch sie fühlte nichts Besorgniserregendes und entschied, dass seine Rippen nur geprellt waren.

„Dein Brustkorb muss verbunden werden", sagte sie. „Kyle, Liebster, du musst dich aufsetzen. Ich weiß, es tut weh, aber wenn du liegst, kann ich dich nicht versorgen."

Behutsam half sie ihm, sich aufrecht zu setzen, stützte ihn, so gut sie konnte. Als er unsicher auf der Bettkante saß, wickelte sie einen breiten Stoffstreifen fest um seine Körpermitte. Er stöhnte auf, doch dann seufzte er erleichtert, weil die feste Bandage seine Rippen stützte und verhinderte, dass sie sich bewegten.

Nachdem sie ihn verbunden hatte, wusch sie ihm, sorgsam auf leichteste Berührungen bedacht, das Gesicht und entfernte das trockene Blut aus seinen Haaren und vom Hals.

„Durst", nuschelte er.

Sie gab ihm Wasser zu trinken. Er nahm vorsichtig einen Schluck und spülte sich den Mund aus. Dann spie er in die Waschschüssel, und das Wasser darin färbte sich rot. Langsam trank er das restliche Wasser aus.

„Falls du aufstehen kannst, ziehe ich dich aus", sagte sie, doch es gelang ihm nicht. Tillie half ihm zurück aufs Bett und entkleidete ihn mühsam, dann zog sie die Bettdecke über seinen nackten Körper. „Schlaf", sagte sie. „Ich bleibe hier bei dir."

Sie hielt, was sie versprochen hatte. Während er schlief, hielt sie seine Hand, und sobald sie ihm ins Gesicht sah, kamen ihr die Tränen. Sie wusste, dass sie richtig gehandelt hatte, aber das machte es ihr nicht leichter.

Sie liebte ihn so sehr, liebte ihn schon seit Jahren. Er hielt es für reinen Zufall, dass sie sich beide in derselben Gegend niedergelassen hatten. Doch sie hatte in Erfahrung gebracht, wo er sich aufhielt, und ohne einen Blick zurück ihr luxuriöses Haus in Denver verlassen, wo sie als Dauergeliebte eines sehr reichen Mannes lebte.

Kyle hatte sich so sehr gewünscht, ein geachteter Mann zu sein. Sie wusste, wie er aufgewachsen war und wie sehr er sich wünschte, das alles hinter sich zu lassen. Er war kein schlechter Mensch, hätte jedoch in Anbetracht des Lebens, das er geführt hatte, leicht einer werden können. Doch die Ranch mit allem, was sie für ihn darstellte, war ihm unsagbar wichtig geworden. Darum hatte er alle Weitsicht verloren, als sie in Gefahr geriet, und den Ruf zerstört, den er sich so schwer erarbeitet hatte.

Doch er lebte, und das allein zählte für Tillie.

Spät am Abend wachte Kyle noch einmal auf, und sie half ihm, als er den Nachttopf benutzen musste. Er bat um mehr Wasser, wollte jedoch nichts essen. Dann schlief er wieder ein.

Am Morgen war er etwas munterer, und Tillie fütterte ihn mit in Milch eingeweichtem Brot. Als er ihr bedeutete, dass er genug hatte, wusste sie, dass sie ihre Erklärung nicht länger aufschieben konnte.

Sie hatte gelernt, sich den Tatsachen des Lebens, ohne mit der Wimper zu zucken, zu stellen, insbesondere den härtesten Dingen. Auch jetzt sah sie ihm unverwandt in die Augen. „Ich konnte nicht zulassen, dass du Dee Swann umbringst", sagte sie. „Was du getan hast, wird man dir wohl nie verzeihen, aber wenn sie getötet oder vergewaltigt worden wäre, hätten sie dich gehängt. Ich war diejenige, die Lucas Cochran alarmiert hat, damit er dich aufhält."

Sein linkes Auge war vollständig zugeschwollen, das rechte konnte er nur einen kleinen Spalt öffnen. Vorsichtig sah er zu Tillie auf, und sein Blick enthielt keine Spur von Zorn. „Ich musste es tun", sagte er undeutlich. „Das Wasser ... Aber es hat nicht geklappt. Ich wollte ihr nichts zuleide tun. Aber ich habe verloren. Ich habe alles verloren."

„Nein“, widersprach sie erbittert. „Das stimmt nicht. Du bist noch am Leben, und das ist das Wichtigste. Auch wenn diese Ranch zu Staub zerfällt, kannst du noch einmal von vorn anfangen. Vielleicht nicht hier, aber es geht auch anderswo. Ich habe Geld, und am Kartentisch hast du immer gewonnen. Wir schaffen das.“

„Wir?“, fragte er und nahm den Blick nicht von ihrem Gesicht.

„Ja, wir. Wir sind ein gutes Team.“

Er nickte.

17. KAPITEL

Lucas stand an Dees Bett und blickte auf sie nieder. Trotz des Fiebers war ihr Gesicht leichenblass.

„Ist sie aufgewacht?", fragte er Etta mit rauer Stimme.

Die Frau des Arztes sah ihn besorgt an und schüttelte den Kopf. „Aber das ist nicht verwunderlich. Sie ist sehr krank, und Ruhe ist die beste Medizin für sie." Sie tauchte einen Lappen in kaltes Wasser, wrang ihn aus und legte ihn auf Dees Stirn. Dee rührte sich nicht.

Fast zwei ganze Tage waren vergangen, und sie hatte nicht ein einziges Mal die Augen aufgeschlagen oder ein Wort gesprochen. Wie konnte sie nach dem hohen Blutverlust die Kraft aufbringen, das Fieber zu bekämpfen?

Unter dem Nachthemd, das Etta ihr übergestreift hatte, war Dees Schulter dick verbunden. Lucas vermutete in der Schulterverletzung die Hauptursache des Fiebers. Doch der Arzt hatte gesagt, er habe sie sorgfältig gereinigt und sie habe sich genauso wenig entzündet wie die zahlreichen Schnittwunden. Es lag eben daran, dass ihre Verletzungen insgesamt einen unerhörten Schock für ihr System darstellten. Hinzu kam, dass der Kampf gegen die Bar-B-Männer sie restlos erschöpft hatte. Ihre Genesung brauchte Zeit.

Aber sie lag so verdammt still da. Sogar nach ihrem Sturz vom Heuboden hatte sie sich ausgesprochen temperamentvoll gezeigt, obwohl sie sich kaum rühren konnte. Dee war eine Kämpfernatur, aber wie sollte sie kämpfen, wenn sie nicht bei Bewusstsein war? Lucas war so an ihre Stärke und Wildheit gewöhnt, dass das Fehlen von beidem ihn in Angst versetzte.

Sowohl als Feindin als auch als Geliebte hatte sie ihm immer Respekt eingeflößt. Es war ein Schock für ihn, sie jetzt zu sehen und zu erkennen, dass sie viel kleiner und zerbrechlicher war, als er gedacht hatte. Er hatte sie immer als große Frau gesehen, obwohl er sie um Haupteslänge überragte. Doch ihr Auftreten, die hochmütige Kopfhaltung, ihr ungeheurer Stolz – all das zusammen hatte sie ihm größer erscheinen lassen, als sie in Wirklichkeit war. Sie war höchstens mittelgroß, und ihr Knochenbau war schmal wie der eines Kindes. Es erstaunte ihn, wie zerbrechlich sie aussah.

Nach wie vor kochte er vor Wut über das, was ihr widerfahren war. Diese Wut ging viel tiefer und brannte viel heißer als sein Zorn darüber, dass sie vom Heuboden gestürzt war. All das wäre ihr nicht zugestoßen, wenn sie ein Leben wie andere Frauen führen würde. Sein Verstand sagte ihm, dass es nicht ihre Schuld war. Unfälle passierten nun mal, und Kyle Bellamys mörderische Dummheit konnte ihr nicht angelastet werden. Doch solange sie draußen am Angel Creek lebte, würden solche Dinge passieren, ob nun durch ihre eigene Schuld oder nicht. Wegen seiner günstigen Lage erweckte das Land die Habgier anderer. Immer wieder würde jemand auftauchen, der glaubte, er könnte es Dee nehmen. Und ihrer Natur gemäß würde Dee jedes Mal lieber kämpfen, statt zu fliehen und sich in Sicherheit zu bringen.

Das Wasser war der Grund für die Vollkommenheit des Tals von Angel Creek, und Wasser war die Ursache all dieser Komplikationen.

Lucas betrachtete Dee, die totenstill dalag. Wenn er nichts unternahm, um diesem Problem ein Ende zu setzen, fand sie womöglich schon beim nächsten Mal den Tod. Er nickte Etta zu und schritt mit grimmig entschlossener Miene aus dem Zimmer.

Die Wurzel all dieses Übels war das Wasser. Ohne Wasser würde das Tal seinen Wert verlieren. Dee hätte keinen Grund mehr, sich an Angel Creek festzuklammern, und würde vernünftiger leben. Niemand hätte einen Grund, auf sie zu schießen, und sie bräuchte nicht mehr zu schuften wie ein Mann.

Nach seiner Rückkehr auf die Double-C-Ranch wies er William an, zehn Männer mit Schaufeln zusammenzutrommeln und sich in einer Viertelstunde startbereit zu halten. Dann holte er für alle Fälle ein paar Stangen Dynamit aus dem Lagerraum.

Jeder wusste, dass der Bach sich oben in den Bergen gabelte. Der Großteil des Wassers floss auf der Ostseite hinunter ins Tal. Seit Jahren war Lucas nicht mehr dort oben gewesen, doch er hatte das Bild von der Bachgabelung deutlich vor Augen. Mit etwas Glück könnte es ihm gelingen, dem Tal genau das zu nehmen, was Dees Land so wertvoll machte.

Himmel, sie würde schäumen vor Wut, aber nichts mehr ändern können. Da das Land durch seine Schuld an Wert verlor, würde er ihr die Summe zahlen, die er ihr angeboten hatte. Ihr bliebe keine andere Wahl, als es anzunehmen und in die Stadt zu ziehen. Irgendwann würde sie sich beruhigen, und dann würde er wieder um sie werben, dieses Mal in aller Öffentlichkeit. Lucas hoffte, sie bis Weihnachten zu einer Heirat überredet zu haben. Denn sie konnte die Leidenschaft zwischen ihnen genauso wenig leugnen wie er. Sie würden sich lieben, Kinder bekommen, sich wie zwei Wildkatzen streiten und jede Minute miteinander genießen.

In den Bergen fanden sie die Kluft, wo der Angel Creek sich teilte. „Sieh sich einer all das Wasser an“, sagte William kopfschüttelnd. „Es kommt direkt von den Schneegipfeln.“

Lucas schritt die Böschung ab und betrachtete die Gabelung. Hier oben war der Bach so breit, dass er als Fluss bezeichnet werden konnte. Er führte reichlich Wasser, war klar und so tief, dass immer noch etwas in den Arm abfloss, der durch seinen Besitz führte, allerdings entschieden weniger als gewöhnlich. Wenn er das Bachbett, das nach Westen führte, an der Gabelung tiefer aushob, würde das Wasser auf die Westseite des Berges geleitet.

Barfuß watete er in das westliche Bachbett hinaus. Das Wasser war so eisig, dass er nach Luft schnappte. Er grub die Zehen in den weichen Schlick und fluchte, denn unter der dünnen Schicht lag Gestein. Wo immer er auch den Boden prüfte, er fand überall das Gleiche. Das Gestein konnten sie nicht ausheben, und die Zündschnur des Dynamits würde unter Wasser natürlich nicht brennen. Die einzige Möglichkeit, das Gestein zu sprengen, entstand, wenn sie den westlichen Bachlauf trockenlegten.

„Fangt an zu graben", wies er die Männer an. „Häuft hier in der Gabelung Erde auf, und lenkt das Wasser nach Osten ab."

„Boss, so graben wir uns vollständig das Wasser ab", protestierte William und sah ihn an, als fürchtete er um seinen Verstand.

„Aber nur vorübergehend", erwiderte Lucas. „Wenn der Bachlauf trocken ist, sprenge ich das Gestein und lege sein Bett tiefer."

Eine Weile musterte William den Fluss, dann trat ein Grinsen auf sein wettergegerbtes Gesicht. „Du willst das Wasser zu uns rüberlenken."

„Exakt."

„Das wird Dee Swann aber ganz und gar nicht gefallen."

„Lass Dee Swann ruhig meine Sorge sein", sagte Lucas.

Sie brauchten drei Tage. Sie schaufelten Erde in den westlichen Lauf und verschlossen ihn. Der Fluss nahm bereitwillig den Weg nach Osten und ergoss sein kristallklares Wasser ins Tal von Angel Creek. Als der westliche Lauf trocken war, bohrte Lucas Löcher in das Gestein, füllte sie mit Dynamitstangen, brachte eine lange Lunte an und zündete sie an. Er und seine Leute rannten wie der Teufel, so weit sie konnten, bevor das Dynamit mit Donnerknall explodierte, sodass der Boden unter ihren Füßen bebte.

Die Explosion zerstörte den Damm, den sie aufgeschaufelt hatten, und der Fluss teilte sich erneut. Nun floss zu beiden Seiten des Bergs Wasser ab, und der Großteil schlug nun den Weg nach Westen ein.

„Schließt den östlichen Lauf", befahl Lucas. „Ich will einen so festen Damm, dass kein Tröpfchen mehr auf der Ostseite des

Bergs abfließt. Wir versiegeln den Zufluss mit Lehm."

Die Kraft des Wassers würde den Damm abtragen. Lucas müsste ihn regelmäßig reparieren, doch das war ein geringer Preis für seinen Seelenfrieden. Immerhin würde er nachts schlafen können, ohne sich um Dees Sicherheit sorgen zu müssen.

Am späten Nachmittag des dritten Tages war der östliche Bachlauf blockiert.

Trotz seiner Erschöpfung war Lucas jeden Abend in die Stadt geritten, um Dee zu besuchen. Olivia und Etta wachten abwechselnd bei ihr. Olivias sorgenvolles Gesicht trieb ihm jedes Mal, wenn er daran dachte, den kalten Schweiß auf die Stirn. Gestern Abend war Dee zum zweiten Mal kurz aufgewacht, aber das Fieber war noch nicht zurückgegangen. Vier Tage mit hohem Fieber hatten ihren Tribut gefordert. Dee war furchtbar schwach und abgezehrt. Doch sie hatte Lucas erkannt und seinen Namen geflüstert. Lucas hatte ihre Hand gehalten und mit ihr gesprochen, doch sie schlief gleich wieder ein. Olivia strich ihm tröstend über die Schulter. „Sie wird wieder gesund", versicherte sie ihm mit unsicherer Stimme. „Sie muss gesund werden."

Er war müde bis in die Knochen, konnte aber keinen Tag verstreichen lassen, ohne sie gesehen zu haben, ob sie nun wusste, dass er bei ihr war, oder nicht. Als er an diesem Abend in die Stadt ritt, tat er es sowohl für sich selbst als auch um ihretwillen. Jedes Mal, wenn er sie sah, war er überzeugt, das einzig Richtige getan zu haben, um sie zu schützen. Natürlich würde sie es keinesfalls freundlich aufnehmen, wenn sie erfuhr, was er getan hatte. Aber, bei Gott, zumindest müsste er sie zukünftig nie wieder so totenstill daliegen sehen.

Als er ins Zimmer trat, blickte Olivia ihm lächelnd entgegen. Sie hob einen Finger an die Lippen, winkte ihn hinaus und folgte ihm. „Das Fieber ist gesunken", verkündete sie strahlend. „Sie hat ein bisschen Suppe gegessen und ist dann wieder eingeschlafen."

Die Erleichterung überspülte ihn wie eine Sturzflut. Er war immer noch erschöpft, fühlte sich aber um hundert Pfund leichter, so als wäre ihm ein Bleigewicht von den Schultern genommen worden. „Hat sie etwas gesagt?"

„Sie hat um Wasser gebeten. Aber wenn du wissen willst, ob sie sich schon wieder unterhalten kann, dann lautet die Antwort nein. Sie ist immer noch sehr krank, Lucas, und schwach. Das überwindet sie nicht in ein paar Tagen. Dr. Pendergrass meint, es kann drei oder vier Wochen dauern, bis sie wieder so weit bei Kräften ist, dass sie sich selbst versorgen kann."

Er brauchte nicht lange nachzudenken. „Ich hole sie morgen auf die Double-C-Ranch."

„Das kannst du nicht machen!", rief Olivia erschrocken.

„Doch. Dort ist es ruhiger als hier, wo so viele Leute ein und aus gehen."

„Aber sie ist eine Frau!"

Lächelnd hob er die Augenbrauen. „Glaub mir, das ist mir nicht entgangen."

„Aber genau darum kann sie nicht bei dir wohnen."

„Sie ist beinahe gestorben, Olivia, und ganz bestimmt nicht in Form für das, woran du jetzt denkst", erwiderte Lucas unverblümt. „Ich werde für sie sorgen und sie wieder auf die Beine bekommen. Und ich bitte nicht um Erlaubnis, Olivia, ich sage dir nur, was ich tun werde."

Doch auch Olivia kämpfte um das Wohl ihrer Freundin. „Da draußen auf deiner Ranch sind keine Frauen. Wer soll sie baden, wer soll sie umkleiden? Ich habe bereits mit Mutter besprochen, dass Dee zu uns kommt. Du musst doch begreifen, dass sie unmöglich zu dir auf die Ranch kommen kann." Ihre Stimme klang milder. „Sie ist meine beste Freundin, Lucas. Ich weiß, wie viel sie dir bedeutet. Und ich werde gut für sie sorgen, das verspreche ich dir."

„Dee hat mir erzählt, dass ihr Freundinnen seid, aber …"

„Beste Freundinnen", wiederholte Olivia. „Und ich bilde mir ein bisschen etwas darauf ein, dass ich von Anfang an der

Meinung war, ihr zwei würdet wunderbar zueinanderpassen."

Lucas räusperte sich. „Ich glaube, ich muss mich bei dir entschuldigen, Olivia. Ich weiß, wir haben nie darüber gesprochen, aber ich muss bei dir und allen anderen den Eindruck erweckt haben, dass ich beabsichtige ..."

Lächelnd legte sie eine Hand auf seinen Arm. „Eine Entschuldigung ist nicht nötig. Als Freund mag ich dich sehr, aber mehr wollte ich nie. Und du im Grunde auch nicht. Außerdem bin ich furchtbar verliebt in einen anderen."

„Wer ist der Glückliche?", fragte er überrascht.

„Luis Fronteras."

„Zum Teufel!", platzte Lucas verblüfft heraus, bat aber sofort um Verzeihung. „Entschuldige. Ihm geht es doch gut, oder? Ich hatte so viel anderes im Kopf, dass ich mich gar nicht nach ihm erkundigt habe."

„Er wohnt jetzt im Lindfors Hotel und ist fast wieder gesund."

An Olivias Wahl hatte Lucas nichts auszusetzen, auch wenn er nie gedacht hätte, dass ein Mann wie Fronteras auf sie Eindruck machen würde. Sein Blick wurde plötzlich hart. „Manch einer hat womöglich etwas gegen ihn auszusetzen, ob es ihn nun etwas angeht oder nicht. Ich bin ihm etwas schuldig, was ich ihm nie zurückzahlen kann. Also, wenn du meine Hilfe brauchst, melde dich bei mir."

„Danke, Lucas." Sie erhob sich auf die Zehenspitzen und gab ihm einen Kuss auf die Wange. „Ich werde es nicht vergessen. Und Dee wird es bei mir gut haben."

„Ich weiß, aber ich habe es mir nicht anders überlegt. Ich nehme sie mit zu mir."

„Du musst an ihren Ruf denken", warf Olivia gereizt ein. „Die Leute werden reden."

Sein Lächeln war kalt. „Wenn sie klug sind, lassen sie das."

„Sie werden es nicht lassen. So kannst du nichts für Dee tun."

Ihre Einwände machten ihn nachdenklich. Denn natürlich hatte Olivia mit allem recht. Trotzdem ließ er seinen Plan nicht fallen, korrigierte ihn aber. „Ich weiß, dass du sie gut versorgen würdest, aber ich will sie bei mir haben. Und ich werde zu meiner Unterstützung eine Frau einstellen. Sid Acrays Älteste wäre dankbar für das Geld.“ Er wollte Dee nicht nur in seiner Nähe haben, sondern könnte auf der Ranch auch kontrollieren, wer sie besuchte. So würde sie erst erfahren, was er am Angel Creek angerichtet hatte, wenn er die Zeit für gekommen hielt.

Olivia erkannte, dass er sich nicht umstimmen lassen würde. Nun, sie hatte sich gewünscht, dass Lucas und Dee ein Paar werden würden, und ihr Wunsch war in Erfüllung gegangen. Aber selbst wenn Sid Acrays Tochter die Anstandsdame spielte, würden die Stadtbewohner empört sein, falls sie nicht heirateten.

Sie sah Lucas streng an. „Willst du sie heiraten?“

„Sobald ich sie dazu überredet habe. Aber verrate ihr nichts“, bat er. „Vielleicht kann ich sie überrumpeln, und sie sagt Ja, wenn sie keine Zeit hat, lange darüber nachzudenken.“

In schönstem Einvernehmen lächelten sie einander an.

Am nächsten Morgen fuhr Lucas mit einem leichten Wagen in die Stadt, der mit Steppdecken ausgelegt war. Etta Pendergrass war ernstlich böse auf ihren Mann, weil er Lucas nicht erklärt hatte, dass Dee noch zu krank für den Transport wäre. Aber der Arzt weigerte sich zu lügen, nur weil seine Frau schockiert über die ihrer Meinung nach skandalöse Idee war. Dee war sehr krank, doch auf der Double-C-Ranch würde sie genauso schnell genesen wie in der Stadt. Außerdem war er nicht so dumm, Lucas Cochran aufhalten zu wollen, wenn der sich etwas in den Kopf gesetzt hatte.

Dee war wach, als Lucas ins Zimmer trat. „Lucas“, flüsterte sie.

Am liebsten wollte er sie in seine Arme reißen und an sich drücken, doch sie war so zerbrechlich, dass er sich beherrschte. Stattdessen ergriff er ihre Hand und streichelte sie. „Ich nehme dich mit zu mir“, sagte er.

Sie nickte und lächelte schwach. Er hüllte sie in eine der mitgebrachten Decken und trug sie zum Wagen. Eine kleine Gruppe tuschelnder Schaulustiger hatte sich auf dem Gehsteig versammelt. Die Acray-Tochter Betsy kletterte auf den Wagen, um Dee während der Fahrt zur Ranch im Auge zu behalten.

Doc Pendergrass, Etta und Olivia folgten Lucas nach draußen. „Achte darauf, dass sie isst und sich nicht zu früh zu viel zumutet", schärfte ihm der Doc ein. „Sie wird noch mindestens eine Woche mehr oder weniger freiwillig im Bett bleiben, und Ruhe ist die beste Medizin für sie."

„Betsy wird gut für sie sorgen", erwiderte Lucas mit Rücksicht auf die Zuhörer. Er war sehr zufrieden. Die Umstände waren zwar nicht ganz so, wie er sie sich gewünscht hätte, und ihm stand noch ein heftiges Gewitter bevor, aber zunächst einmal wäre Dee genau dort, wo er sie haben wollte – unter seinem Dach.

Auf der Fahrt zur Ranch lenkte er den Wagen so vorsichtig, dass sie doppelt so lange dauerte wie der Weg zu Pferde. Aber er wollte Dee nicht unnötig durchrütteln, für den Fall, dass ihre Schulter empfindlicher war, als er dachte. Es war nervenaufreibend, jede holprige Stelle des Wegs zu beachten und auf jede Veränderung von Dees Atem zu horchen. Als die Ranch endlich in Sicht kam, seufzte er erleichtert auf.

Vor der Veranda zügelte er das Pferd, stieg über den Sitz auf die Ladefläche und ließ sich neben Dee auf ein Knie nieder. „Lauf ins Haus, und deck ihr Bett auf", wies er Betsy an. „Ihr Zimmer ist oben, die zweite Tür rechts."

Betsy sprang vom Wagen und rannte los. Sie war erst siebzehn. Lucas schüchterte sie gehörig ein, sosehr er sich auch bemühte, ihr die Befangenheit zu nehmen. Er hatte nun mal etwas an sich, was einige Frauen nervös machte.

Dee war wach, wenngleich ihr Blick immer noch erschreckend ausdruckslos wirkte. Es war, als würde sie alles erkennen und verstehen, brächte aber nicht die Kraft auf, sich für irgendetwas zu interessieren. „Sag's mir, wenn ich dir wehtue", bat Lucas, als er sie auf der Steppdecke an den Rand des Wagens zog, sodass er sie aufheben konnte, ohne sie mehr als nötig zu bewegen. Er nahm sie in die Arme und drückte sie an seine Brust. Da er sie früher schon getragen hatte, fiel ihm augenblicklich auf, wie viel Gewicht sie verloren hatte. Sein Herz hämmerte, als ihn eine Angstattacke überfiel. Der Blutverlust hatte sie dem Tod so nahe gebracht, dass Lucas fürchtete, diese Angst nie ganz loszuwerden.

Betsy stand am Bett, als er Dee ins Zimmer trug. Er legte seine kostbare Last ab, wickelte sie aus der Steppdecke und zog die Bettdecke über sie. „Möchtest du etwas essen oder trinken?", fragte er.

„Wasser", antwortete Dee.

Lucas warf Betsy einen Blick zu, und sie huschte zu dem bereitstehenden Wasserkrug.

„Wenn du etwas brauchst, wende dich an Betsy", sagte Lucas und streichelte ihre Wange. „Schlaf, so viel du willst. Du hast nichts anderes zu tun, als gesund zu werden."

Als er sich zum Gehen wandte, sagte Dee: „Lucas."

Er drehte sich um.

„Das Vieh", flüsterte sie. „Mein Garten ..."

Selbst jetzt noch sorgte sie sich um diesen verdammten Garten! Er beherrschte seinen aufsteigenden Zorn, um ihr die Sorge zu nehmen. „Die Rinder sind nicht in dein Land eingedrungen. Du hast sie so in Panik versetzt, dass sie zurück zur Bar-B-Ranch gerannt sind."

Ein Lächeln trat auf ihre farblosen Lippen. Betsy kam mit einem Glas Wasser, und Lucas trat zur Seite, damit sie Dees Kopf stützen und sie trinken lassen konnte. Als Dee ihr ein Zeichen gab, dass sie genug hatte, bettete Betsy ihren Kopf wieder auf das Kissen. Sofort fielen Dee vor Müdigkeit die Augen zu. Lucas verließ leise das Zimmer.

Ihm blieben nur wenige Wochen, bis Dee wieder bei Kräften war und er ihr von der Umleitung des Bachs erzählen musste.

Er beabsichtigte, das Beste aus dieser Gnadenfrist zu machen und das Band zwischen ihnen zu stärken, solange er Gelegenheit dazu hatte. Sobald sie gesund genug war, um auf Betsy verzichten zu können, gehörte sie ihm allein.

Bei den Millicans war es Brauch, den Abend nach dem Essen gemeinsam mit Lesen, Nähen oder Gesprächen zu verbringen. Selbst als Olivia noch ein Kind war, war sie in diese vertraute Runde einbezogen worden. Ihre Eltern hatten ihr stets das Gefühl gegeben, dass ihre Beiträge zur Unterhaltung genauso wichtig waren wie die ihren. Nachdem sie ihre anderen Kinder verloren hatten, war die Tochter doppelt kostbar für Wilson und Honora. Beide machten es sich mit Hingabe zur Aufgabe, Olivias Leben möglichst perfekt zu gestalten. Die Harmonie dieser Abendstunden war seit jeher ein Teil ihres Lebens, den Olivia liebte. Jetzt aber fürchtete sie, ihn zu zerstören. Luis hatte angeboten, sie zu begleiten, wenn sie mit ihren Eltern sprach, doch das wollte sie nicht. Wenn es zu Unannehmlichkeiten kam, sollte er sie nicht miterleben. Es war lächerlich, ihn schützen zu wollen, doch ihre Einwände waren zum Teil auch diplomatischer Art. Später wäre es einfacher für Luis, mit ihren Eltern auszukommen, wenn keine Erinnerungen an harte Worte zwischen ihnen standen.

Seltsamerweise wurde bislang offenbar nicht geklatscht. Über Olivias Benehmen, als sie von Luis' Verletzung erfahren hatte, waren Honora und Beatrice diskret hinweggegangen. Auch Etta und Dr. Pendergrass hatten offenbar kein Wort darüber verloren, wie sie an Luis' Bett gestürzt war. Beinahe wünschte Olivia sich, dass es Tratsch gegeben hätte, dann müsste sie jetzt nicht derart mit der Tür ins Haus fallen.

Aber ihr blieb wohl nichts anderes übrig. Also holte sie tief Luft und sagte: „Mutter, Papa, ich muss euch etwas sagen." Ihre Mutter wandte sich ihr erwartungsvoll zu, und Wilson legte seine Zeitung nieder. „Ich habe mich verliebt und werde heiraten", fuhr Olivia nervös fort.

Anfangs weiteten sich ihre Augen vor Überraschung, dann klatschte Honora in die Hände und sprang auf. „Das ist ja wunderbar!", rief sie und lachte aufgeregt. „Ich *wusste* doch, dass Mr Cochran dir einen Antrag macht, habe mich nur manchmal gefragt, wann …"

„Mutter, nein", fiel Olivia ihr ins Wort. „Es ist nicht Lucas."

Daraufhin sahen ihre Eltern sie verständnislos und verwundert an. „Nicht Lucas?", fragte Wilson mit einem ratlosen Stirnrunzeln. „Aber er ist der Einzige, der dir den Hof gemacht hat, abgesehen von Bellamy, und mit dem willst du natürlich nichts zu tun haben. Die ganze Stadt hat angenommen …"

„Die ganze Stadt, bis auf die zwei Personen, die es angeht", bemerkte Olivia sanft. „Lucas ist ein Freund, aber wir waren nie verliebt."

„Aber wenn es nicht Mr Cochran ist, wer dann?" Honora erholte sich schnell von ihrer Überraschung und zitterte geradezu vor Neugier.

„Luis Fronteras."

Wieder blickten sie Olivia verständnislos an. Honora ließ sich in ihren Sessel sinken. „Wer?", fragte sie bestürzt. Der Name klang vertraut, doch sie konnte ihn nicht einordnen. Und er klang … ausländisch.

„Luis Fronteras. Er hat für Mr Bellamy gearbeitet. Er ist der Mann, der Dee geholfen hat, bis die Leute von der Double-C-Ranch eingetroffen sind."

„Ein Revolverheld?" Wilson war fassungslos. „Willst du sagen, du heiratest einen mexikanischen Revolverhelden? Olivia, das ist lächerlich. Du liebe Zeit, du kennst ihn ja nicht einmal."

„Ein Mexikaner!" Honora riss vor Schreck die Augen auf.

„Im Gegenteil, ich kenne ihn gut." Olivia hielt ihren Blicken stand. „Ich bin jeden Sonntag mit ihm ausgeritten. Und ich liebe ihn."

Wilson legte seine Zeitung zusammen und warf sie beiseite. „Das ist ausgeschlossen. Mit solch einem Mann verbindet dich überhaupt nichts. Herrgott, der wird doch niemals sesshaft und kann dir kein Heim bieten."

„Vielleicht bekomme ich kein Heim wie dieses", stimmte Olivia zu. „Aber es ist keine impulsive Entscheidung. Ich habe einige Monate lang darüber nachgedacht. Und natürlich könnte ich einen Mann heiraten, der mir ein großes Haus bietet und mir schöne Kleider kauft, aber ich wäre nicht annähernd so glücklich mit ihm, wie ich es in einem Zelt mit Luis wäre. Ich möchte mit ihm eine Familie haben, und ich vertraue fest darauf, dass er gut für mich und unsere Kinder sorgen wird. Was macht es schon, dass er nicht reich ist?"

„Du wirst feststellen, dass es sehr viel ausmacht, wenn du dich einschränken musst." Wilson schüttelte den Kopf. „Wir haben immer unser Bestes getan, um dich zu behüten. Darum hast du gar keine richtige Vorstellung von dem Leben, das du zu führen gedenkst. Liebling, du hast bedeutend mehr verdient, als er dir geben kann. Du würdest es nicht überleben."

„Natürlich würde ich es überleben. Versteht ihr nicht, er *liebt* mich. Und ich liebe ihn. Das ist es, was ich brauche, was ich mir immer schon mehr als alles andere gewünscht habe. Nicht, einen reichen Mann zu heiraten, sondern einen Mann, den ich liebe."

„Ausgeschlossen", erklärte Wilson streng. „Ich verbiete es. Du schwärmst für ihn und weißt gar nicht, wovon du redest. Ich verstehe ja, er ist irgendwie eine romantische Figur, besonders nachdem er Dee so hilfreich zur Seite gestanden hat. Aber eine gute Ehe erfordert Beständigkeit und keinen Revolverhelden, der immer auf der Hut sein muss."

„Ach Papa", sagte Olivia traurig. „Ich bitte euch nicht um Erlaubnis. Ich liebe dich und Mutter von Herzen, und ich wünsche mir, dass ihr zu meiner Hochzeit kommt. Aber sie findet auf jeden Fall statt, ob ihr nun kommt oder nicht. Ich weiß, dass ihr euch um meine Sicherheit sorgt, und alles, was ihr vorgebracht habt, hat auch mir zu denken gegeben. Aber Luis ist mehr als all das, was ihr über ihn sagt. Er ist ein guter, ehrenhafter Mann. Denkt nur daran, wie er sein Leben riskiert hat, um Dee zu helfen, um euer eigenes Beispiel anzuführen! Keiner der ehrenwerten, aufrechten Bürger im Saloon hielt es für nötig zu helfen, als er darum gebeten wurde. Aber wenn ich einen von ihnen heiraten wollte, würdet ihr euch nicht so ereifern. Bitte stellt euch nicht gegen Luis, weil er nicht dem Typ Mann entspricht, den ihr euch für mich vorgestellt habt. Er ist genau der Typ Mann, der mich glücklich machen wird, und ich möchte gern, dass ihr mit mir glücklich seid."

„Du verlangst zu viel." Wilsons Miene war starr, sein Tonfall förmlich. Honora weinte leise.

„Es tut mir leid, dass ihr so denkt, aber es ändert nichts an meinem Entschluss."

18. KAPITEL

Noch als schon lange Ruhe im Haus eingekehrt war, lag Olivia immer noch schlaflos im Bett. Die Standuhr im Erdgeschoss schlug Mitternacht, aber Olivia war hellwach. Die Szene mit ihren Eltern und ihre Trauer hatten ihr zugesetzt, konnten sie jedoch nicht umstimmen. Nie im Leben war sie sich einer Sache so sicher gewesen wie ihrer Liebe zu Luis.

Zuerst nahm sie das schabende Geräusch gar nicht wahr, so sehr war sie an das Scharren der Zweige draußen an ihrem Fenster gewohnt. Dann aber erkannte sie, dass das vorsichtige Hochschieben des Fensters das Geräusch verursachte. Mit einem erstickten Schrei sprang sie aus dem Bett.

„Lauf nicht weg“, flüsterte Luis. „Ich bin es nur.“

„Nur!“ Ihre Knie zitterten und gaben ein wenig nach. Sie hielt sich am Bettpfosten fest. „Willst du mich zu Tode erschrecken? Tu so etwas nie wieder!“ Trotz ihrer Angst schimpfte sie im Flüsterton.

Er lachte leise. „Jawohl, Ma'am. Ich hoffe, ich muss nur dieses eine Mal durch dein Schlafzimmerfenster einsteigen.“

„Wie kommst du dazu, so kurz nach deiner Verletzung auf Bäume zu steigen? Wenn die Wunde sich nun wieder öffnet?“

„Sie hat sich nicht geöffnet. Schließlich war es nur eine kleine Verletzung. Mir geht es gut.“ Er legte die Hand um ihren Hinterkopf und küsste Olivia. „Ich konnte nicht bis zum Morgen warten, um zu erfahren, ob ich mich einen Monat lang bis zur kirchlichen Hochzeit gedulden muss oder wir die Sache beschleunigen können.“

Sie umarmte ihn, und die Kraft seines warmen Körpers ging auf sie über. „Wir können heiraten, wann du willst“, erwiderte sie, und ihre Stimme klang traurig.

Da küsste Luis sie noch einmal mit zärtlichen Lippen. „Es tut mir leid, Liebste. Ich weiß, du wolltest, dass sie glücklich sind.“

„Ja, aber ich muss feststellen, dass ich egoistisch genug bin, auch mir selbst Glück zu wünschen.“ Mit einem kleinen Seufzer schmiegte sie sich in seine Arme, und als er sie an sich drückte, war es wie eine Heimkehr. Dabei fiel ihr auf, wie dünn ihr Nachthemd war, so dünn, dass sie die schwere Schnalle seines Pistolengürtels und die Ersatzpatronen in den kleinen Ösen und sogar seine Hosenknöpfe spürte. Letztere ganz besonders, wegen der harten Wölbung, die darunter lag.

Früher hätte es sie beschämt, wenn ein Mann sie so eng an sich gedrückt hätte, dass sie seinen Körper spürte. Doch Luis hatte Monate damit zugebracht, sie an seine Berührung zu gewöhnen und ihr die Freuden der körperlichen Liebe zu zeigen. Es erregte sie zu wissen, dass er sie begehrte, und ohne nachzudenken, rieb sie die Hüften an seinen.

Wie zur Antwort legte Luis eine Hand auf ihr Gesäß, presste sie noch enger an sich und beugte leicht die Knie, damit sie sich näher sein konnten. Sie seufzte.

Jetzt. Jetzt war der Zeitpunkt gekommen. Olivia hatte ihre Wahl getroffen, und er wollte keine weitere Nacht mehr warten, um sie zu seiner Frau zu machen. Ein Gentleman würde vielleicht bis nach der Hochzeit warten. Aber er war kein Gentleman – sondern ein Mann, der sich nach seiner Frau sehnte. Die Hochzeitsbräuche waren für die Öffentlichkeit bestimmt; die grundlegenderen Gelübde aber würden sie körperlich ablegen.

Längst schon fürchtete Olivia sich nicht mehr vor seinen Küssen oder seinen Händen auf ihrem Körper. Er knöpfte ihr Nachthemd auf, glitt mit den Händen hinein und streichelte ihre seidigen Brüste. Sie seufzte wieder leise, als ihre Brustspitzen sich aufrichteten.

Luis trat einen Schritt zurück, befreite sich von seinem Gürtel und legte ihn auf einen Stuhl. Dann zog er sein Hemd aus.

Fasziniert von dem schwachen Lichtschimmer auf seiner glatten Haut näherte Olivia sich ihm. Es war zu dunkel, um sein Gesicht erkennen zu können, doch sie stellte fest, dass sie kein Licht brauchte. Sie kannte ihn, kannte seine breiten Schultern, die harte Brust, den muskulösen Körper. Der Verband an seiner Taille war nur noch ein kleiner weißer Fleck. Sie küsste Luis, strich mit den Lippen über seinen Oberkörper und suchte die kleinen Brustwarzen. „Ich liebe dich", flüsterte sie, und ihr warmer Atem streifte seine Haut.

Er hob ihren Kopf an, fand ihren Mund und drang langsam und aufreizend mit der Zunge ein. Dabei streichelte er ihre Schultern. Ihr Nachthemd rutschte bis zu ihrer Taille herab, aufgefangen von den Rundungen ihrer Hüften. Bevor sie mehr als nur einen hastigen Atemzug tun konnte, schob er es über ihr Gesäß herunter, und es fiel auf ihre Füße.

Wie erstarrt stand sie da und richtete verängstigt den Blick zu seinem Gesicht. Jetzt wünschte sie sich Licht, um ihn sehen zu können. Nein, doch nicht. Sie war nackt, und wenn sie ihn sehen könnte, sähe er sie auch. Gleich darauf wurde ihr bewusst, dass er sie durchaus sah. Ihre helle Haut war auch in der Dunkelheit gut sichtbar.

Ihre Nacktheit schockierte sie. Sie wollte mit den Händen ihre Scham bedecken, aber mit kompromissloser Zärtlichkeit ergriff Luis ihre Handgelenke und strich ihre Hände zur Seite. „Habe ich dir je wehgetan?", fragte er, die Lippen an ihrer Schläfe.

Olivia begann zu zittern. „Nein", flüsterte sie.

„Heute Nacht werde ich dich lieben. Du wirst ganz und gar die meine. Weißt du, was dabei passiert?"

Sie versuchte zu überlegen, versuchte, ihren betäubten Verstand zu aktivieren. „Ich … eigentlich nicht."

„Hast du mal gesehen, wie Tiere sich paaren?"

„N…nein. Das heißt, ja. Ich habe mal zwei Hunde gesehen." Und es hatte sie schmerzlich fasziniert, bis ihr einfiel, wie unanständig ihr Verhalten war. Dann war sie beschämt davongelaufen.

Sein unschuldiger Liebling! „Es ist im Prinzip das Gleiche", sagte Luis und streichelte beschwichtigend ihren Rücken und ihre Hüften. „Du hast doch gespürt, wie hart ich werde, wenn ich bei dir bin. Wenn ich dich lieben will, führe ich mein Glied in dich ein, hier." Behutsam fuhr er mit der Hand an ihre zusammengepressten Schenkel und glitt mit einem Finger zwischen die weichen Schamlippen.

Bei der Berührung zuckte sie heftig zusammen, und mit kräftigem Arm zog er sie an sich. „Hör auf", stöhnte sie. „Das darfst du nicht." Sie zitterte noch heftiger und fühlte sich schwach, ihre Beinmuskeln drohten zu versagen. Sie konnte nicht glauben, dass er sie zwischen den Beinen berührte und dass es einen derart heftigen Feuersturm über ihre Nerven jagte. Ihr war unerträglich heiß, ihre Haut reagierte so empfindlich, dass Luis' Zärtlichkeiten sie beinahe aufschreien ließen. Nur das verschwommene Wissen, dass sie leise sein musste, verhinderte, dass sie in dieser qualvollen Ekstase laut schrie. Luis hatte sie auch früher schon erregt und ihr Wonnen geschenkt, die den Hunger nach mehr weckten. Doch nichts war so gewesen wie diese eine Berührung. Es war, als hätte er ihr früher Wasser zu trinken gegeben und würde ihr jetzt vollmundigen Wein reichen. Es war einfach nicht zu vergleichen.

„Komm, wir legen uns hin, Liebste", lockte er und küsste sie noch einmal. Sie stand da wie erstarrt, und er rieb, wie um sie zu überreden, die kleine Stelle zwischen ihren Beinen, federleicht, weil alles so neu für sie war. Wieder zitterte sie, und Luis spürte, wie ihre Beine nachgaben. Er trug sie zum Bett und zog rasch Stiefel und Hose aus. Sein ganzer Körper schmerzte vor freudiger Erwartung, als er sich zu ihr legte.

Völlig benommen von den Geschehnissen, war Olivia nicht fähig, ihn daran zu hindern, sie zu verführen. Sie wollte ihn auch gar nicht hindern. Sie fühlte sich wie in einem außer Kontrolle geratenen Zug, der schneller und schneller fuhr und aus dem sie nicht abspringen konnte.

Als sie seine harte Erektion an ihrer Hüfte spürte, griff sie, ohne nachzudenken, danach, um sie wegzuschieben. Kaum hatte sie das fremdartige Fleisch berührt, zuckte sie zurück. Luis stöhnte und wölbte leicht die Hüften vor. „Fass mich an", murmelte er drängend und schwer atmend. „Bitte. Ich habe mir so gewünscht, dass du mich anfasst …"

Sie zögerte; es erschien ihr unglaublich gewagt und sündhaft. Doch so verhielt es sich mit allem, was er ihr beigebracht hatte, und alles hatte ihr gefallen. Scheu legte sie die Finger wieder um ihn. Schon im nächsten Moment war sie fasziniert von dem Gefühl von Härte, überzogen mit seidig weicher Haut. Eine vage Angst überkam sie, denn sie konnte sich nicht vorstellen, dass er in sie eindringen würde, wie er es geschildert hatte.

Mit seinen Knien öffnete Luis sanft ihre Schenkel.

Es kostete Olivia gewaltige Körperbeherrschung, still liegen zu bleiben. Sie krallte die Finger ins Laken.

Er spürte ihre Not und beschwichtigte sie flüsternd und ausgiebig küssend, streichelte ihre Brüste und küsste auch sie. Bald wich die Anspannung aus ihren Muskeln. Ihre Beine wurden weicher und drängten nicht mehr gegen seine. Mit kundigen Fingern fand er die weiche Stelle zwischen ihren Schenkeln, die sich öffnete wie die Blütenblätter einer Blume. Olivia stieß einen leisen Laut aus und bewegte den Kopf auf dem Kissen von einer Seite zur anderen.

Sein Streicheln hielt ihre Leidenschaft wach. Mit seinen Fingern drang er in sie ein, während er mit dem Daumen weiter ihre Erregung aufrechterhielt. Sie wand sich und bäumte sich auf, ihr Körper suchte instinktiv den seinen. Luis brachte sie mit den Fingern an die Grenze der Erfüllung und führte dann seine Männlichkeit an ihre Scham.

Wieder lag sie ganz still, nur ihre Brust hob und senkte sich. Er neigte sich über sie und ließ sie sein Gewicht halten. Dabei tauchte er ein kleines bisschen in sie ein. Er war gerade weit genug in ihr, um den Schmerz ahnen zu lassen. Und es war ihr Warnung genug, dass es richtiger Schmerz sein würde, nicht nur Unbehagen.

„Es tut weh", flüsterte sie.

„Ich weiß, Liebling. Aber nur beim ersten Mal."

Sie lag unter ihm und spürte den Druck, als er weiter vordrang. Sie fühlte, wie sich ihr Inneres öffnete und dehnte, um ihn einzulassen. Der Druck nahm zu, es tat ihr weh. Ein heißer Schmerz durchzuckte sie, als ihr Jungfernhäutchen riss und ihn tief in sie hineintauchen ließ.

Um ihren Schmerz abklingen zu lassen, hielt Luis ganz still. Seine Schulter war nass von ihren Tränen. Er bemühte sich, sie zu trösten, obwohl sein Glied schmerzhaft pochte. Die sanfte Umklammerung ihrer inneren Muskeln war erregend und drängte ihn zur Befriedigung, die er sich aber noch nicht gestatten durfte.

Die einzig wirksame Möglichkeit, um sie für den Schmerz zu entschädigen, bestand darin, dass er sie zu dem Gipfel führte, den er sich selbst verwehrte, um ihr die höchste Lust zu zeigen – die Belohnung für diesen anfänglichen Schmerz. Sein eigener Höhepunkt musste warten, denn nichts war jetzt wichtiger, als ihr Erleichterung zu verschaffen. Er schob eine Hand zwischen ihren und seinen Körper, fand das weiche Knöpfchen wieder, lockte es mit einer schmetterlingszarten Berührung aus den schützenden Falten und weckte Olivias Leidenschaft von Neuem. Er beglückte sie mit hart erkämpfter Geduld. Luis versuchte nicht, sie möglichst schnell zum Orgasmus zu bringen, sondern ließ ihre Begierde langsam wachsen, sodass sie zuerst eine weiche Muskelentspannung spürte und dann die Rückkehr der Erregung. Erst als sie die Hüften seiner Hand entgegenreckte und beide die Bewegungen des Liebesakts vollführten, steigerte er Druck und Tempo der streichelnden Finger.

Der Schmerz, als Luis sie in Besitz genommen hatte, hatte Olivia bitter enttäuscht, obwohl Dee ihr verraten hatte, dass es beim ersten Mal wehtat. All ihre vorangegangenen Lektionen der Sinnlichkeit waren voll heißer Lust gewesen. Und trotz aller Angst hatte sie darauf vertraut, dass Luis diese endgültige Hingabe so lustvoll gestaltete wie alles andere. Stattdessen hatte sie Schmerzen und den brutalen Schock der Inbesitznahme ihres Körpers erlebt. Doch seine Zärtlichkeiten brachten die Lust so schnell und so heftig zurück, dass sie Olivia wie eine gewaltige Sturmwelle überrollte. Sie bäumte sich unter ihm auf, versuchte, ihn tiefer in sich aufzunehmen, denn auch das war irgendwie zum Bestandteil der Ekstase geworden. Sie schlang die Beine um ihn und wand sich in immer größerer Leidenschaft. Luis stöhnte unter ihren Bewegungen laut auf, versuchte, sich zurückzuhalten, nicht zu hart und tief zuzustoßen, obwohl es ihn mit jeder Faser seines Körpers danach verlangte.

Als Olivia aufschrie, legte er eine Hand über ihren Mund. Sie erstarrte, bebte, und er spürte das sanfte innere Erbeben, das den Ansturm ihres Höhepunkts voraussagte. Da konnte er nicht mehr an sich halten. Wenige Sekunden später folgte er ihr in die besinnungslose Lust und ergoss sich in ihr. Unfähig, sich zu rühren, lag Luis anschließend schwer atmend über Olivia.

Sie war benommen und fühlte sich wie im Traum. Also war es doch ein lustvolles Erlebnis, so lustvoll, dass sie glaubte, daran sterben zu können. Nicht eine Sekunde bedauerte sie, dass er nicht bis nach der Hochzeit gewartet hatte, sondern höchstens, dass er sie nicht schon früher verführt hatte.

Erst nach einiger Zeit rührte er sich und drehte sich zur Seite. „Ich muss gehen, sonst bin ich morgen früh noch hier, und dann würde dein Vater nach der Flinte greifen. Ich komme gegen zehn Uhr zu dir. Reicht die Zeit für dich, um deine Sachen zu packen?“

So schnell sollte es also gehen. Er hatte sie in Besitz genommen und sah keinen Grund, noch ein paar Tage mit der Hochzeit zu warten.

„Ja“, erwiderte sie und küsste ihn. „Wo werden wir wohnen? Oder verlassen wir die Stadt sofort?"

In ihrer Stimme lag kein Zögern, nur Neugier. Es war ihr wirklich gleichgültig, wo sie wohnten. Plötzlich verspürte Luis den Drang, vor Glück laut aufzulachen und über das Schicksal zu frohlocken, das ihm Olivia geschenkt hatte. „Wir werden noch eine Weile im Hotel wohnen, bis wir entschieden haben, was wir tun wollen."

„Dann brauche ich nicht gleich meine gesamte Habe zu packen."

Er grinste. „Nun ja, ich bin mir ziemlich sicher, dass du keine Nachthemden brauchen wirst."

Nein, Nachthemden brauchte sie nicht. Lächelnd sah sie ihm beim Ankleiden zu. Sie würde Luis haben, der sie warm hielt. Die Zukunft lag so köstlich vor ihr, wie sie es sich niemals hätte vorstellten können.

Als Olivia am nächsten Morgen zum Frühstück hinunterging, war sie vollkommen ruhig. „Luis holt mich um zehn Uhr ab", sagte sie. „Wir heiraten heute Nachmittag."

Tränen stiegen Honora in die Augen, und sie wischte sie hastig ab. „Es besteht kein Grund zu solcher Eile, Liebes. Willst du dir nicht noch ein bisschen Zeit zum Nachdenken lassen?"

Olivia nahm ihre Mutter in die Arme. „Ich habe nachgedacht. Ich liebe ihn, und daran wird sich nichts ändern. Der einzige Grund, noch zu warten, wäre für mich, wenn du und Papa mir eine Hochzeit ausrichten wolltet."

Wilson seufzte schwer und erhob sich vom Tisch. „Du kannst nicht erwarten, dass wir deine Hochzeit mit einem Mann wie Fronteras feiern."

„Ich wünsche es mir, aber nein, erwartet habe ich es nicht."

Da senkte er den Kopf und sah unglücklich zu Boden. Seine Einwände beruhten größtenteils darauf, dass Fronteras ein so unpassender Mann für Olivia war, zum Teil aber auch darauf, dass er seine Tochter höchst ungern hergab. Fehlen würde sie ihm in jedem Fall, doch die Trennung wäre ihm leichter gefallen, wenn er sicher gewesen wäre, ihr Wohlergehen in verlässliche Hände zu legen. Olivia hatte Besseres verdient als ein unstetes Wanderleben.

Sie war immer das Idealbild einer Tochter gewesen, bezaubernd als Kind, süß und liebevoll. Nie hatte sie Zeichen von Wildheit an den Tag gelegt, sondern war vielmehr frühzeitig verantwortungsbewusst und vernünftig gewesen. Ihm war klar, dass es für vernarrte Eltern keinen Mann gab, den sie für gut genug für ihr Kind befanden. Aber es lag schmerzlich auf der Hand, dass Olivia weit unter ihrem Stand heiratete.

Sie war sein einziges Kind, die Sonne seines Lebens. Und sie würde sein Vermögen erben. Heiratete Fronteras sie nur deshalb? Erwartete er, dass sein Schwiegervater ihn unterstützte? Olivia hatte weiß Gott Besseres verdient. Doch sie neigte dazu, immer nur das Beste in den Menschen zu sehen. Niemals würde es ihr in den Sinn kommen, Fronteras' Motive infrage zu stellen. Wilson kannte viele Männer, die nur wegen Geld geheiratet hatten, und er wollte nicht, dass so etwas Olivia widerfuhr.

Bislang hatte er den Mann überhaupt nicht kennenlernen wollen, doch jetzt beschloss er, seinen Aufbruch zur Bank zu verschieben. Er wollte doch ein paar Worte mit Luis Fronteras reden.

Luis kam pünktlich um zehn Uhr mit einem geliehenen Buggy. Olivia, die sehnsüchtig auf ihn wartete, wurde das Herz weit, als sie sah, dass er nichts getan hatte, um Eindruck zu schinden. Wie üblich trug er Hemd und Hose, ein Halstuch und den Pistolengurt um die schmalen Hüften. Er sah aus wie immer, und sie liebte ihn dafür, dass er nicht versuchte, eine Fassade aufzubauen.

Strahlend öffnete sie ihm die Tür und erwartete ihn dort. Luis kam lächelnd und mit einem Leuchten in den dunklen Augen auf sie zu. Die Erinnerung an ihre Liebesnacht schimmerte zwischen ihnen, und Olivia stockte der Atem.

„Ich bin bereit“, sagte sie und wies auf die zwei Koffer hinter ihr.

Als Luis sie aufheben wollte, öffnete Wilson seine Bürotür und räusperte sich. „Guten Morgen. Ich würde gern kurz mit Ihnen reden, wenn Sie gestatten.“

Gleichzeitig kam Honora die Treppe hinunter und rang die Hände, als sie die zwei Koffer sah. Ihre Augen waren rot gerändert.

„Natürlich“, erwiderte Luis.

Wilson trat beiseite und wies auf sein Büro. „Unter vier Augen“, bat er.

„Papa!“, rief Olivia aufgeschreckt.

„Das ist eine Sache zwischen uns, Olivia.“

„Nein!“, begehrte sie auf und trat einen Schritt vor. „Es geht mich auch an.“

Luis strich über ihren Arm und lächelte sie an. „Alles wird gut“, versicherte er ihr leise. Dann trat er in das Büro, und Wilson schloss die Tür hinter ihm.

Vielleicht hatte Olivia erwartet, ohne diese Konfrontation ihr Elternhaus verlassen zu können, doch Luis hatte es besser gewusst. *Der Mann ist in Sorge um seine Tochter, zum Teufel!* Luis hätte nicht viel von ihm gehalten, wenn es anders gewesen wäre. Wenn er ihm seine Sorgen in gewissem Maße nehmen konnte, wollte er es versuchen. Außerdem würde es Olivia glücklicher machen, und um das zu erreichen, war er zu allem bereit.

Wilson straffte sich. „Ich gebe Ihnen fünftausend Dollar, wenn Sie von hier fortgehen und meine Tochter nie wiedersehen.“

Darauf kniff Luis die Augen zusammen, ein gefährliches Glimmen lag in seinem Blick. „Nein“, erwiderte er nur.

„Falls Sie glauben, durch die Ehe mit meiner Tochter reich zu werden ...“

„Seien Sie still. Sprechen Sie es nicht aus.“ Kalter Zorn stand in den dunklen Augen. „Ich heirate Olivia, weil ich sie liebe.

Falls Sie Angst um Ihr Geld haben, behalten Sie es. Ich will es nicht und brauche es nicht." Ohne ein weiteres Wort schritt er an dem Bankier vorbei aus dem Zimmer.

Ein Blick in sein Gesicht ließ Olivias Herz für einen Schlag aussetzen. Sie stürzte zu ihm und packte seine Arme so fest, dass sich ihre Fingernägel in sein Fleisch gruben. „Luis?", flüsterte sie angstvoll.

Seine Züge wurden weicher, als er sie ansah. „Keine Sorge", sagte er. „Wir können jetzt fahren."

Honora, die immer noch auf der Treppe stand, trat rasch einen Schritt vor, als wollte sie verhindern, dass die zwei das Haus verließen. Sie heftete den Blick angstvoll auf den Mann, der ihr die geliebte Tochter fortnahm. Auch Luis sah sie an, und die Wärme, die er allen Frauen gegenüber empfand, legte sich in seinen Blick. Er konnte Honoras Not verstehen und hätte gern alles getan, um sie zu lindern. Olivia jedoch hätte er nie zurückgelassen.

Er ging zur Treppe und ergriff Honoras Hand. „Ich schwöre Ihnen, dass ich gut für sie sorge", sagte er.

Trotz ihres Schmerzes reagierte Honora auf ihn. Sie drückte seine Hand und hielt sie wie Trost suchend fest. „Aber wo wollt ihr wohnen?", wisperte sie.

„Wo immer Olivia wohnen möchte", entgegnete er schlicht. „Aber wo immer wir auch sind, ich verspreche Ihnen, dass wir Ihnen einmal jährlich Ihre Enkelkinder bringen."

Enkelkinder! Honora öffnete und schloss den Mund, ohne ein Wort hervorzubringen. Das Herz ging ihr auf. Enkelkinder! Die Kinder ihrer geliebten Olivia.

Dieser Mann liebte Olivia, er liebte sie wirklich. Honora hatte solche Ängste ausgestanden, doch jetzt sah sie es in den tiefgründigen Augen. Wer sollte Olivia nicht lieben? Luis war vielleicht keine unerschütterliche Säule der Gesellschaft, aber er war ein starker Mann. Und so jemand bot manchmal mehr Sicherheit als ein eintöniges Leben. Mehr als alles andere wünschte sie sich, dass Olivia glücklich wurde, und wenn sie diesen Mann ansah, wusste sie plötzlich, dass er sie glücklich machen würde.

„Glauben Sie, Sie könnten warten, bis ich die Hochzeit vorbereitet habe?“, fragte sie.

„Honora!“, rief Wilson schockiert, der gerade aus dem Büro trat.

Luis lächelte sie schalkhaft an, und Honoras Herz klopfte ein bisschen schneller. „Nicht gern“, gab er zu. „Aber es wäre mir eine Ehre, wenn Sie heute Nachmittag bei der Trauung anwesend wären.“

„Ich … ja, natürlich“, sagte sie aufgeregt. Sie bedachte Wilson mit einem flehenden Blick. „Natürlich werden wir da sein. Ich möchte Olivias Hochzeit um nichts in der Welt versäumen.“

„Honora!“, sagte Wilson noch einmal.

Sie widersprach ihrem Mann höchst selten, aber was wussten Männer schon von anderen Männern? Nur eine Frau konnte erkennen, was eine andere Frau brauchte. „Nichts da, ‚Honora‘! Siehst du denn nicht, dass er sie liebt?“

„Natürlich liebt er mich“, versicherte Olivia beiden. Sie lächelte ihre Eltern an, und in ihren Augen schimmerten Tränen. „Was mehr könntet ihr mir wünschen?“

Höchstens den Mond, dachte Wilson. Das Herz tat ihm weh. Aber in erster Linie wollte er seine geliebte Tochter nicht verlieren, wollte nicht, dass sie sich in seinem Haus nicht mehr willkommen fühlte. Olivia war immer so vernünftig gewesen, warum vertraute er dann nicht auch jetzt auf ihre Urteilskraft? Das war offenbar das Einzige, was er überhaupt tun konnte. Auch seine Augen wurden verdächtig feucht, und er musste sich räuspern. „Du hast recht. Du hast das, was zählt. Wir kommen zu deiner Hochzeit, Liebling. Wie deine Mutter schon sagte: Wir wollen sie um nichts in der Welt versäumen.“

Er und Luis schüttelten sich die Hand. Und wenn der Blick, mit dem er Luis bedachte, auch hart war, so bestand doch ein

Einvernehmen zwischen ihnen. Honora fing wieder an zu weinen, doch dieses Mal aus Freude. Zwar würde sie Olivia schrecklich vermissen, doch auf den Tag ihrer Hochzeit hatte sie sich schon immer gefreut.

Und auf Hochzeiten musste sie natürlich immer weinen.

19. KAPITEL

Dee stieg vorsichtig aus dem Bett und ging zum Fenster. Manchmal fühlte sie sich schrecklich außerhalb der Realität und brauchte den Ausblick, um sich zu vergewissern, wo sie war. An eine große Zeitspanne hatte sie gar keine Erinnerung. Das Letzte, was sie noch lebhaft im Gedächtnis hatte, war der Zeitpunkt, als sie mit dem Gewehr an der Schulter auf dem Boden ihres Häuschens hockte. Danach folgten nur noch Bruchteile von Eindrücken, bis sie vor etwa einer Woche eines Morgens aufgewacht und wirklich bei Besinnung gewesen war, wenn auch noch schrecklich schwach. Der Kontrast zwischen ihrer letzten Erinnerung und ihrer gegenwärtigen Situation war so scharf, dass sie sich verloren fühlte.

Da sie bisher keine Fragen gestellt hatte, wusste sie noch nicht genau, was geschehen war. Zwar musste sie es wissen, doch so dringend war es nicht. Sie würde es später erfahren, wenn sie wieder bei Kräften war. Ihr war, als würde ihre enorme körperliche Schwäche auch ihre Geisteskräfte auslaugen: Sie wollte nicht reden, wollte keine Gesellschaft, wollte nur schlafen. Nur wenn ihre körperlichen Bedürfnisse zu dringlich wurden, tauchte sie kurz aus dem schützenden Kokon des Schlafs auf. Sobald das jeweilige Problem gelöst war – sei es nun Hunger oder die Notwendigkeit, den Nachttopf zu benutzen –, schlief sie wieder ein.

Die Schlafphasen wurden jetzt allerdings kürzer, und seit ein paar Tagen konnte sie mit Betsy Acrays Hilfe im Zimmer umhergehen. Heute war sie zum ersten Mal allein aufgestanden. Zwar war sie noch wacklig auf den Beinen, aber sie war froh, dass sie sie überhaupt trugen. Es war ein kleiner Meilenstein. Vor der Aufgabe, die Treppe hinunterzusteigen, hätte sie kapitulieren müssen. Aber da sie nicht den leisesten Wunsch hatte hinunterzugehen, war es ihr gleichgültig.

Sie war in Lucas' Haus. Wie sie hergekommen war, wusste

sie nicht genau. Er besuchte sie mindestens zweimal täglich, morgens und dann noch einmal am Abend. Wenn er ihr eine Frage stellte, versuchte sie zu antworten. Ihr Bemühen war zwar offensichtlich, die Antwort selbst allerdings einsilbig. Darum versuchte er gar nicht erst, eine Unterhaltung zustande zu bringen. Manchmal, wenn er sie ansah, erkannte sie den vulkanischen Zorn in seinem Blick und fragte sich, was passiert war. Aber dieser Zorn schien sich nicht gegen sie zu richten. Deshalb war es ihr nicht die Mühe wert, den Grund herauszufinden.

Die Double-C-Ranch sah sie zum ersten Mal, und der Unterschied zwischen Lucas' Lebensweise und ihrem eigenen Zuhause war massiv. Bisher kannte sie nur dieses eine Zimmer. Aber da es sich um ein Gästezimmer handelte, waren die übrigen Räume im Haus wahrscheinlich noch prächtiger. Das Bett war riesig, ein Himmelbett, die leinenen Laken waren so glatt, dass sie sich wie Seide anfühlten. Der Holzfußboden war mit Sand gescheuert und zu seidigem Glanz gebohnert. Ein dicker Teppich bedeckte ihn teilweise und schmeichelte ihren Füßen. Außerdem gab es einen riesigen Schrank, eine mit Seide bezogene Chaiselongue, einen anmutigen Schreibtisch mit Stuhl, beides aus Kirsche, und einen Frisiertisch mit Spiegel und einem Bänkchen davor. Für Betsy war zudem noch ein großer, bequem gepolsterter Sessel bereitgestellt worden.

Minderwertigkeitskomplexe kannte Dee bislang nicht, erst in Lucas' Haus lernte sie sie kennen. Er würde sich in der Gesellschaft von Frauen, die Seidenkleider, Parfüm und Schmuck trugen, wohlfühlen, während sie Kühe melkte und pflügte und schmutzige Fingernägel bekam. Ihm musste sehr viel an Angel Creek liegen, wenn er bereit war, sie zu heiraten, um das Tal in seinen Besitz zu bringen. Und was hätte er nach der Hochzeit getan? Ihr in irgendeiner Stadt ein Haus gekauft und sie fortgeschickt, damit sie ihn nicht blamierte?

Sie schämte sich für diese Gedanken. Lucas war freundlich gewesen, er hatte sie zur Genesung in sein Haus geholt. Noch nie hatte er irgendetwas gesagt oder getan, was Anlass zu der Vermutung gegeben hätte, dass er sich für etwas Besseres hielt als sie. Es lag an ihrer Depression, dass solche Gedanken sie plagten. Und doch, der Anblick der Double-C-Ranch – zumindest das, was sie von ihrem Fenster aus sehen konnte – machte ihr schmerzlich bewusst, wie groß die Kluft zwischen ihnen war.

„Oh!", rief Betsy von der Tür her. „Miss Dee, Sie sind allein aufgestanden!"

Dee wandte sich vom Fenster ab. Betsy brachte ihr Mittagessen auf einem Tablett, was bedeutete, dass sie nach den wenigen Bissen zum Frühstück mehrere Stunden geschlafen hatte.

„Ich werde dick", bemerkte sie. „Ich tue ja nichts außer essen und schlafen."

Es war die erste überflüssige Bemerkung, die sie hatte fallen lassen, seit Betsy sie versorgte. Das Mädchen warf Dee einen erschrockenen Blick zu, stellte eilig das Tablett auf dem Schreibtisch ab und bot ihr den Arm als Stütze. „Miss Dee, Sie müssen essen, so viel Sie können. Sie sind dünn wie eine Bohnenstange."

Nun, das ist tröstlich, dachte Dee ironisch. Betsy führte sie zum Bett, doch sie wehrte sich. Das Bett war herrlich zum Schlafen, aber vom Schlaf wie auch vom Bett hatte sie genug.

„Ich möchte mich hinsetzen und essen", erklärte sie. „Der Schreibtisch reicht vollkommen."

Trotz Betsys besorgtem Gesicht ließ Dee sich nicht umstimmen. Als sie den Raum bis zum Schreibtisch durchquert hatten, fühlte sie sich, als wäre sie zehn Meilen gelaufen. Ihre Beine zitterten, als sie auf den Stuhl sank. Dennoch, es war eine Leistung, und sie musste sich selbst antreiben, wenn sie wieder zu Kräften kommen wollte.

Ihre Mahlzeit war schlicht, ein Schüsselchen Brühe und Brot. Sie fragte sich, warum man allgemein annahm, ein Kranker würde gesund, wenn man ihn hungern ließ. Noch empörter war sie, als sie feststellte, dass sie nicht alles aufessen konnte.

Trotzdem war es an der Zeit, etwas zu ändern.

„Wer kocht hier?", erkundigte sie sich.

Betsy hatte sich noch nicht an eine Patientin gewöhnt, die nach zwei Wochen Schweigen plötzlich sprach. Mit großen Augen antwortete sie: „Er heißt Orris, Ma'am."

„Sag Orris, dass ich seine Bemühungen zu schätzen weiß und heute zum Abendbrot gern ein bisschen Fleisch und Kartoffeln in der Brühe hätte. Ich werde nicht viel essen können, aber es ist Zeit, es zu versuchen."

„Ja, Ma'am", versprach Betsy.

„Gibt es Bücher in diesem Haus?"

„Ich weiß es nicht, Ma'am. Ich habe mich noch nicht umgesehen." Mr Cochran schüchterte sie immer noch ein, und sie hatte Angst, ihn zu verärgern, wenn sie in seinem Haus herumschnüffelte.

„Gut, dann frag Orris oder sonst jemanden danach. Ich hätte gern etwas zu lesen, ganz gleich, was es ist."

„Ja, Ma'am."

„Sind meine Sachen hier?"

„Nein, Ma'am."

„Dann bitte Lucas, sie zu holen. Ich bin die Nachthemden leid."

Bei dem Gedanken, eine Bitte an Mr Cochran richten zu müssen, weiteten sich Betsys Augen vor Schreck. Dee bemerkte es und sagte: „Schon gut. Ich sehe ihn wahrscheinlich eher als du und frage ihn selbst."

Das Mädchen sank vor Erleichterung in sich zusammen. „Ja, Ma'am." Ihre Arbeit war entschieden einfacher gewesen, als Miss Dee nichts anderes getan hatte, als zu schlafen.

Der kurze Ausflug hatte Dee erschöpft, aber sie fühlte sich immerhin wach. Sie wäre gern noch auf dem Stuhl sitzen geblieben, doch der gesunde Menschenverstand sagte ihr, dass es besser war, wieder ins Bett zu gehen, bevor sie zusammenbrach. Als sie sich niederlegte, blickte sie zum Fenster. Die Sonne schien hell und heiß, und sie brauchte diese Helligkeit. Nach den Wochen der Dunkelheit sagte die Sonne ihr, dass sie wirklich auf dem Weg der Genesung war.

Als Lucas sie an diesem Abend besuchte, sah er zufrieden aus. „Wie ich gehört habe, hast du heute auf dem Stuhl gesessen."

Sie legte das Buch zur Seite, in dem sie gelesen hatte. Es war langweilig, aber immer noch besser, als die Wände anzustarren. Ohne Umschweife rückte sie mit ihrer Bitte heraus. „Ich brauche ein paar von meinen Kleidern. Würdest du mir welche aus meinem Haus holen oder jemanden danach schicken?"

„Das hat noch viel Zeit", erwiderte er, setzte sich in den Sessel und streckte die langen Beine aus.

„Ich habe nicht vor, mehr zu unternehmen, als in diesem Zimmer zu sitzen. Aber ich habe die Nachthemden satt. In normaler Kleidung kann ich genauso gut hier sitzen wie in dem hier." Dabei zupfte sie an dem langen Ärmel ihres Nachthemds.

„Warum willst du dir die Mühe machen, dich umzuziehen, wenn du doch so viel Zeit im Bett verbringst?"

„Besorgst du mir die Kleider oder nicht?"

„Nein."

„Dann geh, und lass mich in Ruhe", fuhr sie ihn an.

Da warf er den Kopf in den Nacken und lachte laut. Erleichterung überspülte ihn wie warmes Wasser, ein Gefühl so köstlich wie an dem Tag, als ihr Fieber gesunken war. Die zwei Wochen der schweigenden Zurückgezogenheit waren pure Folter für Lucas gewesen. Die zerbrechliche Frau, die da so still im Bett lag, war nicht die Dee, die er kannte. Dies hier war seine Dee, scharfzüngig und eigensinnig. Und in den nächsten Wochen, in denen sie völlig seiner Kontrolle unterlag, würde er jede Minute genießen.

Er stand auf, neigte sich über sie und stützte die Hände

neben ihren Hüften auf. „Du kannst mich nicht zwingen“, sagte er. Seine Augen blitzten vor Erheiterung.

Ihre grünen Augen verengten sich zu gefährlich schmalen Schlitzen. „Nein, im Augenblick nicht.“

„Überhaupt nicht. Wenn ich Lust hatte, mit dir zu streiten, habe ich jedes Mal gewonnen. Sosehr es dir auch missfallen mag, ich bin stärker als du. Und das hier ist mein Land. Was ich sage, wird getan. Du bekommst deine Kleider erst, wenn ich der Meinung bin, dass du kräftig genug bist und sie brauchst.“

„So kräftig werde ich nie, wenn ich nicht esse“, erwiderte sie zuckersüß.

Stirnrunzelnd richtete er sich auf. Sie war tatsächlich wieder sie selbst und trotzig genug, um das Essen zu verweigern. Dafür war ihr Gesundheitszustand noch zu heikel.

„Gut“, knurrte er. „Ich besorge deine verdammten Kleider. Aber du musst mir dein Wort geben, dass du nicht allein versuchst, die Treppe hinunterzusteigen.“

Sie sah ihn gereizt hat. „Ich sagte doch schon, dass ich nicht beabsichtige, dieses Zimmer zu verlassen. Ich bin nicht dumm. Die Treppe würde ich nur hinunterkommen, indem ich falle.“

„Genau das macht mir Sorgen.“

„Dann machst du dir unnötig Sorgen.“

Ihm war klar, dass sie ihm im Grunde nichts versprochen hatte. Ebenso klar war ihm aber auch, dass sie nur noch widerspenstiger wurde, wenn er sie herausforderte. Das würde in ein Duell der Willenskraft ausarten. Wenn sie sich vernünftig zeigte, sollte sie gern ihr Tempo selbst bestimmen, und um zu sehen, wie sie sich verhielt, musste er sie gewähren lassen.

„Wie sieht es in meinem Haus aus?“, fragte sie.

Der Frage auszuweichen war sinnlos. Auch wenn Lucas ihr die Antwort gern noch eine Weile erspart hätte. „Sämtliche Fenster sind zertrümmert, die Hintertür ist gesplittert, und drinnen ist vieles zerbrochen oder durchlöchert.“

Dee presste die Lippen zusammen. „Die Schweine. Hast du

dich vergewissert, dass Bellamy sein Vieh nicht doch noch auf mein Land getrieben hat?“

„Hat er nicht“, sagte Lucas bestimmt. Es hätte jetzt auch keinen Sinn mehr gehabt, da der Angel Creek ausgetrocknet war. Aber das musste Dee jetzt noch nicht wissen. Er würde es ihr erst sagen, wenn es sein musste. Vorher aber wollte er sie noch ein paar Wochen heillos verwöhnen und an sich binden.

„Würdest du bitte nachsehen?“

Die Angst in ihrer Stimme verursachte ihm ein schlechtes Gewissen. Er beugte sich über sie und küsste ihre Stirn. „Natürlich.“

Vor Freude darüber, dass sie wieder redete, mochte er Dee gar nicht verlassen. Er setzte sich aufs Bett, plauderte mit ihr und versuchte, ihre Augen wieder vor Wut zum Blitzen zu bringen, bis Betsy hereinkam und ihm einen schockierten Blick zuwarf. Lucas seufzte, verärgert über die Notwendigkeit, wenigstens den Anschein von Anstand zu wahren. Er würde froh sein, wenn Dee so weit genesen war, dass sie ohne Betsy zurechtkam und er das Mädchen nach Hause schicken konnte.

Von diesem Tag an versuchte Dee, wieder zu Kräften zu kommen, und mutete sich vorsichtig mit jedem Tag ein bisschen mehr zu. Lucas brachte ihr am nächsten Tag ein paar von ihren Kleidern. Selbst wenn sie in dem luxuriösen Zimmer etwas fehl am Platz wirkten, war sie doch froh, etwas anderes als ein Nachthemd anziehen zu können. Das gab ihr das Gefühl, endgültig auf dem Weg der Genesung zu sein. Sie hatte Lucas nicht belogen, was ihre Absichten betraf. Sie blieb in ihrem Zimmer, ging langsam auf und ab und zwang sich, von Tag zu Tag ein bisschen länger auf den Beinen zu bleiben. Als sie aktiver wurde, kehrte auch ihr Appetit zurück, und ihr Gesicht sah nicht mehr so blass und verhärmt aus.

Da Lucas wusste, dass Langeweile sie eher an ihre Grenzen treiben würde als alles andere, sorgte er zunehmend für Dees Unterhaltung. Er brachte ihr eine große Auswahl an Büchern, und abends lehrte er sie das Pokerspiel. Zu seiner Freude konnte sie Schach spielen, zweifellos einer der Vorteile bei einer Lehrerin als Mutter. Mit ihr zu spielen hielt ihn auf Zack. Ihre Philosophie beim Schachspiel war die gleiche wie in ihrem Leben: Sie war aggressiv und entschlossen. Das Problem war, dass er nie vorhersehen konnte, wann sie kämpfen wollte und wann sie sich auf Strategien zur Verteidigung beschränkte. Sie waren einander so ebenbürtig, dass die Spiele meistens mit einem Remis endeten.

Nach drei Wochen auf der Double-C-Ranch stieg Dee zum ersten Mal die Treppe hinunter, um eine richtige Mahlzeit an einem richtigen Tisch einzunehmen. Lucas hielt sie fest am Arm und konzentrierte sich auf jede einzelne Stufe, bereit, Dee aufzufangen, falls sie einknickte. Sie maß ihn mit einem kühlen Blick, der besagte, sie würde sich keine Schwäche gestatten, und ging sicheren Schritts und mit hoch erhobenem Kopf wie eine altertümliche Königin zum Tisch.

Mit diesem Schritt wurde Betsy überflüssig, und Lucas ließ sie gern ziehen. Er vermutete, dass sie in der letzten Zeit ohnehin kaum noch von Nutzen gewesen war. Die kleine Betsy war Dees eiserner Entschlossenheit hilflos ausgeliefert, und sie verehrte Dee auf geradezu lächerliche Weise. Sobald sie den Mund aufmachte, hieß es: „Ja, Ma'am". Bis die zwei Wörter zu einem verschmolzen. Falls sie auf die Idee kam, ihrer neuen Heldin zu Hause nachzueifern, hätte der arme Sid Acray alle Hände voll zu tun, um seine neuerdings eigensinnige Tochter bei der Stange zu halten.

Am nächsten Morgen entließ Lucas Betsy mit aufrichtigen Dankesbezeugungen und großzügigem Lohn in der Tasche nach Hause. Dee war zur Verabschiedung mit nach draußen gekommen. Anschließend führte Lucas sie zurück ins Haus. „So, mein Schatz, du bist heute allein. Also gib dir Mühe, und mach keinen Ärger. Orris ist in der Küche, falls du Hilfe benötigst, und ich komme heute Nachmittag zurück."

Dee seufzte. „Ich muss zugeben, dass ich mich darauf gefreut habe, allein zu sein. Ich bin es nicht gewohnt, dass jemand vierundzwanzig Stunden am Tag um mich herumwieselt."

Lächelnd sah er sie an, und in seinen Lenden meldete sich das vertraute begehrliche Ziehen. Heute Abend würde er etwas dagegen unternehmen. Dee wirkte immer noch so zerbrechlich, als könnte ein Windstoß sie umwerfen, aber sie war stärker, als sie aussah. Sie hatte endlich wieder etwas zugenommen, und ihre Wangen und Lippen hatten wieder Farbe. Lucas hatte die Schränke seiner Mutter durchsucht und ein paar leichte Tageskleider gefunden, die dank ihrer Schlichtheit sehr zeitlos waren. Betsy, die flink mit der Nadel war, hatte sie gekürzt und enger genäht, sodass sie Dee passten. Eines dieser Kleider trug Dee an diesem Tag. Der feine blassgelbe Leinenstoff kleidete sie gut. Die schweren Locken hatte sie am Hinterkopf zusammengefasst, sodass ihr zarter Nacken frei blieb. Kaum waren sie im Haus, beugte Lucas sich herab und küsste diese unschuldig-sinnliche Stelle. Er spürte, wie sie erbebte.

In Angel Creek hatte Lucas nicht nur Dees Kleider aus dem Haus geholt. Auch die Schwämmchen lagen in einer Schachtel in seinem Schlafzimmer.

In seiner Umarmung rang Dee in schmerzlicher Erleichterung nach Luft. Ihr war nicht bewusst gewesen, wie sehr es ihr gefehlt hatte, in seinen Armen zu liegen, wie allein sie sich gefühlt hatte. Sie hatte sich rasch an seine Zärtlichkeiten und seinen warmen Körper an ihrem gewöhnt. Der fehlende Körperkontakt hatte sie deprimiert. Während der ganzen Zeit auf der Double-C-Ranch hatte Lucas sie nicht einmal in den Arm genommen oder geküsst, abgesehen von kleinen, leidenschaftslosen Küsschen auf die Stirn. An denen lag ihr überhaupt nichts.

Sie drehte sich in seiner Umarmung und lehnte den Kopf an seine Schulter.

„Müde?", fragte er und strich mit der Hand über ihren Rücken.

„Ich bin ständig müde. Ich versuche nur, es zu ignorieren."

Auf den Armen trug er sie nach oben, wo cr sie auf die Chaiselongue bettete und ihr ein Kissen unter den Kopf schob. „Du solltest die Müdigkeit nicht ignorieren. Ruh dich aus, wann immer du es nötig hast. Auf diese Weise kommst du schneller wieder zu Kräften."

„Ich habe nicht viel Zeit", erwiderte sie. „Seit dem Überfall ist ein Monat vergangen. Der Garten wird von Unkraut überwuchert sein, und in etwa einer Woche beginnt die Erntezeit. Ich *muss* kräftig genug werden, um zu arbeiten."

Er streichelte ihre Wange und ließ dann die Hand hinunter an ihre Brust wandern. „Sammle zuerst einmal Kräfte für das hier", sagte er.

Träge senkte sie die dichten schwarzen Wimpern. „Du kannst ja die Arbeit allein machen."

„Das habe ich vor. Aber ich möchte gern, dass du dabei wach bist."

„Ich glaube, das schaffe ich wohl", erwiderte sie lachend.

Nachdem Lucas sich mit einem Zwinkern verabschiedet hatte, schloss Dee die Augen und ließ sich treiben. Voller Vorfreude auf die Nacht dachte sie nicht daran, sich während des Tages zu überanstrengen.

Lucas ritt über den Pass nach Angel Creek. Sein eigenes Land hatte sich dank des Wasserzustroms belebt, die Weideplätze hatten sich so weit erholt, dass sein Vieh überleben würde. Die Rinder waren zwar magerer, als ihm lieb war, aber sie mussten nicht verhungern oder verdursten. Die Veränderungen in Dees Tal hingegen waren schmerzhaft. Es war zwar noch grün, doch die Vegetation war spröde. Beim Anblick ihres Häuschens biss Lucas die Zähne zusammen. Vor dem Angriff war es ein so ordentliches, solides Haus gewesen, und jetzt war es so gut wie zerstört. Wände und Dach waren noch an ihrem Platz, doch die zertrümmerten Fenster und Möbel im Inneren legten Zeugnis von dem Kugelhagel ab, der auf Dee niedergegangen war. Es war ein Wunder, dass sie überlebt hatte. Eine Frau von geringerem Format hätte die Schießerei nicht überstanden. Sie jedoch hatte sich auf den Überlebenskampf vorbereitet, indem sie Schießen gelernt hatte und klug genug gewesen war, in Deckung zu bleiben.

Hinter dem Haus betrachtete er lange den Garten. Die Pflanzen, die so üppig gewesen waren und eine reiche Ernte versprochen hatten, waren in der trockenen Hitze verschrumpelt. Dee hatte so hart gearbeitet, und durch seine Hand war alles zerstört worden. Das Bachbett war völlig ausgetrocknet, und im Tal herrschte eine merkwürdige Stille. Es war perfekt gewesen, und er hatte es absichtlich vernichtet. Und er würde es wieder tun, denn es war die einzige Möglichkeit, Dee ein sichereres Leben aufzuzwingen. Das hieß aber nicht, dass er den Wandel nicht bedauerte. Angel Creek war etwas Besonderes gewesen. Jetzt war es nichts.

Alle Tiere, bis auf die Hühner, die allein überleben konnten, hatte er längst auf die Double-C-Ranch geholt. Das Federvieh war bereits verschwunden, die Suche nach Futter und Wasser hatte es aus dem Tal getrieben. Das Tal wirkte verlassen, und dem Haus war anzusehen, dass Eichhörnchen und anderes Kleingetier drinnen zu nisten begannen. Im Stall fand er Bauholz und Nägel. Damit vernagelte er sämtliche Fenster und passte die Hintertür wieder in ihren Rahmen ein. Dee würde ohnehin bestürzt sein und musste nicht auch noch erleben, dass Tiere Besitz von ihrem Haus ergriffen.

Das Tal machte Lucas zu schaffen. Er war froh, zurück auf seine Ranch zu kommen, auf der es lebhaft und geschäftig zuging.

20. KAPITEL

Am Abend kam Lucas in Dees Zimmer, als sie sich das Haar bürstete. Er nahm ihr die Bürste aus der Hand und zog sie durch die langen Strähnen, bis ihr Haar wie schwarze Seide über ihren Rücken floss.

Sie beobachtete ihn im Spiegel, und ihr Herzschlag beschleunigte sich. Er trug kein Hemd, und die Muskeln seines Oberkörpers spielten bei jeder Bewegung. Nicht einmal diese sehr weibliche Tätigkeit lenkte von seiner Maskulinität ab. Allerdings war auch nur ein so selbstbewusster Mann wie Lucas in der Lage, sie so völlig gelassen auszuüben.

Zum ersten Mal überhaupt trug Dee das dünne rosa Nachthemd, das er ihr nach dem Sturz vom Heuboden geschenkt hatte. Die schmalen Träger glitten von ihren Schultern, und das tief ausgeschnittene Oberteil lag locker über ihrer Brust und verlockte einen Mann dazu, die Hand hineinzuschieben. Der Stoff war gerade so durchsichtig, dass das, was er verbarg, besonders reizte. Aber Dee wusste, dass ihre Brustwarzen durch das Material deutlich zu sehen waren.

Dee bemerkte, wie Lucas' Züge hart wurden, als er ihre Brüste betrachtete. „Es ist lange her", murmelte er leise. Zwar waren nur Wochen vergangen, aber selbst die waren zu viel. Allmählich hatte er das Gefühl, dass sogar ein Tag ohne Dee ihm zu lang sein würde. Er legte die Bürste nieder und strich mit rauen Fingern über ihre glatte Haut. Als er fühlte, wie dünn sie geworden war und wie zerbrechlich ihr Schlüsselbein wirkte, hielt er inne.

Dee wusste, woran er dachte, und legte den Kopf zurück gegen seinen Körper. Ihre Blicke trafen sich im Spiegel. „Es ist schon das zweite Mal, dass du mich versorgst", sagte sie.

„Und hoffentlich das letzte Mal."

Bei dem Gedanken, wie schwer es ihr beim ersten Mal gefallen war, seine Hilfe anzunehmen, lächelte sie. Doch sie hatte erfahren, dass sie seiner Kraft vertrauen konnte. Das hatte ihr die Zeit der Genesung erleichtert. Hätte ein anderer als Lucas sie betreut, hätte sie sich gezwungen, zurück nach Angel Creek zu gehen, lange bevor sie völlig gesund war. Aber er hatte ihr versprochen, sich um ihre Farm zu kümmern, und sie legte ihr Leben wie auch ihr Tal in seine Hände.

Sie fing seine Finger ein, führte sie an ihre Brüste und schloss die Augen unter der Wohltat der Berührung. „Ich breche nicht entzwei“, sagte sie heiser.

Da hob er sie hoch und setzte sich mit ihr in den großen Polstersessel. Sie saß auf seinem Schoß, die Beine über die Armlehne gelegt, im Rücken von seinem linken Arm gestützt. „Mit meiner Beherrschung ist es nicht weit her“, gestand er mit etwas belegter Stimme. „Wenn ich mich mit dir hinlege, verlässt sie mich völlig.“

„Brauchst du sie denn?“, fragte sie. „In einer Stunde könntest du mich immer noch entschädigen.“

Er lachte rau. „Ich will dich nicht zu sehr ermüden. Ich werde dich nicht die ganze Nacht hindurch lieben.“

„Schade“, erwiderte sie und lachte ebenfalls.

„Ja, nicht wahr?“ Langsam streichelte er mit den Lippen ihren Mund und berührte ihn leicht mit der Zunge. Sie legte die Hand um seinen Nacken, zog ihn näher zu sich und verstärkte den Kontakt. Er entsprach ihrem Wunsch, neigte den Kopf zur Seite, küsste sie heftiger und fand ihre Zunge. Es war so lange her, dass der Ansturm der Gefühle ein bisschen überwältigend, ein bisschen erschreckend war, als wäre alles wieder völlig neu.

Das Wissen, dass sie ihm gehörte und ihr Körper ihm freizügig zur Verfügung stand, stieg Lucas mehr zu Kopf als Whiskey. Er hatte sich Zeit lassen wollen, allerdings empfand er den hindernden dünnen Stoff über ihren Brüsten als unerträglich. Mit wenigen raschen Bewegungen streifte er die Träger von ihren Schultern. Dee rang leicht nach Luft, als das Oberteil auf ihre Taille glitt, dann zog sie die Arme aus den Trägern, lehnte sich in Lucas’ Arm zurück und gewährte ihm ungehinderten Anblick und Zugriff. Er genoss beides, umfasste eine weiche Brust und hob sie leicht an, während sein Daumen über die Brustwarze strich, bis sie hart wurde und sich aufrichtete.

„Lucas."

„Ja?", antwortete er gedankenverloren.

„Ich brauche nicht viel Vorbereitung."

Er hob den Blick, sah ihre geröteten Wangen und hörte ihren beschleunigten Atem. „Für mich ist es auch lange her", sagte sie mit deutlich angespanntem Ton.

Während er sie weiterhin unverwandt ansah, fuhr er mit der Hand an ihrem Oberschenkel hinauf, schob das Nachthemd hoch und entblößte ihre Beine. In ihrem Schritt angelangt, schob er kundig die Finger vor und streichelte die weichen Schamlippen. Dees Körper zuckte, und sie öffnete die Schenkel. „Schließ die Augen nicht", flüsterte er, als er sah, dass ihre Wimpern sich senkten. „Lass sie offen. Sieh mich an."

Sie blinzelte, versuchte, sich zu konzentrieren, doch sie war wie benommen. Er berührte ihre zarte Öffnung und umkreiste sie sanft mit den Fingerspitzen. Und sie konnte nicht anders: Ihr Kopf fiel zurück über seinen Arm, ihr ganzer Körper spannte sich an, heiße Empfindungen durchströmten sie. Lucas ließ sie so liegen, den Kopf zurückgelegt, und zog den stützenden linken Arm hinter ihrem Rücken hervor, sodass sie wie eine Opfergabe quer über seinem Schoß lag.

In dieser Haltung fühlte sie sich ihm völlig ausgeliefert. Sie war nackt bis auf das Nachthemd, das sich um ihre Taille bauschte. Ihr war, als wären ihre Knochen aus Gummi, sodass sie sich nicht aufrichten konnte, selbst wenn sie es gewollt hätte. Lucas drängte ihre Beine weiter auseinander. Kühle Luft fächelte über ihre empfindlichste Stelle und verriet ihr, dass sie seinem Blick preisgegeben war. Sie hörte jemanden leise stöhnen und wusste, dass sie selbst es war.

„Bist du bereit für mich?", flüsterte er und tauchte einen Finger tief ein.

In Wellen strahlte heiße Spannung von ihrem Schoß her aus. Dee bäumte sich auf und schrie. Er bewegte den Finger hinein und heraus, erregte sie fast bis zum Wahnsinn, sodass sie sich auf seinem Schoß in hilfloser, wachsender Ekstase wand.

Alles in ihr war wie Feuer und außer Kontrolle, und sie näherte sich rasch dem Höhepunkt. „Noch nicht", sagte er eindringlich, richtete sie auf und drehte sie so, dass sie ihm zugewandt war und rittlings mit gespreizten Beinen auf seinem Schoß saß. Lucas zerrte an seinen Hosenknöpfen. „Noch nicht. Ich möchte in dir sein, Liebste, ich will spüren, wie du kommst."

„Schnell", stöhnte sie und bewegte die Hüften auf der Suche nach den hitzigen Wonnen, die er ihr gezeigt hatte.

Aufseufzend befreite er seine männliche Härte. Mit der anderen Hand umfasste er ihr Gesäß und schob sie über sich. Beinahe hätte Dee aufgeschrien, als er hart und tief in sie eindrang. Er umfasste mit seinen großen Händen ihre Hüften und bewegte sie auf und nieder, auf und nieder. Schon der zweite Stoß reichte, und sie war verloren, tauchte ein in schimmernde Wogen von Empfindungen, die sie gefangen nahmen, bis ihre inneren Muskeln krampften und ihn fest umfingen. Mit einem heiseren Stöhnen warf Lucas den Kopf in den Nacken, wollte sich der Reaktion erwehren, aber es war auch für ihn zu spät. Er bäumte sich auf, grub die Finger in ihre weichen Hüften und drängte sie abwärts, um so tief wie möglich einzudringen. Dann ergoss sich sein heißer Samen mit einer Macht, die ihn erschütterte.

Nur langsam kamen sie zur Ruhe. Ihre Nerven zuckten noch wie unter kleinen Nachbeben, die die Lust verlängerten. Erschöpfung legte sich wie eine schwere Decke über Dee. Sie sank nach vorn, barg das Gesicht an Lucas' Hals und konnte sich nicht mehr rühren.

Lucas wiegte sie in seinen Armen. Er selbst fühlte sich auch ziemlich geschwächt, streichelte ihren Rücken und schwelgte im Nachglühen der Erfüllung. „Dee? Liebling, geht es dir gut?"

Darauf gab sie nur einen unverständlichen Laut von sich.

Erschrocken packte er sie an den Armen und schob sie ein Stückchen von sich fort. Sie war völlig schlaff. „Dee? Verdammt noch mal, antworte mir."

„Lass mich in Ruhe", murmelte sie.

Mit einem glücklichen Lächeln drückte er sie wieder an seine Brust und strich ihr das Haar aus dem Gesicht. „Möchtest du jetzt ins Bett?"

„Mhm."

Himmel, es war schön, sie warm und geborgen im Arm zu halten. Es war schön, in sie einzudringen und die Beherrschung aufzugeben, die tiefe Verbundenheit zu spüren.

Er legte sie sich wieder seitlich über den Schoß und zog mit einer Hand umständlich seine Hose hoch, während er Dee mit der anderen festhielt. Währenddessen schlief sie selig und rührte sich nicht einmal, als er aufstand. Er legte sie aufs Bett, streifte ihr das Nachthemd ab, zog sich selbst aus, löschte die Lampe und stieg zu ihr ins Bett. Voller Befriedigung zog er sie an sich und dachte, dass sie jetzt dort war, wohin sie gehörte. Wenn es nach ihm ginge, hätte er nie wieder eine Nacht ohne sie verbracht.

Für gewöhnlich erwachte Lucas vor Sonnenaufgang, und der nächste Tag war keine Ausnahme. Seine Erektion war schmerzhaft hart. Dee bewegte sich an seinem Körper, und er legte sich über sie und drang ohne Eile in sie ein.

Dieses Mal war es langsam, beinahe gemächlich. Sie reagierte verschlafen, und er bemühte sich, ihr nicht zu viel abzuverlangen. Das Verlangen ihres eigenen Körpers vertrieb jedoch irgendwann ihre Trägheit, und sie begann, sich mit wachsendem Drängen unter ihm zu bewegen. Die Morgensonne stieg, jetzt schon heiß, über die Berge, als sie sich beide befriedigt entspannten.

Die Erkenntnis, was er getan hatte, traf Lucas wie ein Schlag vor den Kopf. Er stützte sich auf einen Ellenbogen auf und strich über Dees Leib. „Verdammt, wir haben kein Schwämmchen benutzt."

Sie schlug die Augen auf, und sie sahen einander schweigend an. Er sagte nicht: „Wenn du ein Kind bekommst, heiraten wir", weil sie ein Ultimatum übel aufnahm. Stattdessen sagte er: „Wenn wir ein Kind hätten, wäre es bestimmt ein rechter Satansbraten." Ein zufriedenes Grinsen breitete sich auf seinem Gesicht aus, als er diesen Gedanken fortspann.

„Schau nicht so", schimpfte sie.

„Wie denn?"

„Als ob die Vorstellung dich reizen könnte."

„Sie reizt mich tatsächlich. Denk nur, was für eine Kämpfernatur ein Kind von uns sein würde."

„Es würde dir recht geschehen, wenn du nur Mädchen bekämst", verkündete sie, „und wenn alle so wie du sein würden. Stell dir all die jungen Männer vor, die um sie herumstreichen würden."

Die Vorstellung war verrückt. Er hoffte inständig, dass er nie Töchter bekäme, weil er fürchtete, sein Herz wäre einer solchen Belastung nicht gewachsen. Schon gar nicht, wenn sie wie ihre Mutter wären. Dee wusste es zwar noch nicht, aber sie sollte die Frau sein, die ihm Kinder schenkte.

Zwei Tage später kam Besuch auf die Double-C-Ranch. Dee saß auf der Veranda, und Lucas, der seit ihrer unaufhaltsamen Genesung Wert darauf legte, in ihrer Nähe zu bleiben, arbeitete im Stall. Als er zwei Reiter kommen sah, ging er zum Haus.

Dee trat an die Treppe. Einer der beiden Reiter war Olivia. Betsy hatte lauter begeisterte Geschichten darüber erzählt, dass Olivia einen mexikanischen Revolverhelden geheiratet hatte. Und zwar genau den Mann, der unter Einsatz seines Lebens Dee im Kampf gegen die anderen Männer von der Bar-B-Ranch unterstützt hatte. Das alles hatte Dee ziemlich verwirrt, denn sie hatte überhaupt nicht gewusst, dass jemand ihr geholfen hatte. Aber es erklärte, warum sie die Gegner so lange hatte fernhalten können. Und den Mann, den Olivia liebte, kannte sie noch gar nicht.

Doch jetzt sollte sie ihn kennenlernen. Olivias Begleiter war groß und schlank, dunkel und gut aussehend. Die Art, wie er seine Waffe trug, verriet, dass er sie geschickt zu benutzen wusste. Dee musterte ihn neugierig und mit leichter Scheu.

„Oh, Dee, du siehst so gut aus", rief Olivia herzlich und glitt vom Pferd. Leicht schockiert sah Dee, dass Olivia im Herrensitz geritten war – was sie ihr nie zugetraut hätte. Sie selbst ritt zwar ständig so, aber Olivia war anders als sie.

„Mir geht es gut", erwiderte sie und stieg lächelnd die Stufen hinunter. „Ich bin zwar noch nicht wieder im Vollbesitz meiner Kräfte, doch ich fühle mich von Tag zu Tag stärker."

Die beiden Frauen umarmten einander und waren sich dabei bewusst, dass ihr Leben sich im Verlauf dieses Sommers verändert hatte und nie wieder sein würde wie früher. Olivias Augen wurden feucht, und Dee biss sich auf die Lippe, um nicht die Beherrschung zu verlieren.

Auch Luis saß ab und blieb neben Olivia stehen. Er musterte Dee mit sichtlichem Wohlwollen. Sie spürte, wie sie leicht errötete, und wunderte sich über sich selbst. Etwas in diesem sehr männlichen Blick, der keinesfalls beleidigend wirkte, ließ sie weich werden.

„Das ist mein Mann", verkündete Olivia voller Stolz. „Luis Fronteras. Luis, das ist Dee Swann, meine beste Freundin."

Statt Dees Hand zu schütteln, ergriff Luis zärtlich ihre Fingerspitzen und führte sie an seine Lippen. „Miss Swann, Sie können erstaunlich gut mit dem Gewehr umgehen. Es war wirklich sehenswert."

Ihre Finger kribbelten noch, wo er sie geküsst hatte. Sie senkte den Blick verwundert auf ihre Hand, dann sah sie Luis an. „Ich verdanke Ihnen mein Leben", sagte sie schlicht. „Danke."

„Danken Sie Mr Cochran", erwiderte Luis und nickte Lucas zu, der auf sie zukam. „Wenn er nicht rechtzeitig gekommen wäre, wären wir jetzt vermutlich beide tot."

Lucas schüttelte Luis die Hand und gab Olivia einen Kuss auf die Wange. „Ich gratuliere", sagte er dann zu Luis. „Du hast eine wunderbare Frau geheiratet."

„Das finde ich auch", sagte Luis friedfertig.

„Kommt rein, lasst uns etwas Erfrischendes trinken", lud Dee die Besucher ein. „Es ist zu heiß hier."

Schützend legte Lucas eine Hand unter Dees Ellenbogen, als sie die Treppe hinaufstieg. Sie spürte die Hitze viel empfindlicher als die anderen, ein Zeichen dafür, wie weit sie noch von der völligen Genesung entfernt war.

„Ich wollte mit eigenen Augen sehen, dass es dir besser geht", wandte Olivia sich an Dee, „und mich von dir und Lucas verabschieden. Luis und ich brechen morgen auf."

„Wohin geht die Reise?", fragte Dee. „Sehe ich dich jemals wieder?"

„Aber natürlich! Wir bleiben nicht für immer fort. Wir wollen nach St. Louis und von dort aus mit der Eisenbahn fahren." Ein Ausdruck ekstatischer Freude trat in Olivias Augen. „Wir fahren so weit, wie die Gleise reichen. Das habe ich mir schon immer gewünscht."

Bisher hatte Dee immer gedacht, Reisen wären notwendig, um ein bestimmtes Ziel zu erreichen. Reisen um des Reisens willen wäre ihr nie in den Sinn gekommen. Wenn das Olivias Traum war, hätte sie sich wohl kaum einen besseren Ehemann aussuchen können. Sie wünschte den beiden alles Glück der Welt.

Etwas abseits von den Frauen unterhielten sich Lucas und Luis leise miteinander. Obwohl sie kein Wort verstand, wusste Dee, dass sie über den Vorfall am Angel Creek sprachen. Ihre Gesichter waren so ernst, dass es gar nicht anders sein konnte.

„Bellamy ist in der Stadt nicht mehr gesehen worden", erzählte Luis. „Dort ist man nicht gut auf ihn zu sprechen." Er musterte Lucas. „Wie ich hörte, hast du ihn windelweich geprügelt."

„Ich habe mir größte Mühe gegeben", erwiderte Lucas finster.

„Tillie ist zu ihm auf die Bar-B-Ranch gezogen und hat ihn gepflegt."

„Sie liebt ihn", erklärte Lucas. „Ich persönlich verstehe es zwar nicht, aber es ist nun mal so."

„Trotzdem ist sie zu dir gekommen, damit du ihn aufhältst."

„Und sie hat die ganze Zeit über geweint. Sie hat mich angefleht, ihn nicht zu töten. Wäre sie nicht gewesen, hätte ich ihn vermutlich tatsächlich umgebracht. Wenn Dee gestorben wäre, hätte ich es auf jeden Fall getan."

„Geht es Dee wirklich gut?"

Lucas streifte Dee mit einem Blick. „Sie wird mit jedem Tag kräftiger. Bald wird sie nach Angel Creek heimkehren wollen."

Luis verzog das Gesicht. Er wusste, was Lucas getan hatte. In der Stadt gab es Gerüchte, und er war selbst zum Angel Creek geritten, um sich zu vergewissern. Olivia hatte er nichts davon erzählt, weil er wusste, dass sie um Dees willen empört sein würde. Der Blick seiner dunklen Augen war ernst. „Ich beneide dich nicht, mein Freund, wenn sie es erfährt."

„Es wird sicher eine interessante Zeit, aber irgendwann kommt sie zur Vernunft", entgegnete Lucas.

„Wenn sie das Tal so sehr liebt, ist sie vielleicht zu gekränkt, um etwas anderes als den Schmerz wahrzunehmen. Du bist ein großes Risiko eingegangen."

„Und ich würde es jederzeit wieder tun", sagte Lucas ruhig. „Ich würde jeden einzelnen Morgen mit Salz einsäen, wenn es die einzige Möglichkeit wäre, ihre Sicherheit zu gewährleisten."

21. KAPITEL

Dee wachte auf und reckte sich träge. Lucas neben sich im Bett zu sehen gab ihr ein köstliches Gefühl. Seit mehr als zwei Wochen schliefen sie jede Nacht zusammen. Sie hatte jeden Moment genossen, weil sie wusste, dass es nicht von Dauer sein konnte. Im Dämmerlicht des frühen Morgens stellte sie sich der Tatsache, dass es an der Zeit war heimzukehren. Sie war völlig wiederhergestellt. Es gab keinen Grund, noch zu bleiben, aber jede Menge Gründe für die Heimkehr. Auf sie wartete so viel Arbeit, dass sie gar nicht wusste, ob sie sie bewältigen würde. Aber sie musste zumindest anfangen, sonst würde sie ihren Garten vollständig verlieren. Das Gemüse konnte nicht endlos warten, es würde verderben.

Auch Lucas erwachte, griff nach ihr und zog sie eng an sich.

„Ich gehe heute nach Hause“, sagte sie ruhig.

Er versteifte sich neben ihr, stand auf und zündete die Lampe an. Sein bartstoppeliges Gesicht wirkte herb im milden Licht. „Warum?“

„Weil Angel Creek mein Zuhause ist. Ich kann nicht für immer hierbleiben. Die Leute reden schon, und zwar mit gutem Grund.“

„Du könntest mich heiraten.“

Ihre Miene wurde verzagt und gleichzeitig traurig. „Du brauchst mir keinen Antrag zu machen. Kyle Bellamy hätte keinen schlechteren Zeitpunkt für seinen Überfall wählen können. Ich hatte gerade beschlossen, dass du dein Vieh in meinem Tal weiden lassen kannst, damit du die Dürre überstehst. Nach allem, was ich gesehen habe, stehst du aber noch gut da. Du brauchst Angel Creek nicht.“

„Du auch nicht“, erwiderte er rau, erschüttert von ihrem Angebot. Zum Teufel mit ihrer Großzügigkeit, sie verdoppelte damit seine Schuldgefühle. „Wenn du nicht da draußen leben würdest, wäre das alles nicht passiert.“

„Das ist jetzt egal. Du sollst nur wissen, dass du mich nicht heiraten musst, um Zugang zum Tal zu bekommen."

„Heirate mich trotzdem." Sein Blick war verzweifelt. „Du weißt, dass ich es nicht nur auf Angel Creek abgesehen habe."

„Ich weiß." Sie dachte an seine ehrgeizigen Pläne, sein schönes Haus, und wusste, dass sie fehl am Platz wäre. „Du willst die Double-C-Ranch zu einem Imperium ausbauen. Ich kann kein Teil davon sein, Lucas. In Denver würde ich es nicht aushalten, nicht einmal vorübergehend. Ich würde mich elend fühlen. Man würde dich meinetwegen verspotten. Ich kann mich in vornehmer Gesellschaft nicht gut bewegen", erklärte sie mit einem kläglichen Lächeln, das seine Züge allerdings nicht weicher machte. Also versuchte sie, sich ihm auf andere Weise verständlich zu machen. „Als – als meine Eltern starben, war ich außer mir vor Angst. Plötzlich hatte ich niemanden mehr. Ich dachte, ich müsste auch sterben, weil es plötzlich keinen Grund zum Leben mehr für mich gab. Aber ich hatte das Land. Es hat mir geholfen, dass ich dort lebte und Pflanzen zum Wachsen bringen konnte. Ich liebe das Land nicht nur, ich brauche es. Angel Creek gehört mir nicht annähernd so sehr wie ich dem Tal."

„Zum Teufel mit dem Tal!", brauste er auf. Er wünschte sich, die Aussprache noch verschieben zu können. „Da draußen ist nichts mehr. Ich habe den Bach umgeleitet."

Dee blinzelte, nicht sicher, ob sie richtig verstanden hatte. „Wie bitte?"

„Ich habe den Bach umgeleitet. Der Angel Creek ist jetzt ausgetrocknet. Dein Tal ist ohne Wasser nichts wert."

Ihr Gesicht war ausdruckslos vor Schock. Ihr Kopf schwirrte von der Ungeheuerlichkeit seiner Tat. Sie stieg aus dem Bett und griff nach ihren Kleidern.

„Ich würde es jederzeit wieder tun", fuhr er rau fort. „Irgendwann hätte ich es sowieso getan, um die Ranch am Leben zu erhalten. Weder Tod noch Teufel können mich davon abhalten, alles zu tun, um die Double-C-Ranch zu erhalten. Aber das verdammte Tal hätte dich irgendwann umgebracht, und du bist zu starrsinnig, um das einzusehen. Ohne das Land bist du in Sicherheit. Ich habe getan, was notwendig war."

Ohne ihn eines Blickes zu würdigen, zog Dee sich an. Sie redete langsam, stand immer noch unter Schock. „Dann dürftest du auch verstehen, dass ich tue, was immer notwendig ist, um meinen Garten zu erhalten."

Ihre Widerspenstigkeit ließ seinen Geduldsfaden reißen. „Vergiss den verdammten Garten!", brüllte er. „Du brauchst ihn nicht. Ich gebe dir das Geld, das er dir eingebracht hätte."

Dee straffte sich und sah ihn an. Ihre klaren Augen blitzten erschreckend. „Behalte dein Geld, Cochran. An dem Tag, als wir uns kennenlernten, habe ich dir gesagt, dass ich nicht zur Hure tauge. Das hat sich nicht geändert."

Es war schlimmer als ein Albtraum, denn aus einem Albtraum wäre sie erwacht. Dee hatte sich vorgestellt, dass ihr Garten von Unkraut überwuchert und das Gemüse überreif sein würde. Dann hätte sie zwar nichts mehr an den Gemischtwarenladen verkaufen können, aber zumindest noch einiges retten und genug einkellern können, um den Winter zu überstehen.

Was sie erwartete, war jedoch das Gegenteil von der überreifen Fülle. Das Gemüse war buchstäblich auf dem Stängel verdorrt, von der Hitze versengt. Die Getreideähren waren leer. Als sie die verkümmerten Ähren prüfte, fand sie nur wenige trockene Körner in den Spelzen.

Angel Creek war ausgetrocknet, und das Tal färbte sich braun. Dee wanderte auf die Wiese, die an jenem herrlichen Morgen, als Lucas sie im weichen Gras geliebt hatte, voller Wildblumen gestanden hatte. Jetzt waren keine Blumen mehr da, keine süßen, köstlichen Düfte, die sie berauschten.

Ohne das muntere Plätschern des Wassers herrschte gespenstische Stille im Tal. Sie ging zum Bachlauf hinunter. Natürlich wusste sie, dass er ausgetrocknet war, musste sich jedoch irgendwie vergewissern. Wie sollte sie trauern, wenn sie das Ausmaß dessen, was hier geschehen war, nicht bis ins Kleinste verstand?

Und Lucas hatte ihr dies angetan, er hatte absichtlich ihr Zuhause zerstört.

Wie gern hätte sie einen belebenden Ansturm von Wut verspürt, sauber und hart, aber dies hier ging weit über jede Wut hinaus. Sie war wie betäubt, als hätte ein Teil von ihr aufgehört zu leben.

Zurück beim Haus, betrachtete sie die vernagelten Fenster. Das war sicherlich auch Lucas' Werk, dachte sie. Vermutlich sollte sie froh sein, dass er sich die Mühe gemacht hatte.

Das Haus lag in Trümmern, aber in Erinnerung an den Kugelhagel, der auf sie niedergegangen war, hatte sie nichts anderes erwartet. Auf diesen Anblick war sie vorbereitet. Das Sterben des Tals dagegen erschütterte sie bis tief in ihre Seele.

Arbeit hatte ihr immer gutgetan. Darum war es gut, dass sie nun vor einer so enormen Aufgabe stand. Sie wusste kaum, wo im Haus sie anfangen sollte. So vieles war zerstört, und nur wenig konnte gerettet werden. Dee fegte die Glasscherben aus, holte einen Eimer Wasser und lag eine Stunde auf den Knien, um die Blutflecken vom Boden zu scheuern.

Es dauerte eine Stunde, bis es ihr dämmerte. Wasser. Sie hockte sich hin und blickte auf den Wassereimer. Der Brunnen war noch intakt.

Wilde Hoffnung flackerte in ihr auf, so ungestüm, dass ihr schwindelte. Sie ließ die Bürste fallen, lief hinaus in den Garten, streifte durch die Beete und nahm jede Pflanze in Augenschein. Der Mais war verloren. Er hing in der Wachstumsphase zu stark vom Wasser ab. Aber was war mit den Bohnen und Tomaten, den Zwiebeln und den Kürbissen? Einige kräftigere Pflanzen waren noch nicht völlig abgestorben.

Sie lief zurück zum Brunnen, ließ die Seilwinde herab und lauschte auf das Leben versprechende Klatschen, als der Eimer auf das Wasser aufschlug.

Ihre Entschlossenheit konzentrierte sich ganz auf den Brunnen. Doch es kostete sie mehr Kraft, als ihr je bewusst geworden war, einen Eimer Wasser heraufzuziehen. Nachdem sie es drei Mal geschafft hatte, zitterte sie. Drei Eimer Wasser, ein halber Eimer für jede Pflanze, die aussah, als hätte sie eine Überlebenschance. Das ergab lediglich sechs Pflanzen. Die sengende Hitze schien das Nass fast genauso schnell aufzusaugen, wie Dee es ausgoss. Doch sie achtete darauf, direkt am Stängel zu gießen, damit das Wurzelwerk möglichst viel aufnehmen konnte.

Die Sonne brannte zu heiß. Dee hielt inne, blickte zum Himmel auf und wischte sich mit dem Ärmel das Gesicht ab. Es war Verschwendung, in dieser Hitze den Garten zu wässern. Am Abend wäre es besser; dann konnten die Pflanzen mehr Wasser aufnehmen. Außerdem wäre die Arbeit in den kühleren Stunden leichter für sie.

Mit diesem Entschluss ging sie zurück ins Haus und machte sich dort an die Arbeit. Die Ergebnisse entmutigten sie jedoch. Fast alles war zerschossen, sogar die Töpfe und Pfannen. Die eiserne Bratpfanne hatte natürlich überlebt, aber ansonsten fand sie nur noch zwei brauchbare Töpfe. Selbst ihre Backform war hinüber, und die Kaffeekanne war durchlöchert wie ein Sieb.

Doch so unsinnig die Mühe ihr auch erschien, sie gab nicht auf. Wenn sie aufhörte, musste sie an Lucas denken, und dann würde sie zusammenbrechen. Sie würde sich hinsetzen und weinen wie ein verirrtes Kind. Wenn sie sich aber mit Arbeit betäubte, kam sie zurecht.

In den letzten Wochen war sie verweichlicht. Als es sich zum Abend abkühlte, musste sie sich zwingen weiterzumachen, anstatt ins Bett zu fallen, wozu ihr Körper sie immer wieder drängte. Alles war so vertrocknet, dass sie es wegen der Brandgefahr nicht wagte, eine Lampe in den Garten mitzunehmen. Darum arbeitete sie beim Licht der Sterne.

Ihre Muskeln waren nach einer Weile so taub, dass sie die Erschöpfung nicht mehr spürte. Sie holte einen Eimer Wasser nach dem anderen aus dem Brunnen, schleppte ihn zum Garten und entleerte ihn auf die scheinbar endlosen Reihen von Pflanzen.

Nach Mitternacht stand sie völlig stumpf beim Brunnen, den leeren Eimer in der Hand. Wie lange sie so dagestanden hatte, wusste sie nicht.

Ihre Beine waren schwer wie Blei, in den Händen hatte sie kein Gefühl mehr. Sie war so müde, dass sie kaum noch gehen konnte. Dee schleppte sich ins Haus, fiel bäuchlings aufs Bett und rührte sich nicht mehr bis zum Mittag.

Dieser erste Tag bestimmte die Routine der folgenden Tage. Dee versuchte, tagsüber möglichst viel zu schlafen, und nachts schleppte sie Wasser in den Garten. Während sie arbeitete, dachte sie nicht darüber nach, versuchte nicht, ihre Fortschritte einzuschätzen, sondern arbeitete stumpf vor sich hin. Sie wusste, wenn sie aufhörte, bliebe ihr keine Hoffnung mehr.

Acht Tage nachdem Dee die Ranch verlassen hatte, ritt Lucas zum Angel Creek. Es war spät am Nachmittag, aber so kühl wie schon seit Wochen nicht mehr. Er meinte, nach acht Tagen müsste Dee sich genug geärgert haben. Jetzt konnten sie streiten, dass es krachte und die Luft gereinigt wurde.

Jeden Tag hatte er den Drang niedergekämpft, nach ihr zu sehen, hinauszureiten und zu versuchen, sie zur Vernunft zu bringen. Verdammt, sie fehlte ihm. Die Zeit mit ihr hatte ihm bei Weitem nicht gereicht. Ihn zufriedenzustellen würde ein ganzes Leben dauern.

Das Erste, was er sah, als er sich dem Haus näherte, war Dee, die einen Wassereimer in den Garten schleppte und sorgsam das Gemüse goss.

Unbändiger Zorn packte ihn. Dieser verdammte Garten! Er hätte die Pflanzen mitsamt den Wurzeln ausreißen und verbrennen sollen. Warum begriff sie nicht, wie sinnlos ihre Mühe war?

Als sie zurück zum Brunnen ging, trat er auf sie zu. Sie

wollte an ihm vorübergehen, ohne ihm einen Blick zu gönnen. Da brach seine Wut sich Bahn. Er riss ihr den Eimer aus der Hand und schleuderte ihn über den Hof. „Was, zum Teufel, soll das?“, brüllte er. „Willst du dich umbringen?“

„Ich verdanke es dir, dass ich mein Gemüse eimerweise wässern muss.“

„Verdammt, Dee, es ist zu spät!“ Er packte ihren Arm und zerrte sie zum Garten. „Schau es dir an!“, tobte er. „Mach die Augen auf, und sieh hin! Du gießt Wasser auf sterbende Pflanzen! Selbst wenn du ein paar von ihnen doch noch zum Blühen bringst, ist es Winter, bevor sie erntereif sind.“

„Wenn ich keinen Garten habe, habe ich nichts zu essen“, erwidert sie, befreite sich aus seinem Griff und ging zurück, um den Eimer aufzuheben.

Lucas folgte ihr und stieß den Eimer mit dem Fuß unter ihrer ausgestreckten Hand weg. „Du hebst ihn nicht auf“, knirschte er. Als sie ihn verlassen hatte, war sie beinahe wieder in Ordnung gewesen. Jetzt hatte sie sichtlich abgenommen, und dunkle Ringe lagen unter ihren Augen. „Du hast verloren“, sagte er. Dann legte er die Hände auf ihre Schultern und schüttelte sie. „Verdammt noch mal, du hast verloren! Es ist vorbei. Hier gibt es nichts mehr, was sich zu besitzen lohnt. Pack deine Sachen. Ich bringe dich nach Hause.“

Aber sie wich vor ihm zurück. „*Hier* bin ich zu Hause.“

„Hier ist *nichts!*“, donnerte er.

„Dann bin *ich* auch nichts!“, schrie sie ihn plötzlich an.

Trotzdem er versuchte, sich zu beherrschen, war seine Stimme eisenhart, als er sie nun ansprach. „Du hast die Wahl. Du kannst das Geld nehmen, das ich dir für das Land angeboten habe, und in der Stadt leben, oder du heiratest mich.“

Auch Dee atmete schwer und rang um Fassung. Bedächtig sagte sie: „Warum willst du wertloses Land kaufen? Ich will dein Reuegeld nicht, und ich nehme auch keine Almosen an.“

„Dann heiraten wir.“

„Das ist deine Alternative, nicht meine.“ Sie ballte die Hände zu Fäusten. „Wenn ich dein Geld nicht nehme, um dein Gewissen zu beruhigen, dann kannst du darauf wetten, dass ich dich aus dem gleichen Grund auch nicht heirate. Meine Alternative ist, auf meinem Land, in meinem eigenen Haus zu bleiben."

„Zum Kuckuck, du wirst hier draußen verhungern."

„Meine Entscheidung, Cochran."

Wie zum Duell standen sie sich gegenüber. Die Stille, die sich zwischen ihnen ausdehnte, zerschnitt ein tiefes Grollen. Ein kühler Wind spielte mit Dees Rock.

Lucas hob den Kopf, und seine Miene wurde starr. Er schnupperte und nahm den unverkennbaren Geruch von Staub und Regen wahr.

Auch Dee blickte zu der dunklen Wolkenbank, die auf sie zukam. Der Himmel war so lange klar gewesen, dass sie sie benommen anstarrte. Regenwolken. Es waren tatsächlich Regenwolken.

Sie sahen ihn kommen, in Gestalt einer dunstigen grauen Wand, die den Berg hinunterfegte. Eine Minute später erreichte der Regen sie – mit vereinzelten Tropfen, die so groß waren, dass sie beim Aufprall brannten und kleine Staubringe vom Boden aufwirbelten.

Lucas packte Dees Arm und zerrte sie auf die Veranda. Sie erreichten sie in dem Moment, als der Regen zu einem Wolkenbruch wurde. Donner grollte so laut, dass der Boden bebte.

Schweigend standen sie auf der Veranda und sahen dem Regen zu. Es war kein kurzes Sommergewitter, sondern ein heftiger Dauerregen.

Lucas hatte so etwas schon erlebt und kannte die Anzeichen. Es war der Durchbruch, das Zeichen für einen Wetterumschwung, und er kam gerade noch rechtzeitig. Keine der Ranches in der Umgebung war verloren, doch eine weitere Dürrewoche hätte ein Rindersterben mit sich gebracht. Alle hatten die Dürre überlebt.

Alle außer Dee.

Der Regen würde den Grundwasserspiegel heben und die Brunnen füllen. Er würde die Ranches und Herden retten und das Gras wieder wachsen lassen. Der Abfluss aus den Bergen würde den Angel Creek füllen, allerdings nur vorübergehend. Das Tal würde zu neuem Leben erwachen, aber für Dee und für ihren Garten war es zu spät. Letztlich hatten alle die Dürre überstanden, nur sie nicht.

Sie drehte sich um, ging ins Haus und schloss leise die Tür hinter sich.

Bisher hatte sie nicht geweint, aber jetzt tat sie es. Sie hatte sich selbst streng unter Kontrolle gehalten, hatte sich gezwungen, automatisch zu arbeiten, statt nachzudenken, doch jetzt brach ihre Trauer über sie herein.

Lucas hätte nichts tun können, was sie mehr verletzte. Sie hatte so hart um ihre Unabhängigkeit gekämpft, hatte sich sorgsam ein Leben aufgebaut, das sie liebte, und er hatte es zerstört. Wäre Kyle Bellamy es gewesen, hätte sie es verstehen können. Darauf hätte sie wütend und feindselig reagieren können, und es hätte sie nicht so maßlos bestürzt wie Lucas' Verrat. Ihre Gefühle wären nicht so mit Füßen getreten worden, wenn sie Lucas nicht lieben würde, aber sie liebte ihn nun mal. Selbst jetzt noch. Aber er hatte ihr deutlicher, als sie es sich je hätte vorstellen können, vor Augen geführt, dass sie ihm überhaupt nichts bedeutete.

Draußen vor der Tür hörte Lucas ihr Weinen. Es mischte sich mit dem Rauschen des Regens und ging zeitweise ganz darin auf.

Er hatte sich nie vorstellen können, dass Dee weinte. Er hätte nie gedacht, dass ihr Weinen ihm das Herz zerreißen und die Seele verwüsten könnte.

Er hätte nie gedacht, dass er ihr wehtun könnte. Erst jetzt verstand er, wie dumm und überheblich er gewesen war.

22. KAPITEL

Lucas dachte an Luis' Worte: Wenn Dee Angel Creek so sehr liebte, wäre sie vielleicht zu tief gekränkt, um etwas anderes als den Schmerz wahrzunehmen. Er hatte gewusst, dass sie das Tal liebte. Doch er hatte ihre Gefühle ignoriert und gedacht, er wüsste, was das Beste für sie war. In Wahrheit aber hatte er getan, was das Beste für ihn war. Nicht nur, indem er die Ranch mit Wasser versorgte, sondern auch mit seinem Versuch, Dee keine andere Wahl als die Ehe zu lassen. Nicht einen Gedanken hatte er daran verschwendet, dass der Verlust von Angel Creek Dee das Herz brechen würde. Dabei hätte er es wissen müssen; schließlich liebte er die Double-C-Ranch genauso wie sie Angel Creek. Er liebte die Ranch so sehr, dass er jemandem, der sie zerstören würde, nie im Leben verzeihen könnte.

Doch genau das hatte er der Frau angetan, die er liebte.

In seiner Überheblichkeit war er unbekümmert davon ausgegangen, dass das Leben auf der Double-C-Ranch sie mehr als großzügig für den Verlust von Angel Creek entschädigen würde. Er hatte angenommen, sie würde höchstens wütend sein und schon irgendwann mürbe werden.

Er hätte ihre tief gehenden, wilden Gefühle berücksichtigen und sich erinnern müssen, wie sie an jenem Morgen auf der Wiese ausgesehen hatte. An dem Tag hatte ihr Gesicht so gestrahlt, dass der Anblick ihn schmerzte. Er hatte die Macht ihrer Liebe außer Acht gelassen und den schlimmsten Fehler seines Lebens begangen. Wie sollte er sie von seiner Liebe überzeugen, nachdem er mit voller Absicht die Grundlagen ihres Lebens zertrümmert hatte?

Alle jubelten über den Regen und waren wie berauscht beim Anblick der sich füllenden Wasserstellen und Bäche. Selbst die Bar-B-Ranch schaffte es, über die Runden zu kommen. Lucas packte wilder Zorn, als es auch am nächsten Tag und übernächsten regnete. Alles war umsonst gewesen, alles, was Dee durchgestanden hatte. Bellamy hatte sie wegen nichts überfallen. Er hatte das Tal wegen nichts zerstört. Das Schicksal und die Natur hatten sie verhöhnt, indem sie gerade noch rechtzeitig Regen für die Rancher schickten, aber zu spät für Dee.

Er ließ ihr den Bullen und die zwei Kühe zurückbringen und kaufte ein paar Hühner als Ersatz für die entlaufenen. Doch er brachte ihr die Tiere nicht selbst, weil er nicht glaubte, dass sie sich freuen würde, ihn zu sehen. Nicht jetzt schon, nicht unter diesen Umständen und vielleicht nie wieder.

Dee zwang sich, so zu tun, als würde sie leben. Sie war zu starrsinnig, um aufzugeben, aber sie verrichtete alle Arbeiten automatisch, ohne Hoffnung und ohne Ziel. Wie Lucas ihr so bissig klargemacht hatte, war es Zeitverschwendung gewesen, die sterbenden Pflanzen zu gießen. Keine einzige hatte sich so gut erholt, dass sie Früchte trug.

Ganz gleich, wie sie es betrachtete, ihre Situation war hoffnungslos. Sie hatte zwar noch Eingekochtes vom letzten Jahr übrig, aber nicht genug, um den Winter zu überdauern. Ihr Geld reichte nicht, um das Haus zu reparieren und außerdem noch Lebensmittel einzukaufen. Ohne Reparaturen würde sie im Winter nicht in ihrem Haus leben können. Wenn sie die notwendigen Reparaturen am Haus vornahm, würde sie verhungern. Wie sie sich auch entschied, sie geriet immer in eine Sackgasse.

Wenn sie keine Arbeit fand, wusste sie nicht, wie sie den Winter überstehen sollte. Und wenn sie ihn überstand, was wäre dann im nächsten Jahr? Konnte sie ohne das lebenswichtige Wasser vom Angel Creek einen großen Garten bewirtschaften und sich darauf verlassen, dass es genug regnete? Vielleicht ja, aber es würde bedeuten, dass sie wieder von Hand bewässern musste. Viele Familien schafften das. Aber Familien waren eben Familien. Laut Definition teilten sich in einer Familie mindestens zwei Personen die Arbeit. Dee war zwar stark, aber sie kannte ihre Grenzen. Wenn sie versuchte, ihren Garten so groß anzulegen, wie sie es gewohnt war, würde die Bewirtschaftung sie aufreiben. Erschöpfung zog Ungeschicklichkeit nach sich, und Ungeschicklichkeit führte zu Unfällen.

Sie könnte gerade genug anbauen, um sich selbst zu versorgen. Doch dann kam kein Geld für Reparaturen oder Kleidung herein. Ich besitze auch jetzt nicht viele Kleider, sagte sie sich und ging im Geiste ihre zweckmäßige Garderobe durch. Aber bisher war sie immer in der Lage gewesen, abgetragene Sachen zu ersetzen.

Wenn sie Arbeit fand, konnte sie überleben, viel mehr aber auch nicht. Aber sie würde nicht mehr im Garten arbeiten können, dafür fehlte dann die Zeit.

Dabei hatte sie die Gartenarbeit so geliebt. Der satte Geruch der Erde am Morgen, der kühle, seidige Tau, die greifbare Belohnung im Herbst, die beinahe glückselige Zufriedenheit, wenn sie das Leben und den Überfluss sah, die der Boden ihr unter guter Pflege so reichlich schenkte. Sie hatte sich an die Zeitvorgabe der Natur gehalten: Erneuerung im Frühling, Üppigkeit im Sommer, Ernte im Herbst und Ruhe im Winter. Ganz gleich, was sie jetzt unternahm, das, was sie am meisten liebte, hatte sie verloren.

Doch auf der ganzen Welt erlebten Menschen erschütternde Enttäuschungen und Tragödien, und ihr Leben ging trotzdem weiter. Sie musste ihre Situation meistern oder aufgeben. Ersteres konnte sie, Letzteres nicht.

Der Erste, den sie wegen einer Arbeitsstelle aufsuchte, war Mr Winches. „Was wollen Sie?“, fragte er knapp und sah sie scharf an.

„Arbeit“, erwiderte sie ruhig. „Ganz gleich, was für eine. Ich kann Ihnen die Bücher führen, das Lager einräumen, den Boden fegen.“

„Das kann ich alles selbst“, knurrte er.

„Ja, ich weiß.“

Noch immer starrte er sie an und nagte an seiner Unterlippe. „Tut mir leid, was mit Ihrem Land passiert ist. Darum sind Sie vermutlich hier.“

„Ja.“

Er seufzte. „Ich wollte, ich könnte Ihnen helfen, aber es ist nun mal so, dass es dumm von mir wäre, jemanden für die Arbeit zu bezahlen, die ich selbst leisten kann. Der Laden ist einfach nicht groß genug, um das zu tragen.“

„Ich verstehe“, sagte Dee. „Vielen Dank.“

Sie war nicht einmal enttäuscht, denn sie hatte nichts anderes erwartet. Niemanden würde es so überraschen wie sie selbst, wenn sie wirklich Arbeit finden sollte.

Nach dem Besuch bei Mr Winches versuchte sie es im Kurzwarenladen. Doch Mrs Worley schaffte es gerade mal, sich selbst über die Runden zu bringen. Eine Angestellte kam gar nicht infrage. Genauso war es im Hutgeschäft.

In jedem Unternehmen der Stadt frage Dee nach Arbeit. Die Bank benötigte keine Angestellten mehr. Die zwei Restaurants waren Familienbetriebe. Die Einstellung einer Hilfskraft hätte bedeutet, dass ein Familienmitglied arbeitslos wurde. Ähnlich verhielt es sich mit den beiden Hotels. In Familienbetrieben bekamen nun einmal Verwandte die Stellen.

Auch die einzige Schneiderin in der Stadt benötigte keine Hilfe. Die meisten Frauen nähten selbst. In Prosper lebten einfach nicht genug Leute, die eine Schneiderin bezahlen wollten.

Dee erkundigte sich sogar nach Putzstellen, und Mr Winches gestattete ihr, eine Annonce in seinem Laden aufzuhängen. Aber niemand meldete sich bei ihr. Wer sich eine Reinigungskraft leisten konnte, hatte längst eine.

Was sie Lucas bei ihrer ersten Begegnung gesagt hatte, entsprach der Wahrheit: Die einzige Arbeit in Prosper fände sie in einem der Zimmer über dem Saloon.

Der einzige Vermögenswert, den sie besessen hatte – ihr Land –, war inzwischen wertlos. Vielleicht wäre sie inzwischen sogar in der Lage gewesen, sich von ihm zu trennen, doch kein Mensch wollte es kaufen. Dee wusste, dass Lucas ihr sein Reuegeld als Entschädigung für seine Tat geben würde. Aber das wäre nichts weiter als ein verdecktes Almosen, denn er brauchte das Land nun wirklich nicht. Er besaß reichlich Wasser – das beste, klarste Wasser, das man sich vorstellen konnte, das Wasser vom Angel Creek.

Auf der anderen Seite des Bergs hieß der Bach nicht Angel Creek. Dee wusste nicht, ob er dort überhaupt einen Namen hatte. Er hatte dort auch nicht den gleichen Charakter, denn die Double-C-Ranch bestand vorrangig aus Weideland. Die Auswirkungen des Wassers würden nur verhalten zutage treten. In ihrem engen kleinen Tal hatte es Wunder gewirkt und ein kleines Paradies geschaffen. Darum hieß der Bach auch Angel Creek. Sie hatte ihn niemals nur als Rinne im Boden betrachtet, durch die Wasser floss. Angel Creek war ein lebendes Wesen mit eigener Persönlichkeit und einem eigenen Geheimnis. Sie trauerte um ihn wie um einen Verstorbenen.

Wenn ihr noch etwas blieb, dann war es ihr Stolz. Doch mit der Zeit wurde ihr zwangsläufig klar, dass sie diesen Stolz herunterschlucken und Lucas' Geld annehmen müsste. Hier gab es nichts mehr für sie, aber anderswo konnte sie noch einmal von vorn anfangen.

Lucas! Sie konnte sich immer noch keinen Gedanken an ihn gestatten. Der Schmerz war noch zu frisch, zu gewaltig. Und solange sie diesen Schmerz ignorieren konnte, funktionierte sie. Doch wenn sie ihn je herausließ, würde er sie vernichten.

Ihr Körper, einem genauso unerbittlichen Rhythmus unterworfen wie die Jahreszeiten, sagte ihr, dass sie kein Kind von ihm erwartete.

Das hätte sie erleichtern sollen. Trotzdem hatte sie gegen jede Vernunft darauf gehofft. Jetzt ein Kind zu bekommen wäre eine Katastrophe für sie gewesen, und trotzdem hatte sie es gehofft. Diese zwei ungeschützten Liebesakte mit ihm waren ihre letzte Chance gewesen, schwanger zu werden. Sie scherte sich nicht mehr um ihren Ruf, sofern er noch vorhanden war. Sie hätte Lucas' Kind mit all ihrer angeborenen

Leidenschaft geliebt, so wie sie ihn liebte. Ohne ihre Liebe wäre ihr Schmerz nicht so groß gewesen.

Dee brauchte einen Moment, um die Frau zu erkennen, die auf ihr Haus zuritt. Sie trug modische Reitkleidung und ein unglaublich schickes Hütchen mit einer Feder an der Krempe, und sie ritt anmutig im Damensitz. Doch das dunkelrote Haar war unverkennbar, ebenso wie die lebhaften braunen Augen. Es war Tillie, das Saloon-Girl, die junge Frau, die zur Double-C-Ranch geritten war und Hilfe geholt hatte. Dee vermutete, dass sie ihr Leben genauso Tillie verdankte wie Luis Fronteras und Lucas. Sie alle hatten eine große Rolle gespielt.

Die beiden Frauen standen sich gegenüber.

„Guten Morgen", sagte Dee ruhig. „Möchten Sie ins Haus kommen?"

Es war das erste Mal seit zehn Jahren, dass Tillie in ein ehrbares Haus eingeladen wurde. Dieses Häuschen war bescheiden und schwer beschädigt, aber nicht viele Menschen hätten sie hineingebeten oder sie auch nur höflich begrüßt.

„Ich danke Ihnen für das, was Sie getan haben", fuhr Dee fort.

Tillie lächelte schwach. „Ich habe es nur zum Teil für Sie getan. Ich konnte nicht zulassen, dass Kyle sich auf diese Weise selbst zerstörte."

„Wie ich hörte, leben Sie jetzt auf der Bar-B-Ranch."

„Ja. Wir wollen heiraten. Aber vermutlich bleiben wir nicht in dieser Gegend. Ich glaube nicht, dass man hier je vergisst, was passiert ist, oder dass man Kyle verzeiht. Zum Glück sind wir beide in Neuanfängen bewandert. Und ich danke *Ihnen*. Sie hätten die Leute noch mehr gegen ihn aufbringen können, aber Sie haben es nicht getan."

„Es wäre mir unsinnig erschienen. Lucas hat ihn fast umgebracht." Colorado war mittlerweile ein Staat, doch die Eigenstaatlichkeit änderte nichts am Verhalten der Bürger. Wenn es Unstimmigkeiten gab, wurden sie außerhalb des Gesetzes geregelt. Kyle war weitaus schwerer bestraft worden als durch Lucas' Fäuste. Im Grunde war er ein Ausgestoßener, und sein Ruf war ruiniert.

Tillie sah sich im Haus um und sagte: „Sie werden auch von vorn anfangen müssen. Ich möchte Ihnen eine kleine Wiedergutmachung für den Schaden anbieten. Ich weiß, dass ich Sie für das, was Ihrem Besitz widerfahren ist, nicht entschädigen kann. Aber es wird Ihnen zumindest über die Runden helfen."

Von vorn anfangen. Dees Herz hämmerte. Wie sollte sie von vorn anfangen? „Kyle hat all das nicht verschuldet", erwiderte sie. „Er ist zwar verantwortlich für die Schäden am Haus, aber Lucas Cochran ist derjenige, der das Tal zerstört hat."

„Wäre Kyle nicht gewesen, hätte er es nicht getan", sagte Tillie sanft. „Es war ein schwerer Entschluss, und es fiel ihm nicht leicht, ihn in die Tat umzusetzen. Aber Lucas ist ein harter Mann. Ihm war klar, dass immer jemand kommen würde, der Ihnen das Tal wegnehmen will, solange Sie Angel Creek besitzen. Sie wären ständig in Gefahr. Darum hat er den einzigen Grund, der das Tal für andere begehrenswert macht, abgeschafft. Er hat es getan, um Sie zu schützen."

Ein Ausdruck abgrundtiefer Traurigkeit trat in Dees Augen. „Ich wäre lieber das Risiko eingegangen."

„Aber *Lucas* konnte es nicht riskieren. Er liebt Sie zu sehr."

„Das, was ich sehe, wenn ich nach draußen gehe, ist in meinen Augen kein Liebesbeweis."

„Ich weiß. Wie gesagt, es ist ihm schwergefallen. Und es ist mir schwergefallen, Lucas an jenem Tag um Hilfe für Sie zu bitten. Schließlich wusste ich, dass es Kyles Tod sein könnte. Viele hätten das nicht als Liebesbeweis verstanden, aber es war einer. Ich hätte alles getan, um ihn aufzuhalten, auch wenn er mich dafür gehasst hätte."

„Ich hasse Lucas nicht", sagte Dee, und es war die Wahrheit.

„Aber können Sie ihm verzeihen?"

„Nein. Nicht jetzt. Und vielleicht auch nie. Ich fühle mich leer, als wäre ein großer Teil von mir abhandengekommen.

Aber es geht nicht ums Verzeihen, es geht ums Leben. Im Augenblick interessiert es mich nicht sehr."

Tillie hatte diesen Ausdruck schon in den Augen vieler Frauen gesehen, gelegentlich sogar in ihren eigenen. Es war der Blick eines Menschen, der nichts mehr zu verlieren hat. Diese Art von Trostlosigkeit saß tief, und wenn die Betroffene sich je erholte, war sie eine andere, verändert auf eine Weise, die schwer zu verstehen ist.

„Ich habe das Geld bei mir", wechselte sie lebhaft das Thema.

„Ich will Kyles Geld nicht."

„Es ist nicht Kyles Geld. Es ist meines."

Verblüfft sah Dee sie an. „Umso mehr Grund, es nicht zu nehmen. Sie sollen nicht dafür bezahlen. Sie sind nicht schuld. Vielmehr bin ich Ihnen etwas schuldig, weil Sie mir das Leben gerettet haben."

„Aber Kyles Schulden sind auch meine", beharrte Tillie. Sie lächelte ironisch. „Das gehört dazu, wenn man liebt."

„Danke, aber ... nein danke." Irgendwann hätte sie vielleicht sogar ihren Stolz besiegt und Kyles Geld angenommen, weil er zum Teil schuld an ihrer Misere war. Aber es kam nicht infrage, dass sie Geld von Tillie annahm.

Bevor sie weitersprach, zögerte Tillie einen Moment. „Ich habe gehört, dass Sie sich in der Stadt nach Arbeit umsehen."

„Ja, aber es gibt keine."

„Dann nehmen Sie das Geld. Ich kann es mir leisten, und Sie brauchen es."

Dee dachte über das Geld und einen Neubeginn nach. Aber dazu brauchte sie kein Geld, sondern Wasser. Plötzlich erstarrte sie und blickte Tillie an, als sähe sie sie zum ersten Mal. Hatte ihr Verstand denn völlig ausgesetzt? Warum nicht Getanes rückgängig machen? Ein umgeleiteter Bach konnte schließlich ein zweites Mal umgeleitet werden.

Der Schock und der Schmerz über Lucas' Verrat hatten sie offenbar in Stumpfsinn verfallen lassen. Das war die einzige Erklärung dafür, dass sie hier saß, anstatt etwas gegen ihre Situation zu unternehmen. Es war nie ihre Art gewesen, untätig mit dem Schicksal zu hadern. Sie krempelte die Ärmel hoch und nahm die Angelegenheit selbst in die Hand.

Zum ersten Mal, seit Lucas ihr seine Tat gestanden hatte, fühlte sie sich lebendig. Das alte Funkeln kehrte zurück in ihrem Blick.

Tillie ließ sie nicht aus den Augen und fragte: „Was? Was ist los? Haben Sie eine Idee?"

„Oh, ja. Und Sie können etwas tun, um mir zu helfen."

„Jederzeit. Ich stehe Ihnen zur Verfügung."

Langsam trat ein Lächeln auf Dees Gesicht. „Können Sie mir Dynamit besorgen?"

Da Tillie einem Abenteuer nie abgeneigt war, begleitete sie Dee. Die beiden Frauen folgten dem Bachbett bis zur Quelle in die Berge. Es war ein beschwerlicher Weg, und Dee war überzeugt, dass es einen leichteren gab, aber sie wusste nicht, wo.

Beide Frauen trugen Hosen, was sich als vorteilhaft erwies, denn immer wieder mussten sie zu Fuß gehen und die Pferde am Zügel führen. Als sie die Gabelung endlich erreichten, sahen sie es sofort. Ein Erdwall verstopfte die Abzweigung nach Osten, sodass all das herrliche Wasser hinunter zur Double-C-Ranch floss.

Dee betrachtete das Bauwerk, das ihre Farm vernichtet hatte. Wenn Lucas das Wasser zum Überleben gebraucht hätte, hätte sie den Damm selbst aufgeschüttet. Sie war bereit gewesen, ihm das Tal zu verkaufen. Aber sie wollte verflucht sein, wenn sie zuließ, dass er etwas, das sie so sehr liebte, zerstörte, nur weil er glaubte, besser als sie selbst zu wissen, was gut für sie war!

„Hast du schon mal mit Dynamit gearbeitet?", fragte Tillie.

„Nein."

„Oh, mein Gott!"

„Keine Angst. Ich habe mich in der Stadt erkundigt. Der Schmied versteht etwas vom Bergbau und hat mir gezeigt, wie es gemacht wird."

„Zündest du einfach die Lunte an und wirfst das Dynamit auf den Damm?"

„Nein. Ich bringe es an der Ostseite am Fuß des Dammes an. Wenn es dann in die Luft geht, vertieft es gleichzeitig das Bachbett." Sie verstand Lucas' Vorgehensweise sehr gut, und sie würde es genauso machen.

Es dauerte eine Weile, mit einem Messer zwei Löcher in den harten Lehm zu graben. Sie legte die Dynamitstangen hinein und brachte lange Zündschnüre an. Vorsichtshalber hatte sie vorher schon ein Stück Lunte abbrennen lassen, um zu berechnen, wie lang ein halber Meter brannte. Nun schätzte sie ab, wie lang die Zündschnüre sein mussten, damit ihr Zeit genug blieb, um sich weit genug von der Explosion zu entfernen.

„Lauf lieber schon mal den Berg hinunter", riet sie Tillie. „Ich gebe dir fünf Minuten Zeit, dann zünde ich die Lunten an."

„Ich möchte zusehen", widersprach Tillie. „Bis hierher bin ich mitgekommen. Jetzt möchte ich sehen, wie du es machst. Ich laufe mit dir zusammen los."

Sie sahen einander an und lachten.

Dee zündete die Lunten an. Sie rannten zu ihren Pferden, schwangen sich in die Sättel und ritten davon wie der Teufel. Dee zählte leise die Sekunden.

Lucas ging am Bachufer entlang und blickte ins Wasser, das unbeeindruckt von allen Schlachten schnell dahinfloss. Es war tiefer als je zuvor, stellenweise sogar tief genug zum Schwimmen.

Er fragte sich, ob es die Sache wert war.

Dee war in der Stadt von Tür zu Tür gegangen und hatte nach Arbeit gefragt, statt sich an ihn zu wenden. Aber sie wäre wohl lieber gestorben, als dass sie ihn gefragt hätte.

Trotz allem hatte er gehofft, sie würde zu ihm kommen und nach einiger Zeit begreifen, dass er es nur zu ihrem Schutz getan hatte. Doch es ging nicht um Begreifen, sondern um ihren Schmerz, der so tief war, dass er sie immer noch betäubte.

Und es ging um ihren Stolz. Es gab kein stolzeres Wesen auf der Welt als Dee Swann. Das machte es nicht leicht, sie zu lieben. Doch wäre sie nicht so stolz, nicht so stürmisch, wäre sie nicht dieselbe Person, und er hätte sie nicht so abgöttisch geliebt. Wäre sie nicht so stark, könnte sie ihm auch in Bezug auf Willenskraft nicht das Wasser reichen. Sie war genau das, was er brauchte, eine wahre Partnerin.

Er hatte ihrem Stolz und ihrer Unabhängigkeit einen harten Schlag versetzt. Dee würde ihm Angel Creek *nicht* verzeihen. Das konnte sie nicht, wenn sie sie selbst bleiben wollte. Er hatte erwartet – verlangt –, dass sie nicht die Person war, die sie war. Sie brauchte Freiheit und Unabhängigkeit. Sie nährten etwas in ihr und waren ein unverbrüchlicher Teil der Wesensart, die ihr solche Stärke verlieh. Wie hatte sie es ausgedrückt? Angel Creek gehörte nicht so sehr ihr, wie sie Angel Creek gehörte.

Wenn er sie zwang, zu ihm zu kommen und ihren Stolz aufzugeben, würde etwas in ihr sterben.

Seine einzige Chance bestand darin, ihr diese Unabhängigkeit und diesen Stolz zurückzugeben. Sie würde nie zu ihm kommen, es sei denn als unabhängige Frau mit unangefochtener Würde. Wie konnte er ihr das verübeln, wenn er doch genauso war? Er würde sich niemals jemandem unterordnen, ebenso wenig wie sie. Sie könnte seine Partnerin sein, aber nie im Leben abhängig von ihm. Anders hatte er es nie gewollt, aber um das zu erkennen, hatte er sie verlieren müssen.

Wieder blickte er ins Wasser. Kostbares Zeug, aber für ihn nicht so kostbar wie Dee.

Er hatte ihr alles von seinen Plänen erzählt, dass er die Double-C-Ranch zu einem Imperium ausbauen wollte. Er hatte von den Gesellschaften in Denver erzählt, den Bällen und Empfängen, die er und seine Frau würden besuchen müssen. Er hatte sich Dee an seiner Seite vorgestellt, war tatsächlich überheblich genug gewesen zu glauben, er könnte ein nettes

Gesellschaftsfrauchen aus ihr machen.

Doch Dee konnte so nicht leben, und das wusste sie. Es war nicht nur so, dass sie ein solches Leben nicht genießen würde. Sie musste draußen sein, frei, unbehindert von erstickenden Häuserzeilen und den endlosen Gesetzen der Gesellschaft. War er wirklich so blind gewesen, dass er glaubte, sie würde sich einfügen, nur weil er es so wollte? Sie hatte nie verlangt, dass er sich änderte. Wie hatte er so dumm sein können, es von ihr zu erwarten?

Er dachte an all seine Pläne und Ziele und wog sie auf einer geistigen Waage ab. Zum Teufel, reich war er schon längst. Und Dee würde der Ranch viel mehr einbringen als seine hochgesteckten Ziele. Sie würde die Ranch mit sich selbst, ihrer Wesensart und ihren gemeinsamen Kindern segnen.

Blitzartig erkannte er überdeutlich, dass er keine Alternative wollte. Er zog Dee aller Macht und jedem Einfluss vor. Er würde ihr die Double-C-Ranch mit allem Drum und Dran überschreiben, wenn er sie damit zurückgewinnen könnte. Er wollte sie als seine Partnerin fürs Leben.

Seine Partnerin.

Vielleicht klappte es. Es war das Einzige, was ihm bisher eingefallen war, um annähernd Wiedergutmachung leisten zu können.

Auf einmal hörte er einen Donnerknall, der dumpf grollend aus den Bergen kam. In der Erwartung, Wolken zu sehen, hob Lucas den Blick. Doch der Himmel war klar.

Ach, zum Teufel! Von wegen Donner! Plötzlich erkannte er, was es war. Mit offenem Mund starrte er auf die Berge. Dann begann er zu lachen.

Er hätte damit rechnen müssen, dass sie etwas gegen ihre Situation unternahm. Dieser Knall war das Zeichen dafür, dass sie den Kampf wieder aufnahm.

Am nächsten Tag hörte Dee ein Pferd direkt vor ihrem Haus. Sie blickte aus dem Fenster und sah, wie Lucas sich aus dem

Sattel schwang. Eigentlich hatte sie ihn schon am Vortag erwartet, und insgeheim fragte sie sich, warum er so lange gebraucht hatte.

Mit der Flinte in der Hand trat sie auf die Veranda. „Was willst du?“, fragte sie ohne jedes Vorgeplänkel.

Den Fuß schon auf der ersten Stufe, hielt er inne und beäugte wachsam die Flinte. „Hör mal, Dee. Wenn du von der Flinte Gebrauch machen willst, hättest du es tun sollen, als wir uns zum ersten Mal gesehen haben. Jetzt ist es zu spät.“

Sie lächelte. „Es ist nie zu spät, um einen Fehler zu beheben.“

„Genau.“ Er wies mit dem Kopf in die Richtung des Bachs, wo der Angel Creek wieder tief und klar entlangfloss. „Wer hat die Sprengladung angebracht?“

„Dazu brauchte ich niemanden. Ich habe es selbst gemacht.“

Sein Herz wollte stehen bleiben bei dem Gedanken an die Gefahr, in der sie geschwebt hatte. Verdammt, wusste sie denn nicht, wie unberechenbar Dynamit sein konnte? Er war gar nicht auf den Gedanken gekommen, dass sie die Sprengung selbst vorgenommen haben könnte. Doch wenn er es sich recht überlegte, hätte er damit rechnen müssen. Wann hatte Dee jemals jemanden gebeten, etwas für sie zu tun?

„Bist du wahnsinnig?“, brüllte er zornesrot im Gesicht. „Das hätte dein Tod sein können!“

„Vermutlich denkst du, ich wusste nicht, was ich tat.“

„Hast du es denn gewusst?“

„Offensichtlich“, erwiderte sie gedehnt. „Ich lebe ja noch.“

Am liebsten hätte er vor Hilflosigkeit seinen Kopf gegen die Wand geschlagen. Doch dann musste er plötzlich lachen, weil er sich wünschte, dass sie ihn für den Rest seines Lebens auf diese Weise an den Rand des Wahnsinns trieb. Vielleicht war er auch längst wahnsinnig, denn er hätte schwören können, ein belustigtes Aufblitzen in ihren grünen Hexenaugen zu sehen. Sie liebte es, ihn aus der Fassung zu bringen.

„Tillie hat mir geholfen“, bot sie zur Erklärung an.

„Tillie! Herrgott!“ Doch das ergab einen Sinn. Tillie würde

so etwas tun, weil sie sich verpflichtet fühlte, Kyles Fehler wiedergutzumachen. In diesem Moment verstand Lucas, dass seine eigenen Übergriffe viel schlimmer gewesen waren als Kyles, obwohl er alles aus Liebe getan hatte.

Dee sah ihn herausfordernd an. „Wenn du einen neuen Damm baust, jage ich auch den in die Luft."

„Ich habe nicht vor, noch einen Damm zu bauen", erwiderte er gereizt. „Himmel, ich hätte ihn selbst in die Luft jagen sollen. Ich habe einfach nicht früh genug daran gedacht."

„Warum hättest du das tun sollen?"

„Weil ich einen Fehler gemacht habe." Er sah sie fest an und hielt ihren Blick gefangen. „Weil ich im Grunde gar kein Recht hatte, ihn überhaupt zu bauen. Weil ich alles tun würde, um dich zurückzugewinnen."

Nie hatte sie seine Augen so blau, so entschlossen gesehen. Ihr Herz begann zu hämmern, doch sie wollte nicht, dass er es wusste.

Als er eine Stufe hinaufstieg, hob sie die Flinte.

„Bleib, wo du bist", warnte sie ihn.

Doch die Flinte interessierte ihn nicht die Bohne. „Wirst du mich heiraten?", fragte er.

Unwillkürlich sah sie zum Bach hinüber.

„Nein, nicht wegen des verdammten Wassers", fuhr er auf. „Behalte das Tal. Ich brauche es nicht. Was ich brauche, bist du. Ich lasse es notariell bescheinigen, dass das Tal in deinem Besitz bleibt, und ich überschreibe dir die Double-C-Ranch. Aber heirate mich."

Ihre Arme wurden schlaff. Die Flinte schwankte, der Lauf senkte sich zu Boden. Im nächsten Atemzug war Lucas auf der Veranda, nahm ihr die Waffe vorsichtig aus den Händen und stellte sie beiseite.

„Was hast du gesagt?", fragte sie benommen.

„Ich sagte, dass Angel Creek dein persönlicher Besitz bleibt, mit dem du ohne meine Einmischung tun und lassen kannst, was immer du willst. Ich weiß nicht, warum ich nicht schon früher darauf gekommen bin. Und ich schenke dir meine Ranch. Ich gebe dir, was du willst, wenn du nur Ja sagst."

Sie hätte niemals gedacht, dass er etwas so Verblüffendes von sich geben könnte. Das konnte er doch unmöglich ernst meinen. „Aber … *warum?*"

Lucas holte tief Luft. Es war verdammt schwer, sich in die Schusslinie zu begeben, alles, was er hatte, und sein künftiges Glück für ihre Antwort auf eine Karte zu setzen. „Weil ich dich brauche, Liebste. Ich brauche eine Frau, die mir eins auf die Rübe gibt, wenn ich sie unterbuttern will. Und du bist die Einzige, die das je gewagt hat. Ich weiß nicht mehr, wie oft ich dich schon gebeten habe, mich zu heiraten, aber lass uns eine Sache jetzt gleich und für immer klären: Ich habe dich nie wegen des Tals oder des Wassers heiraten wollen. Ich habe dich gefragt, weil ich dich liebe. Ist das klar?"

Dazu fiel ihr nichts ein. Ihr Kopf war leer wie eine sauber gewischte Schultafel.

„Ich sagte: Ist das klar?", bellte er.

„Es kann doch nicht sein, dass du mich willst", platzte sie heraus.

„Warum nicht, zum Teufel?"

„Weil … weil ich nicht so bin, wie du es dir wünschst", haspelte sie. „Du wirst in Zukunft viel Zeit in Denver verbringen, und ich könnte so nicht leben. Man würde sich über mich lustig machen. Ich würde nicht in die Gesellschaft passen …"

„Zur Hölle mit Denver. Ich hätte lieber dich."

„Ich kann nicht verlangen, dass du das alles aufgibst …"

„Verdammt noch mal, du verlangst ja gar nicht, dass ich irgendetwas aufgebe!", brüllte er, am Ende seiner Geduld. „Ich weiß, was ich will. Und jetzt beantworte meine verdammte Frage!"

Dee blinzelte und versuchte, ihre Gedanken zu ordnen. „Ich will die Double-C-Ranch nicht", erklärte sie. „Ich würde dich nicht heiraten, weil du mir Land anbietest."

Vor lauter Wut schleuderte Lucas seinen Hut auf die Veranda und hätte ihn beinahe mit den Füßen zerstampft. Stattdessen packte er Dee bei den Armen und schüttelte sie. „Dann vergiss das verdammte Land“, rief er. „Sag einfach, dass du mich heiratest.“

Langsam wie eine sich öffnende Knospe erblühte die Freude in ihrem Herzen. Er meinte es ernst. So unglaublich es auch war, er meinte es ernst. Niemals würde er anbieten, sich auch nur von einem Zentimeter seiner geliebten Double-C-Ranch zu trennen, wenn er nicht glaubte, sie einzig und allein auf diese Weise zum Heiraten überreden zu können. Und er bot ihr die ganze Ranch. Er liebte sie, und der heiße Blick dieser blauen Augen verriet ihr, dass er seine Ziele ohne eine Spur von Bedauern aufgab. Er hatte sich entschieden, und wenn Lucas Cochran eine Entscheidung traf, dann war sie unwiderruflich.

„Gut“, nickte sie.

Wieder schüttelte er sie. „*Was,* gut?“

Sie fing an zu lachen. „Ja“, sagte sie.

„*Was,* ja?“ Herrgott, noch vor Jahresende hätte sie ihn in den Wahnsinn getrieben.

„Ja, ich liebe dich auch. Ja, ich will dich heiraten. Aber nicht wegen der Double-C-Ranch oder aus irgendeinem anderen Grund als dem, dass ich dich liebe. War da sonst noch was?“

Lucas riss sie an seine Brust und quetschte ihr mit seiner Umarmung beinahe die Rippen. Er schloss die Augen, als ihm heiße Tränen kamen. Hierfür hatte er alles auf eine Karte gesetzt, und er hatte schreckliche Angst gehabt, dass sie seinen Antrag ablehnte. „Herrgott, bist du stur.“

„Ich weiß“, murmelte sie friedfertig. Die Worte klangen gedämpft, denn ihr Gesicht ruhte an seiner Brust. „Genauso stur wie du.“

„Was Angel Creek angeht … Es ist mein Ernst. Das Tal bleibt in deinem Besitz. Du brauchst es, Liebste. Das hatte ich bis jetzt nicht verstanden.“ Er gab ihr einen Kuss aufs Haar. „Als neue Besitzerin der Double-C-Ranch bist du eine der reichsten Frauen im Land.“

Da hob sie den Kopf und lächelte Lucas strahlend an. „Nein“, sagte sie.

„Doch, doch. Du weißt, wie viel die Ranch wert ist, verdammt noch mal.“

„Ich will die Double-C-Ranch nicht.“

„Vertrag ist Vertrag.“

„Aber erst, wenn ich zugestimmt habe. Ich nehme die Ranch nicht an. Du brauchst sie genauso, wie ich Angel Creek brauche. Das hier muss doch keine Kapitulation sein. Wie wär’s mit einer Partnerschaft?“

„Herrgott, es ist mir gleich“, entgegnete er ungeduldig. „Hauptsache, du heiratest mich.“

Auf einmal fühlte Dee sich erstaunlich friedfertig. „Wessen Name auf den Dokumenten steht, ist gleichgültig, solange ich immer hierherkommen kann“, erklärte sie und spürte mit Erschrecken, dass es stimmte. Angel Creek gehörte ihr, auch wenn Lucas’ Name auf der Besitzurkunde stand. Sie vertraute ihm, und darum würde sie nicht um ihre Unabhängigkeit kämpfen müssen. Die Achtung, die er ihr als Person erwies, war das Maß ihrer wahren Unabhängigkeit. Mehr wollte sie nicht. Das würde sich nicht ändern, wenn sie ihn heiratete.

„Genau das ist mir auch im Hinblick auf die Double-C-Ranch klar geworden“, gestand Lucas. „Der Name ist gleichgültig. Wichtig ist nur, dass du mir gehörst. Das Land bleibt ja. Aber wir machen es so, wie du es wünschst“, schloss er und hob ihr Gesicht an, um sie wild zu küssen. „Es kann dein Erbe für unsere Kinder sein, wenn du willst.“

Ihr ganzer Körper kribbelte vor Wonne, wenn sie an die Stunden der Liebe dachte, die zum Zeugen dieser Kinder notwendig waren. Lucas nahm ihr Beben wahr, und sein Körper reagierte sofort.

„Wir werden uns häufig streiten“, prophezeite er mit geheimer Vorfreude. Er konnte es kaum erwarten.

„Das ist so gut wie sicher.“

„Und uns lieben, wenn der Streit vorüber ist.“

Sie trat einen Schritt zurück und sah ihn lange an. „Das wird sich zeigen."

„Nein", sagte er und hob sie hoch. „Wird es nicht." Er stieg die Stufen hinunter und schritt zum Bachufer, wo das kristallklare Wasser vom Angel Creek sprudelte und glitzerte wie früher, allerdings mit einem gewissen Übermut, als ob es sich freute, zurück zu sein. Mit einem dunklen Auflachen warf Lucas Dee ins Wasser und sprang selbst hinterher. Es war kalt, aber das störte sie nicht. Wie ein Kind vor Lachen kreischend, sprang Dee auf Lucas' Rücken und tauchte ihn unter. Sie rangen miteinander, bis das Lachen erstarb und ein neuer Ausdruck in seine tiefblauen Augen trat.

Hastig zog er Dee auf die Böschung und neigte sich über sie. Er schob ihren Rock hoch und befreite sie von der nassen Unterhose, knöpfte seine Hose auf und zog sie so weit wie nötig herab, denn er konnte keine Minute länger warten. Mit einer einzigen harten Bewegung verschmolzen sie, und er stöhnte auf, als ihr Körper ihn eng und heiß umfasste. Es war das Paradies.

Dee schlang die Beine um seine Hüften, ließ sie dann aber wieder sinken. Ihr schwebte etwas anderes vor. Sie drückte gegen seine Schulter, und er drehte sich herum und nahm sie mit sich. Auf ihm richtete sie sich zum Sitzen auf und wischte sich das nasse Haar aus den Augen. Lucas stockte der Atem, als er die Ekstase in ihrem Gesicht sah. Es war der gleiche Ausdruck wie seinerzeit in der Morgendämmerung, und er selbst hatte ihn hervorgerufen. Vor dem klaren Himmel und mit ihren Augen, so grün wie Smaragde, war sie das Schönste, was er je gesehen hatte, und sie gehörte ihm.

„Morgen heiraten wir", verkündete er.

„Was immer du willst, Liebster", gurrte sie.

Aber er ließ sich nicht eine Sekunde lang täuschen.

EPILOG

Kyle und Tillie Bellamy verkauften die Bar-B-Ranch und zogen zurück an die Ostküste. Nach einigen Monaten erhielt Dee einen Brief von Tillie, in dem sie berichtete, sie seien glücklich und würden einen Umzug nach New Orleans erwägen. Danach hörte sie nie wieder von Tillie.

Luis und Olivia Fronteras bereisten zwei Jahre das Land und kehrten dann zur Freude von Olivias Eltern nach Prosper zurück. Sie kauften Land westlich der Bar-B-Ranch. Zwar wusste Wilson Millican nie genau, wie sein Schwiegersohn Olivia versorgte, doch augenscheinlich hatten sie immer genug Geld. Wilson sagte sich, dass er es gar nicht so genau wissen wollte. Olivia war glücklicher, als er sie je gesehen hatte, und mehr verlangte er nicht. Er hätte nie gedacht, dass seine sittsame Tochter einen Hang zum Abenteuer hatte. Doch er musste zugeben, dass es ihr guttat. In den nächsten Jahren schenkte Olivia ihrem Mann in rascher Folge drei Töchter. Glücklicher hätte sie ihn nicht machen können, denn Luis war stets hingerissen von weiblicher Gesellschaft.

Lucas und Dee Cochran hatten fünf Kinder. Zuerst kamen drei Jungen – Satansbraten, wie sie es vorausgesehen hatten. Die nächsten zwei waren Mädchen. Als das ältere ein Jahr alt wurde, fingen Lucas' Sorgen an. Seine kleinen Mädchen waren ihrer Mutter so ähnlich, dass er wusste, er würde für den Rest seines Lebens keine Ruhe mehr finden.

Er und Dee stritten, schrien und versöhnten sich. Das Haus hallte wider von Lärm und Leidenschaft. Anders wollten beide es nicht haben.

– ENDE –